Sam Feuerbach

Die Myrnengöttin

Die Krosann-Saga
Band 1 der Trilogie 'Königsweg'

Danksagung an die tapferen Helfer:
Martin, Dagi, Marlen, Timo, Benedikt und Jasmin.

Lektorat: Simone Kurilla
Betaleserin: Antje Adamson
Covergestaltung: jasmin, bene
Karte: bene
Foto: © art9858, Fotolia

Copyright© 2015 Sam Feuerbach
1. Auflage 2015 (1.6)
ISBN-13: 978-1511639620
ISBN-10: 1511639628

Homepage: www.samfeuerbach.de
Email: sam.feuerbach@t-online.de

Facebook: sam feuerbach (Autor)
Hier gibt es auch Downloads der Landkarten in Farbe.

Personenregister am Ende des Buches

Alte Gewohnheiten

Eine in schwarzes Leder gekleidete Frau ging mit schnellem Schritt die Hauptstraße der Stadt Felsbach nach Süden entlang. Ein Kopftuch verbarg einen Teil ihrer dunklen Haare. An ihrer Hüfte baumelte ein kleines Schwert. Es sah genau passend für sie aus, denn ihr graziler Körperbau und die schmalen Handgelenke ließen es vermutlich kaum zu, ein Langschwert oder gar einen Zweihänder zu schwingen. Sie vermittelte einen harmlosen, etwas verlassenen Eindruck.

Aus der Ferne! Doch wehe dem, der ihr zu nahe kam.

Sie spürte, wie ihre Kohleaugen glühten und loderten.

Die wenigen Menschen, die sie bemerkten, wunderten sich nur kurz. Zu sehr konzentrierten sich die Bewohner der Stadt Felsbach auf sich selbst und die eigenen Nöte. In Zeiten eines Bürgerkrieges galten Fremde zudem als besonders verdächtig und besonders wenig willkommen. So blieb sie bisher unbelästigt.

Ihr Atem bildete vor ihrem Gesicht kleine Wölkchen in der winterlichen Luft, so als würde sie rauchen. Dabei war ihr Rauchen zuwider. Vor allem Männer rauchten. Um den eigenen Gestank mit Tabakgeruch zu überdecken. Logisch.

Doch wichtigere Gedanken jagten ihr wirr durch den Kopf wie Wind, der das Herbstlaub aufwühlte und vor sich herdrehte.

Sie atmete tief ein. Seit langer Zeit fühlte sie sich wieder frei. Zu lange hatte sie sich den ungeschriebenen Regeln von Freundschaft und Gesellschaft unterordnen müssen. Sie hatte Karek, dem Prinzen von Toladar geholfen, von seiner Ausbildungsfeste wieder zu seinem Vater König Tedore ins heimische Schloss zu gelangen, obgleich sie ihn ursprünglich töten sollte. Fürst Schohtar war ihr ursprünglicher Auftraggeber für den Mord an dem Prinzen gewesen. Er hatte das Reich in einen Bürgerkrieg gestürzt, indem er sich zum König des Südens ausrief. Unter großen Mühen hatte sie den Prinzen dabei unterstützt, Verschwörung und Verrat aufzudecken. Nicht zuletzt hatte sie dem Prinzen geholfen, ein magisches Artefakt, eine Sanduhr, zu finden, die dieser bei der erstbesten Gelegenheit zertrümmert hatte.

Von diesem ganzen politischen Schlamm hatte sie mehr als genug, jetzt musste sie erst einmal sich selber helfen und sich von den gesellschaftlichen Zwängen befreien.

Was bedeutete diese Freiheit für eine Frau? Frei davon zu sein, mitdenken zu müssen, wenn es nach den Herren dieser Gesellschaft ging. Pah! Dies sah sie grundlegend anders. Für sie hieß Freiheit, die Wahl zu haben. Zu tun, was sie tun wollte. Natürlich hatte jede Entscheidung, wie auch immer, zur Folge, mit den Konsequenzen leben oder auch sterben zu müssen. Sie atmete tief aus.

Sie würde die Nacht durchlaufen und morgen die ersten Ausläufer des Blutwaldes erreichen. Die gleichmäßige Bewegung tat ihr gut, ihr Atem gab den Takt vor, sie fühlte sich lebendig wie lange nicht mehr – eins mit ihrem Körper.

Die Nacht vertrieb das Tageslicht. Nur ab und an schaute ein abgemagerter Sichelmond durch die Wolkendecke hindurch. Trotz der Dunkelheit sahen ihre Augen jeden Stein, jedes Loch auf ihrem Weg, sodass sie nicht langsamer wurde. Die Kälte versuchte es, schaffte es jedoch nicht, sie einzuholen. Nicht nur die Augen glühten, sondern ihr gesamter Körper dampfte in der Luft.

Ihr geheimes Zuhause lag tief im Blutwald. Selbst im Sommer verirrten sich äußerst selten Menschen in diesen ungastlichen Forst. Dichtes Gestrüpp verhinderte ein schnelles Vorankommen, doch nun befand sie sich ganz in der Nähe ihrer kleinen Hütte. Schneller als gedacht hatte sie ihr geheimes Versteck erreicht. Der frühe Wintermorgen war noch stockfinster. Sie verlangsamte ihre Geschwindigkeit und schlich vorsichtig zu der einfachen Behausung, die gut getarnt zwischen dichten Bäumen, aus der Ferne kaum zu sehen war.

Es erschien ihr alles so, wie sie es vor langer Zeit verlassen hatte. Waren wirklich so viele Wochen vergangen oder lag es daran, dass sie so viel erlebt hatte, seit sie das letzte Mal hier gewesen war?

Spuren von ungebetenen Besuchern konnte sie in der Dunkelheit nicht erkennen. Sie reckte die Nase in die Luft. Sie roch auch nichts Ungewöhnliches – die Feuerstelle in der Hütte hatte in den letzten Tagen jedenfalls nicht gebrannt.

Sie schob die Tür auf und entzündete eine kleine Öllampe. Im flackernden Lichtschein sah alles aus wie gewohnt. Nur die Strohmatten rochen muffig, obendrein hatten es sich Staub und Spinnweben in allen Ecken gemütlich gemacht.

Egal. Allein und daheim, das hatte doch was! Sie holte die Wolldecke aus ihrem Rucksack, legte Waffen und Lederkleidung ab – dann machte sie es sich auf der Schlafstätte bequem. Erschöpft fiel sie kurze Zeit später in einen tiefen Schlaf.

Lichtfächer brachen durch die Ritzen der mit Baumstämmen grob zusammengehämmerten Wände. Hellwach begann sie mit der Planung der Wintermonate. Sie brauchte genügend Nahrung, um nicht ständig jagen gehen zu müssen. Beeren wuchsen bis zum Frühsommer keine mehr, und im gefrorenen Boden nach essbaren Wurzeln buddeln zu müssen, erschien wenig verlockend. Immerhin gab es Wasser am nahegelegen Bach. Das hieße, spätestens morgen sollte sie sich in das nächste Dorf begeben und einkaufen. Sie würde nicht um einen Packesel oder ein Pferd herumkommen, wenn sie nicht alle Einkäufe alleine tragen wollte.

Sie reckte sich und ging nackt nach draußen. Kühl und still umgab sie nur Natur – keine Verpflichtung grüßen, keinen Anlass reden und keinen Grund schimpfen zu müssen. Eine Wohltat!

Zu lange hatte sie nicht mehr richtig an sich gearbeitet. Das würde nun anders werden. Sie wusch sich im Bach hinter der Holzhütte, ging ins Haus zurück und legte ihre Lederkleidung samt Waffen an.

Ein Stück von der Hütte entfernt, tiefer im Wald, prüfte sie den Boden. Hier hatte sie zwei Kisten mit Goldmünzen vergraben. Alles in bester Ordnung – das Gold befand sich noch dort. Nicht, dass ihr Reichtum so furchtbar wichtig gewesen wäre, doch das Gold gehörte nun mal ihr. Ehrlich verdient. Schließlich hatte sie dafür eine ganze Menge Leute beseitigt. Zum einen die Opfer ihrer Tötungsaufträge, zum anderen die Erzieher samt Schwarzem Kanzler in der Stätte.

Ein merkwürdiges Gut, diese Goldmünzen. Doch sie funktionierten bestens als Schmiermittel für die Bolzen, Ösen, Gelenke und Scharniere dieser sperrigen Gesellschaft.

Nun ging es noch tiefer in den Blutwald hinein. Der dichte Bestand an Nadelbäumen sorgte auch im Winter für ein geschlossenes Dach. Sie erreichte eine Lichtung, an deren Rand mehrere Baumstämme angeordnet waren. Sie stellte sich dort in die Mitte und entspannte sich.

Es befand sich niemand in der Nähe, der sich über die einsame Frau wunderte, die bei dieser Kälte tief im Wald bewegungslos auf einer Lichtung stand. Starr und stumm wie ein Pilz verharrte sie dort, nur ihre Augen und Ohren lebten, beobachteten jede Bewegung in den Büschen. Ein Vogel raschelte, während er unter den Blättern und Nadeln nach Würmern suchte.

Ein Fuchs streckte neugierig seine lange Schnauze aus dem Dickicht. Fast riss dieser sie aus ihrer Konzentration, als sie feststellte, dass er aus dem grandiosen Lied vom Festbankett stammen konnte – er hatte tatsächlich eine rote Bux an.

Jetzt zählten nur noch Versunkenheit und Entspannung. Tief in sich gekehrt, dennoch aufmerksam mit allen Sinnen, glaubte sie, die Eichhörnchen in ihren Kobeln während der Winterruhe atmen zu hören.

Die Zeit verging.

Der menschliche Pilz stand immer noch dort – ein Grabstein bewegte sich mehr.

Dann plötzlich! Mit einem Mal schien diese Frau jede Regung nachholen zu wollen, die sie vorher hatte vermissen lassen. Blitzschnell schüttelte sie zwei Wurfmesser aus den Ärmeln und versenkte sie im oberen Drittel der Baumstämme links und rechts. Zwei Dolche aus den Stiefeln folgten diesem Beispiel und landeten eine Handbreit unter den Wurfmessern im Holz. Sie fühlte sich halbwegs zufrieden. Noch schneller wollte sie werden. Daher sammelte sie die Waffen ein und begann von Neuem. Und noch einmal. Immer wieder und wieder schnellte sie die Geschosse in die Stämme im Umkreis. Sie bemerkte, wie ihr Körper dampfend seine Wärme an die kühle Waldluft abgab. Wie im Rausch durchlebte sie die Bewegungsabläufe in imaginären Kampfsituationen. Üben, üben, üben. Dabei spielte sie die verschiedensten Konstellationen durch. Feind von hinten, Feind von rechts, Feind von links, Feind von egal wo. Hauptsache Feind. Und Hauptsache Feind hinterher tot.

Sie hielt inne. Hitze durchströmte ihre Muskeln wie heißes Wasser, Lava kroch durch ihre Adern. So brodelte ein Vulkan kurz vor dem Ausbruch. Diese Hitze in ihr entwickelte sich in den letzten Monaten immer schneller. Bei den ersten Malen, als diese Symptome auftraten, hatte sie noch gedacht, ein schwächendes Fieber habe sie erwischt. Doch das Gegenteil war der Fall. Sie spürte die Wucht dieses Feuers in sich - ein betörendes Gefühl von Kraft und Überlegenheit überkam sie.

Noch schneller flogen die Messer und fanden ihr Ziel. Schlummerte wahrhaftig etwas Magisches in ihr – so wie Prinz Karek es vermutete? Eine Kraft, die ihr diese Geistesgegenwart und Geschwindigkeit ermöglichte? Blödsinn! Wenn es so wäre, müsste sie nicht so hart an sich arbeiten. Ihre Ausbildung zur Auftragsmörderin begleitete sie schließlich ihr ganzes Leben, schon in der Stätte im Alter von zehn Jahren hatte diese angefangen. Somit brauchte sie keine Sanduhr, um schneller als der Rest der Welt zu sein. Sie legte den Kopf schräg. Diese Gedanken sollte sie nicht weiterspinnen. Sie schüttelte den Kopf. Denn wie auch immer – letztlich blieb die Herkunft ihrer Fähigkeiten ohne Bedeutung. Sie besaß diese Fähigkeiten, sie nutzte diese Fähigkeiten. Es blieb die bisher unbesiegte Kriegerin. Der Tod hatte ihr schließlich schon einige Male in die Kohleaugen geschaut, nur um dann unverrichteter Dinge wieder davonzuschleichen.

Sie schwitzte kaum. Ihr Körper gewöhnte sich an die Hitze. Ihr Atem umnebelte sie. Sie sammelte sich und konzentrierte sich auf das Abkühlen. Es dauerte lange, doch sie spürte, dass sie etwas bewirkt hatte. Sie beschloss, daran zu arbeiten, die Schwankungen ihrer Körpertemperatur besser zu kontrollieren.

Den Gedanken, ihre Fähigkeiten tiefer zu ergründen, vielleicht mit Hilfe von Karek, wollte sie nicht zulassen. Bloß nicht die frisch gewonnene Freiheit durch alte und neue Zwänge einengen!

Ihre Hütte musste aufgeräumt und gereinigt werden. Sie fegte Laub und Schmutz zusammen und schob den Haufen Dreck zur Tür hinaus. Im Schrank lagen einige verschimmelte Verkleidungsutensilien. Den Plunder konnte sie getrost wegwerfen. Sie zog mit beiden Armen den Schrank etwas vor. An der Unterseite der Rückwand drückte sie auf ein Astloch. Ein leises Klicken ertönte. Sie bückte sich. Etwas versetzt unter dem Schrankboden zog sie eine entriegelte Schublade auf. Darin standen einige Tiegel mit Pulvern in allen Farben, Ampullen und Phiolen mit Flüssigkeiten. Eine beeindruckende Sammlung ihrer Giftvorräte. Gifte aus allen Teilen dieser vergifteten Welt. Eine Handvoll Fläschchen hatte sie aus der Kammer des Schwarzen Kanzlers in der Stätte mitgenommen. Davor hatte sie ihn in das Loch gesteckt, in das er die Kinder zur Bestrafung geworfen hatte. Dort hatte sie ihn dann mit Deckel drauf schlicht vergessen. Nach seinem länger als gedachten Aufenthalt in der Grube hatte der Kanzler keinerlei Verwendung mehr für das tödliche Gift gehabt.

Sie überlegte, wie es denn gewesen wäre, wenn sie den Schwarzen Kanzler gezwungen hätte, ein Gift nach dem anderen zu kosten. Köstlich - im Namen der Wissenschaft natürlich.

Ihre Hand umschloss den Griff ihres Schwertes. An sich bevorzugte sie das direkte Töten durch blanken Stahl – am besten durch das Auge, doch gelegentlich verhielt sie sich ganz feminin. Gifte seien die Waffen der Frauen, hieß es schließlich. Sie blickte auf ihr Armband am rechten Handgelenk. Es sah aus wie ein harmloses Schmuckstück, sie konnte jedoch eine Schiene mit kleinen Stacheln hochklappen. Durch eine Armbewegung rutschte der Reif auf ihre Faust und funktionierte durch die mit einem lähmenden Gift getränkten Zähne als tödlicher Schlagring.

In der Schublade fiel ihr die Glasampulle mit der durchsichtigen Flüssigkeit auf. Vor einiger Zeit hatte sie diese bei der Leiche ganz in der Nähe ihres Häuschens gefunden, als sie von der Reise aus der Sternfeste zurückkehrte. Sie hielt die Ampulle hoch, der Inhalt sah auf den ersten Blick aus wie Wasser. Vorsichtig zog sie den Korken heraus. Es gab

Gifte, die töteten bereits wenige Sekunden nach bloßem Hautkontakt, doch solche Substanzen bewahrten nur todessüchtige Vollidioten in Glasampullen auf. Dann kannte sie Gifte, die töteten in wenigen Sekunden, nachdem sie eingeatmet wurden. Faustregel hierzu: wenn du sie riechst, ist es bereits zu spät. Schade! Doch auch solche bewahrten nur todessüchtige Vollidioten in leicht zerbrechlichen Behältern auf.

Daher musste es sich bei diesem Gift um etwas anderes handeln.

Sie hielt die geöffnete Ampulle mit gestrecktem Arm von sich. Der Geruch von Algen und Zitrone stieg ihr in die Nase.

Ah, ja. Woher kannte sie diesen Geruch bloß? Sie setzte sich auf den Boden und dachte nach. Eine Erinnerung von den Südlichen Inseln machte sich in ihrem Kopf breit. Ihr kam der kleine Laden auf der Insel Azar in den Sinn. Dort hatte sie vor einigen Jahren die meisten ihrer Giftvorräte erworben. Nicht etwa eine hexenhafte Greisin mit zittriger Stimme hatte ihr die Gifte gezeigt und erklärt - nein, es war eine dunkelhäutige Schönheit gewesen, die sie in die Schrecken dieser harmlos und lustig bunt aussehenden Pulver und Flüssigkeiten eingewiesen hatte. Herzallerliebst. Mit samtiger Stimme hatte sie ausgeführt, dass ein Gift ideal dafür geeignet sei, um möglichst unauffällig über einen längeren Zeitraum hinweg einen körperlichen Verfall hervorzurufen. Spätestens nach einem Jahr würde das Opfer sterben wie an einer Krankheit, todsicher, ohne viel Aufmerksamkeit oder Verdacht zu erregen. Hatte es sich dabei um dieses Zeug in ihrer Hand gehandelt? Sie wusste es nicht mehr genau. Wo war ihr vor Kurzem dieser Geruch in die Nase gestiegen? Sie saß bewegungslos auf dem Boden und runzelte die Stirn. Einsam, völlig verlassen tief im Wald runzelte sie ihre Stirn. Das gehörte hier nicht hin – sie hatte das Stirnrunzeln letzten Endes hinter sich lassen wollen. Aber wenn die Gedanken Falten warfen ...

Sie verdrängte diesen flüchtigen Moment eines merkwürdigen Geruchs.

Was sollte sie nach dem Winter unternehmen? Sollte sie im Frühling in den Süden reisen? Sie wollte doch schon lange auf den Südlichen Inseln nach ihrer Herkunft forschen.

Sie schubste auch diesen Gedanken zur Seite und setzte sich auf den einfachen Stuhl an den einfachen Tisch. Eine ihrer Spiegelscherben lag darauf. Sie griff danach und säuberte die Scherbe mit einem Tuch, denn vor lauter Dreck konnte sie ihr Gesicht darin kaum erkennen. Sie schaute hinein und sah sich. Hm – wen auch sonst? Wieso fiel ihr in diesem Moment nur der Name 'Bolk' ein? Ein Kribbeln fuhr ihr durch den Bauch, als würde ihr Magen eine Gänsehaut bekommen. Bolk! Dieser grobschlächtige Nichtsnutz, den sie auf ihren Reisen mit dem Prinzen im Feindesland getroffen hatte. Der Kerl hatte doch glatt vorgegeben, sie liebenswert zu finden. Dann entpuppte sich dieser Schwätzer auch noch als soradischer Admiral Bolkan Katerron, der dem König seines Landes den Rücken gekehrt hatte. Bolk. Der nächste Gedanke, den sie verdrängen musste. So langsam wurde es vor lauter Drängelei verdammt eng in der Hütte.

Wie sah ihr Gesicht nur aus? Ihre Haut leuchtete gesund, ihre schwarzen Augen blickten tiefgründig in die Scherbe, ihre Haare streichelten glänzend ihre Wangen. Für einen

Moment nahm sie die Rolle eines neutralen Betrachters ein. Katerron! - hätte sie beinahe geflucht – eine bildschöne Frau schaute sie unverwandt an. Viel zu hübsch! Zunächst mussten die Haare ab. Viel zu lang waren die inzwischen gewachsen und fielen ihr weibisch auf die Schultern. Bah! Sie nahm eines ihrer Messer, rupfte eine Haarsträhne nach der anderen hoch über ihren Kopf und säbelte sie ab. Es dauerte eine ganze Weile, bis sie ihr Werk zufrieden in der Scherbe betrachten konnte. Gut, keine Haare störten mehr im Gesicht und ihre neue Stoppelfrisur sah ausreichend scheiße aus. Sie überlegte. Sie könnte sich mit dem Messer die Wangen aufschlitzen – sie würde mit zwei langen Narben im Gesicht bestimmt um einiges gefährlicher wirken. So wie Kareks Freund Blinn, obwohl der alles andere als bedrohlich aussah. Sie steigerte sich genüsslich in ihre selbstzerstörerische Stimmung hinein. Langsam führte sie die Klinge über ihren linken Wangenknochen, der sich sanft unter der samtenen Haut abzeichnete. Sie hielt inne. Die Narben vertrügen sich nicht sonderlich gut mit ihrer Rolle als Baronesse Calinka Cornika oder anderen verführerischen Gespielinnen mit mörderischen Absichten. Als liebenswerte Freifrau Calinka verkleidet, hatte sie Fürst Schohtar persönlich kennenlernen dürfen. Diese widerwärtige Begegnung hatte sie nur darin bestärkt, kurz danach einen seiner Vertrauten, Tandrik Kasarr, zu ermorden.

Egal, in derlei Figuren wollte sie ohnehin nie wieder schlüpfen.

Sie setzte die Spitze der Schneide in ihrem Gesicht an.

»KOMM RAUS!« Ein lauter Befehl einer bekannten Stimme.

Sie musste nicht überlegen. Sie wusste sofort, wer dort rief.

Das Messer immer noch direkt unter ihrem Auge ansetzend, schielte sie die Klinge entlang. Aus dieser Perspektive sah sie richtig lang aus, fast wie ein Schwert.

»KOMM RAUS!«

Woguran, ihr alter Freund aus der Stätte kam zu Besuch. Irgendwie passte das zu ihrer Stimmung, denn schließlich hatte dieser ihr bereits einige Narben auf der Brust verpasst.

Die destruktive Lethargie verflog. Lebenskraft und Lebenswille strömten durch ihre Blutbahnen.

Sie befand sich genau dort, wo sie hingehörte. In Todesgefahr.

»Wir wissen, dass du in der Hütte bist. Komm raus oder wir zünden dir das Dach über dem Kopf an.« Wogis Stimme frohlockte.

Sie biss die Zähne zusammen – einfach rührend, seine Wiedersehensfreude.

Sie blickte durch einen Spalt zwischen den Balken nach draußen.

Zwölf Männer zählte sie – und das waren nur jene, die sie sehen konnte. Alle trugen schwarze Lederkutten, vorn und hinten mit Nieten beschlagen, doch sie sah keine Fernwaffen wie Bögen oder Armbrüste auf ihren Rücken oder in den Händen.

Sie atmete tief durch. Wärme durchflutete sie. Sie lebte oder starb als Handwerkerin des Todes und griff einsatzbereit nach ihren Werkzeugen. Dolche, Messer, Kurzschwert wanderten in ihre Arbeitskleidung und ihren Gürtel.

Na dann, auf zur Arbeit!

Sie öffnete die Tür und schritt entschlossen hindurch.

»Wogi. Alter Freund. Schön, dass du zu Besuch kommst! Tritt ein. Ist doch ungemütlich da draußen.«

Sie machte eine einladende Handbewegung. Ihre Augen tasteten die Umgebung der Hütte ab. Links und rechts standen noch einige Söldner, die sie vorher nicht hatte sehen können. Sie hielten bereits Waffen in der Hand, da Woguran offensichtlich damit rechnete, dass sie versuchen würde, zur Seite durchzubrechen.

Die Männer sahen ziemlich heruntergekommen aus, so als hätten sie bereits einige Tage bei diesem Schweinewetter im Freien verbringen müssen. Daher hatten sie sich dem Wetter optimal angepasst.

Sie dachte gar nicht daran, sich von hier fortzubewegen. Solange sie in der Tür stand, konnte sie von höchstens zwei Gegnern gleichzeitig angegriffen werden. Und die eigene Hütte im Rücken gab doch ein Gefühl von Zuhause – wohnlich und behaglich.

Einer der Söldner mit einer Keule in der Hand krächzte mit heiserer Stimme: »Die sieht doch ganz nett aus. Trägt die Haare etwas kacke, aber sonst alles dran.« Er lachte hustend. »Und die soll so gefährlich sein?«

»Konzentrier' dich, du Idiot. Glaube mir, es gibt in ganz Krosann keine Person, die so leicht und schnell Menschen tötet wie sie.«

»Aber nur in Notwehr«, verteidigte sie sich. »Und für

Aufträge. Na gut, und wenn es gerade Spaß macht«, schob sie nach. »Und gerade habe ich eine Menge Spaß.« Provokativ schaute sie sich um. »Fünfzehn Mal Spaß.«

»Wir sind aber zwanzig!«, röhrte der Keulenknilch stolz.

Wogi reagierte weniger stolz: »Das wollte sie doch nur wissen, du Idiot. Halt das Maul. Ab jetzt rede nur ich mit ihr.«

Sie beobachtete die Männer vor ihrer Hütte genau. Keine Fernwaffen bedeutete nicht, dass nicht einer auf den unehrenhaften Gedanken kommen könnte, Wurfmesser oder ähnlich spitze Gegenstände nach ihr zu werfen. Und weitere fünf befanden sich vermutlich hinter dem Haus, denn hier standen nur fünfzehn.

Wogi lächelte charmant. Zumindest gab er hierbei alles, was seine ramponierte Fresse noch zu bieten hatte. »Wir haben dich schon früher hier erwartet. Deine Hütte lasse ich schon lange überwachen.«

»Tut mir leid, dass ihr warten musstet, aber jetzt bin ich ja wieder da«, erklärte sie versöhnlich. »Soll ich einen Tee aufsetzen? Ist auch kalt hier draußen. Gerade eben habe ich noch sauber gemacht - wenn ihr euch die Schuhe auszieht, könnt ihr alle reinkommen«, schlug sie liebenswürdig vor.

Trotz der Kälte knisterte die Luft wie über einem Lagerfeuer.

Äußerlich blieb Woguran gelassen. »Du wirst uns verraten, wo du das Gold des Schwarzen Kanzlers versteckt hast.«

Oha, Wogi erwies sich als gar nicht mal so blöd. Immerhin konnte er eins und eins zusammenzählen. Daher jagte er sie also so beharrlich! Ein Fingerhut Enttäuschung machte sich in ihr breit. Und sie hatte sich eingebildet, es geschah aus unsterblicher Jugendliebe zu ihr.

»Und danach töten wir dich«, kündigte Woguran sachlich an.

Sie nickte zustimmend: »Die Reihenfolge ist gut durchdacht.« Sie verlagerte ihr Gewicht vom rechten Bein auf beide Beine. »Nur eine Frage drängt sich mir auf. Angenommen ich hätte das Gold - wie wollt ihr erreichen, dass ich euch erzähle, wo es ist?«

»Es gibt Mittel und Wege, dies herauszufinden. Und dabei unterschätze ich dich nicht, denn ich weiß, was du schon alles erlebt hast, schließlich war ich dabei. Doch ich schrecke nicht vor Maßnahmen zurück, die selbst den Schwarzen Kanzler entsetzt hätten.«

Einer der Kerle im Hintergrund murrte: »Los, Wogi! Genug gequatscht. Worauf warten wir? Die soll uns sagen, wo der Schatz ist.«

»Hat euer Anführer euch das nicht erzählt? Ich bin der Schatz. Sein Schatz.« Sie klimperte mit den Wimpern, dass es fast klapperte. »Gold gibt es doch gar keines. Nicht wahr, Wogi? Sag es ihnen.«

»Glaubt ihr kein Wort. Sie ist eine Schlange.«

Ihre Worte zeigten immerhin bei einigen Männern Wirkung. Einer fragte beunruhigt: »Wir stehen in der Kälte vor einer lausigen Hütte tief im Wald. Und ich sehe nur eine verdammte Hure. Wo bleibt die Belohnung?«

»Die gibt es gleich«, versicherte sein Anführer.

»Lasst Wogilein erst einmal alleine zu mir in die Hütte. Er hat als Erster eine Belohnung verdient.«

Ein anderer Söldner trat mit Wut in der Stimme vor und fauchte seinen Anführer an. »Stimmt das? Du bist scharf auf sie?«

»Merkt ihr nicht, dass dies genau das ist, was sie will? Unfrieden zwischen uns stiften, um dann zuzuschlagen.«

Töte zuerst den Anführer, hatte es immer geheißen. Kein Wunder, denn der hatte oftmals den meisten Grips. Und auch hier bewahrheitete sich dies. Woguran musste als Erster sterben. Auch wenn es ihr gelingen sollte, ihn zu töten, verblieben weitere neunzehn Gegner. Alle kampferprobt und rücksichtslos. Den heutigen Tag würde sie aller Voraussicht nach nicht überleben. Mal sehen, wie viele sie auf die Reise ins Unbekannte mitnehmen konnte. Sie nahm sich vor, mindestens die Hälfte zu töten, bevor sie selbst dran glauben musste. Zehn wäre schon ziemlich gut und ein würdiger Abgang für eine einzige Krähe in ihrem letzten Kampf.

Sie stand still.

Dann! Zwei Wurfmesser rutschten aus den Ärmeln in ihre Finger. Die Bewegung des Handgelenkes konnten die Männer nur erahnen, denn es rauschten wie aus dem Nichts Klingen durch die Luft. Im gleichen Moment machte der Mann mit der Keule zufällig einen Schritt nach vorne. Das für Woguran gedachte Messer fuhr ihm in die Wange. Das andere Wurfmesser landete genau dort, wo es hin sollte: im Hals des Söldners neben Woguran.

Inzwischen zischten auch die Dolche aus ihren Stiefeln in Richtung Feinde. Die insgesamt vier getroffenen Männer schrien fast gleichzeitig wie am Spieß. Das hässliche Lied der Schmerzen und des Todeskampfes. Als wenn es dadurch besser würde. Die anderen reagierten, wie erfahrene Krieger reagieren: Sie fuhren zunächst auseinander und kamen von allen Seiten mit erhobenen Waffen auf sie zugerannt. Was für ein Männeransturm! Sie suchte festen Stand und blieb in der Tür stehen. Der Erste von ihnen empfing ihr Kurzschwert in der Magengrube. In der gleichen Bewegung stach sie mit einem Messer aus ihrem Gürtel nach dem Nächsten. Sechs der Söldner waren durch ihren Überraschungsangriff entweder tot oder schwer verletzt. Jetzt wurde es eng. Sie tat zwei Schritte zurück in die Hütte.

Die Kerle drängten nach. Sollten sie ruhig – so konnten immer höchstens zwei angreifen.

Doch Woguran der Spielverderber brüllte: »ZURÜCK! Wir räuchern sie aus.«

Die Tür wurde zugeschlagen. Sie würden ihr die Hütte über dem Kopf anzünden. Es wurde also brenzlig. Und es waren immer noch mindestens vierzehn Verehrer. Sie öffnete den Schrank. Sie besaß nur noch drei Messer für die Stiefel und vier Wurfmesser. Sie verzog ihren schmalen Mund. Mehr Waffen konnte selbst sie sich nicht aus dem Ärmel schütteln. So wenige Waffen für so viele Männer. Die Welt war ungerecht.

Am Hof des Königs

Die Kälte hatte das Leder steif werden lassen, sodass Hose und Harnisch rhythmisch knarzten, als der Mann mit weiten Schritten den Thronsaal betrat. Eine der vier Eisenschnallen des Brustpanzers fehlte. Die schlammbespritzten Stiefel hinterließen Spuren auf dem Marmorboden. Der Träger dieser schäbigen Rüstung wirkte so verfroren wie erschöpft. Sein ausgemergeltes Gesicht wies zwischen den Bartstoppeln zahlreiche dunkle Flecken auf.

»Mein König!« Er beugte sein Knie. »Mein Prinz!« Er warf auch Karek auf dem Sitz unterhalb des Throns einen ehrerbietigen Blick zu. Dann stand er mit geradem Rücken vor König Tedore, wie jemand, der weiß, dass er eine gefährliche Aufgabe erfolgreich bewältigt hatte.

Der Bote verwendete viele Namen - hier in der Burg Felsbach nannte er sich Latzek, wusste Karek. Genauer gesagt, handelte es sich bei Latzek um den versiertesten Geheimkurier des Königs. Der Gegner würde ihn eher als verlogen und verschlagen betiteln, was wiederum für ihn sprach. Der Mann unterhielt ein über Toladar hinausgehendes Netz aus Vertrauten und Spionen. Somit diente er als der zuverlässigste Beschaffer von zuverlässigen Informationen.

»Willkommen zurück, Heermeister Latzek.« König Tedore sprach ihn mit seinem offiziellen militärischen Titel an. »Es ehrt Euch, nach dieser erschöpfenden Reise geradewegs zu Eurem König zu eilen.«

»Bevor ich ein Bad nehme und mich ausruhe, entledige ich mich gerne der Bürde des Berichts. Wie stets, mein

König.«

Tedore nickte. »Lasst uns in meine Schreibstube gehen. Hier haben nicht nur die Wände Ohren.« Tedore zeigte zur Eichentür rechts neben dem Thron.

Karek stand auf und begleitete seinen Vater in den angeschlossenen Saal. Tedore zog die Tür hinter ihnen zu und setzte sich an einen runden Tisch. »Nehmt Platz«, forderte er Latzek auf.

Karek bewunderte diesen Mann, der einer vielschichtigen Profession nachging. Er besorgte unter Lebensgefahr Informationen, die in der Regel niemand hören wollte.

»Ihr wisst, ich komme gerade aus dem Süden des Reiches. Ich besuchte Tanderheim, Stern und die Sternfeste. Fürst Schohtar hat die Truppen von der Grenze nach Soradar abgezogen, nach Norden beordert und entlang des Flusses Karpane aufgestellt. Er geht demnach davon aus, dass die Grenze zu Soradar sicher ist.«

Tedore stöhnte: »Also sichern keine Soldaten mehr unsere Grenze nach Soradar?«

»So ist es, mein König. Schohtar muss einen Pakt mit König Pares Drullom geschlossen haben, dem er bedingungslos vertraut.«

Karek überlegte. Damit sah Schohtar den größeren Feind in den Bürgern im Norden des eigenen Landes, anstatt im verfeindeten Südreich Soradar.

Karek rutschte auf seinem Stuhl nach vorne.

Das ist eine schlechte Nachricht.

Der Heermeister trug seine Informationen stets sachlich vor und überließ jede Bewertung oder Interpretation derselben anderen. Auch das machte ihn wertvoll.

Latzek fuhr fort: »Nur die Berufsarmee hat am Karpane Stellung bezogen. Das Bürgerheer hat Schohtar aufgelöst und die Menschen nach Hause in ihre Dörfer geschickt.«

Das ist eine gute Nachricht.

»Was zu erwarten war, da er schlecht im Winter einen Feldzug gen Norden durchführen konnte«, knurrte Tedore.

»Schohtar ist unberechenbar – doch in diesem Fall gewinnt Ihr mindestens bis zum Frühling Zeit, da Schohtar nicht vorher zu den Waffen ruft. Der Fürst beschränkt sich zunächst darauf, den Süden zu halten.«

Ihr gewinnt Zeit. Nicht wir gewinnen Zeit. Latzek steht über den Dingen.

Sein Vater nickte. Karek schaute den Heermeister erwartungsvoll an.

»Nun zu Euch, mein Prinz.« Latzek änderte weder Gesichtsausdruck noch Tonlage, dennoch machte sich Karek auf das Schlimmste gefasst.

»In Tanderheim habe ich Erkundigungen über Hauptmann Karson und seine Frau Mutter eingeholt. Karson ist wegen Hochverrat zum Tod verurteilt worden, da er den Prinzen entkommen lassen habe. Die Leute erzählen, er habe während der Hinrichtung durch das Beil unentwegt gelacht.«

Karek verzog keine Miene. So etwas hatte er erwartet.

Der Kurier fuhr fort. »Karsons Haus in Tanderheim ist restlos heruntergebrannt. Seine Mutter soll darin umgekommen sein. Nachbarn haben gehört, wie sie um ihr Leben geschrien hat, während Schohtars Söldner die Tür abgesperrt haben und sie verbrennen ließen.«

Karek fühlte einen Stich im Herzen. Vater und Großmutter seiner Freundin Milafine waren tot. Was für eine Welt.

Dazu belasteten den Prinzen die Sorgen um das Königreich, um den schwelenden Bürgerkrieg und vor allem um den Gesundheitszustand seines Vaters. Karek blickte zu ihm hinüber. König Tedore wirkte mit jedem Tag grauer, seine Wangen eingefallener und seine Augen trüber.

Auch jetzt schien er sehr angestrengt und dankte Latzek für seine Mission.

Latzek verbeugte sich und ließ Karek mit seinem Vater allein zurück.

Erschöpft wandte sich Tedore seinem Sohn zu. »Ich muss ruhen, mein Sohn. Wir sehen uns heute Abend.«

Karek stand seufzend auf. Er musste sich auf die Suche nach Milafine machen und ihr diese grausamen Neuigkeiten berichten. Jetzt wurde er unfreiwillig zum Überbringer schlechter Nachrichten – wahrlich keine schöne Aufgabe.

Den ganzen Vormittag hatte Karek Milafine trösten müssen. Es schmerzte ihn zu sehen, dass sie sich bisher alles andere als wohl in der königlichen Burg Felsbach fühlte. Und solche Hiobsbotschaften verbesserten ihre Gemütslage natürlich keineswegs.

Nach dem Mittagstisch zog es den Prinzen zu seinen Anwärterfreunden. Er konnte und wollte nicht nur Trübsal blasen, sondern bemühte sich um Ablenkung. Blinn hatte ihm beim Frühstück gesagt, dass sie im Burghof Schwertkampf üben wollten. Tatsächlich fand er seine Kameraden dort versammelt.

»Na, ihr Schwarzen!« Während der Anwärterausbildung in der Feste Strandsitz waren Karek und seine Kameraden der 'schwarzen' Truppe zugeteilt gewesen.

Blinn begrüßte ihn mit einem forschen 'Stillgestanden, der Prinz', nahm aber alles andere als Haltung an.

Karek warf ihm einen 'du-Blödmann' Blick zu und lehnte sich in gleicher Manier neben ihn an das Stallgebäude.

Krall, sein kämpferischster Freund, stand im Hof der königlichen Burg Felsbach und wirbelte sein altes Schwert hin und her. Seine wachen Augen durchbohrten jeden Gegner - noch vor seiner Waffe.

Überdurchschnittlich groß und muskulös wirkte Krall schon auf den ersten Blick wie ein ernstzunehmender Gegner.

Sogar noch etwas gefährlicher als ich.

Karek erinnerte sich an die langen Leiden, die er genau dort, wo Krall nun stand, bei den Übungskämpfen mit seinem Lehrer, Waffenmeister Madrich, hatte durchmachen müssen. Wie er sich als ungelenker Kugelfisch geplagt hatte.

Wenigstens kämpfte ich immer schlecht. Darauf konnte Madrich sich fest verlassen.

Eduk und Wichtel standen mit einem Sicherheitsabstand um Krall herum. Auch sie hatten ihre Schwertgurte angelegt.

»Ich bin ein Krieger. Ein Meisterkämpfer. Ein Zauberer mit der Waffe«, tönte Krall.

»Du meinst, du bist dem Schwert sein Meister«, fasste Wichtel gekonnt zusammen.

»Und ein Meister der Bescheidenheit«, ergänzte Eduk.

»Den einzigen Zauber den du drauf hast, ist aus frischer Luft riechende Luft zu machen«, merkte Blinn an.

Kralls Brust und Schultern waren viel zu breit, sodass solche Einwürfe des einfachen Fußvolkes an der Aura des

Helden Krall abprallten wie Pfeile an der Burgmauer. Breitbeinig stand er im Hof, bereit sieben Drachen gleichzeitig zu bekämpfen.

Glücklicherweise gibt es keine sieben Drachen in der Nähe.

Karek lehnte weiterhin am Stall und zog fröstelnd ein Gesicht. Der Nordwind brachte eisige Luft, die sich im Hof verwirbelte.

Nicht einmal einen - zumindest seit Nika uns verlassen hat. Wo sie jetzt wohl stecken mag?

Krall störte die Kälte offensichtlich wenig. Er hatte schon frühmorgens mit seinen Übungen begonnen, immer wiederkehrende Bewegungsabläufe und Schrittfolgen zu perfektionieren, die ihn zwei herausragende Schwertmeister gelehrt hatten.

Mit Wehmut dachte der Prinz an die Schwertmeister To Shyr Ban und Forand zurück. Zwei ehrenwerte Menschen, die er vermisste – beide Opfer eines unnötigen Krieges.

Waffenmeister Madrich tauchte auf. Trotz der Kälte trug er lediglich eine Lederweste, sodass seine muskulösen Arme zur Geltung kamen. In Verbindung mit seinem kahl geschorenen Schädel, in welchem tiefliegende Augen flackerten, sah er durchaus eindrucksvoll aus.

»Haben wir dort einen eifrigen Krieger? Schön! So etwas kennt dieser Innenhof überhaupt nicht.« Dem Seitenhieb folgte ein Seitenblick in Richtung Karek.

Der tat so, als hätte er dies nicht gehört oder verstanden – was auf dasselbe herauskam. Der Prinz verspürte wenig Lust, über die Sinnlosigkeit von Prügeleien zu diskutieren. Doch genau diese bedeuteten für Krall und Madrich den

Mittelpunkt des Seins.

Um in Kralls Worten zu sprechen: Fresse polieren als Weltanschauung.

»Wollen wir ein wenig üben?«, fragte der alte Waffenmeister die jungen Männer und blickte in die Runde. Für Karek hatte er diesmal keinen Blick übrig, woraufhin sich der Prinz auch nicht angesprochen fühlte.

Im richtigen Moment weghören ist eine Kunstfertigkeit.

Doch auch die Künstler Blinn, Eduk und Wichtel prüften just in diesem Moment mit ernsten Gesichtern kritisch die Wetterlage, indem sie die Wolken studierten. Offensichtlich gab es äußerst seltene Formationen am Himmel zu bestaunen.

Krall meldete sich zu Wort: »Gerne. Ich bin jederzeit bereit.«

»Im Stall dort hängen die Übungsschwerter und Schutzwesten. Wer möchte, kann sich dort bedienen, und wir nutzen die Zeit für eine Lehrstunde.«

Krall steckte das Schwert, welches Forand ihm vermacht hatte, in die Scheide am Gürtel und hängte diesen an einen Nagel im Stützbalken des Vordaches. Er warf seiner besonderen Waffe noch einige Blicke hinterher. Karek wusste, wie ungern sich sein Freund von der alten Klinge trennte, auch wenn es nur für einen Moment war.

»Dann zeigen wir deinen Gefährten die hohe Kunst des Schwertkampfes.« Madrich fühlte sich in seinem Element.

Krall führte die Hände zusammen, sodass seine Fingerknochen knackten. »Fragt sich, wer hier wem etwas beibringt?«

Madrich traute seinen Ohren nicht. Er stemmte die Arme

in die Hüften und besah sich Krall genauer. »Du scheinst ja ein ganz besonders Gefährlicher zu sein. Gefährlich überheblich.«

»Krall besitzt lediglich ein gesundes Selbstbewusstsein. Seid vorsichtig mit dem, Meister Madrich«, riet Karek. »Den habe ich persönlich ausgebildet.«

Der Waffenmeister schnaubte abfällig. »Wenn der jetzt alles kann, was Ihr könnt, dann sind wir ja schnell durch.« Er kratzte sein Kinn. »Und ich dachte für einen kurzen Moment, der Kerl taugt als Gegner für einen Übungskampf.« Dann lächelte er verschmitzt.

Karek hatte nicht gewusst, dass Madrich lächeln konnte. Das kantige Gesicht wurde für einen Moment tatsächlich weicher.

Krall runzelte die Stirn. Karek sah es ihm an - wenn es um seinen geliebten Schwertkampf ging, verstand er keinen Spaß. Auch bei Übungskämpfen ging es für ihn um Leben und Tod.

Wenig später standen sich Madrich und Krall mit gepolsterten Westen am Körper und langen Holzschwertern in der Hand gegenüber.

Krall ließ die Übungswaffe kreisen, um sich an das Gewicht und die Balance zu gewöhnen. »Was für ein Knüppel«, meckerte er abschätzig. »Aber er sollte reichen.«

»Fragt sich wofür, junger Mann«, meinte der alte Krieger gut gelaunt. Er schien sich seiner Sache sicher, Krall gleich nach allen Regeln der Fechtkunst zu vermöbeln.

Schon wählte er eine seiner Lieblingsausgangsstellungen, bei welcher er die rechte Schulter vorstreckte. Karek wusste, dass Madrich seine Hut ständig wechselte, um nicht berechenbar zu sein.

»Dann los«, gab der Waffenmeister das Startsignal.

Krall drehte sich halb um seine Achse und versuchte, die Verteidigung seines Gegners zu durchbrechen, bewegte seinen Körper dabei so, dass er die maximale Deckung behielt.

Madrichs Paradehieb hatte es in sich. Er schlug Kralls Schwert von unten nach oben. Das dumpfe Klacken beim Aufeinanderprallen von Holz auf Holz schallte ohne Echo durch den Hof – eine unwirkliche Geräuschkulisse im Vergleich zu einem Kampf mit richtigen Schwertern, wenn die Metallklingen sirrten und sangen.

Krall schien nicht mit einer derart wuchtigen Abwehraktion gerechnet zu haben, beinahe hätte es ihm sein Schwert aus der Hand geschleudert.

Die beiden Kämpfer beäugten sich.

Karek war schon bei früheren Gelegenheiten aufgefallen, dass Krall im Gegensatz zu Madrich auch sein Standbein beugte. Krall liebte diesen tiefen Stand für die eigene Stabilität bei allen Paraden und Angriffen.

Natürlich fiel Madrichs geübtem Blick Kralls Haltung ebenso auf. »Junge, du musst nicht vor mir niederknien. Hebe dir das für den König auf.«

Krall sagte keinen Ton. Karek wusste, dass er es nicht leiden konnte, beim Schwertkampf Gespräche zu führen. Es gab die Zeit zum Reden, es gab die Zeit zum Kämpfen – das sollte nicht vermengt werden.

Jetzt griff der Waffenmeister mit ausgestrecktem Schwert

an. Seine enorme Reichweite aufgrund seiner langen Arme durfte Krall nicht unterschätzen. Tat er aber. Madrich erwischte die Waffe seines Gegners zwar nur leicht, doch es reichte, um dann daran vorbeizurutschen und einen Treffer auf der Schutzweste zu landen.

Madrich wusste nicht, ob er stolz oder enttäuscht sein sollte. Er wunderte sich selbst über seinen schnellen Treffer. Krall glotzte ungläubig auf die Holzwaffe. Dann schaute er sehnsüchtig zu dem Balken, an dem sein echtes Schwert hing.

»Junge, es ist nicht die Waffe. Du bist zu langsam.« Madrich konnte es ihm nicht ersparen.

»Nochmal.« Krall begab sich in seine Lieblingsausgangsstellung.

Die beiden umkreisten sich lauernd mit kleinen Schritten, immer auf sichere Standfestigkeit bedacht. Dann schoss Krall vor, hielt dabei das Schwert schräg vor seinen Körper. Madrich wehrte den Angriff gekonnt ab. Eine schnelle Schlagfolge ließ die Zuschauer raunen. Madrich fing bei seinen Bewegungen an zu stöhnen, ein für Karek ganz ungewohnter, unwirklicher Laut. Hin und her ging es. Beide Kämpfer landeten den einen oder anderen Achtungstreffer auf die Schutzweste des anderen, wobei Madrich insgesamt die besseren Aktionen für sich verbuchte.

»Krall wird zwar immer besser, wirkt jedoch irgendwie gehemmt«, merkte Wichtel an.

Just in diesem Augenblick schielte Krall abermals zu seinem echten Schwert hinüber, eine Unachtsamkeit, die ihn eine Finte Madrichs zu spät durchschauen ließ. Das Schwert des alten Mannes erwischte ihn auf dem Rücken.

Krall hob wütend beide Arme. »Diese Holzknüppel taugen nichts. Madrich, wir sollten auf unsere echten Schwerter wechseln.«

Der Waffenmeister sah ihn ernst an.

Karek konnte nicht anders: »Lass doch gut sein, Krall. Du hast Madrich zum Ächzen gebracht, das ist mir in vielen Jahren nicht ein einziges Mal gelungen.«

Krall blitzte ihn zornig an. »Halt dich da raus, Prinz. Ich muss etwas probieren.«

Madrich schien hin- und hergerissen. Er merkte einerseits, wie wichtig seinem Kontrahenten die Fortsetzung des Kampfes war. Auf der anderen Seite sah er die Emotionen, die bei jedem Schwertkampf schlechte Ratgeber waren.

Der alte Waffenmeister nickte langsam. »Krall, das können wir tun. Du bist erfahren genug, um einen Übungskampf mit Stahl zu führen. Lass uns noch vorher einen Schluck Wasser trinken.«

Da kann ich mich jetzt nicht noch einmal einmischen.

Karek senkte resignierend die Schultern.

Hoffentlich kühlt die kleine Pause die Gemüter ab.

Krall warf umgehend die Holzwaffe zur Seite und nahm seinen Schwertgurt vom Nagel. Der Gesang der Klinge, als er sie aus der Scheide zog, ließen die sonst so blassen Augen glänzen. Zuversicht glättete seine Stirn.

Auch Madrich band sich seine vertraute Klinge um die Hüfte. Ein Bastardschwert – etwas länger als die Waffe von Krall. In aller Seelenruhe ging er zum nahegelegenen Burgbrunnen und füllte einen Tonbecher mit Wasser.

»Das Elixier des Lebens, junger Mann«, prostete er Krall und den anderen Anwesenden zu.

»Genug geredet. Auf ein Neues.« Krall konnte es kaum erwarten.

»Gut. Aufgepasst!« Madrich begab sich erneut in seine Lieblingsausgangsstellung. Doch bevor er sich versah, kassierte er einen Treffer von der linken Seite. Überrascht hob er Kopf und Waffe.

»Eine gelungene Aktion!«, meinte er anerkennend.

Er tat einen Schritt zurück, nur um dann ohne weitere Vorwarnung auf Krall zuzustürmen.

Der Junge flog zur Seite, ließ Madrich einen Schritt ins Leere machen, wirbelte auf den Fußballen wie ein Tänzer um ihn herum und hieb ihm das Schwert auf den gepolsterten Rücken.

Madrichs Gesicht gewann an Farbe. Spätestens jetzt nahm er nicht nur den Kampf, sondern auch den Gegner ernst.

Krall bewegte sich nicht schneller oder gewandter als zuvor, jedoch zielgerichteter. Auf jede Bewegung, jeden Angriff, jede Aktion von Madrich wusste er die bestmögliche Parade oder Gegenaktion. Jetzt klirrte es durch den Hof, so schnell hatte hier noch nie Metall auf Metall geschlagen.

Die Anstrengung war dem Waffenmeister mittlerweile ins Gesicht geschrieben. Die Glatze glänzte wie nasser Marmor, das Stöhnen bei jeder schnellen Bewegung geriet immer lauter.

Alle schauten wie gebannt auf die Zurschaustellung höchster Schwertkunst. Madrich focht hervorragend, doch ohne nennenswerten Erfolg. Krall zeigte nach wie vor auf alle Versuche Madrichs, einen Treffer zu landen, die entsprechende Antwort.

Sogar Karek konnte diesem Schauspiel etwas abgewinnen. Die beiden Kämpfer wirkten wie ein eingespieltes Paar. So als hätten die beiden diese Abfolge von Hieben bereits tausende Mal geprobt.

Weiter ging es in schneller Schlagfolge. Die Bewegungen von Madrich gerieten eckiger, während sein Gegenüber mit jeder Aktion eleganter und geschmeidiger wirkte.

Karek spürte es: Madrich bekam nicht den Hauch einer Chance, einen halbwegs gelungenen Angriff durchzuführen, denn stets wirbelte Kralls Schwert schneller als der Gedanke des Waffenmeisters.

Plötzlich hielt Krall inne und sagte: »Lasst gut sein, Madrich.« Krall senkte sein Schwert. Er wirkte nahezu ausgeruht, während sich der Brustkorb seines Gegners heftig hob und senkte.

Madrich rutschte sein Schwert kraftlos aus der Hand. Er rieb sich das Handgelenk. Karek kannte Madrich als ehrenhaften Ausbilder, der keine Probleme damit hatte, die Leistungen anderer anzuerkennen. So erstaunte es ihn nicht, dass sein alter Waffenlehrer mit beeindruckter Miene sagte: »Ich will verflucht sein, wenn du für deine jungen Jahre nicht der beste Schwertkämpfer bist, der mich jemals zum Schwitzen gebracht hat.«

Er verbeugte sich tief. Krall machte es ihm nach.

Wichtel jubelte seinem Freund zu. »Einverstanden Krall. Meisterkämpfer ist wirklich nicht übertrieben.«

Madrich hob stöhnend sein Schwert wieder auf, sammelte zudem die beiden Holzschwerter ein und brachte die Übungswaffen zusammen mit den Schutzwesten zurück in den Stall.

Karek schaute ihm hinterher.

Komisch. Nach meinen Übungskämpfen musste immer ich aufräumen.

Im Speisesaal der Burg herrschte Betriebsamkeit.

Karek saß Wichtel und Krall gegenüber.

»Du warst mal wieder gigantisch im Hof, Krall. Obwohl es anfangs nicht danach ausgesehen hatte. Wenn ich doch nur halb so gut fechten könnte wie du«, schwärmte der Kleine.

Krall wirkte nachdenklich, was bei ihm selten der Fall war. Dann wackelte er mit dem Kopf, als wolle er einen Gedanken wegschütteln wie eine lästige Fliege. »Vom Reden wirst du nicht besser.« Er schaute seine Gefährten an. »Ihr alle solltet mehr üben. Aber ihr drückt euch ja immer.«

Karek wusste, dass er recht hatte. Wichtel, Eduk und er überzeugten nicht gerade durch ihre Waffenfertigkeiten.

Die Angesprochenen brachten ein 'ja-ja-red-du-nur' Nicken zustande und aßen weiter an ihren Bratenstücken. Schließlich bequemte sich Wichtel zu einem Kommentar. Er wollte offensichtlich Kralls Vorwurf nicht einfach so auf sich sitzen lassen. Schmatzend sagte er: »Von diesen hektischen Bewegungen fange ich so schnell an zu schwitzen.«

Krall ging ihm natürlich in die Falle. »Ja meinst du, ich nicht?«

»Klar, du auch. Unüberriechbar, wie du nach Schweiß stinkst. Du könntest dich zumindest nach dem Kämpfen waschen.«

»Ich habe mich als Kind mal gewaschen. Fand ich langweilig«, antwortete Krall ungerührt.

Karek schmunzelte. Er liebte es, seine Freunde um sich zu wissen und er bewunderte ohne jede Form von Eifersucht die innige Freundschaft zwischen Krall und Wichtel. Seine Kameraden lenkten ihn von seinen Sorgen ab.

Ein Klopfen an seinem Stuhlbein ließ seinen Blick nach unten gleiten. Fata stand dort und bettelte wie ein Hund um etwas Essbares. Das Kabokücken genoss inzwischen einen höchst eindrucksvollen wie zweifelhaften Ruf – hatten sich doch die seltsamen Ereignisse mit Weibel Karson in den Hafendocks herumgesprochen. Die Kabokönigin galt bei einem kleinen Teil des Hofes als heldenhaftes Wesen, nachdem sie nur mit ihrem Blick Karson dazu gebracht hatte, seine Geisel Karek freizulassen und zu verschwinden. Daher genoss Fata dort die Vorrechte eines Ehrengastes, zumal es hieß, der Vogel könnte Menschen nach Belieben paralysieren. Der größere Teil der adligen Bewohner des Schlosses lästerte jedoch hinter vorgehaltener Hand über das hässliche Huhn, das in der Burg frei herumlaufen durfte und zudem im Schlafgemach des Prinzen nächtigte. Das sei noch schlimmer als damals zu Zeiten der Königin Ulreike mit ihren zahlreichen Haustieren, die überall herumstromerten. Plötzlich hatten sie alle Verständnis, dass es sich einst einer von Ulreikes Hunden auf dem Thron bequem gemacht hatte. Bei einem Hund könne man dies ja noch durchgehen lassen, aber ein Vogelvieh sei indiskutabel.

Daher verhielten sich die Menschen am Hof Fata gegenüber entweder übertrieben höflich oder sie waren versucht, nach ihr zu treten.

Großzügig ließ Karek ein Stück Brot fallen, das Fata in Windeseile mit ihrem Schnabel zerteilte und hinunterschlang.

Karek aß lustlos an seinem Stück Fleisch weiter. Krall schien immer noch etwas mächtig zu beschäftigen.

Es scheint wohl die Zeit der Gedanken zu sein. Was in Kralls Kopf vorgeht, wüsste ich allzu gerne.

Der Prinz schob den bestenfalls halb leer gegessenen Teller von sich. Eine für ihn doch recht ungewohnte Handlung. Karek schaute an sich herunter. Heute Morgen beim Anziehen hatte er seinen alten Gürtel mit dem königlichen Wappen auf der Schnalle aus dem Schrank geholt. Er war über dessen Länge regelrecht überrascht gewesen.

Hatte der Gürtel wirklich vor nicht einmal einem Jahr noch gepasst? Damit kann ich einen Elefanten fesseln.

Also hatte er ein weiteres Loch weit entfernt von den anderen Löchern in seinen alten Ledergürtel machen müssen.

Die letzten Monate hatten an ihm gezehrt und ihm einen Teil seines Gewichtes geraubt. Oder auch nur einfach seinen früheren unbändigen Appetit. Dies sah er durchaus positiv. Lange hatte ihn niemand mehr 'dick' oder gar 'fett' genannt, wobei er von einer schlanken und ranken Statur noch weit entfernt war.

Ich muss ja auch nicht übertreiben. Ein bisschen dick ist auch nett.

Er nahm Messer und Gabel und schnitt sich einen großen Bissen vom Braten auf seinem Teller ab.

Die Familie

Sie hörte erregte Stimmen durch die Wände. Allen voran die von Woguran.

Der brüllte nur noch hin und her. »Fünf von uns sind tot, einer schwer verletzt! Was für ein Versagen. Ich habe Euch gewarnt.«

»Du hast uns Gold versprochen. Wenn es hier welches zu holen gibt, müssen wir nun durch weniger Köpfe teilen«, meinte einer kameradschaftlich.

Das passte. Zwanzig Freunde müsst ihr sein. Gleichwohl, fünfzehn taten es natürlich auch.

»Zum Teilen des Fells müssen wir den Bären erst erlegen«, stellte eine andere Stimme fest.

»Zünden wir das Haus an. Die Hexe soll brennen.«

»Ein richtiges Feuer ist unkontrollierbar. Wer weiß, wo sie dann versucht durchzubrechen. Wir räuchern sie aus«, entschied Wogi. »Und denkt daran, wenn sie tot ist, kann sie nicht mehr erzählen, wo das Gold ist. Jetzt zerreißt eine alte Decke, zündet die Stücke an und stopfte sie zusammen mit Reisig in die Lücken zwischen die Balken dieser Dreckshütte.«

Eine Weile hörte sie außer Schritten nichts mehr. Sie lugte wieder durch eine schmale Lücke in der Stirnwand. Vor ihrer Tür hielten sechs Männer Wache.

Gleich würde es aus allen Rillen und Ritzen qualmen. Kein verlockender Gedanke. Sie würde binnen kürzester Zeit kaum noch Luft bekommen und dann ohnmächtig werden. Darauf zu warten, fiel ihr nicht ein. Sie musste angreifen, solange sie noch angreifen konnte. Töten, solange sie noch töten konnte. Logisch.

Alle verbliebenen Klingen verstaute sie sorgfältig an ihrem Körper. Sie konzentrierte sich, baute Wut auf, was nicht schwer war. Dieser Widerling Woguran schlich sich zum dritten Mal ungefragt in ihr Leben. Sie dachte an die Narben zwischen ihren Brüsten. Auch diese Rechnung stand noch offen. Ihre Wut schlug um in Hitze. Sie spürte es: ihr Blut schlug Blasen. Es brodelte durch ihren Körper.

Die ersten Stofffetzen wurden von außen zwischen die Balken gesteckt und angezündet. Weißer Qualm waberte in die Hütte.

Sie dachte an Karek und seine Freunde, die Milchbärte Krall, Wichtel, Blinn und Eduk.

Sie dachte an Bolk. Hatte er sie wirklich gemocht oder wollte er nur seinen Jagdinstinkt befriedigen, um vor seiner Pferdeherde protzen zu können, wie der Hengst die niedliche Nika in die Koje geschleppt hatte?

Diese Überlegungen sollte sie so langsam hinten anstellen und nach vorne schauen. Eine nicht ganz unwesentliche Frage blieb: Gab es überhaupt noch ein Vorne? Sah nicht so aus.

Na dann. Genau so hatte sie sich ihren Tod immer vorgestellt. Mitten im erbarmungslosen Kampf, diesen Mist hier verlassen und blutüberströmt in die nächste Welt einziehen. Damit diese nächste Welt, wenn es sie überhaupt gibt, direkt merkt, wer da kommt. Eine Krähe. Der geflügelte Todbringer. Fliegt mit mir, ihr Schweine.

Mit diesem Gedanken riss sie die Tür auf und stürzte hinaus.

»ACHTUNG!«, brüllte einer. Die zwei anderen links und rechts von ihr hatten größere Schwierigkeiten, sich zu artikulieren, denn die Messer, die in ihre Kehlen eindrangen, störten dabei beträchtlich.

Einen Wimpernschlag später ließ sie erneut die Wurfmesser aus den Ärmeln fallen und schleuderte diese aus dem Handgelenk nach zwei Männern vor ihr. Wieder vier weniger. Halbzeit – nicht schlecht! Ein Wurf verblieb noch. Woguran, alter Weggefährte. Wo bist du nur, um meine schmerzliche Liebe zu empfangen? Sie hörte hinter sich etwas auf dem Dach, doch drei Männer bedrängten sie von vorne. Keine Zeit sich umzudrehen.

Das letzte Messer flog einem davon ins Auge. Mit der freien Hand hatte sie bereits ihr Kurzschwert gezogen. Jetzt vernünftig sterben, dachte sie. In dem Moment sprangen zwei Männer vom Dach auf sie herunter und rissen sie um. Einer davon war Woguran. Sie machte sich los, rollte zur Seite. Wogis Schwert erwischte dennoch ihren linken Fuß. Sie spürte keinen Schmerz, nur Hitze. Angenehme Hitze. Blitzschnell versuchte sie sich aufzurichten, doch eine Keule traf von oben ihren Kopf. Ihre Schädeldecke brach wie ein rohes Ei. Zumindest fühlte es sich so an. Das Blut lief ihr die Wangen herunter. Fast zum Lachen, denn wenn Wogi mit seiner Bande nicht erschienen wäre, hätte sie sich zuvor fast selbst die Wangen aufgeschnitten, was zu einem ähnlichen Anblick geführt hätte. Sie wankte, der Kopf glühte. Mit verschwommenem Blick hieb sie einem Gegner das Schwert in den Magen und drehte es dabei um wie einen Schlüssel. Von der Seite sah sie glitzernde Klingen auf sich zukommen. Keine Zeit und Kraft mehr, dem tödlichen Stahl auszuweichen. Ihr Ende. Pah! Ich spucke auf euch! Und dir, Gevatter Tod, trete ich in die Nüsse. Ein Dutzend nahm sie mit in den Tod. Nicht schlecht für eine alleinstehende Frau. Zu schade, dass Wogi überlebte.

Unvermutet flogen zwei Schatten durch die Luft und warfen die Angreifer mit Wucht um, kurz bevor sie die Schwerter in Nikas Fleisch bohren konnten.

Dämonen, groß und dunkel, aufgestiegen aus den Tiefen der Schlunde.

Träumte sie?

War sie bereits tot? Oder rettete ein Zauber sie? Wollte sie das überhaupt, jetzt wo Wogi doch solch ein würdiges Sterbeszenario für sie inszeniert hatte? Scheiß Magie.

Überall tauchten diese Finstergeister auf, flogen mit Donnergrollen durch die Luft. Sie wischte sich das Blut mit dem Ärmel von der Stirn und aus den Augenhöhlen, kniff mehrfach die Augen zu, bis sie wieder klare Sicht bekam.

Tiefes Knurren holte auch ihre Ohren wieder zurück ins Jetzt. Zotteliges Fell streifte sie. Wölfe! Ein ganzes Rudel griff an.

Ihre Augen glühten, ihre Muskeln glühten, ihre Wut glühte.

Sie wich einem Schwerthieb aus, indem sie sich zur Seite drehte. Ja, sie wollte leben. Und töten. Eine Bewegung mit ihrem Kurzschwert schlitzte einem heranstürzenden Angreifer den Hals auf. Noch mehr Wölfe stürzten sich in das Kampfgetümmel. Wo sie nur hinsah, verbissen sich wild schüttelnde Köpfe mit gelben Augen und gelben Reißzähnen in menschliches Fleisch. Ein Tier machte sich bereit, sie anzugreifen. Ein weiteres schwarz-graues Ungetüm kam ihm zur Hilfe. Sie streckte ihre Kehle vor. Kommt nur – in meinem rauschenden Bluttraum habt ihr auch noch ein Plätzchen. Doch was geschah? Das zweite Biest knurrte den anderen Wolf mit hochgezogenen Lefzen nur kurz an. Der Wolf senkte den Kopf, ließ von ihr ab und wandte sich dem Söldner zu, der sie bedrängte. Genauso wie das zweite Biest, das sich mit weit aufgerissenem Rachen auf den Mann stürzte. Unübersehbar – die Spitze des rechten Eckzahnes fehlte. Sie hatte ihn auch so erkannt. Drecksvieh gab sich die Ehre und schaute mal wieder auf einen Besuch vorbei. Und dies in Begleitung einiger Freunde.

Schreie, Heulen, Knurren, Jaulen. Niemals hatte sie eine solche Geräuschkulisse des Todes erlebt. Schwer zu sagen, ob bei dieser Schlacht die Menschen oder die Tiere wilder waren.

Sie stürzte sich ebenfalls trotz Kopf- und Fußverletzung auf alle Zweibeiner. Das Kurzschwert in der rechten, einen Dolch in der linken Hand wütete sie im Fleisch ihrer Feinde – ähnlich wie die Gebisse der Wölfe.

Dort stand Woguran, blass, gerade dabei, sein Schwert in der Flanke eines Wolfes zu versenken. Sie sah ihm seine Verunsicherung an. Die Wölfe hatten ihm einen fetten Strich durch die Rechnung gemacht.

»Wogi, jetzt habe ich Zeit für dich«, sagte sie leise. Doch laut genug, um ihn in ihre Richtung blicken zu lassen. Hass, Angst, Wut schlugen ihr aus seinen Augen entgegen. Doch auch Trotz konnte sie erkennen. Er hatte Ähnliches wie sie in der Stätte durchgemacht. Wogi verkörperte die einzige lebendige Erinnerung an sieben Jahre ihrer Kindheit.

Kindheit? Hatte sie nicht mit zehn Jahren aufgehört, ein Kind zu sein? Genau wie Wogi?

Sie bemerkte plötzlich die Stille. Die Wölfe standen oder lagen rund herum und starrten auf das merkwürdige Menschenpaar, das sich hasserfüllt gegenüberstand. Sie wusste nicht, was die Tiere davon abhielt, weiter anzugreifen. Irgendein Instinkt verriet ihnen, diesen Konflikt zwischen Zweibeinern seinen eigenen Weg gehen zu lassen. Aus dem Augenwinkel sah sie, wie Drecksvieh sich auf den Bauch legte, den Kopf hellwach erhoben. Nur die Zunge im Rachen schob sich hechelnd vor und zurück.

»Worauf wartest du? Töte mich doch! Ich weiß, du bist besser als ich.« Woguran hielt sein Schwert in Abwehrhaltung senkrecht vor sich.

»Woher wusstest du, wo ich zu finden bin?«

»Ein Händler erzählte einem meiner Männer, dass er eine seltsame Frau mit einem halb toten Hund hier in der Nähe abgeladen hatte. Der Späher, den ich sandte, kam nicht mehr zurück. Damit wusste ich, dass ich dich gefunden habe. Denn du ziehst den Tod hinter dir her, Auftragsmörderin! In jedem deiner Fußstapfen schwappt Blut.«

Was für ein Schmeichler. Das Bild gefiel ihr.

»Ganz recht, Wogi. Doch gestatte mir eine kleine Anmerkung. Ich habe so viele Menschen getötet, dass ich schon als Auftragsheldin durchgehe.« Sie zog die Oberlippe hoch. »Aber reden wir nicht nur über mich, sondern kommen wir zu dir. Weißt du noch, was uns der Schwarze Kanzler beigebracht hat?«

»Keine seiner Predigten habe ich vergessen – wie könnte ich.«

Es erging ihm genau wie ihr. Wieder eine Gemeinsamkeit.

»Der Gute! Er sagte immer so einfühlsam: Mitleid ist eine Schwäche, Erbarmen eine Sünde.«

»So ist es«, bestätigte Woguran. »Jetzt lass uns zum Unausweichlichen kommen. Vorher lache ich dir jedoch noch ins Gesicht.« Dabei lachte er gar nicht, sondern zeigte mit der linken Hand auf ihren blutenden Knöchel. »Meine Waffe ist mit Gift versehen. Und ich habe dich am Fuß erwischt. Deine Wunde wird sich entzünden und daran wirst du krepieren. Von den Zehen wird die Fäulnis unaufhaltsam hoch bis zu deinem Herzen wandern und dort hineinspucken.«

Sie hob die Schultern. Ungerührt entgegnete sie: »Wie soll das gehen? Ich habe doch gar kein Herz.«

Voller Hass zischte er: »Bald bist du auch tot und wir sehen uns wieder. Wo auch immer.« Danach wollte Woguran scheinbar nichts mehr sagen. Er glotzte sie nur mit aufgerissenen Augen an.

Dann fiel ihr etwas ein: »Wo wir uns gerade so gemütlich über Gift austauschen … Was ist das für ein Zeug, das dein Späher in einer kleinen Ampulle bei sich gehabt hat? Riecht nach Algen und Zitrone.«

Wogurans Augen verengten sich. »Da du ohnehin bald verreckt bist, kannst du es ruhig wissen. Es nennt sich Algenträne und tötet, in kleinen Dosen verabreicht. Dadurch stirbt der Betroffene langsam wie an Altersschwäche. Ideal für geduldige Menschen, um es dem Essen ihres Opfers beizumengen.« Er hob in einer bedrohlichen Geste den Arm. »Genug geredet - bringen wir es endlich hinter uns.«

»Eigentlich wollte ich dir ein ganzes Alphabet in die Haut ritzen, doch aus alter Freundschaft mache ich es kurz.«

Sie schaute sich um. Sechs Wölfe bildeten einen Kreis um die beiden Kontrahenten. Ihre Mäuler stießen dampfende Wölkchen aus - alle hechelten noch von der Anstrengung des Kampfes zuvor. Ansonsten bewegten sie keinen Muskel.

Sie spürte einen unangenehmen Druck in ihrem verletzten Fußgelenk. Doch ihre Körperwärme überlagerte jeden wirklichen Schmerz. Ihr Arm mit dem Schwert schnellte vor. Eine Bewegung schneller als der Todesbiss einer Kobra. Wogi brachte ob dieser unmenschlichen Geschwindigkeit nicht einmal einen Reflex zur Abwehr zustande. Der Stoß an seinem Schwertarm vorbei bohrte sich in seine linke Brusthälfte, direkt ins Herz. Seine Augen brachen. Er sackte zusammen. Sie löschte die letzte lebendige Erinnerung an ihre Zeit in der Stätte aus.

Stille!

Dann richteten sich mit einem Mal alle Wölfe auf, allen voran Drecksvieh, streckten die Köpfe senkrecht nach oben und heulten. Heulten einen Mond an, der gar nicht am Himmel stand. Sie humpelte in Richtung Drecksvieh. Der riesige Wolfshund hielt den Kopf hoch und seine Augen fixierten sie. Seine Schwanzspitze schwang verhalten hin und her. Sie nickte, denn sie verstand. Dort stand ein König. Ein Anführer, der seine Familie gefunden hatte. Der Leitwolf eines Rudels – kein unterwürfiges, hektisch wedelndes Haustier, sondern ein Geschöpf, stolz und frei. Respektvoll kniete sie nieder und umarmte den breiten Brustkorb des Wolfshundes. Vor diesem Herrscher beugte sie ihr Knie.

Drecksvieh schleckte ihr über den Hals und das Kinn.

Seine Augen schienen zu sagen, du hast mein Leben gerettet und ich soeben das Deinige. So stehen Freunde zueinander.

Und Drecksvieh lag richtig. Ohne die Unterstützung durch die Wölfe läge sie jetzt in ihrem eigenen Blut. Doch genau dies blieb nun Woguran vorbehalten.

Sie sah sich um. Die Rückseite der Hütte brannte inzwischen lichterloh – hier konnte sie nichts mehr retten.

Leichen lagen und bluteten wild zerstreut um sie herum. Einige von ihnen dampften noch. Nika rümpfte die Nase. Der Tod stank.

Lediglich drei Wölfe entdeckte sie tot auf dem Boden. Mit einem Überraschungsangriff dieser Art hatten Wogis Männer wahrlich nicht gerechnet und einige waren mit herausgerissenen Kehlen gestorben, bevor sie sich wundern konnten. Sie schritt von einem Söldner zum anderen und zählte durch. Nummer acht stöhnte noch. Sie zog ihr Kurzschwert.

Der Söldner verzog vor Schmerzen und Angst das Gesicht, seine Augen flackerten. Er brachte ein schwaches Flüstern zustande: »Tötet mich nicht. Bitte! Es war … Wogurans Idee. Ich wollte nur zurück zu meiner … Famile. Mein Weib und vier Kinder warten auf mich.«

Sie antwortete ruhig: »Deine Witwe und deine vier Halbwaisen müssen nicht mehr warten.«

Danach sprach nur noch ihre Klinge. Der Mann starb schnell.

Voller Unschuld breitete sie die Hände aus wie der Priester vor der Gemeinde. Zusammen mit neunzehn anderen Kerlen eine wehrlose, ehrbare und alleinstehende

Frau im Wald angreifen und dann schlappschwänzerisch rumjammern. Was für eine Welt!

Sie zählte weiter. Mit Woguran kam sie auf neunzehn Männerleichen. Demnach hatte es doch tatsächlich einer geschafft, nicht an dem großen Sterben vor ihrer Hütte teilzunehmen und hatte die Biege gemacht.

Sie merkte, wie sie abkühlte. Sie spürte, wie die Wärme ging und gleichermaßen die Schmerzen kamen. Ihr Kopf dröhnte, die Platzwunde ließ weiterhin Blut über ihr Gesicht laufen. Ihr linker Fuß fühlte sich schwer und klumpig an, so als trüge sie einen nassen, eisenbeschlagenen Stiefel.

Drecksvieh lief mit hochgestelltem Schwanz umher, eine Wölfin in ähnlicher Pose neben ihm. Der Leitwolf mit seiner Frau, während die anderen Wölfe mit leicht gesenktem Kopf und eingezogenem Schwanz die beiden umkreisten.

»Gratuliere Drecksvieh. Du hast es geschafft. Ein feines Rudel und eine hübsche Dame hast du gefunden.«

Es dürfte nicht leicht gewesen sein, als fremder Halbwolf in ein Rudel aufgenommen zu werden, und dann sogar die Führung zu übernehmen.

Sie dachte daran, wie sie ihn vor Jahren in der Nähe der Straße gefunden hatte. Ausgeblutet und so gut wie tot. Er hatte gekämpft – das bisschen in ihm verbliebene Leben festgehalten und nicht losgelassen. Und er hatte überlebt. Nicht durch Glück oder Schicksal oder die Hand eines Gottes. Nein, einzig und allein durch ihre Hand. Nun hatte er Gesellschaft gefunden - eine Gemahlin, einige Jungwölfe, ein Rudel. Und er hatte sich revanchiert, indem er ihr zu Hilfe gekommen war und sie gerettet hatte. Zunächst. Sie schaute auf ihren blutenden Fuß. Sie zweifelte keinen Augenblick an Wogurans Worten. Die vergiftete Klinge dieses Mistkerls hatte sie erwischt.

Die anderen Wölfe beobachteten sie mit gelben Augen. Sie spürte deutlich den Unwillen der Tiere, sie am Leben zu lassen. Doch sie folgten ihrem Anführer – und der schien nun mal beschlossen zu haben, diesen merkwürdigen, unerwünschten Zweibeiner zu akzeptieren. Mit leicht gesenktem Kopf, gesträubten Nackenhaaren und hochgestellten Ohren schlichen sie misstrauisch um sie herum, als würden sie nur auf einen guten Grund zum Angriff warten. Doch Dreckvieh signalisierte ihnen, dass dieser Zweibeiner zum Rudel gehörte.

Sie richtete sich auf. Seltsam. Nun strotzte ihr Lebenswille vor Überzeugung und Entschlossenheit. Was für Dreckvieh galt, konnte auch für sie gelten. Sie hatte noch viel Leben vor sich. Wer weiß, wer und was alles noch auf sie wartete?

»Sentimentaler Schwachsinn!«, schalt sie sich selbst.

Dreckvieh und die Wölfin spitzten die Ohren und legten den Kopf schräg. Beide sahen so aus, als wären sie nicht mit ihren Worten einverstanden.

Wieder unterwegs

Sie stand vor einer dampfenden Ruine aus verkohlten Balken. Hier im Blutwald konnte sie nicht mehr überwintern. Dafür hatten Wogis Männer gründlich gesorgt. Es würde viel zu lange dauern, die Hütte wieder aufzubauen – selbst wenn sie sich Hilfe holen würde. Was nun?

Sie humpelte zu ihrem Versteck in der Nähe, grub eine der Kisten aus und füllte ihren Lederbeutel mit Großen Goldstücken auf. Sie musste sich in einem Dorf einquartieren und dort den Winter verbringen. Ihr Kopf schmerzte weiterhin, dennoch spürte sie, dass diese Verletzung nicht allzu bedrohlich war. Das andere Ende ihres Körpers - der Fuß machte ihr weitaus mehr Sorgen. Ein Gift breitete sich über diese Wunde langsam in ihrem Körper aus. Und so fühlte es sich auch bereits an. Ein Schmerz in ihrem Fußgelenk pochte pulsierend um Aufmerksamkeit.

Sie zog ihre Wurfmesser und Dolche aus den Körpern der Toten, wusch im Bach das Blut von den Waffen, packte Decke, Feuerstein und alles, was sie für ihre Reise benötigte, zusammen. Den Lederrucksack hatte sie ebenfalls retten können, allerdings sah dieser ziemlich angekokelt aus. Von einem der toten Söldner nahm sie einen dicken Umhang aus Bärenfell und warf ihn sich über. Das Teil stank erbärmlich, doch es hielt warm.

Der Fußmarsch in Richtung Straße erwies sich als beschwerlich. Sie konnte mit dem linken Bein nicht fest auftreten und kam nur langsam voran. Schließlich erreichte sie den Weg – nichts anderes als eine Schneise aus Schlamm, in der Rad- und Hufspuren zu sehen waren. Bei bester Gesundheit hätte sie den Fußmarsch zum nächsten Dorf bis zum späten Abend schaffen können. Mit ihrem verletzten Fuß, der inzwischen sichtlich angeschwollen war, würde sie die ganze Nacht benötigen. Sie humpelte los in Richtung Süden.

Sie wusste nicht, wie lange sie sich bereits den Weg entlang geschleppt hatte, als sie Geräusche hinter sich hörte. Ohne sich umzudrehen, wusste sie, dass ein Zweispänner sich von hinten näherte. Die Räder quietschten, die Holzachse knarzte, ein erbärmliches Gefährt. Es dauerte eine Weile, bis der Karren ihre Höhe erreichte. Sie hatte sich für einen schnellen Blick kurz umgedreht, um zu prüfen, ob Gefahr drohte. Ihre Sinne gaben Entwarnung. Diese Reisegesellschaft wirkte nicht bedrohlich.

»Sollen wir Euch ein Stück des Weges mitnehmen, junge Frau?«

Sie betrachtete den Fragenden näher. Ein Mann mit faltigem Gesicht, roter Nase und weißen Haaren saß in Pelze gehüllt gebeugt auf dem Kutschbock und blickte sie freundlich an.

Bevor sie antworten wollte, fragte eine junge Mädchenstimme aus dem hinteren Bereich des Karrens: »Opaaa, wer ist das?«

»Das weiß ich selbst nicht, meine Kleine. Doch wir können sie ja fragen.«

Die zwei Pferde neben ihr schnaubten dampfend. Der Kutscher zog die Zügel an, sodass sie vom Trab in langsamen Schritt verfielen und mit ihrer Geschwindigkeit gleichzogen.

Sie überlegte kurz. Eigentlich wollte sie denken: »Lithor, alter Göttersack. Ob es dich gibt oder nicht, ist scheißegal. Falls doch, prima, dass du mir ein Gefährt schickst. So komme ich schneller voran.«

Dankbar sollte sie ohne zu zögern dem Mann mit seinem Kind die Hälse durchschneiden und in den Straßengraben werfen. Doch sie hatte erst gestern neunzehn Menschen getötet und fühlte sich noch satt. Gut, gut, bei einigen hatten auch die Wölfe mitgeholfen.

Was machte sie nun, anstatt die Klinge sprechen zu lassen und zur Bluttat zu schreiten? Sie warf sämtliche schlechten Vorsätze über Bord und ließ die Waffen stecken. Verweichlicht, rücksichtsvoll und voller Wärme entgegnete sie: »Verpiss dich lieber mit deinem Gör, bevor ich mich vergesse.«

Das hätte bei einem herkömmlichen Menschen zu einem beleidigten Schulterzucken geführt und dafür gesorgt, bis zum Ende eines Lebens in Ruhe gelassen zu werden. Doch wie reagierte der alte Knilch?

Er glotzte sie unverwandt an und nach einem kurzen Moment des Überlegens meinte er gemütlich: »Ich verstehe das als ein 'Ja, sehr gerne. Nett, dass Ihr fragt'.« Er machte eine kurze Pause. »Na, gut. Kommt, steigt auf.«

Er hielt den Karren an.

Sie blieb ebenfalls stehen, wusste selbst nicht warum. Vielleicht gefiel ihr die Antwort des Kerls. Bisher hatte sich in dieser Form nur Karek nicht an ihrer Stinkstiefeligkeit gestört. Nun gut, vielen anderen war wenig Zeit verblieben, sich daran zu stören, da sie vorher ein unnatürlicher Tod ereilt hatte. Sie setzte bei dem Gedanken ein unschuldiges Gesicht auf.

Das kleine Mädchen, sie schätzte es auf höchstens sechs Jahre alt, starrte sie mit Augen groß wie die Räder des Karrens an. Dazu ein niedliches Stupsnäschen inmitten des runden Kopfes und links und rechts davon rosa Wangen. Einfach herzig, wie die Natur dieses 'zum gern haben' einrichtete.

Gleichwohl konnte die ganze Welt sie mal gern haben. Sie hasste kleine Kinder. Wozu sollten die gut sein? Sie blitzte das Mädchen mit einer fürchterlich furchterregenden Grimasse an. »Buuuh!«

Das Gör stieß einen hellen Angstschrei aus und verschwand unter einer Wolldecke.

Spätestens jetzt hatte sie wieder ihre Ruhe. Schließlich konnte der Alte sich nicht bieten lassen, dass seine 'Kleine' auf so gemeine Weise verschreckt wurde.

Was geschah?

Opa brummte gelassen. »Komm hervor, Kleine. Mach dir keine Sorgen. Hunde, die bellen, beißen nicht. Und diese Hündin ist verletzt und kann kaum noch laufen. Anscheinend hat sie dies noch nicht begriffen.«

Aha. Sie würde also nur bellen. Opa beeindruckte mit reichlich Menschenkenntnis. Und nicht beißen. Naja, die neunzehn verwesenden Kerle vor ihrer Hütte würden, wenn sie noch könnten, dieser Charakterisierung nicht uneingeschränkt zustimmen.

Allerspätestens jetzt sollte sie endlich agieren wie eine Auftragsmörderin agiert: konsequent, zielstrebig, skrupellos und in der Hauptsache blutüberströmt wie der Stapel todestoter Männer im Wald. Kühl und glatt schmiegte sich bereits der Griff des Kurzschwertes an ihrem Gürtel in die rechte Hand.

Was ging als Nächstes vor sich?

Ein kläffender Köter in schwarzer Lederkleidung kletterte hinter dem Kutschbock mühsam auf den Wagen. Ein stechender Schmerz in seinem Knöchel ließ ihn die Zähne zusammenbeißen. Zu mehr taugten seine Beißerchen nicht.

Kaum saß sie im Wagen, schon traute sich die Kleine wieder unter ihrer Decke hervor. Vielleicht wollte sie mit dem Hündchen spielen und es streicheln. Sie schien jedenfalls nicht nachtragend zu sein, denn sie fragte neugierig, als sei nichts geschehen: »Wie heißt du?«

Sie stöhnte nach außen, sie stöhnte nach innen. Vor nicht allzu langer Zeit habe ich mich mal Nika genannt, dachte sie. Namen! Es verfolgte sie ihr ganzes Leben. Ein Mensch wird geboren und als Allererstes braucht er Luft zum Atmen. Ein Klaps auf den Hintern half hierbei nach. Doch schon direkt danach musste schnell ein Name her, noch vor der Mutterbrust. Sag mir deinen Namen, und ich sag dir, wie du heißt. Donnertoll! Von den neunzehn Leichen im Wald kannte sie lediglich Woguran mit Namen. Und?

Sie wollte die Augen verdrehen, doch ihr Kopf schmerzte zu sehr.

Das Mädchen wartete die Antwort, die sie nicht bekommen hätte, gar nicht ab. »Ich heiße Hanne. Opa sagt, das ist ein schöner Name.«

»Opa hätte auch 'Panne' schön gefunden«, knurrte sie.

Die Augen der Kleinen wurden noch größer. Die Unterlippe schob sich über die Oberlippe, das Gesicht bestand nur noch aus Augen und Schmollmund. Dann plötzlich hellte sich ihre Miene auf, fast so, als hielte ihr jemand eine Lampe vor die Nase. Das Mädchen lachte wie ein Glöckchen.
»Neee, du! Panne ist kein schöner Name. Nicht wahr, Opa?«
»Natürlich nicht, Kleines. Sie macht nur Spaß.«
Ja, sie war eine Spaßmörderin. Hatte kürzlich auch riesig Spaß mit neunzehn Blödmännern gehabt, die abgeräumt werden wollten.
Eine Weile sagte niemand etwas. Der Karren gab Geräusche von sich, als wollte er jeden Moment in Hunderte Einzelteile zerfallen. Die Bretter, Räder und Achsen hielten nur aus alter Gewohnheit zusammen. Das hintere Rad rechts quietschte wie zwanzig Ferkel. Dieses Geräusch malträtierte schon jetzt ihren geschundenen Kopf.
»Die Achsen könnten ein wenig Schmiere vertragen«, rutschte ihr heraus.
»Opa sagt, der Wagen spielt sein Quietschelied und das beruhigt Hoppel und Möhre«, nickte das Mädchen ihr überzeugt zu.
Ja dann, wenn Opa dies meint.
»Wer sind denn Hoppel und Möhre? Deine Karnickel?«, fragte sie uninteressiert.
Wieder das Glöckchenlachen »Neee, du! Das sind doch die beiden da.« Sie deutete auf den vorderen Teil des Karrens. »Rate mal, wer Möhre ist?«
»Der auf dem Kutschbock?«
Das Mädchen schmiss sich weg vor Lachen, sodass sie fast vom Karren plumpste. Als sie wieder Luft bekam, rief

sie: »Opaaa. Die Frau meint, du wärst Möhre.« Und sie lachte wieder und weiter und wieder.

Oh, endlich mal ein Mensch, wenn auch ein kleiner, der Sinn für ihren Humor mitbrachte.

Schnell hatte sich die Kleine erholt und gluckste: »Duuu, links das Pferd ist Hoppel und das rechte Pferd ist Möhre.«

»Ach so.«

»Beide habe ich furchtbar lieb.«

»Ach so.«

Der alte Mann ließ die beiden Genannten in einen schnellen Trab fallen – das Quietschen gewann an Höhe.

Opa drehte seinen Kopf zu ihr: »Wie weit wollt Ihr mitfahren, junge Dame?«

»Egal«, winselte der zahnlose Hund. Eigentlich sollte es ein Fauchen werden, doch die Kraft für die Wut fehlte.

»Da wollen wir auch hin. Dann ist es nicht mehr weit.«

Sie verzog den Mund. Die Gutmütigkeit des Alten grenzte an Folter.

»Was macht Ihr so, wenn ich fragen darf?«

»Du darfst nicht fragen.«

Opa schaute wieder freundlich vor sich auf die Straße.

Wenigstens konnten sich Möhre und Hoppel nun mindestens drei Quietschelieder hintereinander in Ruhe anhören, ohne dass ein Mensch dazwischen quatschte.

Dann drehte Opa erneut den Kopf nach hinten. »Heute Abend werden wir unser Zuhause erreichen. Wenn Ihr möchtet, könnt Ihr die Nacht im Stall verbringen. Und Eure Wunde sollte auch versorgt werden. Es gibt einen San-

Priester in der Nähe – der könnte sich um Euch kümmern.«

»Mal sehen.«

Hanne wollte auch mitreden. »Wir kommen aus einem Dorf in der Nähe vom großen Fluss Kappenne«, verriet sie.

»Karpane heißt der Fluss, Kleine.« Opa wandte sich zu ihr: »Wir wohnen auf der Nordseite. Der bevorstehende Krieg bereitet uns Sorge. Seid Ihr zwischen die Fronten geraten?« Er deutete auf ihren verletzten Fuß und den blutverkrusteten Kopf.

Sie führte die Fingerkuppen beider Hände zusammen. Eben hatte sie noch ihre Freiheit genossen und jetzt saß sie mitten im Schicksal dieses unerschütterlichen Opas mit seiner unerträglich niedlichen Enkelin. Und Opa fragte nach den Fronten des Bürgerkriegs. Was glaubten die eigentlich? Jeder Schritt der beiden Pferde erhöhte die Wahrscheinlichkeit, zwischen die verfeindeten Lager zu geraten. Und auch ohne Bürgerkrieg begaben sich kleine Reisegesellschaften stets in Gefahr. Und diese Reisegesellschaft war äußerst klein, äußerst schwach und äußerst naiv.

Wieder entstand eine längere Phase des Schweigens. Sie hob den Kopf und schaute sich über den Kutschbock hinweg die beiden Pferde näher an. Die Tiere arbeiteten ohne Mühe in ihrem Geschirr, gesund, keine fünf Jahre alt. Dies bedeutete nicht unbedingt einen Vorteil, denn solche Beute lockte herumziehende Banden von Plünderern an. Um sich Pferde dieser Güte anzueignen, waren einige Menschen bereit, hässliche Dinge zu tun, die Opa und Hanne mit Sicherheit nicht erleben wollten.

Aber das ging sie nichts an. Was zerbrach sie sich ihren geschundenen Kopf? Sie lehnte sich zurück und lauschte nur auf das gleichmäßige Trampeln der Hufe und das Quietschen der Räder. Erschöpfung machte sich in ihrem Körper breit. Sie fiel in einen unruhigen Schlaf.

»Hoh! Brrrr!« Opa hielt die Pferde an. Sie öffnete die Augen.

Die Umrisse eines Bauernhäuschens bauten sich vor ihr in der Dämmerung auf.

»Tante Ponni! Tante Ponni!« Hanne sprang aufgeregt vom Wagen.

Eine junge Frau mit einer Schürze erschien. Sie begrüßte die beiden überschwänglich. Hanne fuhr in ihren Armen drei Runden Karussell. Dann stemmte sie die Arme in die Hüfte und fragte ungehalten: »Opa, wen hast du da denn mitgebracht? Du weißt, Fremde sind gefährlich. Außerdem haben wir kaum genug Essen für uns.«

»Ponni, sieh sie dir doch an. Sie ist halb tot. Kopf und Fuß sind verletzt. Sollte ich sie einfach liegen lassen? Und das Essen wird schon reichen.«

Wie 'liegen lassen'? Sie hatte immer noch gestanden.

Ponni antwortete: »Deine Naivität kostet uns alle eines Tages das Leben. Was soll die hier? Und dann stinkt sie noch wie zwei Bären.«

Die junge Frau störte sich keineswegs daran, dass der Anlass ihrer Meckerei direkt neben ihr stand und ihre Begeisterung über den unverhofften Besuch unmittelbar miterlebte.

Sie setzte vorsichtig den Fuß auf. Der Knöchel war geschwollen und schmerzte gewaltig. Sie verzog keine Miene, doch kalter Schweiß stand ihr auf der Stirn.

Opa deutete mit dem Zeigefinger auf sie. »Jetzt höre auf zu schimpfen. Wir brauchen Wansor hier.« Er drehte sich erklärend zu ihr: »Wansor ist der San-Priester vom Gehöft ganz in der Nähe.«

Ponni schnaubte wie ein Pony, sagte jedoch nichts mehr.

Hanne kam zu ihr und sagte: »Ponni meint es nicht so. Sie macht sich nur immerzu Sorgen.«

Wenigstens eine, die mitdenkt, dachte sie nur. Sie merkte, dass sich hohes Fieber in ihrem Körper ausgebreitet hatte. Ihr schwindelte, sodass sie sich an den Karren lehnen musste.

Opa entschied: »Bringen wir sie ins Haus. Im Stall wird es zu kalt. Ihr Zustand lässt ein Nachtlager dort nicht mehr zu. Wir bereiten ihr ein Bett in der Kaminecke.

Es kotzte sie an, in dem Moment, als sie es sich eingestand. Sie bot einen prima Pflegefall – nicht mehr und nicht weniger. Abhängig von der elenden Gutmütigkeit dieser Leute. Sie dachte an Drecksvieh. Blutend im Dreck war er abhängig von ihrer elenden Gutmütigkeit gewesen. Das tröstete sie ein wenig. Ihre Kräfte schwanden. Der Boden bebte. Sie krallte sich am Karren fest. Die Worte, die um sie herum gesprochen wurden, konnte sie zwar hören, doch nicht mehr verstehen. Wieso quietschten die Räder nicht mehr? Ach ja, der Wagen stand. Sie merkte, wie zwei Arme sie stützten und ins Haus führten. Dann kam die Dunkelheit.

Hitze weckte sie auf.

Mühsam öffnete sie ihre brennenden Augen und schaute sich um. Sie lag auf einer Strohmatte in der Nähe eines Kamins, in dem ein kleines Feuer züngelte. Die ungeheure

Hitze konnte unmöglich von dort kommen. Es dauerte einige Augenblicke, bis sie begriff, dass sie selbst die Quelle der Wärme war.

Ein fremder Mann trat zu ihr. »Sie ist wach.«

Verschwommen sah sie ein anderes Gesicht auf sich hinunterblicken. Opa. Und Opa sagte: »Wansor, frage sie.«

Der Fremde musste demnach der San-Priester sein. »Jetzt ist es längst zu spät. Sie ist bereits tot, weiß es aber noch nicht. Doch wenn du meinst.«

Er fixierte ihre Augen. »Ihr seid schwer krank. Die Fußverletzung hat sich entzündet und wird Euch töten.«

Respekt! Da hatte sie jetzt aber eine Menge Neuigkeiten erfahren. Der Mann verstand etwas von Heilkunst. Er hätte noch hinzufügen können: 'Ihr seid eine Frau mit kurzem Haar', um die Diagnose vollständig zu machen.

Sie öffnete den Mund, um solch schöne Wörter wie Stümper, Arschloch und Dilettant in einen vernünftigen Zusammenhang samt vernünftiger Reihenfolge zu bringen, doch es kam nur ein heiseres Krächzen. Wie der letzte Laut einer Krähe. Dann fiel ihr ein noch wichtigeres Wort ein. Ein lebensnotwendiges Wort. »Wa ... Wasser.«

Opa führte einen Becher mit Wasser an ihre Lippen. Das tat gut. Sie schloss ihre Augen wieder.

Wansor sagte: »Ihr habt nur noch eine winzige Überlebenschance. Wir müssen Euer Bein amputieren. Bis kurz über das Knie. Die Fäulnis hat sich schon bis dorthin ausgebreitet und das Fieber hat Euch schon so gut wie dahingerafft.«

Konnte dieser Idiot auch mal etwas Nettes sagen? Schlimm dieser Pessimismus – gerade bei Heilern.

Opa schaltete sich eindringlich ein. »Hört Ihr? Wenn das Bein nicht abgenommen wird, sterbt Ihr auf alle Fälle.«

Sie öffnete ihre schwarzen Augen, sammelte Kraft und konzentrierte sich. Sie hörte ihre Stimme bedrohlich flüstern: »Ihr Narren! Zwei Möglichkeiten. Entweder ihr tötet mich sofort, womit ich einverstanden bin. Keine Angst, ich verspreche euch, ich bin in diesem Fall nicht nachtragend. Oder ihr lasst mich liegen und flößt mir ab und an Wasser ein.« Sie machte eine Zwangspause, um neue Kraft zu schöpfen. »Wenn ihr es jedoch wagt, mein Bein abzuschneiden und ich sollte wider Erwarten überleben, töte ich euch.« Sie holte tief Luft, denn so viel Kraft musste sein, um zu ergänzen: »Und keine Sorge – ihr werdet nicht sterben, bevor ich euch beide Arme und beide Beine amputiert habe.« Sie schloss restlos erschöpft die Augen. Dann flackerten ihre Wimpern noch einmal. Sie wollte noch etwas sagen - im besten Bewusstsein, dass dies ihre allerletzten Worte in ihrem Leben sein könnten.

Sie flüsterte so bedacht wie bedeutungsschwanger: »Und die Eier schneide ich euch auch ab.« Ihr Kopf sackte endgültig auf die Matte zurück, die Augen klappten von alleine zu.

»Waaas ist das für eine!? Undankbare Person! Lass die bloß sterben«, schimpfte der San-Priester empört. Sie hörte seinen entsetzten Blick.

Opa blieb ruhig. »Ich habe mir wegen des Beines schon so etwas gedacht. Daher solltest du mit der Amputation auch warten, bis sie aufwacht.«

»Wir müssen sie nicht umbringen. Wir lassen sie liegen. Das läuft auf das Gleiche hinaus.«

Sie spürte, wie sich eine Hand auf ihre Stirn legte und wieder hochfuhr. »Sie ist heißer als ein Feuer. Noch nie habe ich einen Menschen mit so hohem Fieber behandelt.« Der San-Priester hörte sich richtig erschrocken an. Und sie war viel zu schwach, um stolz darauf zu sein.

»Also, bereits morgen ist sie tot.«

»Ich gebe ihr ab und zu etwas zu trinken«, entschied Opas Stimme.

»Wie du meinst«, sagte Wansor – doch in diesen drei Worten erkannte sie deutlich, dass er dies für Vergeudung von Zeit und Wasser hielt. Und ohnehin für Vergeudung sämtlicher Formen von Nächstenliebe.

Sie konnte nicht sagen, ob noch etwas gesprochen wurde oder ob sie aufgrund einer Ohnmacht nichts mehr hörte. Vielleicht war sie auch gestorben. Jedenfalls fand sie sich in einer unbekannten Welt wieder.

Große und kleine Entscheidungen

Alle redeten durcheinander. Bolks große Faust hämmerte auf den Tisch der Burgschenke, sodass die leeren Tonbecher einen Fingerbreit hochhüpften und über den Tisch rollten.

Sofort kehrte Ruhe in der Ecke ein, wo die Gefährten sich zusammengefunden hatten. Alle blickten ihn erwartungsvoll an. Auch einige Männer der Burgwache am Nachbartisch schauten herüber.

Bolk lehnte sich zurück, seine Arme machten einen gewaltigen Spagat. »Männer, ich habe auch Lust auf wärmere Gefilde, auf angenehmeren Wind, der uns nicht die Eier gefrieren lässt.«

Er zeigte durchs Fenster nach draußen, wo es kalt und ungemütlich stürmte. »Doch, wo genau wollt ihr hin? In Soradar haben wir zurzeit keine lange Zukunft. Ziemlich genau drei Tage, wenn sie uns erwischen. Denn genauso lange dauert es, bis sie uns vors Gericht geschleppt und wegen Fahnenflucht verurteilt haben. Danach stehen wir schneller unter dem Galgen, als wir Scheiße sagen können.«

Bart ereiferte sich. »Das ist die Frage. Sie müssen uns erst erwischen. Wir könnten versuchen, Widerstand zu organisieren. Die Mehrheit der Sorader ist vom neuen König ganz und gar nicht überzeugt.«

Ein Moment der Stille entstand. Bolk schaute einen nach dem anderen an. Seine Männer dachten über diesen Vorschlag nach. Mähne griff nach seinem meterlangen Zopf und zupfte mit beiden Händen daran wie an einem Glockenseil. Das schien ihm beim Denken zu helfen.

Schweif runzelte gewaltig die Stirn und Kind kratzte mit den Fingernägeln auf dem Tisch herum.

Wieder meldete sich Bart zu Wort: »Wir könnten auch zu den Südlichen Inseln segeln. Dort gibt es Sonne, Wärme, Weiber.«

»Die Sorte Weiber, die du meinst, gibt es auch hier. Ein Haus voll damit in der Stadt, ein anderes im Hafen«, sagte Kind lässig.

»Wer hat dich denn gefragt? Du weißt doch mit einer Hure nichts anzufangen«, bellte Bart. »Wir sollten jedenfalls weg von hier. Denn ich fühle mich wie ein ungebetener Gast inmitten dieser vielen Tolader. Geht euch das nicht auch so?«

»Da hat er recht«, pflichtete Kind ihm bei, während er eine Münze durch die Finger gleiten ließ.

»Wen meinst du mit 'er'. Das heißt: Bart hat recht, Kindskopf«, grummelte Bart, obgleich ihm der Zuspruch gefiel.

Bolk grübelte. Er führte die Fingerkuppen beider Hände zusammen. »Nehmen wir einmal an, Karek sorgt wahrhaftig dafür, dass wir die 'Ostwind' behalten können, wer von euch will dann schnellstmöglich weg von hier?«

Barts rechter Arm fuhr in die Höhe. »Ich. Je früher desto besser.«

Mähne ließ den Zopf sausen. »Mir ist es egal.«

Bart schnaubte. »Egal, egal. Egal ist nix. Verdammt!«

Kind legte den Kopf erst nach links, dann nach rechts. »Ich denke, wir sollten noch bleiben. Gerne würde ich mit Karek diese merkwürdige Insel im Ostmeer suchen.« Lächelnd ergänzte er. »Und finden natürlich.«

Bart schnaubte erneut – diesmal noch lauter, so wie ein altersschwacher Ackergaul nach dem Galopp. »So einen hirngespinstigen Blödsinn habe ich noch nie gehört. Tausende von Seefahrern haben diesen Teil der See mit dem Kiel ihrer Schiffe durchpflügt. Ich war selbst schon mehrfach dort unterwegs. Da gibt es nichts als Wind und Wellen. Und beides nicht zu knapp, das sage ich euch.«

Bolk hielt sich mit seiner Meinung und seinen Kommentaren zunächst zurück. Er kannte den Ablauf der Diskussionen. Letztendlich lief es darauf hinaus, dass die wichtigen Entscheidungen mit großer Tragweite gemeinschaftlich getroffen wurden, während Bolk alle anderen Entscheidungen für die Gruppe fällte. Gut, der Vollständigkeit halber sei erwähnt, dass es bisher aus seiner Sicht noch nie wichtige Entscheidungen mit großer Tragweite gegeben hatte. Und warum sollte es gerade heute anders sein?

Einmal mit vollen Segeln in Fahrt, wetterte Bart immer noch: »Wir gehören hier nicht hin. Das sind Tolader. TO-LA-DER!«

Er schaffte es auf bewundernswerte Weise, die drei Silben so zu betonen, dass es wie Arsch-lö-cher klang. Und zudem laut. Bart gehörte zu den Menschen, die nicht leise sprechen konnten. Seine Stimmbänder ließen dies scheinbar nicht zu, sodass die Wachen am Nebentisch immer häufiger zu den Soradern hinüberschauten und dabei die Köpfe zusammensteckten. Und die Köpfe schienen weder amüsiert noch beeindruckt von dem zu sein, was ihre Ohren ihnen meldeten.

»Auf die Südlichen Inseln gehören wir genauso wenig«, mischte Schweif sich erstmalig ein.

Bart holte offensichtlich Luft, um Schweif einen prächtigen Haufen Verwünschungen an den Kopf zu knallen, doch Bolk kam ihm zuvor: »Ich verstehe dich, Bart. Optimal sind wir hier wahrlich nicht aufgehoben. Die Alternativen sind jedoch auch nicht rosig. Und ich denke, es war kein Zufall, dass wir mitten in der schönen soradischen Buschsteppe Karek und seine Kameraden getroffen haben.«

»Nicht zu vergessen diese schwarze Lederfurie.«

»Die Furie heißt Nika.«

Ein schmerzliches Gefühl machte es sich in Bolks Magengrube bequem. Streckte die Beine und Arme aus und dehnte seinen Bauch nach rechts und links. Diese Frau hatte ihn vom ersten Moment an fasziniert. Wie aus dem Himmel gefallen, hatte sie plötzlich in der Buschsteppe vor ihnen gestanden. Dunkel, geheimnisvoll, selbstsicher. Schnitzte mit einem Dolch an irgendeinem Stück Holz herum und stellte sich ihm und seinen Gefährten in den Weg. Wenn es Dothora, die Göttin der Nacht, wirklich gab, dann stellte Bolk sie sich genauso vor. Das behielt er jedoch besser für sich.

Bart wollte etwas sagen – und so wie sein Gesicht aussah, etwas Unschönes über Nika, doch er verkniff sich den Kommentar.

Bolk blieb locker. Er kannte seine Freunde. »Karek hat etwas Besonderes. Ich fühle, dass wir mit seinem Schicksal auf eine seltsame Art und Weise verwoben sind.«

»Ich krieg gleich auch Gefühle«, grollte Bart mit heruntergezogenen Mundwinkeln. »Was hat der denn Besonderes?«

»Erst einmal besuchte er den verfluchten Friedhof und kam lebend zurück. Da sind er und seine Kumpels die Einzigen, die ich kenne. Dann hat er unser Leben gerettet, indem er die Sanduhr zerstört und unseren Tod ungeschehen gemacht hat. Zudem brachte er uns bei...« Zunächst ließ er den Satz einfach in der Luft hängen und sah Bart tief in die Augen. »...brachte er uns bei, dass man Wale nicht nur essen kann.« Der Anflug eines Lächelns betonte seine nachfolgenden Worte. »Aber das sind ja Kleinigkeiten gegen das, was Prinz Karek noch geschafft hat. Etwas, was noch nie jemandem zuvor gelungen ist.« Bolk machte eine Pause.

»Was denn?«, fragte Kind ungeduldig.

»Ich kann es selbst immer noch kaum glauben. Der Lümmel hat Bolkan Katerron eine Frau ausgespannt und ihn nebenbei noch mit einer Wette übers Ohr gehauen.«

»Niemals!«, behauptete Schweif.

»Waaas? Du spinnst.« Sogar Bart klang überrascht.

»Aber nicht DEM Bolkan Katerron«, verschlug es Mähne den Atem.

»Doch genau dem. Na ja. Ihr wart alle auf der 'Ostwind' dabei. Als die dusselige Kabokönigin anstatt zu mir, zu ihm gerannt ist.« Er lachte.

Bolks ansteckendes Lachen erfüllte die Schenke, die Becher auf dem Tisch wackelten erneut. Schweif klopfte sich auf die Schenkel. Augenblicklich lockerte die Stimmung auf. Kind und Mähne grinsten und selbst Barts Mundwinkel zuckten einen Moment versehentlich nach oben.

Der Wirt brachte Becher voll mit lieblichem Rotwein. Bart hatte dem Getränk wohlwollend das Prädikat 'Zuckergülle aus Tolalala' verliehen.

Bolk fühlte sich zufrieden. Hatte er doch gleich gewusst, dass es sich bei der aktuellen Diskussion um eine weniger wichtige Entscheidung handelte.

Er beugte sich vor: »Wie gefällt euch folgender Vorschlag: Wir setzen Karek ein Ultimatum. Bis zum Anfang des Frühlings segeln wir los – mit ihm oder ohne ihn. Wir gehören auf die See – hier an Land muss ich einfach immer viel zu viel saufen bis der Boden schwankt und ich mich heimisch fühle. Wir brauchen Planken unter unseren stinkenden Füßen.«

»Das ist doch Blödsinn!«, eiferte sich Mähne.

»Was meinst du?«

»Meine Füße stinken nicht.«

»Einverstanden.« Bolk konnte zu gegebenem Zeitpunkt auch mal über seinen Schatten springen und Zugeständnisse machen. Er nickte grinsend.

Bart maulte resigniert: »Ach, ihr könnt mich doch alle mal gern haben.«

»Haben wir doch.«

Wie auf ein geheimes Kommando hoben die Kameraden gleichzeitig die Becher, ließen diese zusammenkrachen und stürzten den Wein in einem Zug hinunter.

»To-la-darer Güllepisse«, entfuhr es Bart.

»Ich rede mit dem Prinzen«, sagte Bolk.

»Was ist denn mit der Suche nach diesem verlorenen schwarzen Täubchen?« Bart ließ nicht locker und das gerade in dem Moment, als der Wein begann, das schmerzliche Gefühl in Bolks Magengrube zu lindern.

»Das Täubchen ist eine Krähe.« Bolk wurde nachdenklich. »Ich vermisse sie, ob ihr es glaubt oder nicht. Nika ist die außergewöhnlichste Frau, die ich je getroffen habe.«

»Hm, flüsterst du das nicht sonst jeder Hure auf der du gerade liegst ins Ohr?«

»Ich meine es ernst, Bart.«

»Schon gut. Sprich mit dem Prinzen und dann sehen wir weiter.« Bart wusste genau, bis wohin er gehen konnte, und beim Thema Nika hielt er sich nun zurück. Bolk schätzte diesen grummeligen Grantler, da er nie eine Mördergrube aus seinem Herzen machte, sondern die Dinge, die ihn störten, stets mit offenem Visier regeln wollte. Bolk wusste, Bart würde für ihn durchs Feuer gehen und notfalls auch darin stehen bleiben. Und Bolk würde das Gleiche für seine Leute tun.

Viele Gedanken beschäftigten ihn, denn die Situation erwies sich als vielschichtig. Den König hatte eine unbekannte Krankheit befallen, das ließ sich kaum noch verheimlichen. Tedore bewegte sich wie ein Mann, der mindestens zwanzig Jahre mehr auf dem Buckel hatte, als dies der Fall war. Seine öffentlichen Auftritte strengten ihn so sehr an, dass er sich danach immer auf sein Nachtlager zurückziehen musste. Daher hatte Bolk Verständnis, dass Karek erst einmal bei seinem Vater bleiben wollte.

»Lasst uns gehen, bevor mir vom Wein schlecht wird«, schlug Bart vor.

»Du verträgst halt nichts«, folgerte Mähne.

Barts Blick, den Mähne sich für diese Bemerkung einfing, war zum Haareschneiden.

Lärmend standen die fünf Sorader auf, Schweif stieß

dabei noch polternd einen der Stühle um. Bolk schnippte ein kleines Goldstück auf den Tisch und machte sich auf den Weg zur Tür. Hinter ihm scheppterte es laut, als Bart auf den Boden aufschlug und dabei einen Tisch umwarf, an dem er sich festhalten wollte. Bolk sah zunächst den vorgestreckten Fuß der Burgwache und dann das schadenfrohe Grinsen. Hatte der Kerl doch tatsächlich das Bein rausgestellt, sodass Bart stolpern musste, als er am Tisch der Soldaten vorbeigehen wollte.

»Knallt ganz schön rein – diese To-la-dar Pisse«, höhnte die Wache. Bart rappelte sich hoch. Bolk wusste, in solchen Situationen blieb sein Freund ganz im Gegensatz zu seinen sonstigen Gepflogenheiten, zunächst ruhig. Bart würde die Situation einschätzen, verschiedene Möglichkeiten abwägen und dann konsequent handeln. Dieses konsequente Handeln bedeutete in der Regel Ärger.

Bolk musste den Streit schlichten und diplomatisch dazwischengehen. Er machte also ein paar Schritte zurück und stellte sich vor den Beinchensteller. Die Wache saß zwar noch auf dem Stuhl, doch er sah sofort, dass es sich um einen großen, kräftigen Kerl handelte. Vermutlich der Anführer dieser Truppe.

Liebenswürdig sagte Bolk in einem Ton, als würde er beim Betreten der Kirche während der Predigt fragen, ob dieser Platz noch frei sei: »Guter Mann. Sagt bitte - seid Ihr im Dienst?«

»Natürlich nicht, Sackgesicht«, antwortete der Angesprochene.

»Habe ich mir gedacht. Nicht, dass es etwas geändert hätte … so macht es aber mehr Spaß.«

Bart hatte sich wieder hochgerappelt und klopfte sich den Schmutz aus den Kleidern.

»Was macht mehr Spaß?«, höhnte die Wache, stand auf und baute sich vor Bolk auf. Tatsächlich kam er auf die gleiche stattliche Körpergröße.

Bolk wich keinen Zentimeter zurück, sodass sich die Nasen der beiden Männer fast berührten.

»Völkerverständigung auf soradische Art!«, erklärte Bolk.

Er senkte den Kopf, seine Stirn krachte vor und brach seinem Gegenüber das Nasenbein. Ein schneller Schlag mit der Handkante auf die Kehle, wodurch die Wache röchelnd zusammenbrach und nur noch zuckend nach Luft rang.

Alle anderen Burgwachen, sieben an der Zahl, fuhren von ihren Stühlen hoch und eine heftige Prügelei entstand. Stühle, Menschen, Krüge sowie ein paar Zähne flogen durch die Luft.

Das Aufhören-Geschrei des Wirtes spornte nur an, noch härter und häufiger zuzuschlagen.

Bolk wich einem Stuhl aus, den eine Wache auf seinem Rücken platzieren wollte. Sein rechter Haken ließ den Mann umfallen. Der Nächste kam von links, Bolk stolperte zurück und bekam die Faust auf den Mund. Er schmeckte Blut. Mit beiden Armen packte er den Angreifer und hielt ihn quer über seinen Kopf, als wäre er eine Vogelscheuche. In elegantem Bogen landete der Soldat weniger elegant knirschend auf dem Tresen.

Bart neben ihm hämmerte mit bloßen Fäusten auf einen Glatzkopf ein, der nur noch beide Arme schützend über selbigen halten konnte.

So furchtbar langweilig ging es in Felsbach doch gar nicht zu!

Einen Tag später machte sich Bolk auf den Weg zum Thronsaal. Die schwere schwarze Doppeltür stand weit offen, davor standen mindestens zwanzig schwerbewaffnete Wachen, die ihn kritisch musterten.

»Halt! Was ist euer Begehr?« Ein Offizier hob die Hand.

»Ich bin Bolk und wurde zum König gerufen.«

»Wartet hier!«

Der Mann verschwand im Thronsaal und verkündigte: »Eure Majestät. Admiral Bolkan Katerron wünscht, vorgelassen zu werden.«

Eigentlich war es umgekehrt, dachte Bolk. Er war durch einen Boten zum König zitiert worden und konnte sich schon vorstellen, in welcher Angelegenheit. Dabei rieb er sich den Arm und betrachtete seinen wunden Knöchel.

Der Offizier erschien wieder und sagte: »Tretet vor.«

Bolk betrat den Thronsaal.

An den Wänden im Saal standen jeweils sechs Wachen in leichter Rüstung.

König Tedore Marein saß auf einem Thron aus weißem Ebenholz. Der schwarze, polierte Marmorboden unter ihm spiegelte diesen eindrucksvoll wider. Auf der Stufe unterhalb des Thrones standen zwei verzierte Stühle, auf einem davon hatte Karek Platz genommen.

Trotz des königlichen Mantels, den Tedore über seine Schultern gelegt hatte, sah Bolk, dass der König vor Anstrengung gebeugt saß. Es strengte ihn sichtlich an, sein

Bett zu verlassen.

Tedore hörte den Berichten eines seiner Hauptmänner zu, der am Fuße des Podestes stand. Normalerweise würde eine harmlose Prügelei nicht solche Wellen schlagen, doch in diesem Fall handelte es sich um Tolader auf der einen und Sorader auf der anderen Seite. Mehr Brisanz ging kaum.

Der Hauptmann beschuldigte Bolk und seine Männer, das Land Toladar verunglimpft zu haben.

Tedore machte eine fahrige Handbewegung in Richtung Bolk. Dieser trat vor und sagte: »Eure Majestät, es lag nicht in unserer Absicht, Eure Gastfreundschaft durch solch ein Benehmen mit Füßen zu treten. Einer meiner Männer hatte lediglich zum Ausdruck gebracht, dass seine Zunge den Wein etwas trockener präferiert.«

Der Hauptmann fuhr dazwischen: »Das ist doch Blödsinn. Diese Fahnenflüchtigen haben ...«.

»Ruhe«, sagte Tedore leise. Sofort verstummte der Mann. »Wer hat mit der Prügelei begonnen?«

Der Soldat zeigte auf Bolk. »Bolkan Katerron hat als Erster zugeschlagen. Jeder kennt seinen Hass gegen Toladar.«

Selbst das Hochziehen der Brauen schien den König anzustrengen. Er schaute Bolk wortlos ins Gesicht.

»Als wir gerade im Begriff waren, die Schenke zu verlassen, wurde im Vorbeigehen einem meiner Männer auf hinterhältige Weise das Bein gestellt. Daraufhin griff ich ein.«

Tedore zischte: »Allein, dass ich hier sitzen und mich um eine Prügelei in einem Wirtshaus kümmern muss, macht mich wütend. Doch ignorieren kann ich den Vorfall nicht, wenn sich soradische ... Gäste mit der königlichen

Burgwache prügeln. Seit dem gibt es kein anderes Thema bei Hof.«

Bolk meinte versöhnlich. »Die Burgwachen hatten dienstfrei – es wurde keine Waffe gezogen, und es ist niemand ernsthaft verletzt worden.«

»Es geht nicht um ein paar verlorene Zähne – das wisst Ihr so gut wie ich. Es geht um ein Politikum. Außerdem konntet Ihr keine Waffe ziehen, da Ihr diese ablegen musstet. Aus gutem Grund, wie mir scheint.«

»Eure Soldaten führten Schwerter am Gürtel, ließen diese jedoch stecken.«

Bolk schaute anerkennend in Richtung des Hauptmanns. Ein verständiger Blick unter Soldaten, trotz aller Meinungsverschiedenheiten.

»Mein König. Lasst es gut sein. In einigen Wochen lachen wir über diese Geschichte«, schlug der Hauptmann prompt vor.

Karek hatte bisher nicht ein Wort gesagt, gleichwohl sah Bolk ihm an, dass er die Geschehnisse genau beobachtete.

Tedore winkte müde ab. »Bleibt ab jetzt unauffällig. Und das gilt natürlich auch für Eure Mannen.«

»Ja, Eure Majestät.« Bolk streckte dem Hauptmann die Hand hin. Die Burgwache schlug ein und damit endete diese Angelegenheit.

Bevor Bolk jedoch den Thronsaal verließ, gab er Karek ein Zeichen, dass er mit ihm zu reden wünschte.

Bolk und Karek saßen sich im 'Kleinen Speisesaal' der königlichen Burg am Tisch gegenüber.

Hier waren sie ungestört, wenn Bolk von einen verstorbenen Marein aus Farbe, der von einem großen Gemälde an der Wand hinunterblickte, absah.

Karek sah Bolks Blick auf das Bild.

»Mein Großvater«, erklärte er. »Er war ein sehr ernster Mensch.«

»Wenigstens auf dem Gemälde hätte er doch mal lachen können.«

Kareks Mund verbreiterte sich. »Fürs Lachen ist meine Familie nicht berühmt.« Der Prinz wurde ernst. »Was gibt es, Bolk?«

»Meine Leute und ich werden unruhig. Wir gehören nicht hierher. Wenn der Frühling kommt, wollen wir aufbrechen. Und ich baue auf dein Versprechen, dass die 'Ostwind' dann uns gehört.«

Karek nickte. »Genauso ist es. Ich halte mich an meine Abmachungen – wie du dich an deine hältst. Wenn ihr lossegeln wollt, tut dies, wann immer ihr wollt. Ich ... ich muss noch hierbleiben, mindestens solange, bis es Vater wieder besser geht.« Kareks Augen glitzerten.

Bolk merkte ihm an, wie schwer die Last auf den jungen Schultern wog.

Er fragte: »Was sagt denn diese San-Priesterin Tatarie? Sie muss doch eine Vermutung haben, woran der König leidet.«

»Sie redet von einer seltenen Magenkrankheit und geschwollenen Schleimhäuten und so. Salz soll dem Körper das Wasser entziehen – das soll ihm helfen. Die Leute sagen, Tatarie verstehe ihr Handwerk.«

»Karek, es sind nur noch ein paar Wochen bis Frühlingsanfang. Solange bleiben wir hier. Vielleicht geht es dem König bis dahin besser, dann wären meine Männer und ich sogar bereit, in der Weite des Ostmeeres nach Land zu suchen, das es nicht geben kann.«

Dankbar sah Karek ihn an. »Gut Bolk. Ich rede noch einmal mit Tatarie. Irgendetwas müssen wir doch für meinen Vater tun können.«

»In Ordnung, Karek. Und vielleicht taucht bis dahin auch Nika wieder auf.«

»Dein Optimismus ist größer als das Ostmeer.« Karek stand auf. »Danke, dass du mein Freund bist, Bolk.«

»Das bin ich. Und ich bin nicht der Einzige, junger Prinz.« Er lächelte.

Nachdenklich sah er dem Jungen hinterher, der in Richtung der Gästeunterkünfte den Saal verließ.

Gerechtigkeit

Krall schälte sich aus seinem Nachtlager. Er schlief mit Wichtel zusammen in einem der Gästezimmer mitten im Palas. Hier war alles riesig. Allein seine Matratze hätte in den Raum in der Feste Strandsitz, den sie zu fünft bewohnt hatten, nicht hinein gepasst. Er schaute von einer Wand zur anderen. Der Saal besaß Ausmaße zum Verlaufen, durch die Tür könnte eine Kutsche hereinfahren. Wohl fühlte Krall sich hier nicht. Hier gab es nur eines, was klein war: Wichtel! Und natürlich schwirrte der schon hellwach herum wie ein durchgedrehtes Huhn.

»Hmpft«, knurrte Krall.

»Dir auch einen schönen guten Morgen«, strahlte sein Kamerad wie der Vollmond auf Brautschau. »Wach endlich auf, du Träne.«

Eigentlich müsste er diesem gut gelaunten Frühaufsteher die Fresse polieren. Und das jeden Morgen. Doch Krall fühlte sich noch zu müde. Wie jeden Morgen. Zudem mochte er Wichtel viel zu gerne, auch wenn dieser Schweinehund das wusste und es schamlos für sich ausnutzte.

Krall stellte sich neben sein Bett. Er streckte und dehnte seine Glieder. Links und rechts knackte es vertraut in Fuß- und Schultergelenken, wenn seine Knochen in Bewegung gerieten. Ihn erinnerte sein Aufstehritual an die alte Katze, die es bei seinem Alten und ihm drei Jahre lang ausgehalten hatte. Jedes Mal, wenn sie von ihrem Platz in der Nähe des Ofens aufgestanden war, hatte sie sich nach vorne und nach hinten gedehnt. Und was für die Katze gut gewesen war, konnte doch für ihn nicht schlecht sein.

Eines Tages war die Katze verschwunden. Entweder weggelaufen oder, so seine Vermutung, sein Alter hatte sie gefressen.

Er setzte sich auf die Bettkante und legte den Kopf schräg. Die Halswirbel begrüßten krachend den neuen Tag in der Burg Felsbach. Krall schaute sich um. Neben den übertriebenen Ausmaßen kamen ihm das Zimmer zu warm und das Bett zu weich vor. In der Koje auf der 'Ostwind' hatte er besser geschlafen.

Er streichelte seinen Flaum am Kinn.

»Was ist los?«, fragte ihn Wichtel.

»Irgendwie stinkt mir das. Hier am Hof benehmen sich alle so furchtbar höfisch.«

»Was meinst du mit höfisch?«

»Mir kommt hier nichts wirklich echt vor. Wenn die Bücklinge dir 'Guten Tag' sagen, lügen sie dich schon an. Spürst du nicht die Ablehnung um uns herum?«

Wichtel nickte bedächtig, blieb jedoch still.

Krall merkte es genau – die Höflinge hielten ihn für einen primitiven Taugenichts. Primitiv lasse ich gelten, dachte er stolz. Aber für den Taugenichts kann es nur Fresse polieren geben.

Krall richtete sein Verhalten in dieser Welt nach einem einzigen Grundsatz aus. Dieser Grundsatz hieß Gerechtigkeit. Es klang merkwürdig – doch Gerechtigkeit gab ihm die Richtung vor. Nicht als Richtschnur für mehr Redlichkeit und Ehrbarkeit im Allgemeinen – das erschien ihm zu weit weg und zu kompliziert. Viel einfacher: Es ging um

Entscheidungen, die er selbst zu fällen hatte. Bevor er handelte, fragte er sich: Ist das gerecht? Hierbei urteilte er natürlich nach seinem Maßstab. Nach welchem auch sonst?

Krall war überzeugt, dass sein Alter an dieser Einstellung die Schuld trug. Seit frühester Kindheit war er mit Ungerechtigkeiten überschüttet worden. So etwas prägt. Wenn sein Vater damals von der Feldarbeit nach Hause kam, suchte er als Erstes die Flasche mit dem selbstgebrannten Fusel. Oft fand er diese nicht auf Anhieb und prügelte den kleinen Krall windelweich. Dabei brüllte er: »WO IST MEIN SCHNAPS? Du hast meinen Kehlenschneider versteckt, Lausekerl.« Tatsache war, dass er am Vorabend entweder die Flasche leergesoffen oder ihm mit volltrunkenem Schädel entfallen war, wo er sie hingestellt hatte. Krall kassierte oft Prügel für Vorkommnisse, an denen er keinerlei Schuld trug. Und wie oft hatte er sich geschworen, alles andere zu werden – nur nicht so wie sein Alter. Also nahm er sich vor, in seinem Leben gerechter zu sein.

Als er den Prinzen zum ersten Mal traf, wollte er ihm nach einem kurzen Wortwechsel die Fresse polieren. Und es wäre nur gerecht gewesen. Denn Karek, damals nannte er sich Linnek, verhielt sich ihm gegenüber vom ersten Moment an anmaßend und überheblich. Karek hatte ihm das Gefühl gegeben, minderwertig zu sein, nur weil er nicht lesen, schreiben und rechnen konnte. So wie die Höflinge hier jetzt auch. Gerecht war also, Karek aufzuzeigen, was er stattdessen gut beherrschte – nämlich ihn die Fäuste spüren zu lassen.

Später merkte Krall, dass dieser Karek trotz aller Unterschiedlichkeit ein ganz ähnliches Gerechtigkeitsempfinden in sich trug. Krall würde niemals vergessen, wie Karek sich für Mussand eingesetzt hatte. Ihr Anwärterkamerad wurde von Hauptmann Bostun gequält und letztlich in den Tod getrieben. Für Krall eine klare Ungerechtigkeit. So auch für Karek, der dem Hauptmann mehrfach wegen Mussand die Stirn geboten hatte. Mann, war das dämlich gewesen, denn es hatte dem Prinzen nur Ärger, Schläge und Gefängnis eingebracht. Dennoch hatte Karek es getan, weil es gerecht war. Das hatte Krall mächtig imponiert.

Und Krall selbst sollte diesen Mussand im Kampf der Anwärter zu Brei schlagen. So hatte Bostun es geplant. Mussand lag bereits blutend am Boden. Wäre es gerecht gewesen, weiter auf dieses arme Würstchen einzuprügeln? Nein. Also hatte er lieber aufgegeben.

Krall massierte seine Stirn. Vom vielen Nachdenken dröhnt mir gleich der Schädel, dachte er.

Er zog seine neuen Kleider an, die Karek seinen Freunden besorgt hatte. Er stülpte das Seidenhemd über seinen Kopf. Viel zu weich der Stoff und zu viel zu weiß. Er brauchte erfahrungsgemäß drei harmlose Bewegungen, bis das Oberteil schmutzig war. Mundabwischen mit dem Ärmel gehörte dazu. Und die Flecken konnte jeder von Weitem sehen. Wieso zogen schlaue Leute so etwas Unpraktisches an?

Als Nächstes legte er sorgfältig seinen Schwertgurt um. Erst dieses Ritual erweckte seine Lebensgeister wirklich. Langsam zog er die Waffe aus der Scheide. Sein Schwert. Das Erbe des letzten Großen Schwertmeisters von Krosann.

Er blickte genüsslich die dunkle zweischneidige Klinge entlang bis zur Spitze. Eine natürliche Verlängerung seines Armes. Er liebte die nahtlose Einheit von Klinge, Knauf, Griff und Parierstange. Er liebte jedes Gramm Gewicht der perfekt ausbalancierten Einheit. Er liebte das Gefühl in seiner Hand, wenn seine Finger das Heft umschlossen. Ein Schwert ist Schranke zwischen Leben und Tod. Ein Schwert ist Muskel und Pulsschlag aus Stahl. Ein Schwert ist Metall gewordenes Karma. Ein Schwert ist Füllhorn von Körper, Seele und Geist. So hatte es sein erster Lehrmeister To Shyr Ban mal gesagt.

»Ja, das Schwert hat dich auch lieb«, hämmerte Wichtel ungeduldig mitten in sein Ritual.

»Ja, da scheint was dran zu sein. Ich glaube, Banfor war eifersüchtig«, meinte Krall gedankenverloren.

»Krall, manchmal machst du mir Angst. Wovon redest du? Wer in Lithors Namen ist Banfor und wieso eifersüchtig?«

Krall dachte nach. Wie viele Fragen auf einmal waren das denn? Immerhin liefen sie alle auf das Gleiche hinaus.

Er pickte sich eine Frage heraus und lieferte die Antwort: »Ganz einfach! Banfor heißt mein kleiner Liebling hier!« Stolz hielt er das alte Schwert in die Höhe.

»Au Backe«, ächzte Wichtel und hielt sich ziemlich beeindruckt die Hand an die Stirn. Als plagten ihn schwere Kopfschmerzen, fragte er: »Wie kommst du auf Banfor?«

Kralls Schultern zuckten gleichmütig nach oben. »Ich hätte es auch 'Stobomarik der Zweite' nennen können, aber das erschien mir zu lang.«

»Hör mal Krall, das mit dem Humor überlasse besser mir.«

Wichtel sammelte sich offensichtlich, bis er genügend Kraft besaß, der Sache weiter auf den Grund zu gehen. Dann fragte er in einem Ton, der klar signalisierte, dass ihn die Antwort auf seine Frage, wie auch immer sie ausfallen würde, in keiner Weise aus der Fassung bringen könnte. »Und wieso war ... Banfor ... eifersüchtig?«

»Ganz einfach! Weil ich mit dem Holzprügel gekämpft habe und nicht mit ihm.«

Wichtel stöhnte. Eine Art von Stöhnen, die Krall nicht so gerne mochte. Irgendwie beinhaltete das Stöhnen irgendwas von 'Mann, Krall. Was ist nur mit deinem Kopf los'.

»Wichtel, es ist mir wichtig, dass du es verstehst. Das Schwert ist etwas Besonderes und ich stehe mit ihm auf seltsame Weise in Verbindung.«

Immerhin erkannte Wichtel an seinem Tonfall, dass ihm die Sache wirklich wichtig war und ersparte ihm ein weiteres 'was-ist-nur-mit-deinem-Kopf-los' Stöhnen.

Sein Freund betrachtete ihn und fragte nur: »Wie meinst du das?«

»Beim Schwertkampf gegen Madrich konnte ich es so deutlich spüren wie noch nie. Mit dem Holzschwert habe ich ganz gut gekämpft, jedoch nicht so toll, wie ich erwartet habe. Ich hatte unentwegt das Gefühl, Banfor würde nach mir rufen.« Kralls Stimme flüsterte nur noch. »Dann endlich, als wir zu den echten Schwertern wechselten, fühlte ich es.«

»Was?« Wichtels Neugierde ließ seine Augen rund werden.

»Die Sicherheit. Meine eigene Stärke. Und vor allem

wusste ich ab dem Moment, als ich Banfors Griff umklammerte, was Madrich vorhatte.« Er suchte nach Worten: »Ich … ich konnte seine Aktionen besser vorausahnen als vorher.«

Wichtel klang etwas enttäuscht. »Macht das nicht einen guten Schwertkämpfer aus, dass er seinen Gegner liest?«

»Seit wann kann ich lesen?« Er verzog sein Gesicht. »Ich meine, ich spürte es. Madrich hatte nicht den Hauch einer Chance.«

»Und du glaubst, das liegt an dem Stecken da in deiner Hand?« Wichtel blieb skeptisch. »Du bist einfach gut und hast ein wenig gebraucht, um dich auf den alten Knacker einzustellen.«

»Hm.« Krall wusste es besser. Er konnte es nur nicht gut genug erklären.

»Komm, lass uns frühstücken gehen und gut ist. Ich freue mich schon auf den knusprigen Schinken.«

»Hier gibt es viel zu viel und viel zu oft was zu fressen. Kein Wunder, dass Karek früher so fett war.«

Krall bewunderte noch einmal die Perfektion der Waffe, bis er das Schwert mit einem Seufzer in die Scheide steckte. Dann knuffte er Wichtel auf die Brust. »So, Kleiner. Worauf warten wir?«

Die beiden Freunde machten sich auf zum Frühstück. Keiner der Gänge im Palas besaß einen Kamin – als entsprechend kalt und ungemütlich erwies sich der Weg zum Speisesaal. Drei Dienstmägde mit weißen Schürzen kamen ihnen aus der Ferne entgegen.

»Schau mal, Wichtel, jetzt bin ich hellwach. Heho, die sind alle drei richtig hübsch.«

Wichtel antwortete mit gedämpfter Stimme: »Kaum eine Frau, die du nicht hübsch findest.«

»Kann ich etwas dafür, dass ich mich nun mal so schnell verliebe? Such dir eine von denen aus, ich nehme die beiden anderen.«

Mädchen gehörten nicht zu Wichtels lebensbeherrschenden Themen – klare Sache. Sein Kumpel lief sogar etwas rot an, als die Mägde passierten und Krall ihnen zuzwinkerte. Und allzu gerne drehte er sich dem Gekicher hinterher, während sein Freund stur nach vorne blickte. Dabei boten die Mädchen auch von hinten eine rundum runde Angelegenheit. Bildete er sich das ein oder wackelten die auf einmal noch mehr mit den Hüften?

Au Backe! Gegen die Waffen der Frauen konnte nicht einmal Banfor sich erwehren. Eine der Mägde schaute ebenfalls nach hinten und winkte ihm obendrein neckisch zu.

»Ich besuche euch nachher mal in der Küche«, rief er in den hallenden Gang den Mädchen nach.

»PASS DOCH AUF!«, fluchte eine Frauenstimme von der anderen Seite.

Zu spät. Er schaffte es nicht einmal mehr, wieder nach vorne zu schauen, sondern krachte an der Ecke des Ganges mit einer Person zusammen. Beide fielen auf den Boden.

Die Dame fauchte wütend: »Schau doch, wo du hinläufst, blöder Lümmel.«

Zunächst verhinderten Schrecken und Verblüffung eine Reaktion von Krall. Dann schlich sich Ärger in sein Gemüt. Hatte sie wahrhaftig 'blöder Lümmel' zu ihm gesagt?

Krall rappelte sich hoch. Auch die Frau stand mühsam

auf und glättete ihre Kleider. Sie trug ein graues Gewand mit einem Gürtel aus grünem Stoff. Sie wirkte überstürzt, als sie ihre Gürteltasche aus Leinen befühlte und verdutzt murmelte: »Wo ist ... Ach, herrje ...«

Sie schaute auf den Boden. Krall machte instinktiv einen Schritt zurück, um den Blick freizugeben.

KNACK!

Etwas knirschte unter seinem Fuß.

Die Frau lief rot an. »Du bist ein solcher Volltrottel!«

Krall beschloss zunächst, ruhig zu bleiben. Er hob den Stiefel. Darunter tauchten einige kleine Scherben und eine Lache mit einer durchsichtigen Flüssigkeit auf.

Die hohe Dame verlor vollends die Beherrschung. Sie fluchte durchaus beeindruckend, sogar für Krall. Dann zischte sie ihn an: »Was bist du für ein Tölpel. Jetzt ist das Fläschchen zerbrochen.«

Krall reichte es nun, auch er geriet in Wallung, denn gerecht war dies nicht. »Wir sind zusammengerannt. Dazu gehören immer zwei. Und was für ein Fläschchen überhaupt?«

Die Gesichtsfarbe der Frau wechselte zu violett. Dann sammelte sie sich. »Das ... das mit der Medizin für den König. Ich ... bin gerade auf dem Weg zu ihm in den Thronsaal.«

Wie jetzt? Medizin? Krall erschrak. Sollte er jetzt tatsächlich daran schuld sein, dass der König seine Arznei nicht bekam?

Die Frau kniete nieder und sammelte die Scherben ein.

Wichtel stand die ganze Zeit über etwas verloren daneben und schien nicht zu wissen, was er tun sollte.

»Ich werde König Tedore von dem Malheur berichten. Wie ich von einem Bauernjungen auf dem Weg zu ihm rücksichtslos niedergerannt wurde«, giftete die Frau, während sie mit dem Saum ihres Gewandes einmal über den Boden wischte.

Plötzlich meldete sich Wichtel auch mal zu Wort: »Zum König geht es eigentlich in die andere Richtung.«

Die hohe Dame erhob sich und setzte zu einer Erwiderung an, sagte jedoch kein Wort. In einer Hand hielt sie die aufgesammelten Scherben, mit ihrer freien Hand fuhr sie sich fahrig durch ihre braunen Haare. Schnaubend lief sie weiter und ließ die beiden Kameraden einfach stehen.

Krall sah seinen Freund an. Er konnte nicht widerstehen und legte seinen Arm um die schmalen Schultern.

»Deine Bemerkung über den Weg zum König kam zum richtigen Zeitpunkt. Hast du eine Ahnung, was oder wer 'zum schönen Askia' diese Frau war?«

»Ich bin mir ziemlich sicher, es handelte sich um die San-Priesterin. Tatarie heißt sie.«

»Jedenfalls hätte das Weib genauso gut aufpassen können. Irgendwie benahm sie sich seltsam.«

Wichtel besah sich den Boden. Er klang weit weg, als er sagte: »Seltsam ist untertrieben, Krall.«

Wichtel ging in die Knie und hob einen kleinen Korken auf, den die San-Priesterin übersehen hatte. Seine Nase kräuselte sich. »Die königliche Medizin. Riecht irgendwie nach Zitrone. Und Meer.«

Krall kannte Wichtel inzwischen gut genug, um zu merken, dass ihn etwas beschäftigte. Er ließ ihm Zeit. Wenn Wichtel etwas ausbrütete, kam meistens etwas erstaunlich

Geniales dabei heraus.

Die Gesichtszüge seines Freundes glätteten sich.

»Was ist los?«

»Die Frau lügt, wenn sie den Mund aufmacht. Sie hat gelogen, als sie behauptete, im Fläschchen sei Medizin gewesen. Sie hat gelogen, als sie sagte, sie sei auf dem Weg zum König.«

»Hm. Sicher?«

Nach dem Blick, den sich Krall für diese Bemerkung einfing, war sich Wichtel sogar außerordentlich sicher. Er wusste aus der Vergangenheit, dass sein Freund irgendwie erkennen, spüren, riechen konnte, ob jemand die Wahrheit spricht oder lügt.

Wichtel kniete auf dem Boden nieder und hielt seine Spürnase mehrfach über den feuchten Fleck. »Den Geruch kenne ich doch irgendwo her.«

Jetzt siegte bei Krall doch die Ungeduld. »Gehen wir?«

Doch der Kleine schien noch nicht so weit. »Glaube mir, etwas stimmt mit der Frau nicht.«

»Das habe ich direkt gemerkt, als ich mit ihr zusammenprallte. Und jetzt sind die Küchenhühner auch noch verschwunden.« Sehnsüchtig schaute er den Gang entlang. »Egal! Lass uns endlich frühstücken.«

»Und was ist mit der Lügnerin? Der Sache sollten wir nachgehen.«

Krall nickte. »Das tun wir. Diese Tatata kann ich nicht leiden. Und jede Bauersfrau hat bessere Manieren.«

Doch zunächst wanderten seine Gedanken zum Frühstück. Eins nach dem anderen.

Der schwache König

Der Prinz und Milafine saßen nebeneinander in der Bibliothek an einem der Lesetische. Karek schaute die hohen Regale entlang. Die Bücher, Schriftrollen und Folianten um sie herum erinnerten an ihr erstes Treffen in der Feste Strandsitz.

Kein Wunder – Rogats Bibliothek sah schließlich fast genauso aus. Damals muss ich Milafine mit meiner Eloquenz schwer beeindruckt haben.

»Du hast damals kaum ein Wort herausbekommen. Und wenn, dann nur gestottert. Und dich verplappert«, sagte sie versonnen mit der Spur eines Lächelns.

Das Mädchen kann Gedanken lesen. Hm, zudem sollte ich zu gegebener Zeit die Bedeutung des Wortes Eloquenz nachschlagen.

»Du hast mich damals nur überrumpelt.«

»Ah ja.«

Der Prinz tat sein Bestes, um seine Freundin aufzumuntern.

Milafine sah traurig aus. Karek konnte es ihr nachfühlen. Die Nachricht vom Tod ihrer Oma und der Hinrichtung ihres Vaters, Weibel Karson, hatte sie tief getroffen. Noch schlimmer wog, dass er sich vorher als rücksichtsloser Verräter entpuppt und während der unschönen Begegnung am Hafen befohlen hatte, seine Tochter einfach niederzuschlagen. Zudem hatte er Karek das Messer an den Hals gehalten und gedroht, ihm die Kehle durchzuschneiden, als er ihn zu Fürst Schohtar entführen wollte.

Milafine seufzte um Aufmerksamkeit. »Ich fühle mich hier nicht zuhause, Karek.« Sie sah ihn an. »Mach nicht so ein Gesicht. Das ist nicht deine Schuld.«

Der Prinz fragte: »Wo meinst du denn, ist dein Zuhause?«

»Ich habe keins mehr und muss ein Neues finden.«

Karek breitete die Arme aus. »Das hier ist meine Heimat. Kann es nicht einfach dein neues Zuhause werden? Sollte es nicht deine neue Heimat werden, wenn wir zusammen sein wollen?«

»Ich kenne hier niemanden.« Sie schaute nach unten. Karek spürte, sie wollte nicht, dass er ihre feuchten Augen sah.

» Das Gefühl kenne ich. Du brauchst eine Beschäftigung und Freundinnen und Freunde. Schließlich bin ich Anfang des Sommers mit falschem Namen in die Feste geschickt worden und ich kannte dort niemanden – bis auf Rogat, der mich wenig leiden konnte. Und der erste Anwärterkamerad, den ich überhaupt kennenlernte, wollte mir nach zwei Sätzen die Fresse polieren.«

Milafine gelang der Anflug eines Lächelns. »Krall.«

»Wie hast du das nur erraten?«

Er nahm sie in den Arm. Milafine schluchzte, ihr Oberkörper bebte: »Ich will dir auch nicht zur Last fallen. Ich erlebe es ja, was hier geschieht. Dein Vater ist krank, und wenn es noch schlimmer wird, fällt dir die ganze Verantwortung zu. Dann hast du noch weniger Zeit.« Jetzt brach es aus ihr heraus. »Und selbst wenn der König sich erholt, fällt dir nichts Besseres ein, als auf das offene Meer zu segeln, um etwas zu suchen, das es gar nicht gibt.«

Karek löste sich mit großen Augen von ihr: »Die Insel existiert. Du wirst sie selbst sehen, denn du kommst natürlich mit. Wir bleiben zusammen.«

Härte zog in die sonst so sanften Gesichtszüge des Mädchens ein. »Alle Menschen, mit denen ich gesprochen habe, behaupten, dass dort im weiten Ozean nichts wartet bis auf Todesgefahren. Ich will nicht, dass du davonsegelst. Und glaubst du wirklich, es ist angenehm für mich, dich als einzige Frau in dieser Männergemeinschaft zu begleiten? Ich kann da nicht mitkommen.« Sie unterstrich diese Aussage, indem sie die Arme verschränkte.

Kareks Mund wurde trocken.

Sie hat Angst um mich und will mich ... überzeugen, hier zu bleiben.

Wie zur Bestätigung seiner Annahme argumentierte sie weiter: »Karek, hier ist es sicher. Auf dem Schiff erwartet euch nur der Tod.«

»Ja, im Hafen ist das Schiff sicher. Doch dafür werden Schiffe nicht gebaut. Und ich habe die besten Seeleute der Welt um mich herum.«

Die Tür flog krachend auf, Blinn stürzte herein. Der alte Bibliothekar neben dem Eingang sprang, so gut er noch konnte, entsetzt von seinem Stuhl auf und wollte gerade losschimpfen, als Blinn rief: »Ah, dachte ich es mir doch, dass ihr hier seid. Karek, der König ist gestürzt und liegt jetzt in seinem Schlafgemach. Ihm geht es gar nicht gut.«

Karek wurde heiß und kalt gleichzeitig. »Wir reden später, Milafine. Jetzt müssen wir zu meinem Vater.«

»Ja, natürlich.«

Milafine, Blinn und Karek eilten aus der Bibliothek.

Der Prinz bekam einen riesigen Schrecken. Tedore lag in seinem Schlafgemach aufgebahrt, fast so, als sei er schon gestorben. Um ihn herum standen Hofmarschall Moll und die San-Priesterin Tatarie.

Vor Erleichterung konnte der Prinz wieder schlucken, als er die Stimme seines Vaters poltern hörte: »Hört schon auf. So schlecht geht es mir nicht. Nur ein vorübergehender Schwächeanfall.«

Tatarie antwortete betont ruhig: »Ihr bleibt jetzt liegen und ruht Euch aus.« Sie hielt Tedores rechten Arm und brachte dort gerade einen Verband am Ellenbogen an.

»Vater, was ist passiert?«

»Nicht der Rede wert. Ich bin gestürzt und auf den Arm gefallen. Nur eine leichte Verletzung.«

Hofmarschall Moll meinte dazu: »Ihr habt eine Weile bewegungslos auf dem Boden gelegen. Gut, dass die Wachen sofort nach der San-Priesterin haben schicken lassen.«

»Es ist alles in Ordnung jetzt. Lasst mich mit meinem Sohn allein.« Er setzte sich mühsam auf. »Noch lebt der König. Bis auf Karek, alle raus!«

Nach dieser deutlichen Ansage dauerte es nur wenige Momente, bis sich nur noch Karek und sein Vater im königlichen Schlafgemach befanden. Tedore stöhnte, während er sich wieder hinlegte. Mit trüben Augen sah er seinen Sohn an. »Noch vor Kurzem dachte ich voller Stolz, wie kräftig und lebendig ich doch noch für mein hohes Alter sei. Jetzt strengt mich alles doppelt an.« Er tastete nach Kareks Hand. »Mein Leibarzt weiß nicht mehr, wie er mir helfen soll und auch Tataries Medizin scheint ohne Wirkung zu sein.«

Unfähig, einen Ton zu sagen, blickte Karek in das vertraute Gesicht.

Tedore atmete schwer. »Diese Situation erinnert mich an den Tod der Königin, meiner Frau, deiner Mutter. Bis heute weiß niemand, woran sie gestorben ist.«

»Hast du mir nicht selbst erzählt, dass Gift im Spiel gewesen sein könnte?«

»Ja, eine Vermutung.«

»Und jetzt?«

Tedore schüttelte müde sein Haupt. »Seit dem Ausbruch des Bürgerkrieges habe ich nicht nur einen, sondern zwei Vorkoster für alle Speisen und Getränke – beide erfreuen sich bester Gesundheit.«

Karek durchdachte weitere Möglichkeiten. Doch er glaubte selbst nicht daran, als er fragte: »Etwas im Essen, das du nicht verträgst?«

»Gewechselt wurden meine Speisen auch schon. Eine Woche hauptsächlich Fisch und kein Fleisch oder eine Woche nur Geflügel. Alle Maßnahmen blieben ohne Erfolg.«

Der Prinz wusste keinen Rat.

»Karek! Solange es mir nicht besser geht, und vor allem, wenn sich mein Zustand noch weiter verschlechtert, darfst du nicht mit diesem Bolk und seiner Bande aufbrechen.« Die Stimme seines Vaters wurde noch eindringlicher. »Schon gar nicht, um eine Insel im Meer zu suchen, die es nicht gibt. Das ist naiv.«

Karek schnürte weniger der Vorwurf als vielmehr der beschwörende Tonfall seines Vaters den Hals zu: »Aber das ist doch selbstverständlich, Vater. Ich bleibe hier.«

Ich kann Vater nicht verlassen, wenn er so krank ist. Jeden Tag würde ich mich unterwegs fragen, ob er überhaupt noch lebt.

»Und traue niemandem.« Verschwommene Funken tauchten in Tedores trübem Blick auf. »Niemandem! Hörst du. Ich kann die Male, die ich belogen und verraten wurde, nicht mehr nachhalten.«

»Ja, Vater.« Es handelte sich um ein 'Ja-Vater', das den kranken König beruhigen sollte. Doch auch eine winzige Spur von Trotz und Widerspruch lag in diesem 'Ja-Vater', so wie er es aussprach. Dieses 'Traue niemandem, denn alle belügen und verraten dich', erschien Karek zu plump. Obgleich er beides schon erleben musste, als er durch den Vater seiner Freundin auf übelste Weise verraten und dabei beinahe getötet worden war. Er hatte aber auch Freunde gefunden, denen er vertraute. Was hatte sein Vater ihm vor nicht einmal einem Jahr gepredigt: 'Du versuchst, dich ausschließlich auf der hellen Seite des Lebens zu sonnen und das Schwarz zu verdrängen. Akzeptiere wenigstens das Grau und bereite Dich darauf vor – das Schwarz holt dich von ganz alleine ein'.

Jetzt machte der König von Toladar den gleichen Fehler, indem er gebeugt in den Schatten schlich und das Weiß verleugnete. Nika, die Auftragsmörderin, kam Karek in den Sinn. Allein diese Frau diente als lebender Beweis, dass sein Vater falsch lag, denn Karek vertraute ihr. Einer Mörderin, die skrupellos tötete und der ihre Bezahlung hierbei nur zweitrangig war. Dennoch - obwohl sie von sich meinte, ein schwarzes Herz und eine schwarze Seele zu besitzen, wusste der Prinz viele große, strahlend weiße Flecken aufzuzählen, welche Nikas Charakter ausmachten. Zudem vertraute er der Hand des Schwertmeisters. Seine vier Kameraden würden ihn nicht im Stich lassen – das konnte er sich einfach nicht vorstellen. Karek grübelte. Er ging sogar soweit, sich auf den traditionellen Erzfeind zu verlassen. War das ein Fehler? Der Prinz schüttelte gedanklich den Kopf. Nein, es hatte niemals einen Anlass gegeben, an der Loyalität von Bolk und seinen Männern zu zweifeln. Und dies, obwohl sie ihm gar keine Loyalität schuldeten. Vielleicht war dies das Geheimnis des Ganzen. Er hatte Loyalität kraft seiner Herkunft nie erzwungen, zumal lange Zeit niemand gewusst hatte, dass er der Thronfolger war. Aus freien Stücken waren ihm die Anwärter und die Sorader ein Stück seines Weges gefolgt. Und es blieb ganz allein ihnen überlassen, ob sie auch in Zukunft gemeinsam mit ihm weitermarschieren wollten.

Das alles sagte er nicht. Er würde in dieser Situation bestimmt nicht mit seinem Vater diskutieren. Ein gesunder Tedore hätte die Zweifel seines Sohnes sofort bemerkt, doch der König seufzte nur müde.

Karek hoffte, dass sein Vater sich nun ausruhen wollte, doch es kam sogar noch schlimmer. »Mein Sohn. Dieser alberne Vogel – der Kabo. Sperre ihn doch in den Stall. Es ist beschämend, dass dieses Tier im Schloss frei herumläuft. Der Hof macht sich seit Wochen darüber lustig.«

Das Schäumen in Kareks Gemüt begann. Zunächst noch lauwarm, doch dann vermochte er kaum noch, den Ärger hinunterzuschlucken. Das Podest aus Gold und Marmor, auf dem sein Vater für ihn immer gestanden hatte, bekam tiefe Risse. Worüber machte sich der König jetzt Gedanken?

Spielte es eine Rolle, was der Hof über das Kaboküken tuschelte? Was wusste sein Vater denn? Lag es nur an der Krankheit? Tedore hatte immer behauptet, es gäbe keine Magie.

Hm.

Tedore hatte Fürst Schohtar trotz aller Warnungen viel zu lange an der langen Leine gelassen.

Hm.

Tedore traute keinem Menschen mehr über den Weg, tat sich daher schwer, Gut und Böse zu unterscheiden. Also musste der Generalverdacht her.

Hm.

Und Tedore ... war schwer krank. Kareks Herz schnürte sich zusammen. Er liebte seinen Vater, denn er wusste, was für ein guter Mensch er ist. Also schluckte er seine Kommentare, die ihm zu Fatas Verteidigung einfielen, herunter wie einen zähen Klumpen Fleisch. Natürlich würde er die Kabokönigin nicht in einen Zwinger sperren. Sie hatte ihm im Hafen das Leben gerettet und er fühlte, dass der Vogel noch eine gewichtige Rolle in seinem Leben spielen würde.

Jetzt hieß es schweigen und darauf hoffen, dass sein Vater wieder gesund würde.

Karek hatte sich das Leben in Felsbach nach seiner Rückkehr anders vorgestellt. Allein die heutigen Unterhaltungen mit Milafine und Tedore lasteten schwer auf seinen Schultern.

Wie soll es nur weitergehen?

Wieder einmal ballte er die Faust und hob den Kopf.

Nicht unterkriegen lassen, Karek.

Die Fleckenkatze

Torquay blutete. Aus vier gleichmäßigen Streifen auf der Vorderseite seiner linken Schulter lief Blut in vier Rinnsalen nebeneinander über seine Brust. Die Wunde war nicht tief, die Pranke der Raubkatze hatte ihn nur gestreift. Er betrachtete die Verletzung als Auszeichnung.

Er und Zadou schlichen seit fünf Sonnen durch den Dschungel. Ihre nackten Füße fanden sicheren Tritt, geräuschlos und gewandt kletterten sie über alle Hindernisse auf ihrem Weg. Die Urwaldbäume bildeten ein riesiges Netz aus Wurzeln weitflächig um sich herum, sodass sie manches Mal wie vor einer Wand aus Holz standen, die es zu überwinden galt. Torquay genoss es, von den harten Wurzeln hinunter auf den weichen Boden zu springen und die Erde zwischen den Zehen zu spüren.

Schlichte Langmesser hingen an ihren Lendentüchern. Die Oberkörper glänzten aufgrund des Schweißes und des aufgetragenen Öls, das sie vor Mücken schützte. Nur ein Gurt klebte beiden schräg von der linken Schulter bis zur rechten Hüfte auf der Haut. Torquay nahm die Klinge in die rechte Hand. Die Eisenschneide blitzte ihn zuversichtlich an. Eisen gehörte zu den Schätzen der Jovali - die Metallbearbeitung zu den Geheimnissen seines Stammes. Grimmig dachte er an die verfeindete Horde. An die unwürdigen Bangesi. Dumme Wilde, die in Richtung Sonnenaufgang nur zwei Tagesreisen von hier hausten und die nicht einmal ihr lausiges Leben verdient hatten. Daher wurden sie von seinem Stamm nur Bangesischweine gerufen.

Torquay bedeutet Jäger. Und so fühlte er sich, so lebte er

auch. Er gehörte zu der Gruppe der Nachtjäger, da er auch nach Sonnenuntergang über ein hervorragendes Sehvermögen verfügte.

Sein Freund Zadou und er befanden sich zum ersten Mal in diesem Teil des Dschungels, so weit weg vom heimatlichen Dorf und so nahe bei den Bangesi. Letztere beanspruchten dieses Gebiet für sich und würden Zadou und ihn sofort töten, wenn sie ihnen in die Hände fallen würden.

Doch die beiden Jovali beschäftigte etwas anderes. Die beiden Jäger verfolgten einen anderen Jäger. Den gefährlichsten tierischen Jäger in ihrer Welt – einen Leoparden. Wenn sie ihn erlegten und mit seinem Fell ins Dorf zurückkehrten, würde Oberhaupt Maquay sie zum Katzenjäger ernennen. Den Namen Krokodiljäger trugen sie bereits mit Stolz, doch Katzenjäger bedeutete die nächsthöhere Ernennung im Leben eines Jovali-Kriegers. Der erhabenste Rang hieß Bangesi-Jäger. Danach würden sie als Nächstes streben, um Ansehen und Ehre noch weiter zu mehren. Hierzu mussten sie jeder nur ein Ohr eines Mitglieds dieser verhassten Sippe herbeischaffen. Aus Sicht der Jovali lebten die Bangesischweine in Richtung Sonnenaufgang. Somit kamen sie auf dem Weg, den sie seit Tagen eingeschlagen hatten, dem Feind immer näher.

Doch Bein vor Bein - zunächst ging es um die Fleckenkatze. Katzenjäger klang harmlos. Schließlich gab es Katzen zuhauf im Dorf, nur ging es augenblicklich nicht um einen der kleinen Plagegeister, die sich dort mit hocherhobenem Schwanz schnurrend an seinem Bein rieben, sondern es handelte sich um ein ausgewachsenes Leopardenmännchen.

Es hieß, die Stärke des Leoparden ergäbe sich auch aus der Furcht vor dem Leoparden. Doch Torquay verspürte keine Angst. Zu lange hatte er diesem Tag entgegengefiebert. Er verließ sich auf seine Schnelligkeit und seinen Freund Zadou. Seit frühester Kindheit gingen sie zusammen auf die Jagd und atmeten wie Zwillinge. Herzensbrüder fürs Leben. Sie bildeten einen Geist, einen Atem, eine Waffe.

»Da vorn!« flüsterte er und machte Zadou ein Zeichen. Ein gelb-schwarzer Körper bewegte sich geschmeidig durch das Grün. Jetzt kletterte der Leopard den Stamm eines Kapokbaumes hoch. Die Krallen der Pranken kratzten über die Rinde, schoben das Tier Stück für Stück nach oben und schon stand es etwa acht Arme über ihnen auf einem Ast.

Der Kapok reichte für Torquay bis in den Himmel – streckte er doch seine Krone über das Dach des Waldes hinaus, denn nur so erhielt er den Segen der Himmelsmutter. Es gab noch viele andere Gründe, warum die Jovali die mächtigen Kapokbäume verehrten. Die dicken Stämme und Wurzeln gestalteten ihre Welt am Boden. Sie lieferten Holz, doch nur selten wurde ein Kapok gefällt, da die Früchte den wahren Reichtum darstellten. Aus diesen Früchten gewannen die Jovali Öl und Medizin. Zudem fertigten sie aus ihren langen Fasern einen Großteil ihrer Kleidung an.

War es ein gutes oder schlechtes Omen, dass sich die Fleckenkatze ihnen genau hier auf dem heiligen Kapok stellen wollte?

An der sich langsam hin und her bewegenden Schwanzspitze konnte Torquay die Erregung der Raubkatze erkennen. Die Augen blitzten zornig schräg und gelb herunter – der Herr des Urwaldes fragte: 'Wer seid ihr, dass ihr es wagt, mich zu verfolgen?'

Mit aufgerissenem Maul fauchte er voller Wut. Die Reißzähne blitzten - fingerlange, spitze Waffen. Die Ohren auf dem schwarz gefleckten Kopf standen hoch. Die Nase, ein schwarzes Dreieck, bildete einen Kontrast zu den weißen Schnurrbarthaaren, die darunter vibrierten. Die Schwanzspitze bebte weiterhin langsam von links nach rechts.

»Näher sollten wir nicht heran«, sagte Zadou ruhig.

»Von hier können wir ihn kaum erledigen.«

Der Leopard fauchte erneut - ein gellendes Zischen, das allein schon ausreichte, um allen anderen Lebewesen das Fürchten zu lehren.

König des Dschungels, dachte Torquay. Du wirst uns nicht lange gram sein, der Tod wird dich erlösen. Du wirst hinaufschweben - zur weißen Himmelsmutter und allen Ehre bringen.

Seit zwei Tagen verfolgten sie das Raubtier, genauso lange hatten sie nichts gegessen, nur Wasser aus den Beuteln an ihren Gurten getrunken. Erst die Jagd, dann die Nahrung. Jetzt kamen sie ihrem Ziel so nah wie nie.

»Wenn wir mit Pfeil und Bogen jagen würden wie die feigen Bangesischweine, wäre es nun eine Leichtigkeit, ihn zu erledigen«, flüsterte sein Herzensbruder.

»Wir sind Jovali und haben es nicht nötig, aus dem Hinterhalt oder aus der Ferne zu kämpfen. Wir stellen uns dem Gegner.« Zadou drückte stolz seinen Rücken durch.

»Und wir lassen nicht unsere Weiber kämpfen.«

Bei den Jovali galt es als unehrenhaft, einen Leoparden aus der Ferne zu töten. Sein Volk würde nicht einmal einen

Stein in Richtung eines Tieres werfen. Nur die verhassten Bangesi gebrauchten Pfeil und Bogen. Und ließen dies sogar ihre Frauen tun.

Torquay umklammerte den Griff des Langmessers. Gebückt trat er vor. Noch eine Armlänge und er befände sich in Sprungweite der Raubkatze. Diese Situation hatten sie bisher bereits erlebt. Beim ersten Mal hatte der Leopard im letzten Augenblick die Flucht ergriffen, indem er mit einem großen Satz in die entgegengesetzte Richtung vom Baum gesprungen war. Beim zweiten Versuch hatte er Torquay angesprungen und mit einer Pranke die Haut an der Schulter zerfetzt, bevor er dann allerdings erneut flüchtete.

Torquay spürte, dass es diesmal anders laufen würde. Das Raubtier wollte angreifen und die Entscheidung suchen. Noch einen Schritt. In diesem Moment schrie Zadou so laut er konnte und ruderte mit den Armen, um den Leoparden zu provozieren und gleichzeitig zu verwirren. Die beiden jungen Jäger wollten damit selbst den Zeitpunkt des Angriffs bestimmen. Der Leopard, ein beeindruckend großes Exemplar, machte sich durch einen Buckel noch größer. Torquay zuckte einen Schritt vor. Sein Herz hämmerte vor Aufregung und Respekt diesem Tier gegenüber. Wutschnaubend streckte sich die Großkatze und schnellte vom Ast. Die Pranken weit vorgereckt, mit aufgerissenem Maul stürzte der Leopard hinunter auf die beiden Jovali zu.

Torquay stürzte mit einem Kopfsprung der Raubkatze über den Boden entgegen, hielt dabei das Langmesser senkrecht nach oben und schnitt dem Tier den Bauch auf, während es durch die Luft sprang. Die Pranken mit den tödlichen Krallen ruderten wild durch die Luft, die

Reißzähne hatten Torquay nur knapp verfehlt. Er hörte, wie sich das Maul direkt neben seinem Kopf mit einem lauten Knacken schloss. Die Fleckenkatze schlug mit einem dumpfen Schlag auf dem Boden auf. Sie zuckte mit den Beinen und dann erlosch ihr Leben wie eine Fackel im Regen.

Torquay und Zadou bewegten sich nicht. Sie beobachteten ihre Beute weiterhin mit hoher Aufmerksamkeit. Erst als sie sicher waren, dass der Leopard wirklich seinen Körper verlassen hatte, warfen sie sich auf den Boden und beteten. Sie dankten der weißen Himmelsmutter für ihr Jagdglück und baten den Geist des Leoparden um Verzeihung. Ihr ganzes Leben lang würden sie nie wieder eines dieser edlen Tiere töten, es sei denn, um sich zu verteidigen.

Ein Teil der Innereien des Leoparden lag bereits neben der klaffenden Wunde auf dem Boden. Die beiden Jovali-Krieger weideten den Kadaver des Leoparden weiter aus. So machte es das Tier selbst, nachdem es bei der Jagd erfolgreich gewesen ist. Zuerst fraßen Leoparden Herz, Leber und Nieren ihrer Beute. Das Blut diente ihnen zudem als Ersatz für Wasser in Trockenzeiten. Der Respekt vor ihrem Opfer gebot den Jovali ebenso zu verfahren. Torquay riss das noch warme Herz der Raubkatze aus der Brust, hielt es über seinen Kopf und ließ sich einige Tropfen Blut in den Mund tropfen. Dann riss er mit seinen Zähnen ein Stück Fleisch heraus. Schwer kauend reichte er das Herz an Zadou weiter, der es ihm gleichtat.

Zum ersten und letzten Mal in ihrem Leben tranken sie Leopardenblut und aßen rohes Leopardenfleisch. Ein Teil der Kraft, der Schnelligkeit und der Wildheit des Leoparden ging somit auf sie über.

Torquay schluckte den Rest des zähen Klumpens herunter und wischte sich mit dem Handrücken das Blut vom Mund. Das Fleisch und das Blut des Krokodils damals waren salziger gewesen.

Die beiden jungen Männer machten sich gemeinsam daran, die Fleckenkatze weiter auszuweiden. Sie achteten darauf, dass die blutigen Innereien nicht das goldschwarze Fell verschmierten.

Von einem jungen Ebenholzbaum in der Nähe hackte Zadou mit seinem Langmesser einen vier Arme langen Ast ab und sie banden den Leoparden mit den Beinen daran fest. Das Fell würden sie ihrer Beute erst im Dorf abziehen. Torquay freute sich auf diese Zeremonie, der alle Männer, Frauen und Kinder beiwohnen würden.

Sie hoben den Ast auf und legten sich ein Ende auf die Schultern.

Sein Herzensbruder bemerkte. »Die Fleckenkatze ist schwer.«

»Ja. Und ich weiß, der Rückweg ist weit, doch wir tragen unsere Beute ins Dorf zurück, Katzenjäger Zadou. Das Blut der Fleckenkatze gibt uns die Kraft dazu.«

»So wird es geschehen, Katzenjäger Torquay.«

Ernst sahen sie sich an. Ein Geist, ein Atem, eine Waffe.

Der Rückweg erwies sich als beschwerlich. Zadou ging voran. Mit einem solchen Gewicht auf den Schultern gestaltete sich das Klettern über die hohen Wurzeln ungleich anstrengender und umständlicher als ohne Last. Der Ast schien sich immer mehr durchzubiegen, der Kadaver immer schwerer, die Schulter immer wunder zu werden. Zudem fehlte nun die Euphorie des Jagdfiebers und der Kräfteverlust durch die mangelnde Ernährung machte sich bei den beiden Jovali bemerkbar.

Zadou fand zwischendurch am Rande ihres Weges einige essbare Pilze, die sie hastig in den Mund stopften. Weiter ging es in Richtung Sonnenuntergang – sie kamen nur langsam voran. Sie würden noch mindestens zwei Tage für den Rückweg brauchen und die Himmelsmutter rief bereits zur Nacht.

Torquay schaute sich aufmerksam nach einem geeigneten Platz für ein Nachtlager um. Nicht einmal der allerdümmste Bangesi würde die Nacht direkt auf dem Boden verbringen. Und ein stolzer Jovali schon gar nicht. Die Boden- und Wasserwelt gehörte den Ameisen, den Käfern, den Fröschen, den Würmern. Und den Schlangen. In den Seen wohnten die Flusspferde, die Krokodile und anderen Echsen. Und Schlangen.

Nein, auf dem Boden hatten Zadou und er nichts zu suchen - sie mussten mindestens in die nächsthöhere Weltenebene. Noch oberhalb des Unterwuchses, der von Tieren wie Affen, Vögeln, Leoparden und Jaguaren beherrscht wurde. Und Schlangen gaben sich hier die Ehre.

Noch höher hinauf und der Blätterwald begann. Hier wurde es richtig laut und bunt. Torquay war in seiner Jugend oft die heiligen Bäume dreißig, vierzig Arme hochgeklettert und hatte staunend das Leben hier verfolgt. Affen, Papageien, Kolibris, Baumfrösche veranstalteten ein großes Fest. Überall um die Äste rankten sich Lianen, Würgefeigen und schillernde Orchideen. Diese Oberwelt in ihrer unendlichen

Schönheit nannten die Jovali den 'Garten der Himmelsmutter'. Doch die Schlangen, die auch hier herumkrochen, sollte er nicht vergessen, denn die kamen irgendwie überall hin.

Eine besonders hohe Kapokwurzel mit einer kleinen ebenen Fläche könnte sich hervorragend für ein Nachtlager eignen. Torquay musste Zadou nicht darauf aufmerksam machen. Sein Herzensbruder war bereits stehen geblieben und überlegte, wie sie am besten samt ihrer Beute auf dieses Wurzelpodest kletterten.

Ein Geist, ein Atem, eine Waffe. Und eine Erschöpfung.

Erwachen

Heiße Luft schlug ihr entgegen, brannte im Gesicht wie eine Ohrfeige. Ihre Bewegungen kühlten sie nicht, sondern verstärkten lediglich das Gefühl zu verkohlen. Sie rannte durch einen brennenden Wald. Männer verfolgten sie. Neben ihr stürmten drei Kinder in wilder Flucht durch das Unterholz.

»Brecht ihnen die Beine, aber lasst sie am Leben. Für tote Sklaven gibt es kein Gold«, schallte eine Stimme durch den Wald.

Die Feuerwand vor ihr, die Männer hinter ihr – sie drehte nach links ab. Die Kinder änderten ebenfalls ihre Richtung und folgten. Sie vertrauten ihr, wussten offensichtlich, dass sie sich hier am besten auskannte. Die Feuerwalze erstreckte sich so weit sie blicken konnte. Die Männer hatten zunächst Feuer gelegt, dann das Dorf angegriffen. Sie beschleunigte ihre Schritte. Ihre kleinen Füße sprangen mit Leichtigkeit über Äste und Mulden, der Waldboden erschien ihr wie ein Teppich, ein vertrauter Freund, den ihre Schritte streichelten. Wie oft war sie in der Vergangenheit jauchzend hier entlanggelaufen? Doch diesmal erschien alles anders. Diesmal befand sie sich in Lebensgefahr. Diesmal jagten fremde Männer hinter ihr her, wollten sie fangen, ihr die Beine brechen, sodass sie nicht mehr weglaufen konnte. Sodass sie vielleicht nie wieder dieses Gefühl von Leichtigkeit und Schnelligkeit erfahren konnte.

Sie schaute an sich herunter. Wieso hatte sie denn so kleine Füße? Kinder haben kleine Füße – sie verstand. Ein kleines Mädchen, nicht einmal zehn Jahre alt, floh vor einem Schrecken, den es noch nicht begreifen konnte. Ein Schrecken, der aus wilden Männern mit brutalen Gesichtern bestand. Sie befand sich in diesem Mädchen. Nein, sie *war* dieses Mädchen.

Die anderen Kinder liefen immer noch hinter ihr her. Sie verlangsamte ihre Geschwindigkeit, ansonsten würde sie alle abhängen. Sie galt als die Schnellste im Dorf – die schnellste Läuferin, die schnellste Kämpferin, die schnellste Kletterin. Sie galt auch als die Schnellste, wenn es darum ging, die Klappe aufzureißen, Widerworte zu geben und eine Tracht Prügel zu bekommen, doch Widerworte halfen ihr im Augenblick wenig.

Die Männer schwärmten aus und trieben die Kinder neben der Feuerwand entlang. In hohem Tempo rannten sie auf die Schlucht zu. Genauer gesagt handelte es sich um eine Felsspalte, etwa vier Meter breit. Furcht schnürte ihr die Luft ab, oder tat dies der Qualm, der in Augen, Nase und Rachen biss?

Die angsterfüllten Schreie hinter ihr bohrten sich in ihre Ohren. »Regia, Regia, nicht so schnell.«

Sie schüttelte den glühenden Kopf. Regia hieß 'die Königliche' in der Alten Sprache. Wieso Königliche? Sie wollte damit nichts zu tun haben. Nur wegrennen. Was sollte ein kleines Mädchen auch anderes tun? Und noch ein Gedanke brannte in ihrem Kopf, noch heißer als die Feuerbrunst. Die Felsspalte. Es gab nur ein Kind im Dorf, das jemals den Sprung darüber hinweg gewagt hatte. Es handelte sich sogar um ein Mädchen - und dieses Mädchen war sie.

Und nun lief sie voran und führte die anderen genau dorthin ins Verderben.

Sie zitterte und stöhnte. »Nein, nicht springen. Niiicht!«

Etwas Kühles legte sich auf ihre Stirn. Und etwas Flüssiges benetzte ihre Lippen. Sie wollte ihre Zunge dahin bewegen, doch sie hatte keine Kontrolle über den Klumpen, der pelzig und geschwollen in ihrem Mund brachlag.

»Mehr, mehr …«, flüsterte jemand. Sie erkannte ihre Stimme.

»Lange macht sie es nicht mehr«, meinte ein Mann im sachlichen Ton.

Ein kleines Mädchen antwortete: »Sie schafft es. Ich glaube an sie.«

Sie besaß nicht genügend Kraft, um ihr dies auszureden. Es gab schon einmal kleine Jungen und Mädchen, die an sie geglaubt hatten. Die waren ihr gefolgt und in den Tod gesprungen. Oder nicht? Sie wusste es nicht genau. Ihr Kopf schien zu platzen. Ihr Gehirn musste angeschwollen sein - viel zu klein für ihren Schädel. Jeder Gedanke bedeutete Schmerz. Sie tauchte in einen heißen Strudel - ein Geysir, der sie verschluckte und hoffentlich nie wieder ausspuckte - es wurde still und dunkel.

Sie spürte nur ihren heißen Atem. Es glühte um sie herum. Das Luftholen fiel ihr schwer, doch als noch viel schlimmer erwies sich das Ausatmen. Jeder Atemstoß erschien ihr wie Drachenfeuer, das ihr Gesicht verbrannte.

Plötzlich blendete sie etwas. Eine Tür ließ das Sonnenlicht herein und genau in ihr geschundenes Gesicht fallen.

»Wir müssen los zur Ortschmiede, Regia«, sagte eine

Stimme, die keinen Widerspruch duldete. Sie stand auf, taumelte hinter der Gestalt her und befand sich wenig später in einer kleinen Kammer. Aufwendig gestaltete Sechsecke aus Mosaiksteinchen zierten den Boden. Sie hielt instinktiv den Atem an. Die Kammer verschwamm und verschwand. Übelkeit befiel sie und sie wollte sich hinsetzen, als die Kammer wieder auftauchte. Wo befand sie sich nur? Wer war sie?

Die Augenlider klebten am Augapfel. Flackernd blinzelte sie durch die Wimpern hindurch. Wo befand sie sich? Sie sah einen Tisch mit ein paar schlichten Stühlen. Sie lag in einer Wohnstube. Spannung schoss in ihre Muskeln. Sie bewegte das linke Bein. Ein stechender Schmerz antwortete ihr und zeigte ihr erbarmungslos, dass dies keine gute Idee gewesen war. Sie biss sich auf die Lippen und versuchte, den linken Fuß zu bewegen. Es zuckte unter der Wolldecke. Sie verdrängte den Schmerz. Solange da noch etwas unter der Decke lag und wehtat, solange wollte sie alles ertragen. Jetzt erst merkte sie, dass zwei Decken sie umwickelten.

Sie wollte sich aufrichten, scheiterte jedoch kläglich, hierzu fehlte die Kraft. Sie entspannte sich. Ihre Schlafstätte begann sich zu drehen. Ihre Knochen wurden auseinander geschleudert, nur um sich dann wieder neu zusammenzufinden. Der Kreisel wurde langsamer und blieb schließlich stehen.

Schlafen war alles, was im Augenblick blieb. Sie wusste, dass sie es schaffen konnte, das Gift zu besiegen. DAS GIFT. Eine kleine Ampulle mit einer durchsichtigen Flüssigkeit! Es klickte in ihrem Verstand, so laut, dass sie trotz ihrer Schwäche kurz versucht war, sich die Ohren zuzuhalten. Es fiel ihr ein, wo sie kürzlich den Geruch nach Algen und Zitronen bemerkt hatte. Der prunkvolle Gewürzständer an der Tafel von König Tedore in der Burg Felsbach erschien vor ihren Augen und ihrer Nase. Wie dieser während des Festbanketts an ihr vorbeiwanderte, als sie am Tisch saß. Das Festbankett, welches sie notgedrungen vorzeitig verlassen musste, um nicht den Verstand zu verlieren.

Eben war die Müdigkeit noch willkommen gewesen, doch mit einem Mal marterte diese sie. Jetzt nicht einschlafen. Setze die Mosaiksteinchen zusammen. Konnte es wirklich sein, dass jemand den König nach und nach vergiftete? Raubte Tedore sich selbst ein Stück seines Lebens, jedes Mal, wenn er seine Speisen würzte? Ein Plan, so behutsam und geduldig wie verschlagen. So eine perfide Vorgehensweise hätte sie sich nicht besser ausdenken können, wenn sie nicht eine gewisse Abscheu vor Gift hegen würde. Ihr gefiel der Kampf von Angesicht zu Angesicht eindeutig besser. Was bedeutete diese Erkenntnis über Tedore nun für sie? Sie korrigierte sich. Keine Erkenntnis, sondern ein Verdacht. Mehr nicht. Und was ging sie das an? Menschen, die sich gegenseitig vergifteten – nichts Ungewöhnliches, sondern bewährte Tradition in Krosann. Fragt mal die bettlägerige halb tote Frau ganz in der Nähe.

Gut, es gab schlimmere Könige als Tedore. Und auch Könige mit schlimmeren Söhnen als Karek. Sollte sie jetzt wieder zurück zur Burg Felsbach laufen und Tedore warnen? Sie hatte gelernt, Leben zu nehmen. Tedore indes hatte sie bereits gegen ihre Überzeugung ein Leben gegeben. Nicht noch eins! Was ging es sie an? Und vielleicht irrte sie sich auch und in den Gewürzen befand sich gar kein Gift.

Doch die nächste Frage zwängte sich in ihren Kopf. Was passiert mit Karek? Benutzte er auch den Gewürzständer? Sie konnte sich nicht erinnern.

Viel zu viele Fragen für eine kranke Krähe, die gerade knapp dem Tod entronnen war. Für so etwas besaß sie keinerlei Kraftreserven.

Der Schlaf überfiel sie, unruhig und traumlos.

Sie erwachte. Augen, groß wie Mühlensteine blickten ihr direkt ins Gesicht. Ein Stupsnäschen kräuselte sich aufgeregt. »Opa, Opa! Sie ist wach!«

»Tatsächlich?« Ein alter Mann drängte sich in ihr Gesichtsfeld. »Willkommen in unserer Welt, junge Dame«, sagte er freundlich. »Dass Ihr noch lebt, grenzt an ein Wunder.«

Sie wollte irgendetwas Pampiges entgegnen, dass sie nicht an Wunder glaubte, dass sie keinen Wert auf diese Welt legte, dass er sie mal kreuzweise könnte – doch sie formte stumm mit Lippen und Zungenspitze zwischen den Zähnen ein einziges Wort: »Wasser«.

Hanne holte einen Becher und hielt diesen an ihren Mund. Gierig trank sie und fühlte jeden einzelnen Tropfen ihre Speiseröhre hinunterrinnen. Gleichzeitig verspürte sie Befriedigung, all dies nicht gesagt zu haben. Diese Leute hatten sie gepflegt, versorgt und gerettet. So wie sie dies mit Drecksvieh getan hatte. Obwohl sie alles unternommen hatte, um nicht gerade geliebt zu werden. Der Gedanke, diesen Menschen nach wie vor vollkommen ausgeliefert zu sein, erschreckte sie. Nicht Angst durchdrang sie, sondern das Gefühl der Hilflosigkeit. Seit sie denken konnte, war sie zum ersten Mal auf andere Menschen angewiesen. Mit gestutzten Flügeln lag die Krähe hilflos im Bett. Das musste sie sich erst einmal eingestehen. Ihr Kopf fiel zurück und erneut erlöste sie der Schlaf.

Sie erwachte. Am Geruch der Luft merkte sie, dass es früher Morgen war. Jemand in ihrer Nähe schnarchte. Langsam richtete sie den Oberkörper auf. Mit einem Ruck zog sie die beiden Decken zur Seite und betrachtete ihren linken Fuß. In der Morgendämmerung sah sie nur einen rostigen Strich vom Fußrücken hoch bis zum Knöchel laufen. Darüber hinaus sah er ganz normal aus. Langsam stand sie auf. Kalter Lehm entzog ihren Fußsohlen die Wärme. Herrlich! Sie hatte in den letzten Stunden genug geschwitzt und genoss die Kühle.

Am Ende ihrer Schlafstätte lagen zusammengefaltet ihre Kleider. Sie schlüpfte in Hose und Hemd, beides roch angenehm sauber. Die Glut im Kaminfeuer knackte und einige Funken sprühten. Ihr Blick fiel auf die Tür. Das Armband mit den aufklappbaren Dornen rutschte ihr über die Hand und fiel herunter. Bevor es den Boden erreicht hatte, fing sie es mit der anderen Hand auf. Sie war wieder da. Geschwächt und abgemagert, nichts, worüber sie sich Sorgen machen müsste. Sie öffnete leise die Tür und trat ins Freie. Es schneite leicht. Sie fühlte sich lebendiger als je zuvor. Ihre Sinne jubilierten – sie glaubte, die Schneeflocken auf die Erde krachen zu hören. Wind, kalt und feucht, wehte ihr ins Gesicht. Sie empfand die Luft als würzig und anregend. Hunger meldete sich in ihren Eingeweiden.

Die Tür hinter ihr öffnete sich mit einem sanften Knarren.

Hanne trat heraus, sie trug ein dickes Nachthemd aus Wolle. Zwei geflochtene Zöpfe standen von ihrem Kopf ab. Das Mädchen stellte sich neben sie.

»Na, duuu. Wansor hat keine Ahnung. Der hat immerzu gesagt, du wachst nicht mehr auf.«

»Wansor hat keine Ahnung.«

»Du hast mehr getrunken als Hoppel und Möhre zusammen nach einem langen Ausritt. Ich habe geholfen, dich zu füttern.«

»Hm.«

»Und auch beim Waschen habe ich geholfen, denn du hast auch so viel Pipi gemacht wie Hoppel und Möhre.«

»Hm.«

»Ich bin froh, dass du nicht gestorben bist.«

»Hm.« Ihr fiel einfach nichts Besseres ein.

»Wie heißt du denn jetzt?« Zwei runde Kinderaugen voller Erwartung schauten in ihr Gesicht.

Kaum weilte sie wieder unter den Lebenden, ereilte sie das erste Verhör - beginnend mit ihrer Lieblingsfrage.

Hanne spürte scheinbar, dass ihr die Antwort schwerfiel und erklärte hilfsbereit: »Iiiich habe ganz viele Namen. Hanne ist nur der Erste. Eigentlich heiße ich Hanne Violetta Goldinchen Marianna Kleines.« Sie sang die Namen fast, wie ein Lied mit einer einfachen schönen Melodie.

»Kleines?«

»Opa nennt mich immer Kleines.«

Da ein viertes 'Hm' zu dämlich klang, entgegnete sie nichts.

Hannes Gesicht begann zu leuchten: »Ich habe eine Idee. Ich gebe dir einen von meinen Namen ab. Sie überlegte sorgfältig, zu welchem Opfer sie bereit war. »Wie wäre es mit Goldinchen?«

Wäre sie doch nur gestorben. Goldinchen!? Schon verdammt nahe an Goldlöckchen. Dieses Kind entpuppte sich als der härteste Gegner, den sie bisher in ihrem Leben getroffen hatte.

Voller Neugierde und freudiger Erwartung stand Hanne nach diesem selbstlosen Vorschlag neben ihr und schaute hoch.

Sie blieb sprachlos, starrte auf das Mädchen herunter, das barfuß neben ihr vor der Tür stand und begann zu frösteln.

Langsam hob sie die Hände und befürchtete einen kurzen Moment, sie würde Hanne schlagen. Doch sie breitete beide Arme aus, hob das kleine Mädchen weg vom kalten Boden und drückte es an ihre Brust. Sofort erwiderte Hanne die Umarmung. Der kleine Mensch in ihren Armen war leichter als sie erwartet hatte. Sie spürte Hannes Wärme und Zartheit. Mit hoher Konzentration musste sie erst ihre gemischten Gefühle verarbeiten, bevor sie antwortete: »Sage einfach Nika zu mir, Hanne. Und behalte Goldinchen für dich.«

»Nika?«

»Ja, genau. Und ...« Sie zögerte. Sie suchte nach einem Wort. Eines mit zwei Silben, so viel wusste sie noch. Ein exotisches Wort, tief vergraben in ihrem Geist. Ein Wort, das kehlig und hart klang, ganz im Gegenteil zu seiner

Bedeutung. Ein Wort, das sie so gut wie nie benutzte. Wie hieß es nur? Da fiel es ihr ein: »Danke!«

Auch sie fröstelte nun, zumal eine Windböe die beiden erfasste und ihre Augen feucht wurden.

Die Kleine löste sich von ihr und strahlte: »Nika ist ein schöner Name.« Sie legte den Kopf schräg. »Das muss ich unbedingt Opa erzählen«. Schon stürmte sie los.

»OOOPA, OPA! Sie heißt Nika. Und, und sie ist meine Freundin.«

Verwirrt und angewurzelt stand sie vor dem Haus. Das einzige was sie denken konnte, war ein weiteres verhaltenes 'Hm'. Die Kleine war entwaffnend – und das konnte eine Auftragsmörderin nicht gebrauchen. Ihr Mund geriet zu einem Strich. Sie hatte jetzt eine Freundin. Wieder schoss ihr die Analogie zu Drecksvieh in den Sinn. Opa und Hanne hatten sie halb tot am Rand der Straße gefunden und gesund gepflegt. Obwohl sie sich unhöflich benommen und Hanne bewusst erschreckt hatte. So wie Drecksvieh sie gebissen hatte, was sie nicht davon abhielt, ihm dennoch das Leben zu retten? Die Parallelen erstaunten sie. Also, es war in Ordnung, Dankbarkeit zu zeigen. So wie Drecksvieh es getan hatte und ihr als guter Freund zu Hilfe gekommen war.

Opas Kopf erschien in der Tür und riss sie aus den Gedanken. »Kommt herein. Es ist lausig kalt. Und Ihr müsst hungrig sein. Wir frühstücken jetzt.«

Nika betrachtete die Scheibe Graubrot vor sich, nahm sie in die Hand und biss hinein. Zunächst dachte sie, sie würde einen Haufen Scherben kauen. Ihr Mund fühlte sich rau und wund an. Mit viel Wasser spülte sie nach und gewöhnte sich an das Gefühl in ihrem Rachen.

Sie belegte gerade die dritte Scheibe Brot mit Käse, als Opa aufstand und mit ihrem Lederbeutel voller Goldmünzen wiederkam. »Hier!«, sagte er. »Wir haben Eure Kleidung gewaschen und dabei das Gold entdeckt und gut verwahrt.«

Nika trank einen Schluck Wasser aus einem Tonbecher. »Gut.«

Sie kannte eine Menge Menschen, die für diese Summe Gold eine halbe Armee beseitigt hätten. Bei ihrem Zustand hätte es gereicht, einfach nur die Hände in den Schoß zu legen und abzuwarten. Leicht verdientes Gold.

»Wie viele Stunden habe ich denn krank im Bett gelegen?«

»Stunden? Ihr habt elf ganze Tage mit dem Tode gerungen.«

»Und auch die Nächte«, erklärte Hanne.

Opa führte weiter aus: »Unser San-Priester hatte Euch schon mehrfach für tot erklärt. Doch Eure Körpertemperatur hat ihn jedes Mal Lügen gestraft. Ihr wart die heißeste Tote, die ich je angefasst habe.« Er lachte gurgelnd.

Ponni saß an der Stirnseite des Tisches und lachte nicht. Bisher hatte sie keinen Ton gesagt. Mit verächtlichem Blick schaute sie zu ihr herüber. »Jetzt bist du ja wiederhergestellt. Wann verlässt du uns?«

»Ponni!«

Opas tadelnder Blick prallte an der jungen Frau ab.

»Was?« fragte Ponni in trotzigem Ton.

Nika blieb ruhig: »Ich werde euch nicht lange zur Last fallen.«

Hanne schob die Unterlippe vor wie eine Schippe. »Ponniii, du bist gemein. Ich will, dass Nika bleibt.«

Opa hielt sich nun aus der Diskussion heraus.

Ponni giftete: »Frage sie doch mal, woher sie das viele Gold hat. Frage sie doch mal, was die ganzen Waffen sollen.« Sie zeigte auf einen ansehnlichen Haufen mit Messern, Schwertern und Dolchen in der Ecke. »Bist du Waffenhändler oder was?«

»Blödsinn!«

Ponni verzog ihr Gesicht. »Habe ich auch nicht vermutet. Dann handelt es sich doch hierbei um Blutgeld. Geraubt oder erpresst.« Sie deutete auf den Beutel.

Nicht schlecht kombiniert.

Sie zuckte die Schultern. »Nimm dir, was ich euch gekostet habe. Ich werde nicht mehr lange bleiben.«

»Nur weil du so garstig bist, Ponni.« Hanne kämpfte mit den Tränen.

»Diese Person bringt Unglück! Das sehe ich sofort.«

Opa antwortete resolut: »Noch sage ich, wer in diesem Hause willkommen und wer nicht willkommen geheißen wird. Nika, wenn Ihr wollt, könnt ihr bis zum Ende des Winters bei uns bleiben.«

Sie schaute den alten Mann an. »Lasse die Förmlichkeit weg.« Sie überlegte laut: »Hast du noch andere Pferde außer Möhre und Hoppel?«

»Nein, wieso?«

»Weil ich ein Pferd von euch kaufen möchte.«

Opas Falten im Gesicht bildeten ein Fragezeichen: »Wieso fragt Ihr … äh du? Sind Möhre oder Hoppel nicht gut genug?«

Sie erwischte sich dabei, vor sich selbst im Geiste herumzudrucksen. Ja, warum eigentlich nicht? Etwa weil Hanne die beiden Pferde so furchtbar lieb hatte und sie ihr nicht eines davon wegnehmen wollte? Sie fasste sich an die Stirn, als wollte sie prüfen, ob das Fieber zurückgekommen sei. Lächerlich! Seit wann scherte sie sich um die Befindlichkeiten anderer? Und dann noch um die kleiner Mädchen?

»Ich muss bald weiterziehen und brauche ein Pferd.«

Hanne sprang vom Stuhl auf und stellte sich neben sie. Sie sah die Kleine an, wusste jedoch nicht, was sie sagen oder tun sollte. Dabei besaß sie doch Erfahrung im Umgang mit Kindern. Schließlich war sie doch viele Wochen mit fünf von der Sorte herumgestromert. Na schön, die Hand des Schwertmeisters bestand aus Jungen, die zudem etwas älter waren als Hanne. Aber nur etwas.

Hanne kletterte auf den Stuhl neben ihr und von da aus auf ihren Schoß. Jetzt kitzelte einer der beiden abstehenden Zöpfe in ihrem Gesicht. Hanne machte es sich bequem und kuschelte sich wohlig an sie. Diesen Frontalangriff hatte sie nicht erwartet. Tja, überrascht, überrumpelt, überfordert. Was tut eine skrupellose Krähe mit einem kleinen Mädchen auf den Schoß?

»Duuu, bleib doch was länger«, bat Hanne in ihrem typischen Singsang.

»Wir werden sehen. Bevor ich gehe, bekommst du noch eine Überraschung von mir.«

»Überraschung!?« Allzu deutlich wurde, dass dies eines der wundervollsten Wörter in Hannes Sprachschatz war. Die Augen strahlten, das Gesicht lachte stumm. Beides zusammen konnte von hier aus den Schnee auf den Bergen des Turmgebirges zum Schmelzen bringen.

Ponni schaltete sich ein: »Versprich dem Kind nichts, was du nicht halten kannst.«

»Ich verspreche nie etwas. Ich sage es, und es geschieht«, antwortete sie ruhig.

»Aha!« Ponnis Abneigung und Widerwillen, ihr auch nur ein Wort zu glauben, machten sich in ihrer Mimik und Gestik fest.

Sie wandte sich Ponni zu und sah sie fest an. »Ich mag dich auch nicht, Ponni. Ich werde hier niemandem über Gebühr zur Last fallen. Und du hältst solange die Klappe.«

Hannes Tante schnappte nach Luft, wollte etwas sagen, schluckte die Worte dann jedoch herunter wie einen salzigen Pudding - zumindest ließ ihr Gesichtsausdruck dies vermuten.

Opa räusperte sich und rieb dabei die Hände. »Du hast einiges an Gewicht verloren. Bleibe noch ein paar Tage und sammle erst einmal wieder Kräfte.«

Nika stand vom Tisch auf, ohne zu antworten. Sie ging wieder nach draußen. Ihr Weg führte in Richtung der Holunderbäume, die ihr zuvor aufgefallen waren. Schnell hatte sie sich einen Zweig, etwas dicker als ihr Daumen, abgeschnitten. Aus diesem Zweig trennte sie ein Stück in der Länge ihres Unterarmes ab. Das Mark des Baumstückes drückte sie heraus, indem sie einen dünnen Zweig durchsteckte. Mit einem ihrer Dolche schnitt sie eine Kerbe in den Stock und fertigte einen Block für das Mundstück aus Wachs an. Dann drehte sie mit der Dolchspitze vier Löcher in das Holz und verschloss das Ende mit einem kleinen Ast. In der Stätte hatte der Kanzler ihr so etwas nicht beigebracht, also musste sie in frühester Kindheit diese Art von Flöten angefertigt haben. Während sie ihr Werk betrachtete, machte sich eine weitere Erinnerung in ihrem Verstand breit. Hatten ihre Fieberträume etwas in ihr hervorgerufen? Kammern mit Sechsecken aus Mosaiksteinchen auf dem Boden. War das eine wirkliche Erinnerung gewesen? Nika versteifte sich. Zwei solcher Räume hatte sie vor Kurzem gesehen. Sie musste nicht lange überlegen, bis es ihr einfiel. Dort, wo sie die Sanduhr gefunden hatten. In der Kapelle der Umkehr auf dem Friedhof. 'Ortschmiede' hatte es in ihrem Traum geheißen. Was bedeutete dies? Sollte sie erneut zu dem merkwürdigen Friedhof reisen und versuchen herauszubekommen, was es damit auf sich hatte?

Es stellte sich eine einfache Frage und auf die gab es eine einfache Antwort. Sollte sie jetzt nach Norden reisen? Müsste sie nicht den König retten, der vom Gift langsam zerfressen dahinsiecht - wenn er nicht längst gestorben ist.

Oder sollte sie nach Süden zum Friedhof der Umkehr, um dort den Wächter zu befragen sowie die kleinen Kammern zu untersuchen.

Norden oder Süden?

Untersuchungen

Die ehemaligen Anwärter saßen alle zusammen in der Schlafkammer von Krall und Wichtel – nur Karek fehlte, da er sich um seinen Vater kümmern wollte.

Krall ließ Wichtel von der Begegnung mit der San-Priesterin erzählen. Der konnte das besser. Der Kleine fand viel schneller die richtigen Worte.

»... und dann bückte sie sich und wischte hastig mit ihrem Gewand über den Boden, als wäre sie eine Bedienstete.« Wichtel schrubbte mit einer Hand in der Luft.

»Die San-Priesterin machte den Boden mit ihrem Gewand sauber?«, fragte Blinn nach.

»Ja, wenn ich es euch sage.«

Stimmt – das war merkwürdig, dachte Krall. Es war ihm gar nicht als so etwas Ungewöhnliches aufgefallen.

»Und, ich habe es euch schon berichtet. Sie hat gelogen, als sie behauptete, in dem zerbrochenen Fläschchen sei Medizin für den König gewesen. Sie hat gelogen, als sie behauptete, sie sei auf dem Weg in den Thronsaal.«

Blinn fuhr mit seinem Zeigefinger den Wulst der Narbe in seinem Gesicht nach. »Wir müssen mit Karek darüber sprechen.«

Wichtel war noch nicht fertig. »Ich habe mal Erkundigungen eingeholt. Diese Tatarie kommt aus Tanderheim. Herzog Mondek hat sie als Hexe verbrennen lassen wollen, doch der König verurteilte sie zu einer Wasserprobe.«

»Wie jetzt? Dann wäre sie jetzt tot. Nur ein Fisch überlebt eine Wasserprobe.« Mit Hinrichtungen und Gottesurteilen kannte Krall sich aus - einen Unterschied gab es da nicht. Sein Alter hatte vor lauter Vorfreude ausnahmsweise ein paar Stunden gute Laune gehabt, wie immer, wenn eine öffentliche Hinrichtung angekündigt wurde - und natürlich seinen Sohn seit frühester Kindheit fürsorglich dorthin mitgenommen.

»Krall hat recht. Ich habe auch mal eine Wasserprobe gesehen. Der Mann wurde mit so vielen schweren Ketten umwickelt, dass er unterging wie ein Hufeisen in der Regentonne«, meldete sich Eduk zu Wort.

»König Tedore hat Tatarie vorher an einem Strick befestigen und sie wieder hochziehen lassen, bevor sie ertrinken konnte.«

»Das klingt interessant, doch das spricht eher für sie. Sie müsste demnach dankbar und loyal dem König gegenüber sein«, folgerte Blinn.

»Das spricht für den König. Nicht für sie. Es wird in der Stadt erzählt, sie sei in Tanderheim aufgrund ihrer Goldgier mehr als berüchtigt gewesen. Und, das hat mich am meisten erstaunt, sie war vor zwei Monaten in Tanderheim.«

»Das waren wir auch. Und?«

»Ja, aber wir sind mit geduckten Köpfen dort umhergeschlichen, während sie keinerlei Probleme hatte, ganz offen überall hinzugehen. Obwohl Herzog Mondek, die rechte Hand von Schohtar, sie doch unbedingt hatte töten lassen wollen.« Wichtel hob die vier Finger der linken Hand. »Und hier in der Burg ist sie einmal spät abends im Stall gesehen worden. Einer der Stallburschen, Roban heißt er, hat mir das erzählt.«

Blinn fuhr sich mit dem Zeigefinger die Narbe entlang.

Dabei spitzte er beeindruckt die Lippen. »Wichtel, du hast deine kleinen Augen und Ohren überall. Meinst du, die San-Priesterin spioniert für den Süden?«

»Ich weiß es nicht. Doch so, wie sie sich nach dem Zusammenprall mit Krall verhalten hat, stimmt etwas nicht mit der hohen Dame.«

»Ihre Kammer ist nicht weit von hier. Wollen wir sie überwachen?«

Eduk fand den Vorschlag fabelhaft. »Überwachen. Ja. Viel anderes haben wir ja nicht zu tun hier.«

»Vor allem am Abend sollten wir beobachten, ob sie ihr Zimmer verlässt und was sie dann tut. Eduk – du fängst an. Du könntest dich als Einziger von uns sogar direkt gegenüber ihrer Tür aufstellen, ohne dass dich jemand bemerkt.«

Krall hatte sich bereits daran gewöhnt, dass er immer zweimal hingucken musste, wenn er Eduk betrachten wollte. Der Junge sah aus wie Nebel. Blass, durchsichtig und überall und nirgends.

Krall fühlte Stolz. Wichtel und er hatten hier etwas losgetreten. Und Krall war stolz auf Wichtel. Wunderbar, wie der Kleine die Geschichte präsentierte.

Wichtel kam mit einem weiteren Detail um die Ecke. »Was machen wir hiermit?« Er drehte einen kleinen Korken zwischen Zeigefinger und Daumen. »Der diente als Verschluss von Tataries zerbrochenem Fläschchen. Der Geruch ist merkwürdig.«

Jeder der Kameraden hielt sich den Korken unter die Nase. Blinn roch gar nichts, doch Eduk und Krall glaubten, Zitronengeruch wahrzunehmen.«

Eifrig schlug Wichtel vor: »Wir könnten den San-Priester von Felsbach befragen. Der müsste sich mit so etwas auskennen.«

»Schöpft der nicht Verdacht und informiert Tatarie?«. Blinn machte ein skeptisches Gesicht.

»Wir sagen ihm natürlich nicht, dass der Korken von ihr ist. Und zudem reden die nicht miteinander. Schließlich hat sie ihn beim König madig gemacht und seinen Platz eingenommen.«

»Respekt. Die Dame ist tüchtig!« Blinn nickte.

»Oder durchtrieben.«

»Oder tüchtig durchtrieben« Blinn rieb seine Hände. »Auch wenn es vielleicht Blödsinn ist, doch wir haben eh nichts Besseres zu tun. Wichtel und ich gehen zum San-Priester. Eduk, du übernimmst die erste Wache heute Abend. Krall, du morgen Abend die zweite. Einverstanden?«

Alle nickten.

»Wann erzählen wir es Karek?«, wollte Krall wissen.

»Sobald wir noch etwas herausfinden. Wir sollten ihn nicht mit Dingen belasten, die sich als naive Hirngespinste herausstellen könnten.« Blinn stand von einem der Stühle auf.

»Ihr werdet sehen, da steckt mehr dahinter.« Wichtel schien sich seiner Sache ganz sicher.

Und Krall glaubte seinem Freund.

Die Gästekammer der San-Priesterin Tatarie befand sich im Ostflügel des Palas. Krall stand seit ewig langer Zeit in sicherer Entfernung und glotzte auf die Tür. Die Wachsstöcke an den Wänden knisterten ab und zu.

Er würde noch eine Weile hier stehen müssen - bis Mitternacht hatten sie abgemacht. Was für eine Scheiße. Anstatt gemütlich im Bett zu liegen, stand er sich hier in der Kälte die Beine in den Bauch. Er lehnte sich mit dem Rücken an den ungemütlichen Stein. Eigentlich müsste Wichtel hier jede Nacht stehen und sich langweilen. Schließlich war es seine Idee gewesen, hinter der San-Priesterin her zu spionieren. Krall ermahnte sich, gerecht zu sein. Er dachte daran, wie schlau Wichtel allein bei der Informationsbeschaffung über die San-Priesterin Tatarie vorgegangen war. Im Grunde fühlte er Stolz für seinen Freund.

Wichtel und Blinn waren tags zuvor mit dem Korken zum San-Priester in die Stadt gegangen. So wie Wichtel von diesem Besuch erzählt hatte, handelte es sich um einen uralten Heiler, der kaum noch sehen und riechen konnte. Letzteres erwies sich als Problem. Er hatte sich den Korken unter die Nase gehalten, dann sogar daran geleckt und etwas von Tränen gemurmelt. Mächtig schlau, an einem vermeintlichen Giftkorken als Erstes zu lecken. Wichtel und Blinn dachten, dass er jeden Moment anfängt zu weinen. Dann hatte der San-Priester den Kopf geschüttelt. Die beiden Freunde mussten unverrichteter Dinge wieder abziehen.

Krall hörte gleichmäßige Schritte, begleitet von metallischem Klirren, den Gang entlang kommen. Oh je, eine der im Palas patrouillierenden Nachtwachen. Wieso hatte Eduk, der gestern Wache gehalten hatte, ihn nicht gewarnt? Wahrscheinlich, weil die Wache einfach an Eduk vorbeigelatscht war, ohne ihn zu bemerken.

Krall sah jedoch alles andere als unscheinbar aus. Schon stand der Soldat in voller Rüstung vor ihm und klappte das Visier hoch. »Halt.«

Krall fragte sich, wieso 'Halt', wo er doch bereits die ganze Zeit stillgestanden hatte.

»Was treibt Ihr Euch hier herum? Gehört Ihr nicht zu den Freunden des Königs?« Das Visier klappte wieder runter.

Krall ärgerte sich. Es gab einige Dinge, die er einfach nicht leiden konnte. Hierzu gehörte ohne jeden Zweifel, wenn jemand ihm zwei Fragen auf einmal stellte. In solchen Fällen begann er zunächst zu überlegen, auf welche Frage er zuerst eingehen sollte. Wenn er dann eine Entscheidung über die Reihenfolge getroffen hatte, musste er natürlich noch über die eigentliche Antwort nachdenken. Das erschien ihm alles ziemlich kompliziert.

Ihm kam ein Gedanke. »Ja.«

»Wie ja?«

»Ich bin ein Freund des Prinzen.«

»Sag ich doch.«

»Warum fragt Ihr dann?«

Die Augen der Wache verengten sich irritiert. So konnte er besser durch das Visier schauen.

Die erste Frage hatte Krall abgearbeitet. So, jetzt die Antwort auf die zweite. Urrks - wie hatte die noch einmal gelautet?

Glücklicherweise half ihm die Wache auf die Sprünge. Das Visier musste wieder hoch, so als würde er mit den Augen sprechen.

»Was treibt Ihr Euch hier herum?«

Also – geht doch, dachte Krall. Nur eine Frage diesmal - eins nach dem anderen, wie es sich gehörte. Doch jetzt musste eine Erklärung her. Er wünschte Karek herbei – der wusste immer auf alles eine Antwort.

»Ich bin mit einer der Küchenmägde verabredet«, hörte er sich sagen.

'Krall', dachte er, nicht wenig stolz auf diesen Einfall, 'du kannst ganz schön durchtrieben sein'.

Der Knilch hatte nur laut gelacht und gemeint: »Na dann! Viel Spaß!«

Das Visier klapperte nach unten und die Nachtwache weiter.

Eine Ewigkeit verging. Krall dachte ob seiner genialen Ausrede nun wahrhaftig an die drei Küchenmägde. Er stellte sich vor, wie die ihn jetzt prima wärmen könnten. Und er hätte sich sogar so bescheiden wie auch genügsam mit nur einer zufriedengegeben.

Die Wache klimperte gerade zum dritten Mal vorbei. Mit jedem Mal wurde das Grinsen des Kerls breiter. Als er Kralls Höhe erreichte, machte er rhythmische Bewegungen mit der rechten Hand, um ihm eine einfache Lösung des Problems näher zu bringen.

Eine weitere Ewigkeit verging. So – jetzt reichte es. Genau wie gestern, als Eduk Wache gehalten hatte, blieb die San-Priesterin offensichtlich in ihrem Schlafgemach.

Er musste hier weg, zumal er den Wachsoldaten kein viertes Mal ertragen konnte. Wenn der noch einmal höhnisch grinsend an ihm vorbeilief, würde er ihm die Fresse polieren. Machte er dazu irgendwelche Wichsbewegungen, müsste Krall ihm noch beide Arme brechen. Das wäre nur gerecht, würde jedoch Ärger einbringen – so viel Weitsicht sollte sein.

Jeden Moment erwartete er den Schlag der Mitternachtsglocke. Krall grummelte weiter vor sich hin. Dann ab ins Bett, aber nicht, ohne Wichtel vorher kräftig wachzurütteln.

Krall wollte sich gerade umdrehen, als sich die Kammertür öffnete.

Eine Gestalt in einem dunklen Umhang huschte heraus und schloss die Tür leise hinter sich. Krall war mit einem Mal hellwach. Ach du Scheiße. Und nun? Darüber hatte keiner nachgedacht. Er auch nicht. Sollte er sie jetzt heimlich verfolgen? Er gehörte nicht zu den Menschen, die 'heimlich' gut konnten. Und Schleichen beherrschte er wie ein Kutschgaul mit lockeren Hufeisen auf Kopfsteinpflaster. Mitten im schlimmsten Kampf auf Leben und Tod hatte sein Herz nicht so geklopft wie jetzt.

Tatarie ging den Gang entlang – zum Glück weg von ihm, in die andere Richtung. An der ersten Möglichkeit bog sie rechts ab. Krall stellte sich auf die Fußspitzen und schaffte es dennoch zu schlurfen. Es gehörte schon einiges dazu, auf Zehenspitzen solch einen Lärm zu veranstalten. Seine Schritte kamen ihm derart laut vor, dass er bei jedem Aufsetzen der Füße die Luft anhielt. Er erreichte die Ecke und lugte darum herum. Die Gestalt ging weiter den Gang entlang, ohne sich umzusehen. Eben passierte sie die Kammer von Blinn und Eduk. Genau. Blinn und Eduk.

Nach ein paar Metern hatte er die Eichentür erreicht und öffnete sie. Natürlich knarzten die Scharniere lauter als die Geräusche in einer Schmiede in Kriegszeiten. Tataries Tür hingegen hatte eben keinen Mucks von sich gegeben.

Egal - er stand im Zimmer der beiden Freunde. »Es geht los.« Nichts als regelmäßiges Atmen. Wieso waren die bei dem Krach nicht aufgewacht? »ES GEHT LOS!«

Blinn setzte sich abrupt auf. »Was ist los?«

»Die Frau ist los. Aus ihrem Zimmer raus.«

»Ja – und! Du solltest ihr doch folgen.«

»Ja – und! Wie geht das?«

Blinn klappte seine Augen gegen die Schädeldecke. »Ich komme.«

Eduk schnarchte weiter vor sich hin.

»Hier ist sie lang gegangen.«

Blinn und Krall schlichen den Gang hinunter.

»Hoffentlich begegnet uns keine der Nachtwachen.«

Krall stellte sich unter Schmerzen das Gesicht des Knilchs vor, wenn er ihn jetzt zusammen mit Blinn treffen würde.

»Wenn Tatarie etwas vorhat, das sie verheimlichen will, kennt sie die Wachgänge und vermeidet eine Begegnung.«

Gute Überlegung, ging Krall durch den Kopf.

»Hier ist sie nach unten gegangen. Das ist das Letzte, was ich von ihr gesehen habe.«

»Passt! Hierunter geht es in den Hof und dann sind es nur noch ein paar Schritte in den Stall.« Blinn zeigte auf die Stufen.

Nur der Schatten der Stallungen zeichnete sich ab, als

Blinn und Krall auf den Hof schlichen. Kalt wehte ihnen der Wind um die Nasen. Sie schlugen mehrfach Bögen um vereinzelte Öllampen herum.

Schnell erreichten sie die Seitenwand des ersten Stalls. Weiter hinten leuchtete ein schwacher Lichtschein. An den Rückwänden der Ställe begann eine schmale Pferdekoppel, auf der die Pferde bewegt wurden. Dort kamen die beiden ohne besondere Anstrengung schnell und leise voran, denn der Boden bestand aus weichem Gras und Lehm. Blinn hielt an und versperrte Krall den weiteren Weg mit dem Arm. Ganz behutsam bewegte sich sein Freund auf einen mit zwei Flügeln geschlossenen Holzverschlag zu. Er presste sein rechtes Auge auf die Lücke zwischen den beiden Flügeln. Krall machte es ihm nach, dabei glaubte er, noch nie in seinem Leben so aufgeregt gewesen zu sein. Er widerstand dem Drang, den Kopf über sich selbst zu schütteln. Seelenruhig hatte er in der Arena der Anwärter gegen Dragan gekämpft, entspannt Seite an Seite mit Nika sich den tödlichen Angriffen der Söldner erwehrt und war gut gelaunt durch tödliche Gruften spaziert. Und nun pisste er sich beinahe in die Hose.

Jetzt befand sich sein Auge nahe genug am Spalt, sodass auch er etwas sehen konnte. Zwei Personen standen sich in einer leeren Pferdekoppel am Eingang auf der anderen Seite gegenüber. Vom Hof schwappte das trübe Licht einer Öllampe herein. Tatsächlich handelte es sich um Tatarie und einen Mann, der ihnen den Rücken zukehrte – so viel konnte Krall sehen. Sie flüsterten leise miteinander, sodass Krall kein Wort verstehen konnte. Es dauerte eine Weile, bis die

San-Priesterin in ihr Gewand griff, einen versiegelten Briefumschlag herausholte und ihrem Gesprächspartner in die Hand drückte. Danach wechselten die beiden nur noch wenige Worte und verabschiedeten sich. Der Mann verließ das Stallgebäude nach links, Tatarie nach rechts.

Krall richtete sich auf und langsam fiel die ungewohnte Anspannung von ihm ab. Blinn stand immer noch gekrümmt an der Rückwand und presste seinen Kopf zwischen den Verschlag. Was sollte das denn? Krall lehnte sich vor und schaute noch einmal hinein. Dort gab es nichts mehr zu sehen, wunderte er sich. Da hatten zwei Personen im Stall getuschelt. Und zwar so leise, dass er nicht ein Wort hatte verstehen können. Ja und nun? Was war nur los?

»He. Bist du eingeschlafen?« Er tippte Blinn auf die Schulter.

Sein erstarrter Freund erwachte zum Leben. Er zog die Nase aus der Ritze und richtete sich langsam auf. Trotz der Dunkelheit sah Krall die großen Augen in einem schneeweißen Gesicht.

»He, du siehst aus wie eine Schleiereule nach dem zehnten Bier.«

Blinn runzelte die Stirn und flüsterte in einem Ton, sodass Krall eine Gänsehaut bekam: »Verdammte Geschwister.«

Sie saßen alle zusammen in der Kammer von Krall und Wichtel.

Kurz zuvor hatte Blinn Eduk geweckt. Wichtel schaute wie gebannt zwischen Blinn und Krall hin und her.

»Wir haben eben die San-Priesterin mit einem Mann im

Stall gesehen.«

»Im Stall gesehen«, echote Eduk aufgeregt. »Konntet ihr sie belauschen?«

»Nein. Ich habe kein Wort verstanden. Die haben viel zu leise geredet.«

Krall zeigte auf Blinn. »Doch Blinn kann mehr erzählen. Der sieht ja immer noch aus, als läge er seit drei Tagen im Leichentuch.«

Nach dieser Aussage richteten sich drei Augenpaare auf Blinn.

»Männer, ich konnte auch nichts verstehen. Die waren zu weit weg und haben zu leise geredet.«

Die Gesichter der anderen kämpften darum, ob Enttäuschung oder Verärgerung die Oberhand gewann.

Dann ergänzte Blinn genüsslich und sogar ein wenig Farbe kehrte in seine Wangen zurück: »Ich konnte an den Lippen ablesen, was Tatarie gesagt hat.«

Jetzt rumorte es in der Kammer.

Krall legte die Hand auf die Stirn. Er hatte ganz vergessen, dass Blinn Lippenlesen konnte. Das erklärte einiges.

»Mach es nicht so spannend und dich nicht so wichtig.«

»Raus damit!«

Blinn verschränkte die Arme im Nacken.

»Die holde San-Priesterin Tatarie sagte zu dem Mann ... den Kerl konnte ich übrigens nicht sehen. Daher weiß ich nicht, was der von sich gegeben hat. Den kannte ich auch nicht.«

Krall knurrte: »BLINN, was hat Tatarie gesagt?«

Blinn strengte sein Gesicht an, so als müsse er richtig schwer arbeiten. »Lasst mich nachdenken, ich will es wörtlich wiedergeben.«

»Hilft es, wenn ich dir dabei auf die Rübe haue!« Krall wurde jetzt wahrhaftig wütend.

Blinn veränderte die Stimmlage: »Sage Schohtar, der König hat nur noch zwei bis drei Monate zu leben.«

Stille!

Keiner sagte ein Wort, keiner machte ein Geräusch.

Wichtel räusperte sich: »Ich habe es gewusst. Hat sie sonst noch was gesagt?«

»Sie gab ihm einen Umschlag und sagte: 'Hier in dem Brief steht, was Schohtar mir besorgen muss. Mein Vorrat geht zur Neige'.«

»Ach du Scheiße«, kommentierte Wichtel.

»War das alles?«, fragte Eduk.

»Wenn das nicht genug ist ...«, ließ Blinn offen.

»Natürlich ist es das. Ich fasse es nicht. Wir sind einer üblen Verräterin auf die Schliche gekommen.«

»Welchen Vorrat hat sie wohl fast verbraucht?«

Blinn spitzte den Mund. »Den Vorrat, der in einem kleinen Fläschchen auf dem Boden im Gang zerbrochen ist?«

»Wie jetzt?«, Krall ging es zu schnell. »Was hat das Fläschchen mit dem Tod des Königs zu tun?«

»Vielleicht vergiftet sie ihn«, mutmaßte Blinn.

Wichtel gab zu bedenken: »Es gibt zwei Vorkoster. Die Speisen und die Küche werden streng überwacht. Tatarie hätte als San-Priesterin Ihrer Majestät zudem hundertfach die Gelegenheit gehabt, den König zu töten.«

»Wenn sie in Ruhe spioniert und keinerlei Verdacht auf sich lenken will...«

»Wie auch immer.«

»Wir müssen sofort zum König.«

»Holen wir erst einmal Karek. Der soll sich das Ganze anhören und dann entscheiden.«

»Aber schnell – der Bote muss abgefangen werden.«

Es ging auf den Morgen zu, das erste Tageslicht fiel durch das schmale Fenster. Blinn stand auf. »Ich wecke Karek und komme mit ihm zurück. Wartet hier.«

Er verließ die Kammer.

Aufklärung

Karek wirbelte durch die Luft. Seine Augen drängten nach außen, sodass er befürchtete, sie könnten aus den Augenhöhlen herausfallen. Das Schwindelgefühl drückte sein Gehirn zusammen und verwirrte ihn noch mehr. Was passierte hier? Wild klopfte sein Herz. Er wachte auf. Dachte er zunächst, doch er merkte, dass er immer noch in einer Art Dämmerzustand in seinem Bett lag. Ein Traum wollte ihm weismachen, er sei wach und stehe mitten in der Realität.

Bleib mir weg! Darauf falle ich nicht herein. Ich weiß, dass ich noch im Bett liege und träume.

Eine Stimme manifestierte sich in seinem Kopf. Eine Frauenstimme. DIE Frauenstimme, die er zum ersten Mal in Tanderheim bei dem Tierhändler gehört hatte, kurz nachdem er Fata in einem Käfig entdeckt hatte.

»Meine Kräfte schwinden, mein Sohn.« Nicht traurig, sondern sanft und melodisch erklangen diese Worte in seinem Kopf.

»Mutter?« Dem Prinzen wurde erneut schwindelig.

»Nein, Karek! Mutter des Lebens werde ich zwar oftmals genannt, doch ich bin nicht deine leibliche Mutter. Ich habe viele Namen. Myrnengöttin wurde ich einst gerufen.«

»Wer bist du?«

»Ich bin Arelia und warte auf dich. Beeile dich, ich werde schwächer.«

»Was? Wo finde ich dich?«

»Fata zeigt dir den Weg!«

»Die Insel? Bist du auf der Insel?«

»Finde den Jäger und den Pfeil. Sie werden dir helfen ...«

Eine männliche Stimme unterbrach Arelia abrupt. »Karek, wach auf! Es ist wichtig!«

Etwas griff an seine Schulter und schüttelte ihn. Der Prinz fuhr mit seinem Oberkörper hoch und sah mitten auf eine lange Narbe in einem bekannten Gesicht.

»Nicht jetzt! Verdammt noch mal, Blinn. Gerade wollte sie es mir sagen.«

»Was ist denn mit dir los?«.

Die sorgenvolle Miene seines Freundes holte das letzte Stück Karek in die Realität zurück. Er rieb seine Augen.

Fata erhob sich von ihrem Schlafplatz auf einer Decke in der Schlafsaalecke, stellte sich neben Blinn und legte den Kopf schief.

»Arelia, Mutter des Lebens – ich habe von ihr geträumt.«

Just als der Prinz dies sagte, fühlte er sich als kleiner Junge auf den Schoß seiner Mutter zurückversetzt. Er hielt einen schäbigen Folianten mit vielen Bildern in der Hand. Auf den Seiten waren prachtvoll gekleidete Menschen in leuchtenden Farben abgebildet, Kraft und Zuversicht ausstrahlend. Das erste Bild zeigte eine Frau in weißem Gewand. Er hörte seine Mutter sagen: »Dies ist Arelia, der Ursprung der Myrnen, die Mutter allen Lebens.«

Wo habe ich den alten Folianten gelassen?

»KAREK!« Blinn sah ihn aufgebracht an, die Narbe in seinem Gesicht leuchtete rot. »Jetzt ist keine Zeit für Träume! Ich würde dich nicht so früh wecken, wenn es nicht wichtig wäre. Du musst sofort mitkommen, wir haben etwas entdeckt.«

Der Prinz stöhnte, zog sich an und trottete Blinn hinterher. Fata hüpfte aufgeregt neben ihm.

Vier ehemalige Anwärter hatten sich in Blinns und Eduks Schlafkammer versammelt. Nur Eduk fehlte, da er zur Torwache wollte.

Karek konnte es kaum glauben. Seine Augen und Ohren wurden immer größer, während er den Korken betrachtete und den Erzählungen seiner Freunde lauschte.

Er hielt die Luft an, als Blinn ausführte, was Tatarie dem Unbekannten im Stall mitgeteilt hatte: »Sage Schohtar, der König hat nur noch zwei bis drei Monate zu leben.«

Karek schluckte schwer. Er selbst hatte geholfen, diese Frau vor dem Scheiterhaufen zu bewahren und nun dankte sie es ihm mit Hochverrat.

Er sah Wichtel, Blinn und Krall an. »Ich weiß nicht, was ich sagen soll.«

»Was selten genug vorkommt«, kommentierte Blinn. »Wo bleibt Eduk? Er wollte die Torwache fragen, ob jemand die Burg verlassen hat.«

Karek sprang auf. »Wir müssen zu meinem Vater.«

Die Tür der Kammer öffnete sich und Eduk stürzte herein. »Die Wache sagte, dass ein königlicher Bote am frühen Morgen mit großer Eile das Tor passiert hat. Der ist also schon weg.«

Karek spitzte die Lippen. »Ich will wissen, wer dieser Bote ist.«

Lithor hilf! Was und wem soll ich noch glauben, wenn es sich um Heermeister Latzek handeln sollte.

Reglos brachte Karek hervor: »Ein Zeuge dieser Vorgänge hält sich noch in der Burg auf.«

»Wie jetzt?«, fragte Krall. »Außer mir und Blinn hat niemand etwas mitbekommen.«

»Na, ja. Genauer gesagt - es gibt eine Zeugin. Die Dame heißt Tatarie«, sagte Karek grimmig.

Karek riss die Tür zu Tataries Kammer auf. Fünf königliche Wachmänner drangen ein und nahmen die Frau in Gewahrsam. Die San-Priesterin trug noch ein weißes Schlafgewand, als sie herausgeführt wurde. Karek befahl einer Wache: »Nehmt ihr alles ab, womit sie sich selbst töten kann. Durchsucht das Zimmer nach Papieren, Briefen, Waffen, Gift. Stellt alles auf den Kopf. Und zeigt mir, was verdächtig erscheint.«

Der Hauptmann salutierte und die Wachen begannen mit der Arbeit.

Tatarie, obgleich sie am frühen Morgen mitten aus dem Schlaf gerissen worden war, bewies Nerven aus soradischem Stahl: »Wenn Ihr mir verratet, was Ihr sucht, mein Prinz, kann ich vielleicht helfen.«

»Das Wichtigste haben wir bereits gefunden. Eine undankbare, widerliche Verräterin, die schnellstens ihrer gerechten Bestrafung zugeführt wird. Und diesmal wird der Strick nicht an ihrem Gürtel befestigt und sie retten, sondern um ihren Hals gelegt.« Kareks Ton blieb ruhig und sachlich, doch jeder spürte seine Entschlossenheit.

Tataries Gesicht wirkte grau wie Schiefer. Sie brachte keinen weiteren Ton hervor, während schwere Ketten ihre Handgelenke hinter ihrem Rücken fesselten.

»In den Kerker mit ihr. Der schöne Askia soll sich um sie kümmern. Heute Mittag soll er sich bei mir melden, denn wir haben nicht viel Zeit. Ich will wissen, was sie weiß – wie Askia es dann aus ihr herausbekommt, ist mir egal.«

Karek machte sich auf den Weg zu seinem Vater. Er musste ihm unbedingt von den neuen Erkenntnissen berichten, bevor er sich um Tataries Verhör kümmerte.

Sein Vater hatte die Nachricht von Tataries schändlichem Verrat mit grauer Miene zur Kenntnis genommen, bestätigte dies doch nur sein Misstrauen in alle Mitmenschen. Lange hatte Karek seinen Vater nicht aufsuchen können, da Tedore dringend Schlaf benötigte.

Nun machten sich der Folterknecht Askia und Karek auf den Weg in den Kerker. Dieser bestand aus zahlreichen Gewölben tief unter dem Bergfried. Karek hatte darauf bestanden, allein dorthin zu gehen. Lediglich Askia sollte ihn aus gutem Grund begleiten. Er ballte unbewusst die Fäuste.

Ich fürchte mich vor den Abgründen meiner eigenen Seele. Lithor hilf, dass ich meiner Wut Herr werde. Aber diese Verräterin wird reden.

Der schöne Askia beteuerte: »Mein Prinz, ich werde schon herausbekommen, was diese Schlange verleitet hat, unseren König zu verraten.«

Karek stand nun mit Askia vor der Tür einer schmalen Kerkerzelle. Der Prinz verabscheute die düsteren Gewölbe, in denen die Luft kalt und stickig - schwanger von Blut und Folter der letzten Jahrhunderte - schon beim Einatmen schmerzte.

Doch in diesem Fall gab es keinen anderen Weg. Er musste erfahren, wie Tatarie seinen Vater töten wollte. Es erschien ihm offensichtlich, dass sie an der Krankheit des

Königs beteiligt war. Nur welchen Plan hatte sie zusammen mit Schohtar ausgeheckt?

»Wie weit darf ich gehen, mein Prinz?«, fragte Askia mit zärtlicher Stimme.

Karek sah den blonden Hünen unverwandt an. Er wunderte sich über sich selbst. Was hatte er in seiner Kindheit nur für einen Respekt vor diesem Mann gehabt! Hatte ihm kaum gerade in die Augen sehen können. Allein seine sanfte Stimme in Ausübung seiner blutigen Profession hatte ihm die Gänsehaut in Wogen über den Rücken laufen lassen.

Doch nun erinnerte sich der Prinz an die Wasserproben mit einer ihm unbekannten Nüchternheit. Mit einem Mal erschien ihm alles anders. Dieser Mann kam seiner Aufgabe nach, mehr nicht. Das Grauen vergangener Tage vor Askia verflog restlos. Karek wusste nicht wohin, es fehlte schlicht und Askia flößte ihm keinen Respekt mehr ein. Ganz im Gegenteil, er bemerkte, dass nun Askia seinerseits kaum fähig war, Augenkontakt mit ihm zu halten.

»Tut alles, was ihr tun müsst. Doch sorgt dafür, dass sie nicht stirbt, bevor sie geredet hat.«

Karek hätte nicht gedacht, dass er eines Tages, ohne mit der Wimper zu zucken, solche Anweisungen geben würde, doch welche andere Wahl blieb ihm?

Der schöne Askia schaute schön beleidigt drein. »Zweifelt Ihr an meiner Kunst? Keine Sorge. Die Schmerzen, die ich ihr zufüge, sind alle nicht lebensbedrohlich. Sie wird mir die Namen ihrer Verwandten der letzten dreißig Generationen verraten, selbst wenn sie die nicht kennt.«

»Henker, weder Eure Befindlichkeiten noch die Namen

interessieren mich. Ihr wisst, welche Informationen ich benötige«, sagte Karek ruppig.

Askia nickte eifrig. »Verstanden, mein Prinz. Ihr werdet zufrieden sein.«

Mit diesen Worten schob er den Eisenriegel zur Seite und wuchtete die massive Eichentür auf.

Der ihm entgegenschlagende Geruch erzählte seine Geschichte von Exkrementen und Fäulnis – und damit von Tod.

»Fackel her!«

An und für sich brauchte Karek nicht mehr hinzusehen - er tat es dennoch, denn er musste wissen, wie es dazu hatte kommen können.

Askia gab dem Prinzen wortlos die brennende Fackel, die er vor der Zelle entzündet hatte. Karek trat ein und selbst die Fackel tat sich flackernd beim Atmen schwer. Der Prinz beleuchtete die Wand gegenüber der Tür. Tatarie hing mit Eisenketten an den Handgelenken befestigt an zwei rostigen Ringen an der Wand. Das Kinn auf das Brustbein gefallen, liefen Schaum und Speichel ihren nackten Oberkörper hinunter.

Sie war so tot wie Kareks Hoffnung, jetzt noch etwas Aufschlussreiches über ihren Hochverrat zu erfahren.

Ihr verdrehter Körper wies auf einen schmerzhaften Todeskampf hin. Karek beleuchtete Askias bestürztes Gesicht. Der Henker biss sich auf die Oberlippe und sah vollends überrascht vom Ableben seiner Gefangenen aus.

Karek blieb trotz unbändiger Wut über das Versagen der Wachen und des schönen Askia ruhig. Eine seiner Stärken bestand darin, in extremen Situationen das Gemüt zu kühlen und seinen Verstand sachlich anzuwenden.

Mit angehaltenem Atem trat er auf den Leichnam zu. Ein grauenhafter Anblick an einem grauenhaften Ort. Wataries Augäpfel drängten sich aus den Augenhöhlen, unter der Nase rötlicher Schleim, und die Lippen voll von verkrustetem Blut. Kareks Blick fuhr ihren Körper entlang. Sie hatte noch nicht viel Zeit hier verbracht, sah jedoch aus, wie andere Gefangene nach zwanzig Tagen Kerker.

Etwas reflektierte das Feuer. Tonlos zeigte er auf einen unscheinbaren Ring am Ringfinger der linken Hand. Er betrachtete das Schmuckstück genauer. Ein kleiner Dorn war über einen Klappmechanismus in das Fleisch der Handfläche unterhalb des Ringes getrieben worden. Mit dem Daumen der linken Hand hatte Tatarie diesen Mechanismus jederzeit auslösen können, selbst als sie bereits mit den Handschellen an die Wand gekettet war. Freitod durch einen vergifteten Stachel, den sie vorsichtshalber stets bei sich getragen hatte.

Es kostete Kraft und Luft, weiterhin die Contenance zu wahren, Karek musste daher nun dringend einatmen – durch den Mund.

Mit frostiger Stimme entfuhr es ihm: »Henker, sowohl die Königswache als auch Ihr habt versagt; der Ring wurde übersehen.«

Karek erinnerte sich an Askias Lieblingsfrage an die Delinquenten unmittelbar vor Gottesurteilen oder Hinrichtungen. In gemütlichem Ton wollte er wissen: »Askia, habt Ihr etwas dazu zu sagen?«

Askias Gesicht verlor jegliche Farbe. Seine Haut wirkte im Schein der Fackeln noch bleicher als der tote Körper der San-Priesterin. Kein Wort brachten die vollen Lippen hervor.

Der Prinz schüttelte voller Verzweiflung den Kopf. Zum ersten Mal in seinem Leben beschlich ihn der Verdacht, dass hier am Königshof, die Dinge nicht so funktionierten, wie sie funktionieren sollten. Hatte sein Vater seit seiner Krankheit die Zügel nicht mehr in der Hand, zumindest nicht so fest, wie es von einem König erwartet wurde? Der Gedanke schmerzte. Oder war es sogar so, dass Tedore auch schon vor seinem Leiden, zu häufig Nachsicht hatte walten lassen? Dieser Gedanke schmerzte noch mehr.

Und was bin ich? Ein halber Prinz, noch nicht ganz fünfzehn Jahre alt, Thronfolger in einem halben Reich, das gerade vollends zerfällt.

Die Verantwortung lähmte ihn. Wie versteinert stand er in dem hässlichen Verlies neben dem schönen Askia und fühlte, wie sein Blut immer kälter wurde. Ausgerechnet oder gerade in diesem Moment fiel ihm sein Widersacher Fürst Schohtar ein, der sich zum König des Südens erkoren hatte. Was würde der jetzt wohl tun?

Karek verließ den Kerker. Er musste hier raus, er wollte frische Luft, Licht, Sonne, Freude und Lachen. Er vertrieb Schohtar aus seinem Gemüt – von diesem bösartigen Geschwür, welches Seele und Geist langsam auffraß, durfte er sich nicht befallen lassen. Plötzlich wollte er nur noch weg von hier, wobei er genau wusste, dass er in dieser Situation Burg Felsbach niemals verlassen könnte.

Karek erreichte die letzte steinerne Treppe, die ihn wieder an das Tageslicht bringen würde. Und zu seinen Freunden. Jede der hohen Stufen nach oben gab ihm frischen Mut und Zuversicht.

Ich werde gleich alle zusammenrufen. Ich bin nicht allein. Ich brauche jetzt Rat von meinen Freunden.

Am frühen Abend hatten sich die Hand des Schwertmeisters, Bolk, Milafine und Sara im Kleinen Speisesaal versammelt.

Blinn berichtete von den Ereignissen in der Nacht. Es hatte sich herausgestellt, dass es sich beim Boten, den Tatarie im Stall getroffen und der offensichtlich längst unterwegs zu Schohtar war, nicht um Heermeister Latzek handelte. Letzterer befand sich in seinem Quartier in der Burg und bereitete sich auf seinen nächsten Einsatz vor. Erleichtert nahm Karek diese Information auf. Er musste sich auf seine Menschenkenntnis verlassen können, sonst war er verlassen.

Karek erzählte nun von seinem Erlebnis im Kerker.

»Wie jetzt? Tatarie ist tot?«

»Ja, Krall. Es hätte nicht passieren dürfen, ist jedoch passiert.«

Sara meldete sich zu Wort. »Ich habe der San-Priesterin nie richtig getraut. Vor allem, nachdem ich sie mitten in der Nacht in der Burgküche erwischt habe und sie mir weismachen wollte, sie hätte sich nur etwas Brot holen wollen.«

»Was?« Karek fuhr hoch. »Das erzählst du erst jetzt?«

»Woher sollte ich wissen, dass es von Belang ist? Erst nachdem ich soeben von ihrem Verrat gehört habe, ist es mir wieder eingefallen.« Sara grübelte: »Sie hat sich durchaus verdächtig benommen.«

»Was haben wir an Informationen? Die San-Priesterin

trug mit hoher Wahrscheinlichkeit dieses Gift mit sich herum.« Karek hielt den kleinen Korken in die Luft. »Sie hat sich nachts in die Küche geschlichen und war an einer Verschwörung gegen meinen Vater beteiligt.«

»Sie vergiftete das Essen - liegt doch auf der Hand«, mutmaßte Bolk.

»Dann müssten die beiden Vorkoster von Tedore ebenfalls krank sein«, meinte Sara. »Alles, was aus der Küche kommt, muss von ihnen probiert werden.«

»Gibt es Speisen aus anderen Quellen? Oder Getränke?«

»Nein. Die Regelungen sind äußerst streng. Es wird gewissenhaft alles vorgekostet.«

Eduk hielt zum wiederholten Male die Nase an den Korken. Karek wusste, dass Eduks Geruchssinn sehr gut ausgeprägt war, hatte sein Kamerad doch immer am heftigsten unter Kralls gasförmigen Ausdünstungen gelitten.

»Ich bin mir nicht sicher, doch ich glaube, diesen Geruch nach Zitrone und ... und ... zu kennen.«

Karek sah seinen Freund erwartungsvoll an. »Mach es nicht so spannend! Woher!«

»Woher, woher?«, fragte Eduk sich selbst. Vielleicht echote er auch nur. Er hob die Hand. »Ich hab's.« So still war es selten im Speisesaal gewesen. »Beim Festbankett. Eine der Speisen roch danach, glaube ich.«

Bolk sah skeptisch aus. Blinn fuhr mit dem Zeigefinger seine Narbe entlang.

Sara überlegte laut: »Wenn ich das richtig verstanden habe, befand sich in dem Glasröhrchen unter diesem Korken Gift. Es muss also ein Gift sein, das unbemerkt zum König gelangen kann und seine Wirkung langsam entfaltet.

Von dem Festbankett haben wir alle gegessen und getrunken, wie soll das also gehen?«

Milafine drehte den Korken in ihrer Hand. »Es riecht noch verdächtig nach Gift.«

Karek wandte sich ihr zu: »Kennst du dich mit Giften aus?«

Das Mädchen nickte: »Ich habe viele Bücher über die Anwendung von Giften gelesen. Das Faszinierende daran ist, dass sie in kleinen Mengen nicht schädlich sind, sondern durchaus heilen können. Zudem habe ich im Lazarett Erfahrungen bei der Behandlung von Vergiftungen aller Art sammeln können.«

Wichtel sprang so aufgeregt von seinem Stuhl hoch, dass dieser klappernd umfiel. Er stand nun vor dem Tisch, was größenmäßig kaum einen Unterschied zu vorher darstellte. Doch sein glühendes Gesicht zog alle Blicke auf sich.

»Ja, klar, Eduk. Jetzt weiß ich es wieder, woher ich den Geruch kenne …« Er hob den Zeigefinger und schaute Sara an. »Nicht jeder durfte von allem probieren. Eine Ausnahme gab es. Die Gewürze auf dem Gewürzständer. Mir wurde verboten, davon etwas zu nehmen.«

»Richtig!«, erinnerte Krall sich. »Gerade deswegen habe ich erst recht alle Finger in den Honig gesteckt.«

Karek machte ein schiefes Gesicht. »Sara! Kann jemand unbemerkt Gift in eines der Gewürze kippen, die zum Essen gereicht werden?«

»Das ginge. Die Gewürzständer werden nur bei Bedarf in der Küche wieder aufgefüllt und sind nicht ständig unter Verschluss.« Die ehemalige Küchenmagd klang weniger skeptisch, als ihre Worte vermuten ließen: »Ich kann gar nicht glauben, dass dies des Rätsels Lösung sein soll, Wichtel. Doch wir können der Sache sehr einfach nachgehen.«

Wenig später untersuchten acht Augenpaare und acht Nasen die beiden goldenen königlichen Gewürzständer, die Sara auf einem Tablett herbeigeschafft hatte.

»Das hier ist es. Eines der teuersten Gewürze, das zudem am häufigsten verwendet wird. Salz! Es riecht merkwürdig nach Zitrone.« Eduk schien seiner Sache sicher, nachdem er voller Respekt an dem Salzstreuer roch.

»Holt den San-Priester aus der Stadt«, befahl Karek einem Bediensteten, bevor er selbst die Gewürze in Augenschein nahm. »Vielleicht weiß er etwas über das Gift und kennt ein Gegenmittel.«

Der alte San-Priester schnüffelte am Salzstreuer wie ein Trüffelschwein im Waldboden. Seine rote Nase machte keinen Erfolg versprechenden Eindruck, doch dann schaute er auf. »Ja, äh! Euch kenne ich doch, oder?« Er zeigte auf Blinn und Eduk. »Bei dir bin ich mir sicher. Warst du nicht kürzlich bei mir mit einem Korken?«

Blinn nickte.

»Was ist jetzt mit dem Geruch, San-Priester?«, fragte Karek ungeduldig. »Könnt Ihr uns sagen, was dem Salz beigemengt wurde?«

Wieder roch der alte Mann schnaufend an der Öffnung des Gewürzstreuers. Er hob den Kopf, seine Mundwinkel schoben sich zuversichtlich nach oben. »Algenträne. Jetzt bin ich mir sicher. Das habe ich doch bereits den beiden

Herrschaften gesagt.«

»Hä? Nichts hat er. Nur Unsinn gemurmelt.« Blinn hob die Arme.

Karek hakte nach. »Was heißt das? Ist Algenträne ein Gift?«

»Ja, natürlich. Das ist ein Gift von den Südlichen Inseln. Ist aber nicht so stark, so wirkt es nur bei regelmäßiger Einnahme über einen langen Zeitraum.« Er hielt den Salzstreuer in die Luft. »Zum Beispiel, wenn jemand stets seine Speisen damit würzt. Aber so etwas macht ja keiner. Wie kommt Algenträne hier rein?«

Alle Menschen im Raum starrten sprachlos zwischen Salzstreuer und San-Priester hin und her.

Nur der alte Mann schaute reihum, und mit einem Mal verstand auch er. »Der König!«, flüsterte er. »Des Königs Krankheit.«

Karek schluckte. Er wagte es kaum, die nächste Frage zu stellen.

Bolk half nach: »Sagt schnell! Gibt es ein Gegenmittel oder eine Medizin?«

Der San-Priester schwankte mit dem Kopf.

Milafine sprang ein: »Erst einmal ist es wichtig, dass der König keine Gewürze mehr bekommt. Er muss viel trinken. Und zwar klares Wasser! Mindestens fünf Kannen am Tag. Ich werde nachlesen, was ihm zudem noch helfen kann. Ich hoffe, es ist noch nicht zu spät.«

In diesem Moment lief Karek bereits mit einer Kanne Wasser zu seinem Vater in das königliche Schlafgemach.

Das Zeichen

»Schnell! Schaut euch das an!« Hanne kam ins Haus gelaufen. »Sooo viele ... « Das Mädchen verschluckte sich vor Aufregung. Sie breitete die Arme aus so weit sie konnte. »Das sind so viele ... Kommt!« Sie lief zur Tür, blieb dort schutzsuchend in der Pforte stehen.

Opa und Ponni sprangen auf, doch Nika stand längst neben Hanne in der Tür. Sie staunte. Sie konnte sich nicht daran erinnern, wann sie das letzte Mal so gestaunt hatte. Vermutlich als sie geboren worden war, den warmen, schützenden Bauch ihrer Mutter verlassen musste und völlig unvorbereitet in dieses verworfene Leben geworfen wurde. Vielleicht konnte sie noch den Moment dazuzählen, als Drecksvieh sich im Rabenwald auf Karek gestürzt und, anstatt ihm die Kehle herauszureißen, nur begeistert abgeschleckt hatte.

Sie blickte sich um. Zunächst sah es aus, als hätte es wieder geschneit. Mit einem unwesentlichen Unterschied zu herkömmlichem Schnee: dieser war pechschwarz. Der Boden, der Stall, der Zaun rund um die Pferdekoppel waren schwarz bedeckt. Sie schürzte ihre Lippen; Opa schüttelte den Kopf; Hanne steckte alle Finger in den Mund. Krähen! Tausende von Krähen. Saatkrähen, Nebelkrähen, sogar Rabenkrähen mit ihren schwarzen Schnäbeln saßen überall und glotzten stumm auf die Menschen in der Tür.

Opa stammelte hinter ihr: »Das ... das gibt es doch gar nicht.«

Nika machte ein paar Schritte und stellte sich in die

Hofmitte. Trotzig und schuldig breitete sie die Arme aus. Denn dies hier war kein Zufall. Es hatte etwas mit ihr zu tun, das war ja wohl ... logisch.

Sie verschränkte die Arme vor der Brust.

Wie zur Bestätigung drehten die Vögel ihre Köpfe und richteten die Knopfaugen nur auf sie. Eine Weile geschah nichts. Ponni, Opa und Hanne trauten sich nicht, auch nur die kleinste Bewegung zu machen. Mit einem Mal erhoben sich die Krähen gleichzeitig krächzend in die Lüfte. Ein ohrenbetäubendes Gezeter entstand, während die Vögel eine riesige Wolke über ihnen bildeten. Der Schwarm stieg weiter in den Himmel. Wie schwarzer Nebel formten sie ein sich ständig veränderndes Gebilde, das dennoch eine Einheit blieb.

»Ooooah!«, kam von Opa.

»Uuuiiihhh!«, antwortete Hanne.

»Sie ist daran schuld. Eine Hexe! Eine Hexe!«, kreischte Ponni.

Nika stand immer noch mitten auf dem Hof, den Kopf im Nacken.

Was geschah hier?

Die Krähen begaben sich gemeinschaftlich in den Sturzflug. Sie kamen immer näher und begruben Nika inmitten des Hofes unter unzähligen schwarz gefiederten Leibern.

Nika glaubte Hanne schreien zu hören, doch der Lärm der Vögel übertönte jedes andere Geräusch.

Das ganze Flugtheater begann von vorne. Mit einem gemeinschaftlichen Krächzen hoben die Krähen ab, formierten sich zu einer dunklen Kugel. Auf einmal veränderte sich die Vogelwolke und nahm die Gestalt eines

Pfeils an. Lärmend flogen sie in dieser Formation nach Süden hinfort.

Nika durchfuhren mehrere Gedanken auf einmal. Ihr ärgster Feind, die Neugierde, hatte sie bereits gestürmt, alle Mauern und Schranken durchbrochen und Besitz von ihr ergriffen. Egal wie schnell sie dachte und handelte – die Neugierde raste ihr stets einen Schritt voraus. Karek konnte die Tiere nicht gesandt und dazu gebracht haben, ein derartiges Spektakel aufzuführen. Der Junge stellte zwar Unglaubliches mit Tieren an, dies jedoch war eine Flugnummer zu groß für ihn. Eine andere Macht spielte hier mit und sandte ihr ein Zeichen. Und dieses Zeichen hieß 'Süden'. Wer konnte dies sein? Wer versuchte, sie zu manipulieren?

Sie sollte sich zum Friedhof begeben, zur Kapelle, die ihr im Fiebertraum erschienen war. Das musste der richtige Weg sein. Und ausgerechnet ein riesiger Haufen Krähen teilte ihr dies mit.

Ponni hörte gar nicht mehr auf herumzuschreien: »Ich habe es euch gesagt. Sie ist eine Hexe! Schaut doch mal hin! Die Stadtleute würden sie ohne Umweg auf den Scheiterhaufen zerren.«

Nika hörte die Geräusche der Pferdehufe als Erste. Drei Männer auf edlen Rössern galoppierten auf den Hof.

Sie hörte Ponni stöhnen: »Slim, Strunk und Tannek vom Schwarzackerhof. Die haben gerade noch gefehlt.«

Die drei Neuankömmlinge rissen an den Zügeln. Wiehernd hielten die Pferde an, während ein Tier protestierend auf die Hinterbeine ging.

Ein Hüne mit einem Helm, der mit Kohle gefüllt einen prima Ofen abgeben würde, stieg von seinem Pferd.

Er nahm den Ofen ab, zeigte gen Himmel und brüllte: »Lithor zum Gruß – liebe Nachbarn. Wir haben den Haufen Scheißkrähen über eurem Hof gesehen. Was passiert hier?«

Ponni stemmte die Arme in die Hüften. »Slim, was willst du hier?«

Slim legte die Hand auf sein Herz. »Wir haben uns Sorgen gemacht. Krähen sind Aasfresser – und so viele, wie da oben 'rumschwirrten, hätte es gut sein können, dass hier nur noch verwesende Leichen herumliegen.«

»Du siehst, wir leben alle noch. Und nun verschwindet, wie die Krähen«. Ponni zeigte auf den Weg, der vom Hof wegführte.

So wollte Slim sich natürlich nicht abfertigen lassen. In Sachen Diplomatie könnte sogar Nika Ponni noch einiges beibringen.

Derart provoziert sagte Slim: »Wir gehen, wenn du mitkommst. Du weißt ja, wie ich auf dich stehe.«

Seine Begleiter saßen immer noch auf ihren Pferden und stützen sich lässig auf den Sattelknauf. Beide warteten ab.

Ponni schluckte. Die Situation begann, sie offenkundig zu überfordern.

Hanne drängte sich zwischen Opa und Nika: »Ich habe Angst. Der Große tut Ponni immer weh«, flüsterte sie.

Opa trat vor und räusperte sich. Nika verdrehte die Augen. Wenn du dich erst räuspern musst, bevor du etwas sagst, dann halte direkt das Maul.

»Hört doch bitte auf das, was Ponni gesagt hat«, versuchte Opa es allzu zärtlich.

Maximal eingeschüchtert antwortete Slim: »Halt du gefälligst dein Maul, alter Sack, sonst hast du dein Drecksleben hinter dir. Das ist eine Sache nur zwischen mir und meiner Zukünftigen.«

Ponni nahm ihren Mut zusammen. »Hau jetzt ab. Mich kriegst du Widerling niemals.«

Slim zögerte nicht, sondern schlug ihr mit der flachen Hand ins Gesicht. Helles Blut lief Ponni aus der Nase.

Nika entschied sich, zu schweigen und sich herauszuhalten. Warum musste Ponni auch immer den Mund so voll nehmen?

Einer von Slims Begleitern meinte: »Hör schon auf, Slim. Lass uns abhauen.«

Dem Großen kam eine andere Idee. »Erst wenn Ponni mir einen Abschiedskuss gibt, reiten wir wieder fort.«

»Niemals!«, rief Ponni empört – doch Angst schwang deutlich in ihrer Stimme mit.

Slim näherte sich ihr mit schnellem Schritt, packte sie an den Haaren und riss ihren Kopf in den Nacken. »Los jetzt. Küss mich, du Kröte.«

Die junge Frau versteifte sich entsetzt.

Die Ponnifrau. Stets eine große Klappe und nun? Gib ihm schon einen Kuss und dann verschwindet er.

Hanne weinte.

»KÜSS mich!«, Slims Gesicht wurde rot.

Nika dachte nach. Ponni konnte sie ebenso wenig leiden wie Slim. Eigentlich waren ihr beide egal. Doch eines hatten Ponni und sie gemeinsam. Sie ließ sich nicht unterkriegen. Sie würde ihm keinen Kuss geben. Und das erkannte Nika an.

»NEIN!«, wehrte sie sich.

Slim zog an ihren Haaren und tat ihr sichtlich weh.

»He, Bursche. Setz dir deine alberne Helmtonne wieder auf und zieh Leine. Du hast gehört - hier braucht dich keiner«, hörte Nika sich sagen.

Ärgerlich, sie war nicht besser als Ponni und konnte ebenso wenig ihren Mund halten.

Alle Augenpaare blickten nun in Richtung der Frau mit der schwarzen Lederkleidung, die völlig unbeteiligt und gelangweilt aussah.

Slim ließ Ponnis Haare mit einer verächtlichen Geste los. Betont langsam, fast genüsslich, schritt er auf Nika zu. Er baute sich vor ihr auf und schaute auf sie herunter wie auf einen Scheißhaufen: »Was bist du denn für ein Miststück?«

Sie zuckte gleichmütig die Schultern: »Welchen Mistkerl interessiert das?«

Er höhnte amüsiert: »Das klingt gut, das gefällt mir. Das Miststück und der Mistkerl.« Slim drehte sich zu seinen beiden Kameraden und erklärte wichtigtuerisch: »Frech das Weib. Widerspenstig, so scheint mir – genau wie Ponni. Die passt auch gut zu mir.« Er drehte sich wieder zu Ponni und zwinkerte ihr zu. »Nicht eifersüchtig werden, Kleine. Wir beide sind füreinander geschaffen. Zumindest für ein paar Nächte – das zeige ich dir noch.«

Dann richtete er seinen Charme wieder auf Nika. »Vorher könnten wir beide ja zusammenkommen.« Er betrachtete sie von oben bis unten und von unten bis oben. »Na ja. Viel dran ist an dir ja nicht.« Fachmännisch blinzelte er seinen beiden Begleitern zu.

Nika konnte den Männern auf den Gäulen ansehen, dass

ihnen die Situation unangenehm war. Sie selbst blieb ruhig.

»He, was sagst du zu meinem Angebot? Wir beide vor dem Kamin. Natürlich nicht in diesem Rattenloch hier, sondern auf unserem Hof, dem größten Anwesen zwischen Karpane und Winter.«

»Aber mit dem kleinsten Penis zwischen Karpane und Winter. Kein Interesse.«

Der große Slim verlor die Kontrolle über seine Gesichtszüge. »Was sagst du?« Er holte aus, als wolle er sie, genau wie Ponni zuvor, mit dem Handrücken ins Gesicht schlagen. Nika nahm im richtigen Moment ihren Kopf ein Stück zurück, sodass sein Arm knapp an ihrer Wange vorbei in die Luft schlug.

Opa knurrte: »Hanne, geh sofort ins Haus.«

Das Mädchen starrte mit entsetztem Blick auf Nika und Slim. »Opa! Opa, er will Nika was tun.«

»Du sollst ins Haus gehen.«

»Nika soll auch ins Haus gehen. Und Ponni. Ich will nicht, dass ihnen was passiert.« Mit ihrer hellen Stimme rief sie so laut sie konnte: »Nika, wehre dich. Der ist gemein und hört nicht auf.«

Jetzt versuchte Slim Nika zu packen, doch sie duckte und drehte sich blitzschnell weg, sodass er abermals ins Leere griff.

»Schlusssss jetzt!«, zischte sie mit der Stimme einer Klapperschlange, wenn Klapperschlangen reden könnten. »Wenn du mich auch nur ein einziges Mal anfasst, töte ich dich.«

Es hatte nur einen Mann in ihrem Leben gegeben, der es überlebt hatte, sie ungefragt zu berühren. Dies war auf einem Felsen an der Küste von Soradar geschehen. Dieser Mann hatte sie einfach auf die Wange geküsst.

Slim sah sie erstaunt an. Er stand ganz still vor ihr. Ein wenig Intelligenz schien doch bislang ungenutzt hinter seiner vorstehenden Stirn vor sich hin zu dämmern und Wiederauferstehung zu feiern, denn offensichtlich alarmierte ihn sein Überlebensinstinkt, nun behutsamer vorzugehen.

Einer seiner Begleiter sagte gedehnt: »Lass gut sein, Slim. Vater erwartet uns. Wir kommen zu einem andern Zeitpunkt wieder und vergnügen uns.«

Ungläubig glupschte er sie noch eine Weile an, dann drehte er um und ging langsam zu seinem Pferd.

Slim drehte sich noch einmal in Richtung Ponni. »Gut, du rennst uns ja nicht weg – nicht wahr, Süße. Und das Miststück kaufen wir uns noch.« Er warf Nika einen vernichtenden Blick zu.

Sie könnte einen solchen Blick als Berühren auslegen und ihm nun die Kehle durchschneiden ...

Doch Slim griff bereits nach den Zügeln seines Pferdes und schwang sich in den Sattel. Auch seine Begleiter rissen die Gäule herum und galoppierten los.

Bald konnten Opa, Ponni und Nika nichts mehr von den Männern hören und sehen.

Alle saßen wieder in der Stube im Haus am Tisch. Ponni schaute mit Flecken im Gesicht wütend ins Nirgendwo.

Hanne saß bei Opa auf dem Schoß – wie machte sie das bloß immer, einen für sie komfortablen Platz zu finden?

Opa sagte: »Slim und seine Brüder machen uns schon seit langem Ärger.«

Hanne strahlte »Nika hat es dem blöden Slim gezeigt.

Ponni, den darfst du nicht heiraten!«

»Natürlich nicht!« Ponni sah Nika mit schweren Mundwinkeln an. Sie kam ihr immer noch so aufgebracht vor wie zuvor draußen vor dem Haus.

»So geht das seit geraumer Zeit. Wenn ich sage, Slim macht Ponni den Hof, dann ist das äußerst diplomatisch ausgedrückt.« Opa schaute Nika an. »Danke, dass du geholfen hast.«

»Danke für nichts!«, fauchte Ponnilein.

»Slim hatte Angst vor dir«, sagte Hanne und machte keinen Hehl daraus, wie stolz sie auf Nika war. Ihr wiederum fiel nun auf, dass die Kleine nicht mehr auf Opas, sondern auf ihrem Schoß saß. Wie hatte sie denn das geschafft?

»Sind das eure direkten Nachbarn?«, fragte Nika.

»Ja, der Schwarzackerhof liegt gar nicht weit von hier in südöstlicher Richtung. Die Familie ist reich – ihr gehört viel Land und viel Vieh. Der Alte hat mehr Einfluss als ein Herzog.«

Ponni zitterte immer noch vor Angst, Wut und Empörung.

»Ganz genau. Und nun? Was meint ihr, was passiert, wenn diese Frau uns verlassen hat? Slim kommt zurück und rächt sich doppelt und dreifach für die Schlappe, die er hat einstecken müssen.« Sie schluchzte. »Der bringt uns eines Tages noch um.«

Die junge Frau gab Nika Rätsel auf. Einerseits verhielt sie sich stolz und kämpferisch, auf der anderen Seite ängstlich und angepasst.

»Du hast ihn nicht geküsst. Du bist stärker als du selbst von dir denkst.«

»Was weißt du denn? Du bist bald weg, und dann sind wir auf uns alleine gestellt. Ein alter Mann, ein kleines Mädchen und ich. Jetzt ist alles nur noch schlimmer geworden.«

Das Gezeter zerrte an ihren Nerven. Dessen ungeachtet sagte Nika ruhig: »Ja, ich muss euch verlassen. Ich bleibe nur noch bis morgen. Dann reise ich weiter in Richtung Süden.«

Hanne zog umgehend eine Schnute. Tapfer sagte sie mit feuchter werdenden Augen: »Du kommst uns aber mal besuchen, oder?«

»Ja, das tue ich.« Sie fühlte die Wärme und Zuneigung der Kleinen auf ihrem Schoß. Ein merkwürdiges Gefühl durchflutete sie. Sie ertappte sich dabei, die Kleine beschützen zu wollen. Dabei hatte sie genug damit zu tun, sich selbst zu beschützen. Hanne hatte sich ungefragt in ihr Leben gedrängt, zugegeben, indem Opa und sie es gerettet hatten. Und nun? Nika schob Hanne vorsichtig von ihrem Schoß herunter. Jetzt stand das Mädchen zwischen ihren Beinen. In gewisser Hinsicht kam ihr die Kleine ebenso gefährlich vor wie Woguran mit seinen neunzehn Blödmännern.

Nika holte tief Luft und dann die Flöte aus ihrer Gürteltasche heraus. Sie hielt sie Hanne vor die Nase. »Die versprochene Überraschung, kleine Dame.«

Das Mädchen kiekste vor lauter Begeisterung, nahm die Flöte in die Hand und saß plötzlich wieder auf ihrem Schoß. Sie pustete in das Rohr wie ein Herbststurm.

Opa lächelte und Ponni schaute zur Abwechslung mal nicht böse.

Nika und Hanne übten noch eine Weile zusammen, ein Lied auf der Flöte zu spielen. Die Kleine hatte es erstaunlich schnell heraus, der Flöte unterschiedliche Töne zu entlocken, indem sie die richtigen Löcher zuhielt. Diese in eine halbwegs harmonische Reihenfolge zu bringen, war hingegen eine andere Herausforderung.

Am nächsten Morgen stand Nika früh auf. Das Morgengrauen würde noch einige Zeit auf sich warten lassen.

Im Stall sattelte sie Möhre und saß auf. Auf dem Tisch in der Stube hatte sie acht Große Goldstücke liegen gelassen, davon konnte sich Opa ein komplettes Möhrenbeet kaufen. Und dazu noch jede Menge Hoppel.

Ob sie Hanne und Opa je wiedersehen würde? Egal! Und unwichtig! Sie war froh, das ewige Genöle von Ponni hinter sich zu lassen. Schließlich ging es sie nichts an, wie die drei zukünftig mit dem feinen Nachbarn Slim zurechtkamen.

Auf ging es nach Süden. Das Morgengrauen verhieß einen sonnigen Tag. Nika kam auf dem aufgeweichten Weg nur langsam voran. Bald erreichte sie eine Kreuzung.

»Brr! Halt Möhre!«

Scheiße, seit wann hatte ein Pferd einen Namen? Noch besser: seit wann nannte sie ein Pferd beim Namen?

Auch Möhre schien überrascht, denn er hielt an.

Mehrere krumme Schilder zeigten in mehrere Richtungen. Eines davon ziemlich stur nach Osten – es trug die Inschrift 'Schwarzackerhof'.

Tiefe Sehnsucht nach einem starken Mann erfasste sie, ohne dass sie sich dagegen erwehren konnte. Sehnsucht nach diesem Slim, der ansatzlos jungen Frauen durchaus beeindruckend ins Gesicht schlagen konnte. Sollte sie etwa auch ihm noch ein paar Flötentöne beibringen?

Bevor sie eine richtige Entscheidung treffen konnte, trabte Möhre einfach los in Richtung Osten. Na gut! Sie beschloss Slim, wie sich das für gute Nachbarn gehört, einen Besuch abzustatten, er war sich ja auch nicht zu schade, ab und an bei Opa, Hanne und Ponni rührend nach dem Rechten zu sehen. Sie schnalzte mit der Zunge und Möhre fiel in Galopp.

Es dauerte nicht lange, bis sie die Front eines stattlichen Anwesens auftauchen sah. Einige Arbeiter, die links von ihr auf einer Weide schon am frühen Morgen die Zäune reparierten, hoben neugierig die Köpfe.

Sie ritt unbekümmert weiter, bis sie einen immens großen Hof erreichte. Einige Bedienstete kamen ihr entgegen.

Sie hielt Möhre an und hob die Hand zum Gruße. Schließlich kannte sie sich nicht nur mit den menschlichen Abschiedskonventionen, vor allem bei allzu plötzlichem Ableben, sondern auch mit Begrüßungsritualen vortrefflich aus.

»Ich will zu Slim.« An ihrem Tonfall könnte sie noch arbeiten.

Ein dürrer Mann mit schütterem Haar und einem Gesicht, länger als das von Möhre, schaute zu ihr hoch. »Wen darf ich anmelden?«

»Sagt ihm, Ponnis Wächterin will ihn sprechen. Sofort! Wenn er nicht kommt, hole ich ihn mir.«

Der Mann schniefte. Sein Gesicht wurde noch länger. Er zog von dannen und schloss die Tür des Haupthauses hinter sich.

Sie stieg ab und ließ ihren Blick schweifen. Stallungen, Schuppen und zwei weitere Wohnhäuser. Um sie herum stank alles nach Protz und Reichtum, allein die vergoldete Brunnenkonstruktion musste ein Vermögen gekostet haben.

Von hinten kam ein Mann mit einer Krücke aus einem der Stallgebäude gehumpelt. Sein rechtes Bein zog er steif hinter sich her.

Die Tür des Haupthauses öffnete sich. Das liebliche Gegröle von Slim ertönte. »Wenn du mich auf den Arm nimmst, hagelt es Stockhiebe. Wer soll das sein? Ponnis Wächterin?«

Slim stand in der Pforte des Haupthauses und machte urplötzlich Stielaugen wie eine Weinbergschnecke im Salatfeld.

Der Mann mit der Krücke hatte sie inzwischen erreicht und beglotzte sie. Als hätte sie ihm die Zehen abgeschnitten, verzog er voller Schmerzen das Gesicht. Er machte drei Schritte zurück. »Nein, nein. Ich kann nichts dafür. Es war ganz allein Wogurans Idee. Ich wollte das nicht!«

In seinen Pupillen glomm etwas Verschlagenes.

Sie ignorierte ihn und konzentrierte sich zunächst auf Slim, behielt den Bekrückten jedoch im Augenwinkel.

»Lithor zum Gruß – lieber Nachbar. Ich habe einen Haufen Scheiße auf deinem Hof gesehen. Was passiert hier?«

Sie zeigte auf den Kerl mit der Krücke, der entwischten Nummer zwanzig.

Slim rang um Fassung. Er fand sie dann auch wieder, schließlich war er hier zuhause und wo, wenn nicht daheim, sollte man eine Handvoll Mut aufbringen.

»Du hast Schneid, kleines Miststück. Dass du dich hierher traust. Was willst du?«

Da beleidigte er sie doch glatt. Wenn überhaupt war sie ein großes Miststück.

Nummer zwanzig stützte sich auf seinen Gehstock und jammerte: »Sie kommt meinetwegen. Verschone mich! Ich wollte das nicht!«

»Wovon redet der?«, fragte Slim.

»Das ist eine Dämonin. Die hat neunzehn gute Männer getötet.« Nummer zwanzig benahm sich schlimmer als die Geschichtenerzähler auf dem Jahrmarkt. Doch wieso nur neunzehn? Es waren viele, viele mehr.

»Neunzehn gute Männer – alle auf einmal. Sieh dich vor«, der Bekrückte konnte sich kaum beruhigen.

So klang es besser. Neunzehn auf einen Streich – diese Klarstellung hatte sie sich ja wohl verdient. Wenn er jetzt noch das 'gute' revidieren würde, könnte sie es glatt so stehen lassen.

Slim ging das alles zu schnell. »Das ist doch nur die Frau vom Ponnihof, Mann. Die soll Wogurans komplette Bande ausgeschaltet haben?«

»Wenn ich es dir doch sage ... sie ganz allein. Genauer gesagt haben ihr auch noch Wölfe geholfen. Nur ich konnte entkommen.«

Prima, wenn einem der Ruf so vorauseilte. Nika spürte innere Zufriedenheit.

Sie stemmte die Arme in die Hüften. »Slim. Hast du gemeinsame Sache mit Woguran und seinen Banditen gemacht?«

»Nein!« Er schien wahrhaftig erschrocken. »Ich kannte

ihn zwar, doch wir hatten nie Verwendung für … Söldner.« Er zeigte auf Nummer zwanzig. »Ihn haben wir halb tot gefunden, fast verblutet mit schweren Bisswunden im Bein.« Langsam gewann Slim wieder Oberwasser. »Jetzt will ich wissen, wieso du hier bist. Und hast du wirklich die neunzehn Söldner getötet?«

»Klar. Sie haben mich überfallen, ich habe mich gewehrt.«

Slims Augen verengten sich. »Das ist alles gelogen. So etwas ist unmöglich.«

»Rufe doch noch ein paar Männer herbei, dann zeige ich es dir. Aber nicht weniger als zwanzig, damit sie eine Chance haben.«

»Die ist völlig verrückt. Die trägt Waffen in ihren Ärmeln, Stiefeln, überall. Bringt euch in Sicherheit.« Der Mann mit der Krücke wurde immer unsympathischer.

Slim erwies sich als mutiger, als sie ihm zugetraut hatte. »Erkläre mir mal, wie du das hinbekommst, hier die Klappe so weit aufzureißen.«

»Es ist ganz einfach. Ich bin verdammt gut darin zu töten. Das Entscheidende dabei ist, dass ich nur mein Leben besitze. Mehr nicht. Somit kann ich auch nur mein Leben verlieren. Mehr nicht. Und da ich nicht einmal so richtig daran hänge, ist das verdammt wenig.«

»Verstehe ich nicht.«

»Du hingegen verlierst diesen ganzen beschissenen Saus und Braus hier, wenn du stirbst.«

Nummer zwanzig machte einen verstohlenen Schritt auf sie zu. Eine Waffe trug er nicht.

»Wo wir gerade bei meinem Lieblingsthema Sterben sind. Wenn du den Opa, die Kleine und Ponni weiterhin belästigst, töte ich dich. Egal, wo du dich versteckst.«

Mittlerweile hatten sich einige Männer und Frauen eingefunden und betrachteten neugierig die merkwürdige Fremde. Auch Slims ungläubiger Gesichtsausdruck sorgte für Tuscheln.

Plötzlich stieß Nummer zwanzig mit der Krücke nach ihr. Er hatte ihren Handgriff entfernt und darunter kam eine Schneide wie die eines Dolches zum Vorschein. Diese Waffe versuchte er wie einen Speer, mit beiden Armen in ihren Bauch zu wuchten. Im letzten Moment machte sie sich krumm, der Stoß ging ins Leere, der fehlende Widerstand ließ den Söldner straucheln. Ihr wuchs einer ihrer Dolche in die linke Hand. Blitzschnell rammte sie die Klinge Nummer zwanzig in das rechte Auge. Der Mann brach zusammen. Die Krücke brauchte er nicht mehr. Das Geräusch als sie den Dolch herauszog klang hässlich.

Es herrschte Totenstille.

»Finger weg von Ponni, ich sehe, wir sind uns einig? Sieh zu, dass es den dreien gut geht. Weiterhin auf gute Nachbarschaft, Slim«

Am Hemd von Nummer zwanzig wischte sie das Blut von der Klinge. Er beschwerte sich nicht. Sie steckte den Dolch seelenruhig in ihren Gürtel.

Slim bekam seinen Mund nicht mehr zu. Er schien verstanden zu haben. Um ganz sicher zu gehen, dass dieses Verstehen auch Bestand hatte, trat sie auf ihn zu und drückte ihm etwas in die verschwitzten Finger. Worte flogen schließlich dahin wie Wind - nur Geräusche, kaum da und schon wieder fort. Der Mensch konnte mit Bildern viel mehr anfangen. Bilder blieben leichter und länger im Gedächtnis.

Völlig entgeistert zog Slim die Hand zurück und betrachtete, was sie ihm gegeben hatte.

Stumm formten seine blutleeren Lippen die Worte: »Eine Krähe! Eine Krähe!«

Gut erkannt, Slim. Es war ihre letzte Feder gewesen.

Sie ging zu Möhre zurück und schwang sich in den Sattel. Ohne sich noch einmal umzudrehen, ritt sie vom Hof. Sie musste zum Meer, sich ein Schiff suchen, das sie nach Soradar in die Klingenbucht beförderte.

Das Ende der Welt

Endlich stachen sie mit der Handelskogge 'Ostwind' in See. Karek verließ sich bei der Auswahl des Schiffes auf das Urteil von Bolk. Und dieser hatte scheinbar einen Narren an dem alten Schiff gefressen. Der Sorader liebte den für eine Kogge unüblichen Vorder- und Hauptmast mit seinen Rah- und Schratsegeln, die erlaubten, das Schiff bis zum Umfallen zu übertakeln.

Über den Winter hatte Bolk regelmäßig die Reparaturen im Dock überwacht. Das Schiff war neu gestrichen und der Kiel verstärkt worden. Zudem hatte Bolk noch einige Umbauten vornehmen lassen, welche die 'Ostwind' schneller, wendiger und stabiler durch die Wellen gleiten ließ.

Karek stand neben Bolk an der Reling und schaute zurück.

Der Hafen wurde immer kleiner. Auch die fünf Türme der königlichen Burg Felsbach waren auf Daumengröße geschrumpft.

Karek spürte die Gischt im Gesicht. Salzig und kühl weckten die Tropfen seine Lebensgeister. Er spürte sein Herz kräftig klopfen. Eben noch die Wehmut, seinen Vater, Milafine und die Heimat zu verlassen, jetzt die Vorfreude auf das Abenteuer. Karek fühlte sich seiner Sache mit dieser Reise sicher. Andernfalls hätte er den vielen Menschen auf dem Schiff, aber auch denen, die in der Burg Felsbach zurückblieben, diese Reise nicht zugemutet. Allen voran, Milafine. Glücklicherweise hatte seine Freundin in der Pflege des Königs eine Aufgabe gefunden, die sie erfüllte. Der alte San-Priester und Milafine hatten die richtige Kur verschrieben, um Tedore zu entgiften und seine Genesung voranzutreiben. Milafine hatte ihm eben noch zum Abschied mit glühendem Gesicht hinterher gewinkt. »Ich kümmere mich um deinen Vater«, hatte sie versprochen.

Der König würde zwar gesundheitlich nie wieder der Alte werden, doch er war soweit wiederhergestellt, um die Regierungsgeschäfte vollständig zu übernehmen. Letztlich hatte diese erfreuliche Entwicklung Kareks Aufbruch zu dieser Reise ermöglicht.

Karek atmete durch. Nach allen Informationen drohte zudem keine unmittelbare Gefahr durch die Machenschaften Fürst Schohtars aus dem Süden.

Ich darf Schohtar niemals unterschätzen. Er wird keine Ruhe geben, bis er die Krone Toladars auf seinem hässlichen Schädel trägt.

Eine dunkle Stimme riss den Prinzen aus seinen Gedanken.

»Sieh es mir nach, Karek. Jetzt sind meine Männer und ich dort, wo wir hingehören.« Bolk neben ihm atmete kräftig aus und zeigte nach unten auf die blank polierten Planken.

Karek suchte den Blick des Kapitäns. »Wieso zeigst du nach unten und nicht nach Süden, in Richtung deiner Heimat Soradar?«

Bolk kratzte sich am Hinterkopf. »Ja, von da komme ich. Nur nähren die Ereignisse der letzten Jahre meine Zweifel, ob ich auch dorthin gehöre. Das sind zwei Paar Schuhe.«

»Was lässt dich zweifeln?«

»Da kommt einiges zusammen. Seit frühester Kindheit wurde mir eingebläut, dass nebenan im Norden nur

Verbrecher und Mörder wohnen, die uns arme Sorader überfallen wollen.«

»Mir erging es genauso – nur umgekehrt und so blickte ich immer angsterfüllt nach Süden.«

Bolk warf die Stirn in Falten. »Kann ich mir vorstellen. Natürlich habe ich schon im Laufe meines Lebens gemerkt, dass es entweder keine Wahrheit oder viele Wahrheiten gibt.

Karek nickte. »Oh ja. Und dass Menschen, die meinen, die eine Wahrheit zu kennen, gefährlich sind.«

»Du bist ziemlich klug für dein Alter.«

»Nein, nur ziemlich dick.« Der Prinz schob die Oberlippe über die Unterlippe und schaute schelmisch. Dann wurde sein Gesicht wieder ernst. »Ich glaube inzwischen, es ist nicht so wichtig, woher wir kommen. Entscheidend ist, wohin wir wollen.«

Bolk schnalzte mit der Zunge. »Wie kommt es, dass ein junger, unbeleckter toladarischer Thronfolger mich immer so gut versteht?«

»Hääh? Wie meinst du das?«

Prinz und Kapitän grinsten sich gegenseitig an.

Karek sah über den Bug auf den Horizont.

Weit da draußen im Ozean, befindet sich eine geheimnisvolle Insel. Und vielleicht ist es ein gutes Zeichen, mit der 'Ostwind' das Ostmeer zu erforschen. Er tat das richtige!

Kartenmaterial hatte er genug dabei. Natürlich zuallererst die Karte von Wanda, dem Glücklosen, der spät, jedoch nicht zu spät seine Berufung gefunden hatte. Und dazu hatte doch auch Wanda zunächst mutig in die Ferne ziehen müssen.

Was hatte er noch eingepackt? Er fand, dass er erstaunlich wenige Gegenstände besaß, insbesondere für einen Prinzen. Sein Schwert, seine Lieblingskleidung, wobei ihm auffiel, dass hierbei auf keiner Hose und keinem Hemd das Wappen der Mareins aufgebracht war. Einen Rucksack und die alte Gürteltasche, gefüllt mit diversen Kleinigkeiten, wie eine kleine Flasche Öl, ein Wetzstein, ein Feuerstein, dem Kästchen mit der Daune von Forand. Dieses Kleinod hatte ihm bisher Glück gebracht, warum sollte dies nicht auch zukünftig der Fall sein.

Ist aller Glaube nicht auch Aberglaube?

Zudem hatte er sein altes Bilderbuch aus Kindertagen dabei. Sein seltsamer Traum hatte ihn bewogen, dies überall zu suchen. Gefunden hatte er es in einem Regal in der königlichen Schreibstube, wo es sein Vater sorgfältig aufbewahrt hatte. Es war aufregend und ein wenig schmerzlich gewesen, nach so vielen Jahren das Buch wieder einmal durchzublättern. Was hatte seine Mutter immer über die Dame in dem weißen Gewand gesagt, wenn sie gemeinsam den Folianten angeschaut hatten? »Dies ist Arelia, der Ursprung der Myrnen, die Mutter allen Lebens.«

Karek hatte sich alle Seiten mehrfach angeschaut. Es gab darin noch weitere interessante Persönlichkeiten, wie einen König Garosse und eine Dame namens Tarantea zu entdecken.

Leider war ihm Arelia in den letzten Wochen nicht mehr im Schlaf erschienen.

»Finde den Jäger und du findest mich ... «, hatte sie gesagt, bevor Blinn ihn aufgeweckt hatte.

Und dann gab es auch noch eine sehr lebendige Kabokönigin, die inzwischen die Schulterhöhe eines ausgewachsenen Wolfes erreicht hatte.

»Fata zeigt dir den Weg!«, hatte Arelia in seinem Traum verkündet. Fata, dieses merkwürdige Geschöpf, das mehr verkörperte, als es den Anschein hatte.

Bolk schaute immer noch verträumt zwischen Meer und Schiff hin und her. In diesem Moment fiel dem Prinzen etwas ein. »Bolk, kannst du kurz mitkommen, ich möchte dir etwas zeigen.«

Der Sorader nickte. Sie gingen in Kareks alte Kajüte. Fata lag dort auf einer Decke und zog neugierig den Kopf unter dem Flügel hervor. Die Kabokönigin blinzelte die beiden Neuankömmlinge an.

»Hoheit! Und einzige Frau an Bord.« Bolk verbeugte sich.

Fata beeindruckte das wenig. Für so etwas war sie nicht empfänglich.

Karek zeigte auf die ausgebreitete Seekarte auf dem Tisch. »Die übliche Seekarte – die von Kapitän Stramig.«

Bolk musste nicht genauer hinsehen. »Klar, Standardmaterial eines jeden Seefahrers. Östlich der toladarischen Küste nichts als hügeliges Wasser. Verdammt hügelig sogar.«

»Pass auf!«

Karek fragte den Vogel: »Fata, wo müssen wir hin?«

Die Kabokönigin schaute zunächst ein wenig unwirsch, so als hätte Karek von ihr verlangt, Männchen zu machen, stand dann jedoch auf und sprang mit ihren langen Beinen auf den Tisch. Der goldene Schnabel klopfte auf eine Stelle auf der Karte mitten im Ozean. Die Karte sah dort schon reichlich abgewetzt aus.

»Ja, soweit waren wir schon«, meinte Bolk wenig beeindruckt.

Karek zog das Leinenpapier vom Tisch. Darunter erschien eine weitere Karte - die von Wanda. Fata hämmerte begeistert auf exakt die gleiche Stelle im Meer, nur dass hier eine Bergspitze inmitten einer riesigen Insel eingezeichnet war.

»Das ist doch kein Zufall. Mir hat mal jemand erzählt, Kaboköniginnen seien heilig, seien etwas ganz Besonderes.«

»Ich erinnere mich – ich war dabei«, grinste Bolk. Dann wurde er ernst. »Karek, ich bin schon einige Male in diesem Teil des Meeres gesegelt. Wenn ich nur sagen würde, wir finden dort brutale Stürme und turmhohe Wellen vor, könntest du denken, ich meine eine entspannte Bootsfahrt bei Sonnenschein. Dort finden wir das Ende der Welt.«

»Genau dies macht mich stutzig.«

»Wieso?«

»Das Ende der Welt? Was soll das sein? Und wenn es ein Ende der Welt gäbe, wo ist dann der Anfang? Ich glaube, es gibt weder das eine noch das andere. Die Welt ist ein Kreislauf und wo fängt ein Kreis an oder wo hört er auf?«

Der Sorader schüttelte den Kopf. »Karek, du bist ein verrückter Bursche. Aber das hier passt zu dir.« Er hob beide Arme, um seine nächste Aussage zu unterstreichen. »Keinem anderen in dieser runden Welt wäre es gelungen, mich zu dieser wahnwitzigen Fahrt zu überreden.«

»Mit keinem anderen als mit dir als Kapitän würde ich diese Fahrt machen.«

»Na, dann ist ja alles geklärt. Wir bräuchten beim augenblicklichen Wind etwa sieben Tage. Doch bei diesem Lüftchen wird es nicht bleiben. Bald weht es uns die Haare vom Kopf und dann gewinnen wir mächtig an Fahrt, sodass fünf Tage ausreichen müssten. Ich hoffe mal, nicht zu mächtig.«

»Du hast doch die 'Ostwind' im Dock darauf vorbereitet?«

Es klang mehr nach Frage als nach Feststellung. So ganz wohl fühlte sich Karek nun doch nicht in seiner Haut.

»Klar, den Kiel verstärkt, die Segel getauscht und viele Kleinigkeiten, die uns in diesen ungastlichen Meeresgefilden helfen werden.«

»Dann kann die Insel doch kommen.«

Bolk breitete seine Arme aus, dann deutete er auf die Küste im Westen, die fast verschwunden war. »Was mich jedoch beunruhigt, ist der Bürgerkrieg. Mein Land steckt da mit drin. Und Toladar hat üble Zeiten vor sich, wenn Schohtar seine Drohungen wahr macht und gegen den eigenen Norden zieht. Und wir segeln weit weg auf dem Meer herum.«

Karek grübelte: »Hm, ich kann es nicht erklären, doch ich denke, es hängt irgendwie alles zusammen. Die Geschichte mit der Sanduhr, dass wir uns getroffen haben, unsere Kabokönigin hier und ...« Er zögerte nur kurz. »Und Nika.«

Bolks Lippen wurden schmal. Dieser Gesichtsausdruck passte nicht zu ihm. »Ja, Nika. Ich denke oft an sie. Zu oft.«

Ui, das ist ein ganz sensibler Punkt. Ich werde zukünftig darauf achten, dass ich Nika nicht mehr erwähne, wenn Bolk in der Nähe ist. Wo ist sie jetzt nur und was macht sie?

»Ich muss wieder hoch und mich um die Mannschaft

kümmern«, unterbrach Bolk Kareks Gedankengänge. Dann ließ der Sorader den Prinzen mit Fata allein in der Kabine zurück.

Karek beschloss seine Freunde aufzusuchen. Blinn, Wichtel, Krall und Eduk teilten sich einen Lagerraum als Kajüte unterhalb des Ruderstandes im Heck der Handelskogge. Richtig gemütlich hatten es sich die Kameraden gemacht. Blinn lehnte an einem Fass und rieb das Leder seines Schwertgurtes mit Bienenwachs ein. »Gleich noch die Lamellen meiner neuen Lederrüstung pflegen und schon sieht der fesche Blinn aus wie neu.«

»Du kannst dann gleich mit meinem Sachen weitermachen, wenn du schon beim Einfetten bist, Blinn.« Wichtel warf ihm seinen Waffengurt zu.

Blinn erwiderte sachlich: »Hör mal Wichtel. Nimm dir ein wenig Zeit für mich, dann zähle ich dir auf, was du mich mal alles kannst.«

»Hehe, kann ich mir schon denken, mache ich aber nicht.«

Karek lächelte. Er überlegte, ob er nicht einfach hier zu seinen Freunden ziehen sollte. Die offenherzige Konversation erinnerte ihn an die Zeit in der gemeinsamen Kammer in der Feste Strandsitz.

Krall knurrte gut gelaunt: »Ich habe meine Rüstung und mein Schwert schon in Bestzustand gebracht.«

Krall gelegentlich zu necken, gehörte zu Wichtels Aufgaben auf dieser Reise – eigentlich auch vor der Reise schon. Und nach der Reise. »Klar Krall, heute bereits dreimal, gestern sechsmal.« Der Schalk tanzte in seinen Augen.

»Einmal, Kleiner. Einmal jeden Morgen. Du kannst noch schlechter zählen wie ich.«

»Als ich.«

»Ja, wie du.«

»Schlechter zählen als ich.«

»Genau, sage ich doch.«

»Ja, aber mit 'als'!«

»Wie jetzt?«

»Als jetzt!«

Krall ordnete sichtlich seine Handlungsmöglichkeiten. Ging er ordentlich handgreiflich vor oder, weil es sich um Wichtel handelte, doch nur verbal. Er entschied sich aus Freundschaft offensichtlich für Letzteres. »Schlauscheißer! Du kannst noch schlechter zählen als wie ich.«

»Genau, jetzt ist es richtig.« Wichtel wackelte wie zur Untermauerung an seinem Ohrläppchen.

Blinn und Eduk grinsten völlig unbeteiligt.

Karek vergaß für einen Moment alles andere um sich herum. Genau dieses tiefsinnige Philosophieren über das Sein, über Sinn, fern von jeglichem Unsinn, hatte er in den letzten Wochen vermisst. Viel zu selten hatte er mit seinen kindsköpfigen Kameraden kindsköpfig zusammen sein können.

Seid froh, dass ihr noch nicht so fürchterlich erwachsen sein müsst wie ich des Öfteren.

Karek lächelte erneut, bis er fragte: »Kommt ihr mit an Deck?«

»Hm. Och nee, da ist es immer so windig.«

Wichtel schaute ihn mitleidig an.

Blinn lachte. »Na klar, kommen wir mit. Das war ein

kleiner Scherz.«

»Richtig. Ein sehr kleiner Scherz!«, sagte Wichtel.

Die Hand des Schwertmeisters stand auf dem Vorderdeck. Die milde Frühlingsluft ließ erste Anzeichen von Sommer erahnen. Zwanzig Matrosen, die Bolk selbst ausgewählt hatte, wuselten auf allen Decks, Wanten und Quermasten herum. Es waren nur noch drei Seeleute der alten Mannschaft von Kapitän Stramig übrig geblieben, den Rest bildeten die erfahrensten Seeleute im Dienste König Tedores. Bolks Freunde halfen natürlich auch mit - allen voran Bart als Steuermann.

»Heh, ihr faules Pack. Ihr könntet euch ruhig mal nützlich machen«, grantelte Bart, als die Jungen auftauchten. Er diskutierte gerade mit einem der Matrosen, bekannt als der todessüchtige Svenek, über die Takelage.

Alle fünf starrten Bart verwundert an, als hätte er von ihnen verlangt, jetzt gleich von Bord zu springen.

Bart grunzte grimmig, dann zog er schnaubend weiter auf das Hinterdeck.

Blinn meinte, als der Sorader außer Hörweite war: »Der geht zum Lachen in den Burggraben.«

Matrose Svenek blinzelte ihnen zu: »Und da es hier keinen Burggraben gibt, musst du den zum Lachen kielholen«.

Die ehemaligen Anwärter und Svenek grinsten sich gegenseitig amüsiert an.

Die Tage an Bord vergingen gleichsam wie unaufgeregt. Der einzige Höhepunkt bestand aus etwa dreißig Delfinen, die sie einen Vormittag in den Bugwellen tanzend begleitet hatten. Karek konnte sich an den eleganten Tieren kaum sattsehen.

Doch mit der sonstigen Langeweile schien es nun vorbei. Wie Bolk vorausgesagt hatte, verschlechterte sich das Wetter, je weiter die 'Ostwind' nach Osten vordrang. Die Wellen höher, der Wind stärker, die Männer schlechter gelaunt – die gute Stimmung verflog wie die warme Frühlingsluft. Bolk hatte die Segelfläche drastisch reduzieren lassen, denn Windböen aus unberechenbaren Richtungen konnten das Schiff urplötzlich zum Kentern bringen. Nur einen Tag später blies der Wind noch stärker, Bolk befahl daher, die Sturmsegel zu setzen.

Am Nachmittag entschied der Kapitän 'Abwettern'. Karek sah zu, wie acht Matrosen in die Wanten kletterten – alle Segel des Hauptmastes sollten geborgen werden. Die Seeleute kletterten mutig bis zur obersten Rah. Dort hakten sie sich mit ihren Karabinern am Gürtel in die Führungsseile ein und balancierten quer. Das Schiff krängte erheblich, richtete sich wieder auf, nur um sofort wieder in eine besorgniserregende Schräglage zu fallen.

Plötzlich übertönte ein gellendes Kreischen das Rauschen des schäumenden Meeres. Ein dumpfer Aufprall mit einem hässlichen Platschen beendete den Todesschrei. Einer der Matrosen war dreißig Meter tief aus den Wanten auf das Deck gestürzt. Er bot einen fürchterlichen Anblick.

Karek traute sich kaum hinzusehen, zumal er in diesem Augenblick auch noch an Mussand denken musste, der sich vom Bergfried der Feste Strandsitz in den Tod gestürzt hatte.

Bolk, Bart, Mähne und vier andere Männer standen stumm um die Leiche herum, die Wellen schwappten über das Deck, sodass das Blut vermischt mit Meerwasser ihre Stiefel umspülte. Um wen handelte es sich? Der Schädel war gebrochen, das Gesicht vor Blut und Gehirnresten kaum zu erkennen.

Kapitän Bolk schäumte vor Wut fast wie die See und brüllte: »Wie konnte das passieren? Ist das Svenek?«

Einer der Seeleute neben ihm sagte traurig: »Ja, da liegt der todessüchtige Svenek. Bekannt dafür, sich niemals anzuseilen. Sichern ist was für Schwächlinge, pflegte er stets zu sagen.«

»Kateron! Aber nicht bei diesem Dreckswetter!«

Karek kämpfte damit, sein Entsetzen in den Griff zu bekommen. Drei Männer zerrten den zerschmetterten Körper über das Deck ins Trockene. Wenigstens eine ordentliche Seemannsbestattung sollte der todessüchtige Svenek bekommen.

Karek sah, wie Bolks Wut einer leeren Traurigkeit wich, sein Mund sagte ohne Worte, dass diese Reise ihr erstes Opfer gefunden hatte. Doch weder zum Grübeln noch zum Trauern blieb jetzt Zeit. Bolk schrie einige Befehle nach oben, die Matrosen schafften es kurze Zeit später, die Segel komplett zu bergen.

Durchnässt und mit gesenktem Kopf schlich Karek in seine Kajüte zurück.

Es dauerte jedoch nicht lange und Karek machte sich erneut auf den Weg an Deck. Genau wusste er auch nicht, ob sein Verantwortungsbewusstsein, sein Gewissen oder die

Suche nach Gesellschaft ihn nach oben trieb.

Als Erstes traf er auf Bolk und Bart. Letzterer stand seit gestern ohne Unterbrechung am Ruder. Er fluchte dabei auch ohne Unterbrechung.

Bolk und Karek drängten sich dicht neben ihn, anders war eine Unterhaltung bei den tosenden Naturgewalten unmöglich.

»Bart, ich übernehme jetzt. Leg dich für ein paar Stunden aufs Ohr.«

»Nichts da, Kapitän. Das Wetter wird immer stürmischer. Eine Unachtsamkeit und wir werden umgeblasen.«

Bart zeigte nach Osten, wo der Horizont nur noch aus schwarzen und dunkelgrauen Streifen bestand.

»Gerade weil es immer stürmischer wird, brauchen wir dich später im Vollbesitz deiner Kräfte. In die Kajüte jetzt! Das ist ein Befehl!«

Karek konnte sich nicht erinnern, Bolk derart unmissverständlich erlebt zu haben.

»Aye, Kapitän.« Barts Stimme bestand nur aus tiefem Knurren, doch mit unwilliger Miene übergab er das Ruder an Bolk.

Der Sorader sah arg erschöpft aus. Mit gesenktem Kopf trottete er zu seinem Schlafplatz.

»Der beste Steuermann in Krosann. Und in allen anderen Welten, falls es welche gibt«, brüllte Bolk gegen das immer lauter werdende Rauschen der Fluten an.

Karek verstand die Anspielung. Seit fast einer Woche segelten sie jetzt bei gutem Wind nach Osten. Sie hätten eigentlich längst eine Küste oder zumindest Vorboten auf Land, wie Vögel, sehen müssen, wenn Wandas Seekarte halbwegs stimmte. Doch alles, was sie bisher entdeckt hatten, waren Wellen so hoch wie die Mauern von Burg Felsbach. Bolk und Karek hakten ihre Gürtelkarabiner an einer Stange am Ruderstand ein. Ein Brecher konnte einen Mann einfach so von Bord spülen wie ein Eimer Wasser einen unliebsamen Käfer.

Eine solche Welle rollte gerade auf sie zu. Sie wurde immer größer und wütender, wie eine Reiterarmee, die ihre Schwerter und Speere in die Höhe reckte und brüllte. Bolk riss am Ruder, um die 'Ostwind' in die richtige Position zu bringen. Das Schiff stellte sich senkrecht in die Luft. Die gigantische Woge raste unter ihnen hindurch, wobei sie mehr in die Luft geschleudert denn gehoben wurden. Danach kippte die Kogge nach vorne und fiel in ein viele Meter tiefes Loch mit einem Grund aus wirbelndem Schaum. Jetzt kam der Moment, in dem das Deck komplett überspült wurde. Wie ein Raubtier an seiner bereits erlegten Beute zerrte das wilde Wasser an Bolk und Karek. Das dicke Seil an Kareks Gürtel rettete ihn davor, mit dem Wasserschwall für immer im Meer zu verschwinden. Anseilen gehörte bei dieser Wetterlage zur obersten Seemannspflicht. Das sollte spätestens nach dem Tod von Svenek auch dem letzten Todesmutigen klar geworden sein.

Bolk schaffte es immer noch, neben ihm zu grinsen, während es aus seinen Haaren triefte. »Jetzt besser nicht baden gehen! Bleib einfach hier stehen!«, rief er.

Karek schluckte. Und nicht nur salziges Wasser würgte er herunter. Alles an ihm fühlte sich saukalt an. Viel konnte er seemännisch nicht beitragen, doch stand er hier, da er ein Zeichen setzen wollte. Die Mannschaft wurde immer unruhiger und fragte sich, ob der Prinz mit seiner seltsamen Insel nicht völlig auf dem Holzweg war. Ein Hirngespinst eines verrückten Jungen, das sie alle ins Wassergrab führen würde. Daher wollte er sich nicht unter Deck in Decken einwickeln und untätig dem Schicksal harren.

Schon kam der nächste Brecher auf sie zu gedonnert. Das Meer wurde nun mal nicht müde. Die Gefahr drohte schräg aus einer anderen Richtung als die Welle zuvor, obwohl der Wind weiter von vorne blies. Genau solche wechselhaften Wetterverhältnisse machten das Navigieren zum Überlebenskampf. Erwischte die Woge sie halbwegs von der Seite, würde das Schiff umklappen wie ein Grashalm unter dem Stiefel. Bolk ließ das Ruder los. Das große Holzrad drehte fast zwei Umdrehungen, bis er wieder zwei Zapfen packte. Die 'Ostwind' schwenkte mit dem Bug vom Wind weg, hin zur Welle.

Das Brausen des Meeres riss Karek fast die Ohren ab. Zum ersten Mal krochen auch noch Zweifel unter seine durchnässte Kleidung. Konnte er es verantworten, so viele Männer und Freunde in den Tod zu schicken? Ein schwacher Trost blieb ihm. Er würde auch sterben und die Selbstvorwürfe würden danach nicht allzu lange anhalten.

Die Krängung des Schiffes nahm wieder solche Ausmaße an, dass Karek sich insgeheim von dieser Welt verabschiedete. Jetzt hob sich der Rumpf nicht nur senkrecht in die Luft, sondern lag auch noch gefährlich schräg, so als schlittere Karek auf einem steilen Dachgiebel. Er kniff die Augen zu. Welle, Wasser, Wind brausten an ihm vorbei, wollten ihn verschlingen und mit sich zerren, das Zerren und Rucken an der Hüfte schmerzte, doch der Strick hielt.

Danach folgte wieder das Manöver zum Anluven.

Bolk brüllte: »Wir müssen beidrehen. Es hat keinen Sinn.«

Er schaute nach vorn auf die tiefe Schwärze. Karek konnte das Wasser nicht mehr vom Himmel unterscheiden. Beides tobte begierig nach Opfern und peitschte erbarmungslos auf die unerwünschten Eindringlinge ein. Das Licht versteckte sich angsterfüllt, die Sonne schien ertrunken oder abgestürzt und zerplatzt zu sein wie Sveneks Schädel.

Dies ist das Ende der Welt.

Und das Ende der 'Ostwind'.

Und das Ende des Prinzen Karek und seiner Kameraden.

Wider Erwarten hielt die 'Ostwind' stand. Nachdem der nahezu freie Fall nach der Woge sein ruppiges Ende im grauen Meerwasser gefunden hatte, gönnte die See den erschöpften Menschen eine kurze Pause. Solange bis sie sich zum nächsten Angriff gesammelt hatte.

Karek brüllte Bolk ins Ohr. »Sind wir nicht längst an unserem Ziel auf der Karte angelangt?«

»Eine genaue Schätzung ist schwierig, der Sturm hat uns arg vor sich her geblasen, doch ich bin mir sicher, dass wir Land sehen müssten, wenn es welches gäbe. Doch leider ist dort so ziemlich alles, nur kein Land.« Bolk deutete in die dunklen Strudel, die vor allem im Osten tobten. »Wir müssen aufgeben, Karek. Und schnell hier weg. Wenn es nicht schon zu spät ist, denn wir hätten diese Schlechtwetterfront weitläufig umsegeln müssen. Jeder erfahrene und verantwortungsvolle Seemann täte dies.«

Dem Prinzen lief es kalt den Rücken hinunter. Wie war

das möglich, wo er doch schon so blau gefroren war und es kaum kälter ging. Doch ein Gedanke begann, das Eis um seinen Körper zu schmelzen. Eine waghalsige Idee wärmte seine Brust. Ein Stück Kraft und Leben kam zu ihm zurück.

Bolk hat es eben gesagt: Jeder verantwortungsvolle Seemann umsegelt weitläufig …

Karek brüllte: »HALTE darauf zu, Bolk. Einfach nach Osten. Direkt darauf zu.«

Bolk schrie zurück: »DANN sind wir tot. Wir müssen beidrehen. Wenn uns die nächste Woge erwischt, werden wir metertief unter Wasser gedrückt.«

»NEIN! Unsere einzige Chance ist, weiter nach Osten hineinzustoßen.«

Plötzlich taumelte Bart auf sie zu und band sich mit großen Mühen am Steuerrad fest.

Mit lauter, doch recht gefasster Stimme, rief er: »Da lasse ich dich einmal kurz ans Ruder … Schau mal, da vorne – die Wand, die auf uns zu rast. Die wird uns alle töten.«

»WEITER! HALTE direkt darauf zu!« Kareks Stimme übertönte das lauter werdende Rauschen des Meeres. »DORT HINEIN! NICHT BEIDREHEN!«

Der Kapitän schüttelte den Kopf. Er war ganz rot vor Anspannung und Anstrengung. »NEIN, Junge. Du bist völlig durchgedreht!«. Im nächsten Moment drehte Bolk wie ein Wahnsinniger am Steuerrad.

»NEIN!!« Karek platzte fast der Kopf, so laut brüllte er.

Bart griff abrupt ins Steuerrad hinein und hielt es fest. Resigniert schüttelte er den Kopf. »Es spielt keine Rolle mehr, was wir nun machen, Bolk. Der nächste Einschlag ist unser Ende. Somit können wir genauso gut auf den verrückten Jungen hören.«

Die dunkle Wand hatte den Bug fast erreicht. Die Geschwindigkeit der Woge war so hoch, dass die 'Ostwind' keine Gelegenheit bekam, auf ihr zu schwimmen. Das Meer brach über dem Schiff zusammen, verschluckte es wie eine Schlange, die ihr Maul über eine Maus stülpte. Es gab nur noch Wasser. Oben, unten, links und rechts kaltes, schwarzes, salziges Wasser. Karek hielt den Atem an. Jetzt spuckte und würgte er. Er wollte nicht ertrinken, doch ihm war klar, dass er gleich Luft holen würde, egal ob welche da war oder nicht. Er kniff vor Entsetzen die Augen zu und wartete darauf, nur noch die tiefen Fluten um sich zu spüren. Was hatte er nur getan? Seine Lungen brannten trotz der bitteren Kälte. Er musste Luft holen. ATMEN! Das Wasser würde seine Lungen füllen.

Leben nach dem Tod

Sein Rachen schmerzte. Ein tiefer Atemzug füllte seinen Oberkörper mit Luft. Sonnenstrahlen kitzelten ihn tröstend im Gesicht. Karek kniff immer noch die Augen zu. Er müsste tot sein. Alle müssten jämmerlich ertrunken sein, weil er stur und verbohrt an seinem dämlichen Inselwahn festgehalten hatte.

Er öffnete langsam die Augen. Es gab also ein Leben nach dem Tod und so sah es aus. Ein blauer Himmel spiegelte sich im Meer. Sanfte Wellen umspülten das Schiff. War es sein Blut, das in den Ohren rauschte oder die Brandung? Die Luft roch würzig. Alles sah hell und freundlich aus.

Karek sah an sich herunter. Hätte er doch bessere Kleidung getragen, als er gestorben war. Jetzt musste er mit den nasskalten Klamotten vorlieb nehmen.

Eigentlich ist es hier schön warm, sodass ich mich ausziehen kann.

Eine Hand haute ihm von hinten auf den Rücken, sodass er fast umfiel. Ein Strick an seinem Gürtel bewahrte ihn vor dem Sturz. Jetzt bemerkte er, dass er immer noch neben dem Steuerrad der 'Ostwind' festhing.

»Kateron! Du lausigster Seeprinz aller Zeiten. Du verrückter, toladarischer Spinner. Wir sind durch. Wir haben es geschafft. Dort liegt sie: DEINE VERSCHISSENE INSEL.«

Karek schaute den Mann an. Bolk. Er grinste.

Ein anderer Mann hing auf dem Ruderstand wie ein

nasser Sack. Er war ein nasser Sack. Bart. Tropfend sah Bart Karek an und meinte leise: »Mach so etwas nie wieder mit uns, Karek.«

Ich wusste gar nicht, dass Bart leise reden kann. Und ich lebe noch. Alle anderen scheinbar auch.

Der Prinz sah sich um. Das Schiff lag nicht weit von der Küste entfernt gemütlich im seichten Wasser. Ein Strand aus schwarzem Sand zog sich nach Norden und nach Süden, so weit das Auge reichte.

Die Mannschaft drängelte an Deck. Alle Menschen auf dem Schiff sahen sich erstaunt um.

Mähne sagte: »Ich habe mich gewundert, warum der Wellengang so abrupt aufgehört hat. Wir hatten doch kurz zuvor noch so gemütlich geschaukelt.«

Karek hakte den Karabiner aus, seine Finger waren immer noch zu klamm, um den Knoten an seinem Gürtel zu öffnen. Eduk tauchte wie aus dem Nichts auf und half ihm dabei.

Der Prinz taumelte von der Mitte der Kogge zur Reling. Er war der einzige Mensch, der immer fest an dieses unbekannte Land geglaubt hatte. Jetzt auf einmal schien es fast umgekehrt zu sein. Waren sie tatsächlich am Ziel angelangt?

Da lag sie! Die verschissene Insel! Ein schöner Name.

Blinn streckte beide Arme aus und stützte sich neben ihm auf die Reling. »Die Insel ist riesig. Ganz weit am Horizont sehe ich ein Gebirge.«

Tatsächlich schien sich die Spitze eines Berges in die einzige Wolke am Himmel zu bohren. Wandas Karte hatte also recht behalten. Und Fata. Wo war sie überhaupt?

»Wo ist Fata? Hat Wichtel sich um sie gekümmert?«

Sein Freund nickte: »Den ganzen Sturm über saß sie auf seinem Schoß. Und der Kleine hat sie getröstet.« Blinn dachte kurz nach: »Nee, eigentlich war es eher umgekehrt.«

Als hätten sie ihre Namen gehört, tauchten Wichtel und die Kabokönigin auf. Fata schien einen Kopf gewachsen zu sein. Oder war das der Stolz, dazu beigetragen zu haben, dass sie endlich hier gelandet oder besser gestrandet waren? Ihr Blick sagte: 'Und? War das denn so schwer?'.

»Ja, Fata. Ja, war es!«, sagte Karek zu ihr gewandt.

Blinn und Wichtel sahen ihn merkwürdig an.

Karek fühlte sich an ihren Strandaufenthalt an der Küste von Soradar erinnert. Nur blieben alle Menschen diesmal auf dem Schiff. Bolk hatte die Anker werfen lassen und nun machten es sich alle auf dem Deck bequem.

Karek saß zwischen Bolk und Krall auf dem Vorderdeck.

Der Soradar fragte den Prinzen: »Was glaubst du, ist im Sturm passiert? Und woher wusstest du, dass wir einfach nur weitersegeln mussten?«

Krall neben ihm verzog das Gesicht und murmelte: »Zwei Fragen auf einmal.«

Karek antwortete: »Ich vermute, eine Art Schutzschild umgibt die Insel. So wie eine Käseglocke. Es versteckt und isoliert die Insel, denn außen herum gibt es nur Sturm und Gefahren. Das schreckt derart ab, dass vernünftige Kapitäne diese Gegend vermeiden und in einem großen Bogen darum herum segeln. Und so kann niemand die Insel finden.«

Die Gefährten starrten ihn nur staunend an.

»Es sei denn, es handelt sich um einen lebensmüden Volltrottel«, geißelte Karek sich selbst.

»Doch auch ein Volltrottel liegt mal richtig.«

»Was soll denn das für ein ominöser Schutzschild sein?«

»Ein Zauber, der dieses Land vor Entdeckung schützt.«

»Ein Zauber?«

»Ich verstehe es selbst nicht. Vielleicht eine Luftspiegelung.«

»Wie eine Fata Morgana!?« Bart konnte und wollte es nicht fassen. »Allerdings die wackeligste und feuchteste Fata Morgana, die ich je gesehen habe.«

Fata hob den Kopf.

Karek streichelte ihr über den Hals. »Nein, ausnahmsweise reden wir mal nicht über dich.«

»Ich begreife es immer noch nicht. Wie soll das gehen? Der Sturm fühlte sich ziemlich echt an. Deine Luftspiegelung hat Svenek das Leben gekostet.«

Karek senkte den Kopf. »Ich weiß. Nein, eigentlich weiß ich nichts. Nur vage Vermutungen. Es muss ein Zauber sein, der seit Jahrtausenden verhindert, dass Menschen hier anlegen. Wenn wir herausfinden, wer dafür gesorgt hat, erfahren wir mit Sicherheit auch mehr darüber, wie er funktioniert.«

»Ich bin nicht sicher, ob ich das überhaupt wissen will«, meckerte Bart – wieder ganz der Alte.

»Was machen wir nun?«, fragte Krall.

»Uns erholen und dann den neuen Kontinent erforschen.«

Bolk lehnte an einem Wasserfass. »Kontinent ist der richtige Ausdruck, denn diese Insel scheint riesengroß zu sein. Wir könnten das Schiff reparieren und dann gemütlich die Küste entlangsegeln, um die wahren Ausmaße kennenzulernen.«

Karek zeigt in die Ferne. »Dort hinten. Auf den Berg müssen wir.«

Bart schüttelte den Kopf. »Wie kann ich nach den Erlebnissen mit dem Wal, der Sanduhr und nun dieser Insel, die es nicht geben kann, diesem Bengel jemals wieder widersprechen?« Er kraulte seinen Bart. »Verrückt. Alles verrückt.«

»Mir widersprichst du ständig, da hast du kein Problem mit!«, beschwerte sich Bolk.

»Klar widerspreche ich dir ständig. Doch was nutzt das. Du bist mindestens genauso stur wie unser Herr Prinz dort. Jawohl – stur!«

»Einigen wir uns auf meinungsfest«, schlug Bolk vor.

Die meisten Männer lachten. Anspannung und Todesangst fielen von den Gefährten ab. Die meisten verstanden zwar nicht, was eigentlich vorgefallen war, doch sie vertrauten ihrem Kapitän und vor allem Karek.

Zum Glück weiß niemand, dass ich eben noch gedanklich gestorben bin. Muss ein Anführer denn immer so unsterblich tun?

Am Fluss Kang

Torquay und Zadou erreichten nach enormen Mühen den Fluss Kang. Dieser teilte ihre Welt in die Gebiete Sonnenaufgang und Sonnenuntergang. Hier ganz in der Nähe hatten sich die beiden Jovali-Krieger vor einer Sonnenwende ihre Ernennung zum Krokodiljäger verdient. Erschöpft machten sie am Ufer des Kang eine Pause. Einige Sonnen hatte der Rückweg bis hierher gedauert. Ihr Dorf lag flussaufwärts auf der anderen Seite, etwa eine Sonne von hier. Nun lautete die wichtigste Frage, wie sie mit ihrer Beute übersetzen konnten. Als sie den Leoparden verfolgt hatten, konnten sie diesem auf einem umgestürzten Baum folgen, der wie eine Brücke über den breiten Fluss führte. Den gleichen Weg zurückzunehmen, würde einen Umweg von fast einem Tag bedeuten, daher hatten sie die direkte Route zu ihrem Dorf gewählt. Der Nachteil der Abkürzung floss mit sanftem Rauschen zu ihren Füßen. Mitten in diesen Fluten schwammen Krokodile, jedes mindestens zehn Arme lang und stets hungrig.

Die beiden Jäger verspürten keinerlei Angst vor Krokodilen, und ohne ihre schwere Last hätten sie ohne zu zögern den Fluss durchschwommen. Für Krokodile gehörten die Jovali ganz und gar nicht zur gewohnten Beute und bis die gepanzerten Raubtiere sich überlegt hatten, dass so ein merkwürdiger Zweibeiner schmecken könnte, hätten sie längst das andere Ufer erreicht. Leider legten die Krokodile diese Trägheit auch an den Tag, wenn ein hässlicher Bangesi den Fluss durchquerte, sodass es durchaus vorkam, dass

Mitglieder des verfeindeten Stammes auf ihrer Seite der Welt auftauchten. Daran, dass Torquay und Zadou tagelang auf Bangesigebiet gejagt hatten, war hingegen nichts Verwerfliches. Im Gegenteil, es erhöhte nur die Ehre, welche ihnen im Dorf zuteilwerden würde. Und eines Tages, wenn sie dem letzten Bangesi die Ohren abgeschnitten hatten, würde es nur noch Jovali geben - im Sonnenaufgang wie auch im Sonnenuntergang. Davon war Torquay überzeugt.

Doch im Jetzt lebten noch etliche hässliche Bangesi und es gab einen breiten Fluss, der überquert werden wollte. Im Vergleich zum Hinweg gestaltete sich ihr Vorhaben nun deutlich schwerer. Mit einem aufgeschlitzten Leoparden, angebunden an einem Stock zwischen ihnen, waren sie weder schnell noch unauffällig. Die Verwesung, Fäulnis und Hitze hatten dem Kadaver bereits stark zugesetzt, sodass die beiden Jovali einen entsetzlichen Gestank mit sich herumschleppten. Längst hatte dieser Fliegen angelockt, die ihre Eier in alle Körperöffnungen legten. Seit gestern schlüpften gelbe Maden, die sich in dem toten Fleisch kringelten.

Zadou zog eine besonders fette Made heraus, so wie einen Wurm aus einem Apfel, und steckte sie sich in den Mund. Es knackte, als er zubiss. Kauend deutete er auf jede Menge Nasenlöcher und Rückenteile, die sich unauffällig über der Wasseroberfläche verteilten. Unter dem Wasser lauerte der bissige, fast unzerstörbare Rest der Riesenkrokodile.

»Ohne Floß können wir es nicht schaffen.« Zadou sprach aus, was Torquay dachte. Sein Herzensbruder deutete nach links. Eine über zwölf Arme lange Echse verließ den Fluss und bewegte sich gemächlich am Ufer entlang auf sie zu.

Die Jäger kniffen die Augen zusammen. Das Krokodil wirkte an Land sehr gemächlich, fast unbeholfen, nur wussten sie beide, dass die kräftigen Beine der Echse einen enormen Spurt hinlegen konnten. Dies zwar nur über eine kurze Strecke, doch dann befand sich die Beute bereits zwischen den spitzen Zähnen. Und aus dem Gebiss eines Krokodils kam nie wieder etwas heraus, zumindest nicht lebendig. Kauen konnten die Tiere zwar nicht, doch sobald sie das Maul voll hatten, drehten sie sich blitzartig um die eigene Achse und rissen hierdurch große Fleischstücke aus ihrer Beute heraus.

Langsam hoben sie den langen Ast mit dem Leoparden wieder auf ihre Schultern. Sie zogen sich in den Urwald zurück, ohne das Krokodil aus den Augen zu lassen.

Das Tier entschied, sie nicht weiter zu verfolgen. Es blieb stehen und döste mit weit geöffnetem Rachen in der Sonne.

Die beiden Jovali erstarrten genau wie das Reptil. Grundsätzlich galt, dass die meisten Bewegungen im Dschungel langsam und mit Bedacht ausgeführt werden sollten. Es gab nur wenige Momente, in denen Schnelligkeit geboten war.

Ein Krokodilwächter flog heran und machte es sich mitten im Rachen des Krokodils bequem, wo der Vogel Nahrungsreste und Parasiten zwischen den Zähnen herauspickte.

Torquay flüsterte: »Wir müssen weiter flussaufwärts ein Floß bauen. Dort gibt es auch weniger Kriechbeißer.«

Zadou antwortete nicht, sondern hob lauschend den Kopf, wobei seine Miene sich verdunkelte. Torquay verstand sofort, was ihn beschäftigte. Der Krokodilwächter war mit einem unwilligen Kreischen aus dem Rachen gehüpft und davongeflogen. Sofort drehte auch das Krokodil den Kopf. Nicht in ihre, sondern in die entgegengesetzte Richtung. Einen beunruhigten Krokodilwächter zu missachten, konnte den Tod bedeuten, daher nahmen die Jovali die Warnungen dieser Vögel immer ernst.

Und tatsächlich: In diesem Moment geschah etwas, das Torquay für den Rest seines Lebens niemals vergessen würde. Etwas schier Unfassbares, das er niemals für möglich gehalten hatte.

Ein ovales Floß mit hohen Wänden tauchte auf. Darin saßen sechs seltsame Gestalten. Keine Bangesischweine, dafür leuchteten die Gesichter viel zu weiß. Die Kleidung strotzte vor Schmutz. Torquay stieß Luft aus. Diese Eindringlinge sahen noch hässlicher als der gewohnte Feind auf der anderen Seite der Insel aus.

Links und rechts aus diesem seltsamen Floß tauchten lange Stöcke, die am Ende breiter wurden, gleichmäßig in das Wasser und trieben das Gefährt gegen die Strömung vorwärts.

Torquay und Zadou mussten sich nicht verständigen. Sie legten gleichzeitig ihren Ballast auf den Boden und duckten sich tief hinter die riesigen Uferfarne. Ihre Augen zwischen den fleischigen Pflanzenstielen wurden größer und größer, je näher diese wildfremden Menschen kamen.

Jetzt hatte das Floß, das keines war, ihre Höhe erreicht. Die Menschen darin sahen alle höchst unterschiedlich aus. Einer hatte schwarze Wolle rund um seinen Mund, dies ließ den Rest seines Gesichts noch bleicher wirken. Einem anderen Fremden hingen die langen Haare fast ins Wasser.

Wollte er damit angeln?

Als wäre dies nicht genug, saßen zwei weitere Riesen im Floß, die im Sitzen fast so groß waren wie Zadou und Torquay, wenn sie standen. Der jüngere davon reckte den Kopf und rief mit tiefer Stimme: »EIN DRACHE!?«.

»Der Drache heißt Krokodil«, sagte eine neue Stimme.

»Da vorn!«

Die Eindringlinge konnten also sprechen. Die Worte klangen merkwürdig betont, doch Torquay verstand sie. Im nächsten Augenblick erschrak er, als auch der Sinn der Worte ihn erreichte. 'Da vorn.' Waren sie entdeckt worden?

Doch der nächste Satz gab Entwarnung.

»Alles voll mit den Freunden.« Der andere Riese zeigte auf die Krokodile im Fluss.

Die beiden Stöcke links und rechts hörten auf, sich zu bewegen.

Zadou und Torquay schauten sich stirnrunzelnd an: Warum waren die Krokodile die Freunde der Fremden?

Eine helle Stimme ohne jeden Kopf sprach leise, dennoch konnten die beiden Jovali sie hören: »Die haben ihr Maul geschlossen. Und warum gucken links und rechts dennoch die Eckzähne raus?«

»Die wollen nur angeben«.

»Sollen wir weiterrudern?«

»Was sonst? Oder schlägst du eine Badepause vor?«.

»Nein, nein. Waschen soll schlecht gegen Mücken sein, habe ich gerade eben gelernt.«

»Ach – du hast nur Angst vor den Krokodilen, Bolk«, sagte der mit der schwarzen Wolle im Gesicht.

»Nun ja, die Viecher sind doppelt so lang wie die Alligatoren auf den Südlichen Inseln. Wenn die auch nur halb so aggressiv sind, hüpfen die uns gleich ins Boot und beißen uns dahin, wo es besonders weh tut.«

Torquay konnte es genau beobachten, denn das Floß, das keines war, befand sich weniger als fünfzehn Armlängen von ihnen entfernt in der Mitte des Flusses. Der große Mann verzog seinen Mund, so als ob ihn heftige Schmerzen plagten. Seine Gesichtszüge verzogen sich zu einer noch hässlicheren Fratze, als er ohnehin schon hatte.

Zadou streckte seinen Arm aus und drehte die Faust vor seiner Nase. Das bedeutete so viel wie: 'ein Geistesentrückter'.

Ein anderer junger Mann sagte nun auch etwas: »Ich denke nicht, dass die Krokodile uns angreifen werden. Wir gehören nicht in deren Beuteschema.«

»Beuteschema. Was für ein großartiges Klugscheißerwort.« Die Stimme des ersten großen Mannes klang wie ein Donnergrollen.

»Wissen die Krokodile, das wir nicht in ihr Beuteschema passen?«, fragte die unsichtbare Stimme.

Jetzt drehte auch Torquay die Faust vor seiner Nase. Lauter völlig Geistesentrückte auf einem Floß, das keines war. Doch die beiden Jäger spürten instinktiv, dass von diesen Zweibeinern Gefahr ausging. Eine Gefahr, größer als von der wildesten Fleckenkatze, eine Gefahr, sogar noch größer als von den verhassten Bangesi.

»Los weiter«, sagte der mit dem schmerzverzerrten Gesicht, wobei es ihm besser zu gehen schien, da seine Gesichtszüge plötzlich wieder normal aussahen. »Gleich wissen wir es.«

»Sehr beruhigend«, sagte die unsichtbare Stimme. Nein, sie gehörte zu einem kleinen Kopf, der kaum über den hohen Rand des Floßes, das keines war, hinübersehen konnte.

Das Floß, das keines war, setzte sich wieder in Bewegung. Die Krokodile ließen es passieren, alles andere hätte Torquay auch verwundert. Langsam verschwanden die Eindringlinge hinter einer Flussbiegung.

Die beiden Freunde starrten sich an. Es dauerte eine Weile, bis Zadou sagte: »Geister können das nicht gewesen sein. Welcher Prüfung unterzieht uns die Himmelsmutter nur?«

»Wir müssen unseren Stamm warnen. Ich habe kein gutes Gefühl bei diesen Eindringlingen.«

Beide blickten gleichzeitig auf den Kadaver des Leoparden.

Ein Geist, ein Atem, eine Waffe, ein Gedanke.

Sie müssten den Leoparden liegen lassen, wenn sie wahrhaftig schnell wieder im Dorf sein wollten. Wehmütig schauten sie auf ihre Beute. Der Urwald würde in kürzester Zeit den Kadaver wieder dem Ursprung allen Lebens zuführen. Die meisten Aasfresser waren zwar klein, doch ihre ungeheuerlich große Anzahl vertilgte totes Leben in Windeseile. Lange würde es nicht dauern, bis Maden, Würmer, Milben, Asseln, Vögel, Waldratten, Termiten und Ameisen den Leoparden restlos verspeist hätten, egal, wo sie ihn ablegen würden. Die vielen kleinen Putzer des Urwaldes lieferten gründliche Arbeit ab.

Doch die Warnung der Jovali vor den Menschen auf dem

Floß, das keines war, ging vor.

»Wenn wir uns beeilen, können wir unseren Stamm warnen, zurückkehren und die Fleckenkatze holen, bevor der Urwald sie wieder zu sich genommen hat.«

»So machen wir es.« Zadou hatte dem nichts hinzuzufügen.

Zadou und Torquay ließen den Ast mit dem Leopardenkadaver liegen und liefen ein Stück am Ufer des Kang entlang.

An einer Verengung des Flusses glitt Zadou lautlos kopfüber ins Wasser, Torquay folgte ihm. Nur zwei Krokodile lagen in der Nähe auf der Lauer, zunächst reagierten sie überhaupt nicht auf die beiden Jovali-Krieger. Doch dann: Mit einem mächtigen Schwanzschlag stürzte sich ein Krokodil ins Wasser, nur um dann kaum sichtbar direkt unter der Wasseroberfläche in ihre Richtung zu tauchen. Doch in diesem Moment erreichten sie das sichere Ufer und weiter ging es in den Urwald.

»Wenn wir schnell genug sind, können wir sie beim Großen Regen abfangen«.

Torquay nickte – den gleichen Gedanken hegte er auch.

Die Krieger hatten seit früher Kindheit den kräftesparenden Laufschritt gelernt, doch auch dieser verlangte ihnen bei der Hitze und nach den Anstrengungen der vergangenen Tage die letzten Reserven ab. Ausgezehrt und vollends erschöpft erreichten sie ihren Stamm.

Der Urwald

Am frühen Morgen segelte die 'Ostwind' bei strahlendem Sonnenwetter langsam die Küste entlang nach Westen. Das Schiff wies erstaunlich wenige Schäden auf – alle Maste hatten standgehalten und auch der Rumpf war unbeschädigt geblieben. So beschäftigte sich nur ein Teil der Mannschaft mit kleineren Reparaturarbeiten, während alle anderen die unbekannte Welt anstaunten, die sich vor ihnen auftat.

Soweit der Blick reichte, gab es nur einen Streifen Sandküste, mal schneeweiß, eine Bucht später schwarz. In der Ferne, Richtung Norden, färbte sich das Wasser grün. Ein Matrose rief vom Krähennest am Vordermast herunter. »FLUSS voraus!«

Eine gewaltige Flussmündung tat sich vor ihnen auf.

Bolk ließ darauf zuhalten. »Wir brauchen Süßwasser, zwei volle Fässer haben sich im Sturm losgerissen und sind über Bord gespült worden. Die anderen Fässer sind fast leer. In dem Fluss dahinten werden wir die Trinkwasservorräte wieder auffüllen.«

Gegen Mittag ließen sie eines der Landungsboote zu Wasser und verluden die leeren Fässer. Vier Matrosen unter der Leitung von Schweif ruderten in Richtung des Flusses, der wie eine breite Straße aus dem Inneren der Insel zu kommen schien. Es dauerte nicht lange, bis die Männer mit gefüllten Fässern wieder auftauchten.

Die Sonne senkte sich ins Abendrot und die angespannte Stimmung an Bord hatte sich etwas verbessert. Die kleineren

Reparaturen gingen gut voran, die Trinkwasserfässer standen fest vertäut wieder an ihrem Platz. Das angenehme Wetter ließ den tödlichen Orkan vergessen. Doch die merkwürdigen Geschehnisse lasteten zu schwer auf den Gemütern der Menschen, um Frieden in ihre Herzen einziehen zu lassen. Wenigstens konnten sie sich körperlich von den Strapazen der langen Reise erholen.

Bolk und Karek standen alleine vorne am Bug – sie schmiedeten bereits Zukunftspläne.

»Ich glaube, das Geheimnis finden wir im Herzen der Insel. Mitten im Gebirge. So habe ich es im Traum verstanden.«

»Nachdem wir hier tatsächlich einen neuen Kontinent gefunden haben, der aus unerfindlichen Gründen seit über tausend Jahren unentdeckt geblieben war, wie sollte ich noch an deinen Hirngespinsten zweifeln, Karek«, sagte Bolk. Er überlegte: »Die Strömung des Flusses scheint nicht sonderlich stark zu sein. Das heißt, wir sollten den Fluss soweit es eben geht hinaufrudern.«

Karek nickte. Der Fluss wurde mit Sicherheit von Quellen und Regen im Gebirge gespeist. Das hieße, sie könnten mit den Landungsbooten einen Teil des Inneren der Insel erforschen und sich dem Gebirge nähern, indem sie einfach flussaufwärts Richtung Norden ruderten.

»Wer sollte denn zu dieser Expedition aufbrechen?«

Bolk drehte seinen goldenen Ohrring. »Ich schlage vor, nur mit einem Landungsboot loszurudern. Das Boot fasst acht Leute. Ich lasse dich nicht alleine, somit hätten wir noch höchstens sechs Plätze frei. Wenn wir Waffen, Proviant und

Reisegepäck einrechnen, sind es sogar nur noch fünf.«

»Und dazu noch Fata. Ich habe zwar noch nicht genau verstanden, welche Rolle der Vogel bei der Geschichte spielt, bin jedoch sicher, dass er uns begleiten sollte.«

Bolk, ein großer Verehrer der Kabokönigin nickte. »Bart sollte mitkommen. Und Krall. Wir wissen nicht, was uns erwartet und könnten wehrhafte Kämpfer benötigen.«

Karek gab Bolk im Stillen recht, doch hieße dies, dass er nicht mit der kompletten Hand des Schwertmeisters aufbrechen konnte. Denn er wusste genau, dass sie neben Bolk und Bart noch zwei geübte Ruderer brauchten, zumal es gegen die Strömung ging.

Der Prinz schlug seufzend vor: »Zwei deiner Leute und Wichtel kommen noch mit. Blinn und Eduk müssten dann an Bord der 'Ostwind' bleiben.« Karek verspürte einen schalen Geschmack im Mund. Das gefiel ihm überhaupt nicht und würde Blinn und Eduk noch weniger gefallen.

Bolk nickte. »Wieso Wichtel?«

Der Prinz merkte, dass er in keiner Weise seinen Vorschlag infrage stellte, sondern allein interessenshalber nachfragte.

»Wichtel und Krall sollten wir nicht auseinanderreißen. Und auch Blinn und Eduk verstehen sich außerordentlich gut, sodass es sie trösten wird, dass sie zusammenbleiben können. Zudem kann sich Wichtel um Fata kümmern. Sie liebt ihn und umgekehrt.«

»Dann machen wir es so. Kind und Mähne schließen sich uns an. Schweif übernimmt hier das Kommando auf dem Schiff.«

Für Bolk schien damit die Sache entschieden. Nun blickte

er verträumt zur Küste, auf das beeindruckende Farbenspiel von Abendrot, das sich im Meer spiegelte, auf die blauen und grünen Wassertöne, auf das üppige Grün des Uferbewuchses.

»Es ist schön hier!«

Früh am nächsten Morgen ließen sie erneut eines der beiden Landungsboote zu Wasser. Nur diesmal war das Boot bis obenhin voll. Bolk, Bart, Krall, Wichtel, Kind, Mähne und Karek drängten sich zusammen, da die Insassen kaum Platz zwischen Reisegepäck und Proviant fanden.

Wichtel hielt Fata auf dem Schoß. »Du wirst immer schwerer und dicker!«, meckerte er den Vogel an, doch sein Tonfall fiel so zärtlich aus, dass Fata dies als Kompliment verstand und mit einem dankbaren Gurren quitierte.

Blinn und Eduk schauten von der 'Ostwind' auf das Boot hinunter. Karek hatte ihnen am Vorabend erklärt, warum sie nicht mitkommen konnten. Vor allem Blinn war sehr empört gewesen und behauptete, er könne viel besser rudern als Kind und Mähne zusammen. Doch alle wussten, dass dies nicht stimmte und als die Wut abklang, fiel es auch Blinn wieder ein, sodass er sich langsam beruhigte.

Jetzt wünschte er ihnen viel Erfolg und Glück, wobei er immer noch ein langes Gesicht machte. »Und bleibt nicht zu lange weg, sonst kommen wir nach!«

»Sonst kommen wir nach!«, bestätigte Eduk.

»Bis bald! Wir bringen euch etwas mit.«

Alle winkten sich gegenseitig zum Abschied zu.

Mähne und Kind warfen sich in die Riemen. Sie ruderten mit einer beachtlichen Geschwindigkeit in Richtung Flussmündung.

Dort angekommen schöpfte Bart mit der Hand Wasser aus dem Fluss in seinen Mund. »Ich habe das neue Wasser noch gar nicht probiert«, knurrte er in einem Ton, als zwänge ihn jemand, zwei Monate abgestandenes Bier zu trinken.

Wichtel tat es ihm gleich und stellte unbeeindruckt fest: »Ich finde, es schmeckt gut.« Er nahm seinen Wasserbeutel vom Gürtel und füllte ihn auf.

Auch Krall probierte einen Schluck, sagte jedoch nichts. Lässig ließ er seine Hand neben dem Boot durch das Wasser gleiten.

Sie ruderten eine Weile flussaufwärts, bis Mähne ein Ruder schräg in die Luft hob. Eine gelbe Wasserschlange wickelte sich um das Ruderblatt. »Bäh! Schlangen gibt es hier zuhauf.«

Krall zog ruckartig seine Hand aus dem Flusswasser.

Die Freunde beäugten misstrauisch das grüne Wasser, allenfalls Karek verspürte eine ungeheure Faszination. Wo er auch hinblickte, verblüfften ihn die vielen unbekannten Pflanzen, die Größe ihrer Blätter und die bunten Farben dieser Welt. Niemals zuvor hatte er so viele Grüntöne auf einmal gesehen. Zudem staunten seine Ohren. Die unterschiedlichsten Geräusche drangen aus dem Urwald zu den Bootsinsassen. Dort musste es von Tieren nur so wimmeln, denn diese krächzten, kreischten, zischten, flöteten, schimpften und heulten immerfort. Bis auf ein paar bunte Vögel hatte er bisher jedoch kein Lebewesen entdecken können. Die Insekten um sie herum steuerten zudem ihr nettes Summen bei, und diese Plagegeister versteckten sich leider nicht. Allen voran Stechmücken, die sich in dunklen Wolken auf die Insassen des Bootes stürzten. Ihre Opfer schlugen sich mit den flachen Händen auf die unbekleideten Körperstellen, nur Karek ließen die Blutsauger vollends in Ruhe.

Bart klatschte gerade eine Mücke an seinem Unterarm platt. Ein blutiger Schmierfleck blieb zurück. »Wieso stechen die Viecher nicht auch dich, Karek?«, ereiferte er sich mit vorwurfsvollem Blick.

»Einfach nicht waschen, Bart. Der Geruch schreckt sie dann ab.«

Immer tiefer führte der Fluss sie in das Innere des Urwaldes.

Bart, Bolk, Mähne und Kind wechselten sich paarweise mit Rudern ab. Die Flussströmung nahm bisher glücklicherweise nicht merklich zu, sodass sie weiterhin zügig vorankamen.

Dennoch meckerte Bart: »Ich liebe es, bei der Hitze flussaufwärts zu rudern.«

»Mit der Strömung kann ja jeder«, ermunterte ihn Bolk, der neben ihm schwitzte.

»Und mit der Strömung schwimmen nur tote Fische«, neckte Wichtel, genau wissend, dass er trotz seiner großen Klappe nicht ans Ruder gebeten werden würde.

Bart grummelte irgendeine unverständliche Freundlichkeit.

Zwei Libellen mit Körpern länger als ein Dolch, wirbelten ihre gänsefedergroßen Flügel durch die Luft und hielten neugierig direkt vor Mähnes und Wichtels Nasen an. Ihr lang gestreckter Hinterleib glänzte golden in der Sonne.

Da Wichtel heftig zurückschreckte, erklärte Karek: »Die sind groß, jedoch harmlos. Die tun nichts.«

»Glaubst du, ich kenne keine Libellen? Nur schau mal dort. Der da sieht verdammt groß und überhaupt nicht harmlos aus!« Er zeigte mit ausgestrecktem Arm an das Flussufer.

Krall reckte den Hals: »EIN DRACHE!?«. Seine Hand fuhr zu seinem Schwertgriff. Einen Moment fürchtete der Prinz, Krall könnte sich wie die Ritter in den Geschichten aus der Bibliothek mit Geheul auf das Ungeheuer stürzen und sich als Drachentöter versuchen.

Karek schaute genauer hin. »Der Drache heißt Krokodil.«

Genau ein solches lag dort in der Sonne. Sein Hornplattenpanzer sah beeindruckend robust aus und der weit geöffnete Rachen beeindruckend bissig. Das riesige Maul könnte Wichtel in einem Stück verschlingen.

Langsam schob sich das Boot an der Riesenechse vorbei. Es hatte den Anschein, als nähme das Tier keinerlei Notiz von den merkwürdigen Besuchern seines Reiches.

»Da vorn!« Bolk zeigte auf eine Ansammlung weiterer Krokodile im Fluss, von denen allerdings nur Teile des Rückens und die Nasenlöcher zu sehen waren. »Alles voll mit den Freunden.«

Sie hörten auf zu rudern.

Wichtel zeigte abermals ans Ufer, wo zwei Riesenechsen nebeneinander dösten. Er flüsterte: »Die haben ihr Maul geschlossen. Und warum gucken links und rechts dennoch die Eckzähne raus?«

»Die wollen nur angeben«, beruhigte Krall.

»Sollen wir weiterrudern?«

»Was sonst? Oder schlägst du eine Badepause vor?«, schmunzelte Karek.

»Nein, nein. Waschen soll schlecht gegen Mücken sein, habe ich gerade eben gelernt.«

»Ach – du hast nur Angst vor den Krokodilen, Bolk«, behauptete Bart.

»Nun ja, die Viecher sind doppelt so lang wie die Alligatoren auf den Südlichen Inseln. Wenn die auch nur halb so aggressiv sind, hüpfen die uns gleich ins Boot und beißen uns dahin, wo es besonders weh tut«, warnte Bolk grinsend.

Karek sagte: »Ich denke nicht, dass die Krokodile uns angreifen werden. Wir gehören nicht in ihr Beuteschema.«

»Beuteschema. Was für ein großartiges Klugscheißerwort.« Krall verzog das Gesicht, als hätte ein Krokodil ihm bereits etwas abgebissen.

Wichtel fragte: »Wissen die Krokodile, dass wir nicht in ihr ... Beuteschema passen?« Er hielt Fata auf seinem Schoß mit beiden Armen umschlungen, dabei wirkte diese sehr entspannt und machte keinerlei Anstalten, sich ins Wasser stürzen zu wollen.

»Los weiter!«, befahl Bolk. »Gleich wissen wir es.«

»Sehr beruhigend«, grummelte Wichtel.

Langsam ruderten sie den Fluss weiter hinauf. Die Krokodile machten dem Boot Platz und interessierten sich nicht weiter für den merkwürdig breiten Baumstamm auf ihrem Fluss.

»Ob hier auch Menschen leben?«, überlegte Wichtel laut.

»Glaube ich nicht. Zumindest nicht auf diesem Teil der Insel. Wer soll denn hier zwischen diesen ganzen wilden Tieren leben? Das geht doch gar nicht. Und wenn doch, dann fressen spätestens die Mücken ihn auf«, vermutete Mähne, der bislang geschwiegen hatte.

Karek betrachtete wieder das dunkle Wasser neben dem dahingleitenden Boot. Ihm gefiel es hier trotz der vielen wilden Tiere.

Oder gerade wegen der Tiere finde ich es schön hier.

Seit seiner Zeit mit Nika am See im Rabenwald hatte Karek sich nicht mehr so eng mit der Natur verbunden gefühlt. Und damals schwebte er in Lebensgefahr, während er hier seine Freunde um sich herum hatte.

Wenn die Uferböschung es zuließ, konnte er so manches Mal weitverzweigte Wurzelgebilde sehen, die zu den gewaltigen Bäumen gehören mussten, die das Dach dieser neuen Welt bildeten.

Was hatte ihn jetzt hierher geführt? Ein Ruf, ein Traum, ein Hinweis, ein Geheimnis, das es zu enträtseln galt. Auch Fata spielte hierbei eine Rolle. Das Gebirge in der Mitte der Insel zog ihn an. Was wollte er dort nur entdecken? Jetzt hatte er die Gefährten mit hohem Einsatz und unter Todesgefahren hierher geführt, um was zu finden? Karek wunderte sich fast schon, dass ihn niemand zur Rede stellte und Erklärungen einforderte, was diese gefährliche Exkursion überhaupt sollte. Dankbar nahm er das Vertrauen seiner Gefährten entgegen und schwor sich, alles zu tun um dieses zu rechtfertigen. Für jeden Einzelnen hier im Boot würde er sein Leben geben.

Das Landungsboot drang immer tiefer in diese unbekannte Welt vor. Der Fluss wurde schmaler und erschien jetzt auch tiefer. Krokodile konnten sie keine mehr entdecken, dafür flatterten bunte Schmetterlinge und noch buntere Papageien gelegentlich über sie hinweg.

Wichtel spitzte die Ohren. »Ich höre ein Rauschen.«

Tatsächlich konnte auch Karek kurze Zeit später ein dauerhaftes Zischen hören, das immer lauter wurde, je weiter sie stromaufwärts ruderten.

»Ein Wasserfall!«, vermutete Bolk.

Karek verzog den Mund. Ein größerer Wasserfall bedeutete das Ende ihrer gemütlichen Bootsfahrt. Zumindest vorübergehend, denn sie würden als Erstes prüfen, inwieweit sie das Boot am Ufer den Wasserfall hochtragen könnten.

Tatsächlich schwoll das Rauschen zu einem Tosen an und nach einer engen Flussbiegung sahen sie ihn. Eine weitläufige Wand aus Wasser, so breit wie hoch, stürzte von einer Anhöhe herunter und verschwand in einer weißen Wolke aus Schaum und Gischt.

Das Boot fing an zu schaukeln. Bolk deutete auf eine flache Uferböschung, die einen idealen Anlegeplatz bot. Sie ruderten bis das Boot auflief und wateten an das Ufer. Misstrauisch hielten Wichtel und Krall nach Schlangen Ausschau.

Bolk erklärte: »Wir sehen nach, wie wir das Boot um den Wasserfall herum tragen können. Es wäre zu schade, wenn wir ab hier zu Fuß weiter müssten. Da es schon spät ist, übernachten wir heute hier.«

Mähne, Krall und Kind zogen das Landungsboot weiter

auf die Böschung. Karek schaute sich um. Diesen Platz Lichtung zu nennen, wäre schon fast zu viel des Guten. Ein nicht völlig überwucherter Flecken Sand, auf dem sie sich ausbreiten konnten, indem sie sich eng aneinanderlegten. Auf der Ostseite ragte eine Felswand in die Höhe, die es zu umgehen oder zu erklimmen galt.

»Wir erkunden mal die Gegend.« Bart und Bolk stiefelten los, während sich der Rest der Gemeinschaft um das Einrichten des Nachtlagers kümmerte.

Wichtel wollte gerne ein Feuer machen. »Das hält auch wilde Tiere ab. Wir wissen nicht, was es hier noch so alles gibt außer Drachen.« Er warf Krall einen belustigten Blick zu.

»Einem Zwerg wie dir müsste doch das kleinste Krokodil vorkommen wie ein gewaltiger Drache«, konterte Krall ruhig.

Karek lächelte, doch nur bis zu dem Augenblick, als er Fata ansah. Die Kabokönigin stand wie versteinert da und starrte in die Büsche.

Karek folgte ihrem Blick. Er konnte partout nichts Ungewöhnliches entdecken. »Fata, du siehst Gespenster.«

Der Vogel ließ sich nicht beruhigen. Wie ein Specht an einen Baum hackte er mit dem Schnabel in die Luft in Richtung Dickicht.

Karek starrte noch einmal in das Gebüsch. Nichts! Er machte einen Schritt vor. Auf einmal formten sich die Blätter zu einem menschlichen Mund in einem menschlichen Kopf. Er schreckte zurück.

Ein Gesicht, dunkelgrün gefärbt, mit einer flachen Nase, eng aneinanderliegenden braunen Augen und hervorstehendem Kinn schaute ihn direkt an. Bevor er sich von diesem Schrecken erholen konnte, entdeckte er daneben einen zweiten, einen dritten Kopf. Urplötzlich bestand der Urwald in allen Richtungen nur noch aus Gesichtern. Die Menschen zu den Gesichtern traten vor. Sie hielten lange Dolche in den Händen, die durchaus spitz und scharf aussahen. Sie waren umzingelt von den Bewohnern dieser Insel.

Unglaublich, wie sich so viele Menschen so nahe an uns heran schleichen konnten, ohne dass wir etwas gemerkt haben.

Auch Krall, Kind, Mähne und Wichtel hatten nun verstanden, dass sie umzingelt waren. Bestimmt fünfzig dieser Männer mit ernsten Gesichtern zogen den Kreis um sie immer enger.

»Guten Abend!«, versuchte Karek eine erste verbale Kontaktaufnahme und etwas Besseres fiel ihm nicht ein.

Fünfzig Augenpaare und damit auch die dazugehörigen Hände mit den Langdolchen richteten sich auf ihn. Karek schluckte seine Angst hinunter. Er hob die unbewaffneten Hände. »Wir sind harmlos.«

Noch nie hatte der Prinz in derart bewegungslose Mienen geblickt. Diese Inselmenschen machten überhaupt nicht den Eindruck, als würden sie sich über die Besucher freuen.

Die Ortschmiede

Nika legte den Weg von der soradischen Küste durch die Buschsteppe schnell zurück. Sie schaute nach vorn - hinter der nächsten Kuppe lag der Friedhof. Kurze Zeit später kam sie oben an und blieb stehen. Sie kannte die eindrucksvolle Aussicht von der Anhöhe auf die zerfallene Stadt der Toten bereits, doch erneut ließ sie ihren Blick über den gigantischen Haufen menschlichen Zerfalls gleiten.

Ihre Neugierde wuchs mit jedem Schritt, der sie der Friedhofsmauer näher brachte. Schon konnte sie die groben Steine sehen. Sie zögerte keinen Moment, kletterte über die Mauer und schritt zwischen den mit Efeu überwucherten Gruften und Grabsteinen hindurch auf die Mitte des Friedhofs zu.

Nach der stürmischen Schifffahrt mit einem soradischen Gewürzhändler, der sie am Ufer abgesetzt hatte, fiel ihr der plötzlich fehlende Wind sofort auf. Ein Wunder, dass sie hier überhaupt Luft zum Atmen fand. Sie verdrängte den modrig stickigen Geruch in ihrer Nase.

Die moosbewachsenen Steinplatten verschluckten nicht nur ihre Schrittgeräusche, sondern schafften ringsherum wahre Totenstille. Was auch sonst?

Sie erreichte den großen Platz, in dessen Mitte die Kapelle stand. Dieser Anblick wirkte noch trauriger als bei ihrem ersten Besuch. Diesmal waren bereits beide Türmchen über dem Eingang eingestürzt. Die zerfallene Kuppel mit dem ehemaligen Glockenturm sah aus wie ein Haufen Müll, der in der Luft schwebt. Von der Holztür waren nur noch vier

Bretter übrig geblieben, die wie eine Raute schräg an einem Scharnier hingen.

»He, Wächter! Besuch!« Ihre Stimme erzeugte keinen Hall, kein Echo und schien von weit weg zu kommen.

Eine Weile passierte nichts. Nika wartete. Wenn die Zeit hier wirklich so schnell verging wie bei ihren ersten beiden Besuchen, dann wartete sie bereits den ganzen Tag. Gerade als sie beschlossen hatte, die Kapelle zu betreten, raschelte es. Ein merkwürdiges Schleifen kam näher. Knarrend bewegte sich die Bretterraute um eine Vierteldrehung und der Wächter erschien. Er hatte schon wesentlich besser ausgesehen, vor allem jünger. Auf allen vieren, den Rücken krumm, den Kopf gesenkt, bewegte er sich vorwärts wie ein todkranker Hund mit zwei lahmenden Beinen. Vor der Kapelle hielt er an und richtete ächzend den Oberkörper so weit auf, dass er knien konnte.

Sein Kopf war unbedeckt. Von den wenigen Haaren, die er beim ersten Treffen gehabt hatte, war nichts mehr geblieben. Die fleckige Haut auf dem Schädel erinnerte an den Anblick von mit Moos und Flechten überzogenen Grabsteinen.

Die faltigen Hände drehten sich zu ihr und er krächzte flüsternd: »Werter Besucher. Wie kann ich helfen?«

Die Fetzenreste seines Mantels rutschten von seinen Schultern nach hinten herunter. Er merkte es gar nicht. Viel lebendiger als die Bewohner der Grüften ringsherum schien der Wächter auch nicht mehr zu sein.

»Ich bin hier, weil ich Fragen zu deiner Kapelle habe.«

Der alte Mann blinzelte.

»Seid Ihr nicht ...» Er blinzelte wieder ... »die schwarze

Dame der Hastigkeit?«

»Blödsinn. Red nicht – ich hab's eilig.«

»Aha! Ihr seid es.«

»Und wenn?«

»Es kommt nicht häufig vor, dass ich Besuch bekomme, und schon gar nicht von jemandem, der bereits hier gewesen ist.« Er legte den knochigen Zeigefinger an sein Kinn. Seine Stimme klang brüchiger als die Dachreste der Kapelle. »Genau genommen ist dies noch nie vorgekommen.«

»Auch im hohen Alter lernt man nie aus. Ich bin jedenfalls hier und will auch lernen. Und zwar alles über die Ortschmiede.«

Wenn der Körper des Wächters es noch zugelassen hätte, wäre er zusammengezuckt. Seine glasigen Augen taxierten Nika. Erschrocken konnte sie dies nicht nennen, doch ein deutliches Unbehagen zog in seinen Gesichtsausdruck ein.

Er raunte in einem Ton, nicht lauter als das Rascheln eines Wurms im Laub, und dennoch klang er bedrohlich: »Was wisst Ihr über die Schmiede des Ortes?«

Sie schürzte die Lippen. »Ich hege einen Verdacht. Dieser hat zu tun mit den beiden kleinen Kammern in der Kapelle. Die mit den Mosaiksteinchen am Boden.«

Der Alte machte das Unmögliche wahr. Er sah noch älter aus. »Ihr wisst gar nichts. Ihr könnt es unmöglich wissen.«

»Was hat es mit den Kammern auf sich?«

»Das werdet Ihr niemals verstehen«, keuchte der Wächter. »Und wenn, werden sie Euch nichts nutzen.«

»Lassen wir es darauf ankommen. Allzu gerne möchte ich sie mir näher ansehen.«

»Wenn Ihr meint, Dame des schwarzen Leders.«

Der plötzliche Stimmungsumschwung machte Nika misstrauisch. Sie sprang mit einigen großen Sätzen an ihm vorbei und schlüpfte an den vier Brettern vorbei in die Kapelle. Alles lag voller Schutt und die ehemalige Herrlichkeit dieses Ortes viele Jahrzehnte zurück.

Der Alte kroch wieder auf allen Vieren, nur diesmal in die Kapelle. Dabei zischte er wie eine Natter.

Nika betrachtete die beiden kleinen Kammern, die im Gegensatz zum Rest des Kapelleninneren aussahen wie frisch gefegt. Die Achtecke aus Mosaiksteinchen im Boden leuchteten als wären sie gerade neu gelegt worden.

Sie betrat eine der Kammern. Nichts geschah. Was hatte sie erwartet? Sie stellte sich exakt in die Mitte der Mosaike. Nichts passierte. Sie untersuchte die Stirnwand, ohne etwas Besonderes zu entdecken. Die Wände links und rechts gaben auch nichts her. Sie verließ diese Kammer und wiederholte das Prozedere nebenan. Doch auch hier konnte sie nichts Ungewöhnliches finden.

Der Wächter kam herangekrochen. »Vergebliche Müh der Liebe. Hier ist nichts von Belang«, knirschte er.

Sie trat vor ihn und verschränkte die Arme. »Alter Mann! Ich habe diese Kammern unter dem Namen Ortschmiede in meiner Jugend betreten. Ich gehe nicht, bevor ich ihr Geheimnis erforscht habe.«

Der Wächter verzog seine weiße Haut im Gesicht zu einem Grinsen. Jetzt sah sein nackter Kopf genauso aus wie ein Totenschädel. »Das kann überhaupt nicht sein. Nichts habt Ihr in Eurer Jugend betreten. Aber Ihr habt hier alle Zeit der Welt. Sucht nur. Sucht nur.« Ein heiseres Husten, das mit viel Phantasie auch als Lachen durchgehen konnte, folgte.

»Wieso sieht die Kapelle aus wie ein Haufen Scheiße und die Kammern wie neu?«

»Ts ts ts«, machte der Wächter nur.

Nika überlegte, den alten Sack einfach abzustechen. Es wäre doch ein interessanter Versuch, ob die Kapelle ihn bei ihrer Reise rückwärts durch die Zeit wiederbeleben würde.

Noch brauchte sie ihn vielleicht. »Sprich! Wieso kann es nicht sein, dass ich die Kammern kenne?«

»Niemand kennt das Geheimnis der Ortschmiede.«

»Ich bin niemand.«

Nika rief sich ihren Fiebertraum in Erinnerung. Eine Stimme hatte sie zur Ortschmiede befohlen. Sie war in eine dieser Kammern hineingegangen und hatte, ohne darüber nachzudenken, den Atem angehalten. Die Kammer verschwamm und ihr war übel geworden. Was half ihr das hier?

Der Wächter kniete auf dem Boden, ruhig und bewegungslos, als sei er gestorben.

Nika verließ die Kammer holte Luft, hielt den Atem an und ging wieder hinein.

Mit dem heiseren Gelächter des Wächters in ihrem Rücken stampfte sie mit den Beinen auf die Mosaiksechsecke.

»Ihr könnt es nicht schaffen, da Ihr noch nie auf der anderen Seite wart, Lügnerin«, wieherte der Alte. Die Schadenfreude schien ihm Kraft zu verleihen. »Die Zeit heilt Wunden, dennoch vergisst sie nicht, Lügnerin.«

Was für eine andere Seite? Die Rolle dieses enervierenden

Griesgrams verstand sie immer noch nicht ganz, gleichwohl dachte sie über seinen Hinweis nach.

»Gebt auf. Eure Zeit läuft ab.« Jetzt wohnte eine ordentliche Portion Gehässigkeit in seiner Miene.

Der Wächter brachte sie auf eine Idee. Sie untersuchte zum wiederholten Male die Mosaiksteine zu ihren Füßen. Sie glaubte zu verspüren, wie ihr etwas sachte auf den Hinterkopf klopfte. Sie kam nicht darauf, dabei schien die Lösung ihr zu Füßen zu liegen. Kam das Klopfen von außen oder von innen? Ihr wurde warm – ein Gedanke formte sich und drängte pochend in die Freiheit. Sie schloss die Augen – zum Glück hielt der Wächter für den Moment die Klappe.

Sie riss die Augen auf und bückte sich. Erinnerung, Erleuchtung, Erkenntnis! Sie streichelte über den Boden und zählte die Ecken der Mosaiksteinchen. …vier, fünf, sechs.

Sie legte den Kopf schräg. Im Traum waren es Achtecke gewesen.

Der Alte glotze halb im Liegen durch seine wuchernden Augenbrauen hindurch in ihre Richtung. Er schnaubte ungläubig und Unruhe hielt Einzug in seine grauen Augen.

Sie hatte den richtigen Pfad betreten.

Nika hielt den Atem an. Sie konzentrierte sich ganz fest auf die gleiche Kammer, nur mit Achtecken auf dem Boden.

Nichts geschah. So langsam wurde sie ungeduldig. So langsam wurde sie auch wütend. Und so langsam wurde ihr durch diesen ganzen Bockmist hier auch noch schlecht. Sie atmete wieder ein und konzentrierte sich noch stärker auf die Kammer mit den Achtecken. Merkte der Alte, dass sie sich so schwach fühlte? Sie wollte sich gerade an der Wand abstützen, als diese anfing zu wackeln. Alle Wände wackelten und die Kammer verschwamm vor ihren Augen. Jetzt bewegte sich auch noch der Boden unter ihren Füßen. Sie versuchte krampfhaft auf den Beinen stehen zu bleiben. Sie kniff die Augen zu, wodurch ihr Schwindelgefühl sich etwas legte.

Als sie ihre Augen wieder öffnete, umgab sie eine tiefe Dunkelheit. Im Stehen konnte sie ja wohl nicht eingeschlafen sein, wieso war auf einmal die Nacht hereingebrochen? Eben war noch Licht durch die zerstörte Decke in die Kapelle gefallen. Jetzt tastete sie sich aus der Kammer heraus und hob die Füße, um nicht über den Schutt auf dem Boden zu stolpern. Und irgendwo hier müsste der Alte ja noch liegen.

Der Grund unter ihren Füßen erwies sich als hart und glatt. War sie jetzt womöglich mit der Kapelle durch die Zeit zurückgereist und stolperte gleich über einen jugendlichen Wächter? Womöglich war Karek noch gar nicht geboren? Der Gedanke störte sie, was sie eigentlich nicht zulassen wollte. Und Bolk? Womöglich wäre der noch ein kleiner, ständig dämlich grinsender Lümmel? Wie kam sie jetzt nur auf den? Gut – Bolk hätte sich ja dann so gut wie gar nicht verändert …

Aber die Luft kam ihr verändert vor. Sie roch würziger, feuchter und fühlte sich wärmer an. Sie tastete sich an einer Felswand links von ihr entlang. Mit den Hacken stieß sie gegenüber an Stein. Sie befand sich in einem Gang, der immer schmaler wurde. Ein gutes Stück weiter ging es um eine Ecke herum und sie bemerkte in der Ferne ein schwaches Licht. Normalerweise suchte sie die Dunkelheit und erachtete die Schwärze als ihren Verbündeten, doch in diesem Fall bedeutete Licht den Weg hinaus. Ihre Augen gewöhnten sich an den immer heller und größer werdenden Fleck. Dicke Schlingpflanzen schlängelten sich ihr entgegen. Sie hatte den Ausgang aus was auch immer erreicht. Mit zusammengekniffenen Augen schob sie einige fleischige Ranken zur Seite - und riss die Augen weit auf. Lag sie irgendwo mit hohem Fieber, Gift in den Adern in einem Bett oder schlug ihr hier eine Realität ins Gesicht, die nicht sein konnte?

Sie stand auf einem Felsplateau mit Sicht über einen gewaltigen Urwald. Bäume mit Kronen, die bis in den Himmel ragten, gigantische Farne und Pflanzen mit Blättern, groß wie ein Scheunentor. Ein breiter Fluss wie ein geschwungenes blaues Band zerteilte die grüne Landschaft von Norden nach Süden.

Nika betrachtet ihre Füße. Einen Schritt weiter und sie würde über Hunderte von Metern einen tiefen Abgrund hinab stürzen. Sie zwang sich zur Ruhe. Jetzt mal ganz langsam. Die Sonnenstrahlen kniffen sie freundlich in ihre Wangen und halfen ihr beim Denken. Das alles hier kam ihr außerordentlich real vor. Was wunderte sie sich denn überhaupt? Sie wollte doch der Sache mit der Kammer auf den Grund gehen. Neugierig sein, ausprobieren und sich dann wundern, passte nicht zusammen. Die Kammer hatte ihr den Weg zur anderen Seite geschmiedet. Und wenn sie den Wächter richtig verstanden hatte, müsste sie bereits hier gewesen sein. Sie atmete tief ein. Das hieße, sie wandelte auf den Spuren ihrer Kindheit.

Kam sie auch auf dem gleichen Weg wieder in die Kapelle zurück? Sie drehte sich zur Felswand um. Die fleischigen

Schlingpflanzen waren noch da – der Höhleneingang zur Ortschmiede nicht mehr. Wie sollte das gehen? Sie schob das Grün zur Seite und beäugte die Felswand. Nicht einmal die kleinste Ritze konnte sie entdecken. Sie streckte den Arm aus, der im Gestein verschwand als würde sie ihn in einen See tauchen. Diese verdammte Wand gab es überhaupt nicht. Eine verdammte Illusion. Ein verdammtes Hirngespinst. So echt wie ein Traummann.

Sie ging durch die Wand zurück in die Dunkelheit, der sie kurz zuvor entronnen war. Sie widerstand dem Drang weiterzugehen, um direkt auszuprobieren, ob die Kammer sie überhaupt zum Friedhof zurückbringen konnte. Nein, das hätte etwas von Feigheit. Zurück an die helle, frische Luft. Schnell stand sie wieder vor der Höhle. Hinter ihr schloss sich die Felswand wie eine Schiebetür. Wer machte denn so etwas? Und vor allem, wie funktionierte es?

Vom Felsplateau aus staunte sie diese exotische Welt an. Sah doch nett aus hier. Mit Sicherheit sonniger, wärmer und vor allem lebendiger als auf dem Friedhof. Wo befand sie sich? Es konnte sich nur um einen Ort mitten auf einer der Südlichen Inseln handeln. Sie überlegte. Auf Hakot und Azar war sie schon gewesen, doch sie konnte sich weder an solche Berge noch an einen derart dichten Urwald erinnern. Vermutlich hatte die Ortschmiede sie nach Gonus gebracht, die südlichste der Südlichen Inseln.

Ein enger Pfad führte sie direkt an der Felswand den Berg hinunter. An einigen Stellen passten ihre Füße nur hintereinander. Zu ihrer rechten Hand ging es Hunderte Meter in die Tiefe, links von ihr wuchs der Fels ohne sichtbares Ende gen Himmel. Allzu oft in ihrem Leben hatte sie das Gefühl gehabt, in gewissen Situationen auf einem verdammt schmalen Grat zu wandeln. Jetzt tat sie es ohne Wenn und Aber. Dabei fühlte sie sich lebendig wie schon lange nicht mehr.

Nika, du hast es provoziert. Eine dir unbekannte Insel liegt dir zu Füßen. Neugierig setzte sie ihren Abstieg fort.

Wieviel Leben gegen eins?

Bart und Bolk gingen die steile Felswand ab, immer auf der Suche nach einem Weg hinauf, welcher es zuließ, das Landungsboot mitzunehmen. Sie waren zu siebt, somit würden sie es eine kleine Strecke tragen oder einfach an einer günstigen Stelle mit Seilen hochziehen können. Bart hielt an und zeigte auf mehrere Felsvorsprünge, die ein Hochklettern erlaubten. Bolk sah sich diesen Weg genauer an. Etwas irritierte ihn, er kam nicht direkt darauf, zumal es sich nicht um etwas handelte, das er sah, sondern um etwas, was er nicht hörte. Oder genauer: nicht *mehr* hörte – nämlich die Geräusche des Urwalds. Er blickte sich um und schaute in ein Gesicht, das jedoch nicht zu Bart gehörte. Und weitere äußerst ernst dreinblickende Mienen tauchten rund herum auf. Etwa zwanzig Männer, von deutlich kleinerer Statur als er selbst, standen um ihn herum. Bart lag auf der Erde und bewegte sich nicht. Bolk bekam einen riesigen Schrecken, ignorierte die Feinde um sich herum und beugte sich besorgt zu seinem Freund herunter. Bart atmete noch, wie hatten die Bewohner der Insel ihn nur so schnell und leise ausschalten können?

Viel Zeit blieb Bolk nicht, darüber nachzudenken, denn er sah aus den Augenwinkeln eine riesige Keule auf seinen Hinterkopf zurasen, während sich eine Hand auf seinen Mund presste.

In seinem Kopf tobte es. Ein Sturm vergleichbar heftig wie der, dem sie erst vor zwei Tagen entkommen waren. Bolk zwang sich, die Augen zu öffnen. Erleichtert stellte er fest, dass es dunkel war, denn der kleinste Lichteinfall durch seine Augenhöhlen hätte seinen Kopf zum Zerplatzen gebracht. Morgens nach einer Zechtour und zwei Flaschen Rum hatte er sich besser gefühlt. Ein merkwürdiger Geruch strömte in seine Nase und verursachte ein Jucken. Leider konnte er sich nicht kratzen, seine Hände waren auf den Rücken gefesselt.

Vorsichtig dachte er nach. Bart und er waren von Kriegern eines Eingeborenenstammes gefangen genommen worden. Wie ging es Bart? Wo befanden sich Karek und die Anderen?

Diese Gedanken ließen seinen Kopf nicht weniger schmerzen. Er horchte in das Dunkel hinein. Hörte er in der Nähe jemanden atmen?

Bolk flüsterte: »Bart? Karek?«

Ein kleiner Mann mit einem braunen Gesicht tauchte wie aus dem Nichts neben ihm auf und schlug ihm mit einer stumpfen Waffe erneut auf den Kopf. Die Ohnmacht erlöste ihn von den Schmerzen.

Als Bolk das nächste Mal aufwachte, half jemand nach. Er bekam Tritte in die Seite. Es mussten schon einige gewesen sein, so wund, wie sich seine Hüfte anfühlte. Er richtete den Oberkörper auf, seine Hände waren immer noch hinter seinem Rücken fest verknotet.

»Schon gut! Schon gut! Ich bin wach und stehe auf«, keuchte er, denn dies war genau das, was der Mann von ihm wollte.

Er spürte verkrustetes Blut in seinem Gesicht und in seinen Haaren. Immerhin war sein Dickschädel nicht zerbrochen. Jetzt stand er taumelnd auf den Beinen und sah sich um.

Er befand sich in einer Höhle, doch bevor er noch weitere Eindrücke sammeln konnte, wurde er nach draußen geschubst.

Bolk kniff die Augen zusammen. Was erwartete ihn denn hier? Der Felsvorsprung, auf dem er jetzt stand, ermöglichte einen Überblick auf die Gegend. Mindestens zweihundert Menschen standen unter ihm auf engem Raum zusammen und schauten zu ihm hoch. Wenig Neugierde, dafür jede Menge Abscheu schlug ihm aus ihren Gesichtern entgegen.

Der Sorader wunderte sich. Die Menschenmasse verhielt sich völlig ruhig – derart viele Männer und Frauen und nicht einmal ein verhaltenes Tuscheln.

Bolk schüttelte den Kopf. Er versuchte klare Gedanken zu fassen.

»Wir kommen von weit her … und sind friedlich«, brachte er heraus.

Keiner der Menschen um ihn herum verzog eine Miene oder signalisierte auf irgendeine Art, dass sie ihn verstanden hatten. Augenscheinlich verstanden sie seine Sprache nicht. Sie sahen sich alle ähnlich mit ihrer gebräunten Haut, den braunen Augen und schwarzen Haaren. Sie trugen leichte Kleidung aus grobem Leinen, die Männer hatten Langdolche angelegt.

Kein bekanntes Gesicht weit und breit – bitte Lithor hilf, dass nicht alle anderen tot sind.

Er wurde wieder vorwärts geschubst und fiel fast den Felsvorsprung hinunter. Immer noch schwiegen alle. Auch kein Rascheln, Räuspern, Kratzen störte die unwirkliche Ruhe. War dies die Ruhe vor dem Sturm?

Ohne zu wissen, wie dies geschah, fand Bolk sich auf einmal auf einem kreisförmigen Platz mit festem Lehmuntergrund wieder. Nach Osten begrenzte eine treppenförmige Felsformation dieses Rondell.

Bolk wiegte die gefesselten Hände langsam hinter seinem Rücken hin und her – dadurch wollte er mit Zeichensprache seine Friedfertigkeit zum Ausdruck bringen.

Ein Mann trat auf ihn zu. Er sah drahtig aus, und obgleich immer noch zwei Köpfe kleiner als Bolk, für die Verhältnisse der Menschen hier groß. Er hatte eine Tätowierung wie ein Spinnennetz auf der linken Wange. Seine tief liegenden Augen blitzten voller Hass. Er zog ein langes Messer aus einem einfachen Gürtel, den er um die Hüfte gebunden hatte.

Dann hob er diese Waffe über den Kopf und brüllte: »JOOOVALIIIIII!«.

Es riss Bolk fast die Ohren ab, als mehrere Hundert Stimmen in die Stille hinein laut antworteten: »JOOOVALIIIIII!«

Der Mann mit dem Messer musste der Anführer dieser Menschen sein. Der Häuptling trat hinter ihn, fasste in sein Haar und riss seinen Kopf in den Nacken. Bolk verabschiedete sich von dieser Welt. Gern wäre er in seiner Heimat Soradar gestorben und nicht hier im Nirgendwo. Jeden Moment glaubte er zu fühlen, wie die Schneide kurz und glatt seine Kehle entlang glitt und einen auseinanderklaffenden Schnitt hinterließ.

Doch stattdessen fielen seine Stricke um die Handgelenke zu Boden.

Was immer das zu bedeuteten hatte, Bolk spürte, dass er jetzt nicht weniger in Lebensgefahr war.

Jetzt, wo er die Arme besser bewegen konnte, versuchte er vorsichtig mit Gesten auf seinem Herzen aufzuzeigen, dass er ein riesig netter Kerl war und niemandem etwas zuleide tun konnte.

»Großer hässlicher Mann. Höre mit dem Gewedel auf, sonst schneiden wir dir die Arme ab.« Die Ansage des Anführers war deutlich.

»Ihr sprecht unsere Sprache?«

Der Häuptling schlug ihm die Faust in das Gesicht. »Nein. Du sprichst unsere Sprache.«

Während Bolk Blut aus der Nase lief, dachte er darüber nach.

»Ich frage, du antwortest. Sonst hältst du den Mund«, befahl der Mann. »Haben die Bangesi dich geschickt?«

Bolk verstand die Frage nicht. »Was für Bangesi?«

Totenstille. Nur ein dumpfes Klatschen, denn der Anführer schlug ihm erneut ins Gesicht. »Du antwortest. Für jede Gegenfrage schneide ich dir ein Stück deines Körpers ab.«

Bolks Stolz machte sich bemerkbar. Langsam wurde er wütend. Eben dachte er, bereits so gut wie tot zu sein, jetzt hatte er immerhin die Hände frei. Er nahm sich vor, den Kerl vor ihm zu töten, sobald der ihn noch einmal schlug. Das würde zwar sein sicheres Ende bedeuten, doch ein Mann sollte zu Opfern bereit sein.

»Haben die Bangesi dich geschickt?«

»Nein.«

»Wo kommst du her?«

»Aus einer Welt weit im Westen von hier.«

»Was bedeutet 'Westen'?«

Bolk sah dem Anführer an, dass er das Wort nicht kannte.

»Westen ist eine Himmelsrichtung. Dort ist Westen.« Bolk zeigte in die Richtung.

»Da ist Sonnenuntergang«, stellte der Häuptling fest.

Bolk sah keinen Grund zu widersprechen.

»Was willst du hier?«

Bolk dachte gar nicht daran, diesem Kerl von ihren wahren Plänen zu erzählen.

»Wir sind auf dem Weg nach Osten.«

»Was ist 'Osten'?«

»Der Sonnenaufgang.«

»Da gibt es nur die Bangesi. Aber du lernst schnell, großer hässlicher Mann.«

Bolk versuchte es mit einem freundlichen Lächeln. Er war sich seines Charmes bewusst, doch die Wirkung, die er erzielte, überraschte ihn dann doch.

Die Männer und Frauen, die bisher ohne jede Emotion in nahezu unmenschlicher Disziplin um ihn herum gestanden hatten, zischten und flüsterten plötzlich wie die Brandung. Doch im nächsten Moment legte der Häuptling die Hand auf sein Herz und diese gruselige Totenstille trat erneut ein.

»Du wirst um dein Leben kämpfen. Die Himmelsgöttin wird entscheiden.«

Wieso überraschte Bolk diese Nachricht nicht? Kämpfte er nicht tagtäglich um sein Leben? Vermutlich stand nun ein

Zweikampf an. Ein Gottesurteil? Er überlegte, ob sich der großmäulige Anführer ihm stellen wollte. Er taxierte ihn. Ein zäher Bursche, ausgeprägte Muskeln und eine Menge Aggression, gepaart mit dem Selbstbewusstsein eines Anführers. Doch kein Mann, den Bolkan Katerron nicht besiegen würde.

»Holt den anderen großmäuligen hässlichen Mann.«

Bolk wartete ab – mit einem mulmigen Gefühl. Wenig später wurde Krall gebracht. Bolk atmete durch. Immerhin lebte Krall auch noch. Doch Bolks Gefühl wurde noch mulmiger.

Krall sah ihn mit seinen grauen Augen an, sagte jedoch keinen Ton. Er hatte der Äußerung des Anführers entnommen, dass Krall diese Prozedur schon hinter sich gebracht hatte, zumal sein Gesicht ziemlich unaufgeräumt aussah. In jedem Fall hatten ihre Gastgeber ihm das Nasenbein gebrochen. Krall gehörte auch nicht zu denen, die sich gerne den Mund verbieten ließen.

Der Häuptling wandte sich seinem Stamm zu. »Welchen von diesen beiden Eindringlingen wird die Himmelsmutter für würdig befinden, den Pfad des Blutes betreten zu dürfen?« Sein Blick schweifte über die stillen Gesichter seines Volkes. »Denjenigen, der diesen Kampf auf Leben und Tod gewinnt.«

Bolks Gefühlswelt geriet aus den Fugen. Die wollten doch nicht wirklich Krall und ihn in einem tödlichen Zweikampf aufeinanderhetzen? Wozu? Um sich an diesem blutigen Schauspiel zu ergötzen? Was waren dies nur für widerwärtige Wilde? Doch Bolk konnte nicht anders. Er musste in diesem Moment an die brutalen Kampfspiele Mensch gegen Mensch und Mensch gegen Tier in der Großarena in Akkadesh denken. Viel besser war sein soradisches Volk auch nicht.

Ein junger Krieger trat vor: »Oberhaupt Maquay. Diese Menschen scheinen mit den Bangesi nichts zu tun zu haben. Wo kommen sie her? Warum stellen wir ihnen nicht noch mehr Fragen, sondern hetzen sie aufeinander?«

»Krokodiljäger Torquay, wer entscheidet hier, was das Beste für die Jovali ist? Diese Fremden sind gefährliche Eindringlinge. Sie werden sich gegenseitig töten. Die Weisheit des Alters gebietet weise Entscheidungen. Oder willst du diese infrage stellen?«

Der Mann setzte an, um noch etwas zu sagen, doch sein Häuptling hatte sich bereits umgedreht und befahl mit lauter Stimme: »Holt die Anderen!«

Die Menge bildete eine Gasse und Bolk sah, wie Mähne, Bart, Kind, Wichtel und Karek einen schmalen Pfad neben der Felswand hinabgeführt wurden. Sie wirkten auf den ersten Blick unverletzt, doch alle trugen einen schweren Stab hinter ihrem Kopf auf den Schultern, an den die Handgelenke gebunden waren. Zudem hatten sie dicke Knebel im Mund, keiner von ihnen würde Krall und ihm helfen können.

Etwa fünfzig Krieger mit Speeren und schmucklosen Langdolchen umstellten das Rondell. Die anderen Menschen verteilten sich um den Kreis herum – die meisten saßen in Reihen übereinander auf den Stufen der Felsformation. In der Mitte blieb ein Kampfplatz frei – die Arena, in der er

Krall töten sollte.

Der Häuptling erklärte die Regeln: »Ihr kämpft gegeneinander, bis einer von euch tot ist. Tut ihr dies nicht, sterben zunächst eure Freunde, einer nach dem anderen. Versucht ihr zu fliehen oder gegen uns zu kämpfen, ist dies ebenso das Todesurteil für eure Freunde.«

Zur Verdeutlichung hatten Mähne, Bart, Kind, Wichtel und Karek wie auf ein Kommando Messer an ihren Kehlen. Die Männer mit den Speeren reihum richteten diese auf Bolk und Krall.

Bolk weigerte sich zu begreifen, in welcher wahnsinnigen Zwickmühle Krall und er gerade steckten. Er musste verhandeln, um die Beweggründe besser verstehen zu können: »Was bekomme ich, wenn ich gewinne?«

»Du darfst leben. Und den Pfad des Blutes betreten.«

»Was verbirgt sich hinter dem Pfad des Blutes?«

»Das erfährt nur der Sieger.«

»Was passiert mit den anderen Gefangenen?« Er zeigte auf seine gefesselten Kameraden.

»Die haben damit nichts zu tun und werden auch noch alle gegeneinander auf Leben und Tod kämpfen.«

Bolk konnte von seinem Platz aus nur die Gesichter von Mähne und Karek sehen, wobei ihm diese reichten. Ihm tat das Entsetzen in ihren Augen körperlich weh.

»Genug geredet. Lasst uns beginnen - zu Ehren der Himmelsmutter.«

Bolk wusste nicht, wie ihm geschah. Er bekam sein Schwert in die Hand gedrückt und wurde in die Mitte der Arena gestoßen. Dort prallte er mit Krall zusammen, der ebenfalls seine Klinge in der Hand hielt.

Sofort senkte der Sorader die Waffe. Mit lauter Stimme verkündete er: »Dieser Mann ist mein guter Freund. Ich werde nicht gegen ihn kämpfen.«

Der Anführer fragte ruhig. »Ist dieser Mann mit den langen Haaren ebenfalls dein Freund?«

Bolk nickte – doch ihm schwante Böses.

Der Häuptling befahl. »Tötet ihn!«

Der Krieger zwischen Mähne und Karek hob seinen Langdolch und holte aus, um diesen in Mähnes Brust zu stoßen.

»HALT!« Kralls tiefe Stimme erklang zum ersten Mal. »Du verlangst, dass ich meinen Freund töte. Du zwingst uns gegeneinander zu kämpfen? Das werde ich nicht tun. Eher sterbe ich!« Er setze sein Schwert auf seine Brust.

Der Häuptling hob die Hand und der Krieger neben Mähne senkte seine Waffe und wartete ab.

»Was für ein Schwächling! Lieber wählt er den Freitod, als sich mutig dem Kampf zu stellen. Anstatt um sein Leben, um seine Ehre zu kämpfen, droht er, sich selbst zu töten. Feigherzig und ängstlich ist er es nicht wert, in der Arena der Jovali zu stehen.«

Ein lautes JOVALI aus vielen Kehlen erscholl. Dann folgte ein Buuuuh! von allen Seiten.

»Töte dich, Feigling. Schieb dir dein Schwert in die Brust. Ich denke, nicht einmal dafür bist du Manns genug. Mach schon, und wenn du tot bist, wird der Mann mit den langen Haaren für dich einspringen.«

Krall schien ganz entspannt. Laut und selbstbewusst verkündete er: »Nur, weil ich mich weigere, meinen Freund zu töten? Wagt es denn von deinen Kriegern einer, gegen mich anzutreten? Oder traust du dich? In diesem Fall verspreche ich zu kämpfen.«

Der Häuptling schien nicht beeindruckt. »Das wäre langweilig, da du keinerlei Chance gegen einen Jovali hast. Und was würde dir das bringen, außer den sicheren Tod? Ein Leben gegen das Deinige?«

Bolk traute seinen Ohren nicht, denn Krall sagte: »Höre meinen Vorschlag. Du sagst Leben gegen Leben. Ich habe … «. Krall schaute Bolk an. »Wie viele sind wir ohne mich?«, fragte er leise.

»Sechs«, antwortete Bolk leise. »Was tust du?«

»Ich habe sechs Freunde. Daher kämpfe ich gegen sechs Jovali. Für jeden deiner Krieger, den ich besiege, lässt du einen meiner Kameraden frei.«

Totenstille.

Ein kurzer Schatten huschte über das Gesicht des Häuptlings. »Das wären die sechs Leben deiner Freunde. Was ist mit deinem eigenen?«

Krall zuckte die Achseln. »Wenn du willst, dass ich sieben deiner Krieger töte? Gerne kannst du dich persönlich einreihen.«

Der Anführer blieb gelassen: »Nein, ich kämpfe nicht. Ich denke, du wirst nicht einen der tapferen Jovali-Krieger töten. Und selbst wenn dir die Himmelsgöttin in deinem ersten Kampf gnädig ist, kann kein Mensch mehrere solcher Kämpfe hintereinander überleben. Ich lehne deinen Vorschlag ab. Nun töte dich endlich selbst, großmäuliger Fremder.«

Bolk überlegte fieberhaft, was er tun oder sagen konnte, um zu helfen. Es musste einen Ausweg geben. Bisher hatte es immer einen Ausweg gegeben. Doch ob der nächsten Worte seines blassäugigen, völlig durchgeknallten Freundes verschlug es ihm den Atem.

Krall hob das Schwert von seiner Brust und richtete es in den Himmel. »Wer sagte denn etwas von 'hintereinander' kämpfen? Du schickst mir deine sechs Krieger gleichzeitig.«

Bolk schloss die Augen. Für die Jovali, egal ob Mann oder Frau, gab es kein Halten mehr. Gezische allerorts.

Der Häuptling verengte die Augen. Zum ersten Mal schien er wirklich überrascht.

Krall provozierte weiter: »Oder sind die Jovali zu feigherzig, mit sechs ihrer Krieger gegen einen einzigen anzutreten? Einer davon, dürfte sogar ihr Häuptling sein.«

Irgendwie hatte Wichtel es geschafft, seinen Knebel auszuspucken. Vermutlich hatten das Entsetzen über diese Vorgänge und die Lebensgefahr, in der Krall sich befand, ihm ungeheure Kräfte verliehen.

»KRALL. Tu das nicht. Die bringen ... dich um!«

Die Angst, die Wichtel um seinen Freund hatte, ließ seine Stimme kippen.

Das gebräunte Gesicht des Anführers der Jovali gewann noch mehr an Farbe. Er gab seinen Entschluss bekannt: »Dann soll es so geschehen. Fünf unserer Krieger und ich, das Oberhaupt Maquay, werden gleichzeitig gegen den hässlichen großen Streiter der Eindringlinge antreten. Durch seine Großmäuligkeit trägt er selber die Schuld daran.«

Der nächste Befehl verwunderte Bolk.

»Nehmt den anderen Gefangenen die Mundfesseln ab, sie

sollen sich von ihrem Freund verabschieden.«

Dieses Oberhaupt Maquay hatte etwas Verschlagenes. Er wollte die Freunde des unverschämten Eindringlings leiden hören, während Krall abgeschlachtet wurde. Dieser Maquay ließ sich nicht provozieren und handelte bedacht. Und feige. Auf sich allein gestellt, selbst in einer Reihe von mehreren Zweikämpfen hintereinander hatte er nicht gegen Krall antreten wollen. Mit fünf seiner Krieger neben sich traute er sich plötzlich in die Arena.

Krall bewies einen wahnwitzigen Mut und unerschütterliche Loyalität seinen Freunden gegenüber, das sahen auch die vielen zuschauenden Stammeskrieger so, zumindest wenn Bolk die Reaktionen richtig interpretierte. Einige sahen aus, als zollten sie dieser Tapferkeit Respekt, die meisten von ihnen streckten den Arm aus, und drehten die Faust dicht vor ihrer Nase. Bolk versuchte, die Seelen dieser fremden Menschen um sich herum zu begreifen. Wie dem auch sei - Krall hatte eben sein eigenes Todesurteil gesprochen.

Noch hielt Bolk sein Schwert in der Hand. Er überlegte, das Oberhaupt als Geisel zu nehmen, doch solange die Jovali fünf seiner Freunde und ihn selbst gefangen hielten, würde auch dies zu nichts führen. Was hätte er schon gegen viele Hundert Feinde ausrichten können? Schon kamen drei Krieger mit Speeren auf ihn zu und forderten das Schwert zurück. Widerwillig gab Bolk seine Waffe wieder ab. Auch ihm wurde ein armdicker Stock quer über die Schultern gelegt und seine Hände daran nach oben gebunden.

Plötzlich stand er neben Karek. Der Junge sah aus wie ein Toter. Weiß im Gesicht, doch mit dunklen Augenhöhlen, die davon zeugten, dass er seit vielen Stunden nicht geschlafen hatte. Immerhin hatten die Jovali ihm inzwischen den Knebel aus dem Mund genommen.

Bolk flüsterte: »Schöne Scheiße. Krall wird niemals gegen sechs von diesen Kriegern gewinnen. Das ist unmöglich.«

Karek seufzte leise: »Du hast recht – es ist unmöglich. Es bleibt nur eine kleine Hoffnung. Krall weiß nicht, dass es unmöglich ist. Also wird er es einfach tun.«

Ungleicher Kampf

Wichtel schluchzte ihm zu: »Was hast du getan? Die werden dich töten. Gegen sechs von denen hast du nicht den Hauch einer Chance.«

Krall wusste genau, dass Wichtel riesige Angst um ihn hatte, daher nahm er ihm sein mangelndes Vertrauen in seine Fähigkeiten nicht übel. Hauptsache, er selbst glaubte an sich. Krall verdrängte einen Schluckreflex. Den trockenen Kloß im Hals konnte er nicht herunterschlucken. Er festigte den vertrauten Griff um sein Schwert Banfor. Die alte Klinge der Myrnen schien ihn in dieser ausweglosen Situation zu trösten. Seit er hier auf der Insel angekommen war, glaubte er, dass sich seine Bindung zu dieser Waffe noch verstärkt hatte. Auf Banfor musste er sich verlassen.

Es war alles andere als gerecht, dass er nun gegen sechs Gegner gleichzeitig kämpfen musste. Krall konzentrierte sich. Er, Krall, hatte mit Worten einen kleinen Sieg herausgeholt. Er hatte erreicht, nicht gegen seinen Freund Bolk kämpfen zu müssen. Das machte ihn stolz, hatte er sich doch etwas von Karek abgucken können. Doch nun mussten Taten folgen – und was für welche!

Die Jovali schienen sich nicht einig, wer zu ihm in die Kreismitte gehen sollte. Freiwillige fanden sich nicht.

»Das ist zu unehrenhaft. Oberhaupt Maquay, lass mich alleine mit ihm kämpfen«, forderte ein junger Krieger.

Dass sie keinen Spaß daran hatten, zu sechst gegen ihn anzutreten, sprach für die Jovali. Und für ihr Selbstbewusstsein, was wiederum seine Chancen nicht unbedingt verbesserte.

Der Häuptling bestimmte jetzt einige Krieger. »Torquay und Zadou – auch ihr beiden. Schließlich habt ihr die beiden Eindringlinge entdeckt.«

Oberhaupt Maquay ließ sich seine Waffe geben. Mit einem Blick sah Krall, dass es sich um ein edles Schwert handelte, während alle anderen Jovali lediglich schlichte Langdolche trugen. Doch auch die einfachen Klingen reichten völlig aus, ihm das Herz und viele andere Körperstellen zu durchbohren.

Jetzt sah sich Krall sechs Gegnern gegenüber, die mit gezückten Waffen Stellung bezogen. Sie bildeten einen Halbkreis um ihn und schauten ihn fast mitleidig mit gerümpften Nasen an, so als sei er bereits tot und finge an zu stinken.

Es war still – selbst die Tiere in diesem merkwürdigen urigen Wald schienen den Atem anzuhalten und auf jegliche Geräusche zu verzichten.

Krall nahm sich vor, so schnell wie möglich zwei oder drei der Angreifer zu töten. Sie unterschätzten ihn und er hatte den Vorteil eines Überraschungsangriffes auf seiner Seite. Jedoch nur einmal, danach würden sie ihn schon ernst nehmen, wenn bereits drei ihrer Brüder im eigenen Blut lagen.

Krall fletschte die Zähne. Das feine Oberhaupt hatte ihn immer wieder ins Gesicht geschlagen. Jetzt schlug er zurück.

Anführer Maquay hob seinen Arm: »Zu Ehren der Himmelsmutter. Der Kampf beginnt.« Sofort ließ er sich augenfällig in die zweite Reihe zurückfallen. Krall konnte seinen Plan, Maquay als Ersten zu töten, damit begraben.

Dieser Feigling.

Nun galt es, keine Zeit zu verlieren. Krall stürmte einfach los. Zunächst nach rechts laufend, wirbelte er das Schwert beidhändig über seinen Kopf. Er schlug mit den Beinen einen Haken und mit den Armen dem Krieger links von ihm den Kopf ab. Der Aufprall des Schädels verursachte ein dumpfes, hässliches Geräusch. Krall wehrte einen Schlag von schräg hinten ab, indem er eine halbe Drehung machte. Er sah den Angriff des Gegners auf der anderen Seite voraus. Bevor dessen Langdolch ihm gefährlich werden konnte, hielt er Banfor an die richtige Stelle, um den Schlag abzuwehren. Es sah nicht einmal hin, sondern wartete auf das metallische Klirren und den Ruck im Handgelenk, bevor seine Klinge nach der erfolgreichen Parade weitertanzte. Sie schlitzte einem Mann, der ihn frontal angreifen wollte, den Bauch von unten nach oben auf. Der Getroffene klappte zusammen und zuckte auf dem Boden wie ein Fisch auf dem Trockenen.

Krall duckte sich und wich einem Hieb in Höhe seines Halses aus. Zwei Krieger bedrängten ihn von links und von rechts, er sprang zurück und wieder vor, die Hiebe verfehlten ihn alle. Dafür schlitzte der eine Jovali dem anderen versehentlich den Arm auf. Krall nutzte die Verwirrung für einen Tritt auf die Kniescheibe des Kämpfers rechts von ihm. Der Mann knickte ein und starb durch einen Hieb in den Nacken, bevor er auf dem Boden aufschlug.

Noch drei. Darunter das Oberhaupt Maquay, dessen entsetzter Blick verriet, dass er sich den bisherigen Verlauf dieses Kampfes anders vorgestellt hatte. Er schien sich einen Ruck zu geben, so als hätte er nun genau verstanden, dass er ohne völligen Gesichtsverlust niemals aus dieser Situation herauskommen würde.

Krall spürte den nächsten Angriff von links, sah den Angriff von vorne voraus und wusste um den Hieb in seinem Rücken. Die Reihenfolge der Abwehraktionen entschied nun über Leben und Tod. Zuerst den Streich von hinten parieren. Er hielt hierzu sein Schwert hinter seinen Körper, erneut ohne einen Blick zu verschwenden. Klirrend traf die gegnerische Waffe seine Klinge, schon schwirrte Banfor nach vorn und wehrte den Angriff von links ab und wich dem Streich von vorne aus.

Krall rollte sich rückwärts auf dem lehmigen Boden ab, wich somit einem Schlag aus, der von der rechten Seite von oben nach unten geführt wurde. Er holte den Gegner links von ihm von den Füßen und bohrte die Schwertspitze in sein Herz.

»ZADOU! NEIN!« Einer der beiden von sechs übrig gebliebenen Kriegern, schrie ungeheure Wut und Schmerz über den Verlust seines Freundes heraus.

Damit konnte sich Krall nun wahrlich nicht befassen. Noch zwei Gegner, die ihn töten wollten. Er merkte, dass seine Kräfte schwanden. Allein dieser Gedanke kostete ihn fast das Leben, denn er kam nicht schnell genug auf die Beine.

Krall biss die Zähne zusammen, denn er bereitete sich auf den Schmerz vor. Der Langdolch des verbliebenen jungen Kriegers fuhr ihm über den Rücken und zerteilte seine Haut mit einem leisen Streicheln.

Gleichzeitig holte der Häuptling mit beiden Händen zum tödlichen Schlag aus.

Krall musste den Schwertarm hochbekommen, um den Schlag von oben abzuwehren. Im letzten Moment vollzog er diese Bewegung und Banfor parierte das Schwert des Gegners mit der flachen Seite. Die Klinge hielt Stand, doch Krall hatte einen vagen Moment seinen Kampfinstinkt verloren. Zudem überraschte ihn die Vehemenz und Geschwindigkeit des nachfolgenden Angriffes. Immer noch nicht wieder ganz aufgerichtet, stolperte er mit gebeugten Knien zurück. Sein Kopf sah den Schlag von vorn auf sein Handgelenk, er drehte gerade noch den Arm, sodass die Parierstange die feindliche Klinge abfing, doch er machte den größten Fehler, den ein Schwertkämpfer machen konnte. Der Schmerz am Rücken, die Wucht des Schlages, die Erschöpfung, ließen ihn den Griff um Banfors Heft lockern. Das genügte, um ihm das Schwert zu entreißen. Es flog in hohem Bogen durch die Luft und bohrte sich wackelnd mit der Spitze etwa drei Meter neben ihm in den gelblichen Boden. Jetzt kniete er unbewaffnet den letzten beiden Feinden gegenüber. Hasserfüllt hob der junge Krieger, dessen Freund Krall getötet hatte, seine Waffe zum tödlichen Stoß, doch Maquay hielt ihn davon ab.

»Ich töte ihn.«

»Nein, er hat Zadou getötet! Meinen Herzensbruder. Ich muss ihn rächen«, flüsterte der Jovali.

»Torquay, er gehört mir. Ihr seid alle meine Herzensbrüder, also muss ich ihn töten.«

Im sicheren Gefühl des Sieges schritt er auf Krall zu.

Der bittere Geschmack der Niederlage, die den sicheren Tod mit sich brachte, traf Krall wie ein zusätzlicher Knüppel auf den Kopf. Krall fühlte sich so einsam wie noch nie in seinem Leben. Ein Teil von ihm war eben aus seiner Hand gerissen worden und nun steckte sein geliebtes Schwert unerreichbar drei Meter entfernt in der Erde.

Er hatte es mehr als nur versucht. Vier Gegner getötet – jetzt musste er sterben. Krall entschied sich, zu seinem besten Freund Wichtel zu blicken, wenn seine Gegner ihm ihre Klingen in den Leib bohrten.

Das werte Oberhaupt hatte beschlossen, sein Opfer noch ein wenig zu quälen. Er zog mit verächtlichem Blick Kralls Schwert aus der Erde, verglich es mit seinem und warf es dann naserümpfend auf den Boden.

Es war immer noch totenstill – der gesamte Dschungel hielt den Atem an.

Obwohl sein Schwert nun etwas näher auf der Erde lag, wusste Krall, dass der Häuptling ihn abstechen würde, bevor er eine Chance hatte, dies zu erreichen. Doch er konnte entweder nichts tun und seinen Tod abwarten, oder er konnte es versuchen. Die Wahl fiel nicht schwer. Mit einem heiseren Schrei vor Anstrengung machte Krall einen Hechtsprung auf seine Waffe zu. Maquay hatte genau dies erwartet. Nahezu gelangweilt stieß er Kralls Klinge mit dem Fuß zur Seite, sodass sie wieder zwei Meter entfernt von ihm im Lehm lag. Gleichzeitig bohrte er von oben genüsslich sein Schwert in Kralls linken Unterarm.

Krall biss auf die Zähne. Er würde nicht schreien, sondern stumm sterben.

***

Bolk wollte während des gesamten Kampfes immer wieder die Augen schließen. Doch was tat er? Er riss sie weit auf und vergaß zu blinzeln. Niemals zuvor in seinem Leben hatte er jemanden so kämpfen sehen wie Krall. Die Sicherheit und Effizienz in allen Bewegungen raubte den Zuschauern den Atem. Nicht nur die Kameraden, sondern auch die feindlich gesinnten Jovali um ihn herum staunten über den großen bleichen Mann, der eins mit seiner bleichen Waffe wurde und ihre Krieger einen nach dem anderen tötete. Entsetzen und Wut machte sich breit, doch auch ungewollter Respekt befiel die Inselbewohner.

Nun hatte Krall sein Schwert fallen lassen und stand den beiden letzten Gegnern hilflos gegenüber. Bolk überlegte, ob er auf den Kampfplatz rennen sollte, um Krall zu helfen. Natürlich könnte er mit den über seinem Kopf angebundenen Händen nichts ausrichten und sie würden beide sterben, doch so konnte er Krall im Tod beistehen. Das würde er tun. Er drückte den Rücken durch, und hatte noch keinen Schritt vorgemacht, um in die Arena zu laufen, als sich schon vier Speere auf seine Brust richteten. Konnten diese Mistkerle Gedankenlesen?

Erneut spielte Bolk mit dem Gedanken einfach wegzuschauen, denn er konnte es nicht mit ansehen, wie das Oberhaupt Maquay den Unterlegenen nun auch noch vorführte und quälte.

»Katerron«, flüsterte der Sorader und hörte selbst die Verzweiflung in seiner Stimme, als der Häuptling Kralls Schwert mit dem Fuß aus seiner Reichweite trat.

Krall lag seitwärts, gedemütigt und blutend flach auf dem Boden.

Oberhaupt Maquay thronte siegesgewiss über ihm: »Du hast doch nicht gedacht, dass ich dich wieder an deine Waffe lasse, hässliches Großmaul.«

Bolk litt mit seinem Freund Krall. Er schaute ihm ein letztes Mal ins Gesicht. So sah ein Mann aus, der wusste, dass er im nächsten Moment sterben würde. Bolk kannte diesen Anblick nur zu gut. Kralls Kopf drehte sich zu seinem Schwert, das unerreichbar fast eine Körperlänge entfernt am Rand der Arena lag und mit der Spitze auf ihn zeigte.

Wie eine Schnecke kroch Krall auf die Waffe zu und streckte den rechten Arm vor. Mit einer Stimme, die seltsam entrückt klang, rief er laut: »BANFOR!«

Das Wort Banfor hörte Bolk zum ersten Mal in seinem Leben. Hieß so ein geliebter Mensch in Kralls Leben?

»Banfor.« Er flüsterte nur noch.

Kralls Finger hatten fast die Spitze der Klinge erreicht. Oberhaupt Maquay höhnte. »Der Griff ist auf der anderen Seite.«

Bolk schloss seine Augen immer noch nicht. Ganz im Gegenteil – er riss sie immer weiter und weiter auf, da sich nun etwas zutrug, das ihm noch Jahre später Gänsehaut verursachen sollte. Etwas Unbegreifliches geschah inmitten einer Insel, die kaum sein konnte, im Kampf gegen Inselbewohner, die es erst recht nicht geben dürfte.

Das Schwert bewegte sich von ganz allein. Es machte eine halbe Umdrehung, das Heft wirbelte in Krall geöffnete Hand, seine Finger packten zu. Krall nutzte die Verwirrung und das ungläubige Staunen des Oberhauptes Maquay, um diesem seine Waffe tief in den Unterleib zu stoßen. Ein schlürfendes Geräusch erscholl, als die Klinge sich in die Eingeweide bohrte.

***

Krall stand wieder auf seinen Beinen. Er hatte keine Zeit darüber nachzudenken, wie es sein konnte, dass Banfor einfach zu ihm in die Hand geflogen kam. Durch die Kampfpause hatte er ein wenig Luft zurückgewonnen, doch sein verletzter linker Arm blutete stark.

Jetzt gab es nur noch den jungen Krieger namens Torquay und ihn in der Arena. Der Mann starrte ungläubig auf Banfor in seiner Hand. Sein braunes Gesicht verlor an Farbe, während Kralls Zuversicht zurückkehrte. Banfor gab ihm die Kraft und den Weitblick, die Aktionen seines Feindes vorherzusehen. Und er wusste vermutlich, bevor sein Gegner es wusste, dass dieser auf ihn losstürmen, einen Hieb von oben antäuschen und dann von unten zustechen wollte. Krall tat so als würde er auf die Finte hereinfallen, schnellte zur Seite, ließ seinen Feind ins Leere laufen und legte ihm von hinten den Arm um den Hals. Einen Lidschlag später lag der junge Mann entwaffnet auf dem Boden und Krall hielt seine Klinge neben seine Halsschlagader.

»Mein Herzensbruder Zadou ist tot. Ein Geist, ein Atem, eine Waffe, ein Tod. Töte mich auch. Mach schon!«, forderte der Mann ihn auf.

Krall stand auf und senkte keuchend sein Schwert. »Fünf Männer sind tot. Ich möchte dich nicht auch noch umbringen. Wozu das Ganze – Nicht ich habe das gewollt, sondern euer Häuptling.« Er brüllte: »WOZU DAS GANZE?«

Von irgendwo her erscholl eine Stimme: »Der Mann, der mit dem Schwert spricht.« Eine andere Stimme wiederholte: »Der Mann, der mit dem Schwert spricht.«

Der Tumult, der nun ausbrach, spottete jeder Beschreibung.

Der junge Krieger blieb auf der Erde liegen. Sein Gesicht eine verzerrte Mischung aus Unglauben, Hass und Verzweiflung.

Krall hob den Blick, ohne den jungen Jovali mit den Rachegelüsten aus den Augen zu lassen.

Wie jetzt? Staunend merkte er es. Egal ob Mann, Frau oder Kind, alle knieten sie nieder und hauchten: »Der Mann, der mit dem Schwert spricht.«

Das Oberhaupt

Kareks Gefühlsleben, hin und her geschleudert zwischen sehnlichem Hoffen und aufwühlendem Bangen hatte ihn überwältigt. Er glotzte sprachlos auf Bolk neben sich.

Auch die Augen des Soraders glänzten feucht, bis dieser die Augen zusammenkniff, nur um sie dann wieder groß aufzureißen.

Die Jovali knieten alle nieder, nur die Fremden aus Toladar und Soradar, Länder, von denen die Inselbewohner mit Sicherheit noch niemals gehört hatten, standen aufrecht.

Ein Jovali erhob sich zögernd und rief: »Wir müssen sofort die Gesegneten befreien.«

So schnell vom Gefangenen zum Gesegneten. Sonst geht so etwas nur umgekehrt - wie bei Tatarie.

Der Mann schnitt allen Gefangenen die Handfesseln durch. Karek ließ entkräftet den Balken fallen, den er die ganze Zeit über auf den Schultern hatte tragen müssen. Seine Arme kribbelten, sein Kreuz schmerzte, doch seine Gedanken galten Krall. Wie musste der sich erst fühlen.

Befreit von seinen Fesseln sauste Wichtel auf Krall zu, der immer noch wie benommen in der Arena stand. Schluchzend nahm Wichtel auf Zehenspitzen seinen Freund in die Arme. Vor lauter Tränen brachte er kaum ein Wort heraus. Dann stotterte er: »Krall, du … bist mutiger und besser wie alle anderen.«

»Als! Als alle anderen, Kleiner«, sagte Krall ruhig und betrachtete seinen blutigen Arm.

Bart schob den flennenden Wichtel vorsichtig zur Seite,

führte Krall zu einem Felsen, auf den er sich setzen konnte und untersuchte die Stichwunde im Unterarm.

»Die Klinge ist am Knochen abgerutscht und durch das Fleisch gestoßen. Kannst du den Arm bewegen?«

Krall ballte die linke Faust und drehte vorsichtig den Unterarm. »Ein wenig. Was passiert hier?«

»Ich weiß es nicht. Ich habe jedenfalls noch nie einen solchen Kampf gesehen. Du bist völlig ... verrückt. Und den Trick mit dem fliegenden Schwert darfst du mir bei Gelegenheit verraten.«

Karek schluckte bei der Erinnerung an diese unglaubliche Szene mit Kralls Waffe.

Die Artefakte der Myrnen bergen überraschende Geheimnisse.

Er erinnerte sich an die Sanduhr, die er in allergrößter Not zerstören musste, um die anderen und sich zu retten.

Kralls blasse Augen stierten nur geradeaus – er sagte keinen Ton.

Ein weiterer Jovali traute sich aufzustehen. Es handelte sich um einen älteren Mann, dessen Arme tätowiert waren. Zögernd trat er auf Krall zu und sagte: »Gesegneter, ich bin Chanelou, der Heiler hier im Dorf. Lass mich deinen Arm sehen.«

Krall sah Bart an, so als wolle er ihn bitten, bei ihm zu bleiben und zu überwachen, was der Jovali mit ihm vorhatte. Dann drehte er dem Heiler die Schulter mit dem verletzten Arm zu.

Vorsichtig untersuchte Chanelou die Wunde. »Keiner der Körperstränge ist verletzt. Doch die größte Gefahr geht vom Wundbrand und der Fäulnis aus. Du bist stark und hast viel

Kraft. Die brauchst du auch abermals im Kampf gegen einen übermächtigen Gegner.«

Das klang alles andere als beruhigend. Der Jovali schien fest davon auszugehen, dass sich die Wunde entzünden und Kralls Leben bedrohen würde.

Der Mann, der mit dem Schwert spricht, nickte nur. Er war zu ermattet, um irgendetwas zu antworten, zu erschöpft, um misstrauisch oder dankbar zu sein.

Die Mehrzahl der Jovali kniete immer noch. Eine unwirkliche Stimmung hatte das Inselvolk erfasst. Die Feindseligkeit der Krieger von eben hatte sich gewandelt. Mit Respekt und Bewunderung schauten sie zu Krall auf. Kareks Blick stolperte über eine Ausnahme hiervon. Mitten in der plötzlichen Ehrerbietigkeit glühte ein Gesicht vor Hass. Es gehörte dem jungen Krieger, den Krall verschont hatte. Dieser konnte den Tod seines Herzensbruders Zadou und seine Niederlage scheinbar nicht überwinden.

Alle Gefährten standen nun um Krall herum, Bart band ihm mit seinem Gürtel den Oberarm ab.

»Wo ist unser Gepäck? Ich hole einen Verband. Viel mehr Blut solltest du besser nicht verlieren.«

Krall wandte sich zwei Kriegern zu, die ihre Köpfe dicht über dem Boden in seine Richtung streckten. Wie selbstverständlich befahl er: »Schafft die Leichen beiseite. Vor allem dieses feige Oberhaupt Macke.«

Nicht nur Karek war verblüfft, dass die beiden Jovali aufsprangen und Kralls Anweisung wie selbstverständlich befolgten.

Die Inselbewohner richteten sich nun einer nach dem anderen wieder auf.

Chanelou stand immer noch in Kralls Nähe. Mit lauter Stimme verkündete er: »Die Himmelsmutter hat endlich den Gesegneten gesandt. Seit Hunderten von Sonnenwenden warten wir auf diesen Augenblick. Befehlige uns, Mann, der mit dem Schwert spricht.«

»Wie jetzt? Keiner hat mich geschickt. Und ich heiße Krall.«

»Ganz recht, Gesegneter«, antwortete der Jovali.

»Was ist ein Gesegneter?« Krall zuckte die Schultern und verzog das kreidebleiche Gesicht. Erschöpft ergänzte er: »Mir wächst das über den Kopf hier. Ich bin nur noch müde.«

»Ganz recht, Gesegneter«, antwortete der Jovali. »Du bist das neue Oberhaupt.«

Der Prinz wandte sich an den alten Krieger: »Chanelou, hilf uns, dein Volk besser zu verstehen.«

»Das kann ich tun. Doch sagt, wer seid ihr?«

Karek stellte ihm die anderen 'Gesegneten' vor. »Mähne, Kind, Bolk, Bart, Wichtel und ich bin Karek. Und ... dein neues Oberhaupt heißt Krall.«

»Verzeihe mir – das sind merkwürdige Namen. Doch die Himmelmutter wird auch euch ihre Kinder nennen.«

»Von was für einer Himmelsmutter redest du?«

»Die Eine, die uns leitet. Die Eine, die prophezeit. Die Weisen verkünden es seit Generationen, und ich habe es selbst von ihr gehört:

Der Mann, der mit dem Schwert spricht,
Die Frau, die nach dem Tod greift,
werden obsiegen,
das eine Volk zu führen.

Wir sind das eine Volk und werden die hässlichen Bangesi ausmerzen.«

»Wer sind die Bangesi?«, fragte der Prinz.

»Feiglinge, die sich auf der anderen Seite der Insel verkriechen. Affenmenschen, die das Leben nicht verdient haben. Der Mann, der mit dem Schwert spricht, wird uns helfen, sie zu vernichten.«

»Wie viele sind die Bangesi?«

»Wir zählen die doppelte Anzahl von Herzen. Doch solange auch nur ein Bangesiherz schlägt, ist es eines zu viel.«

Karek runzelte die Stirn.

Es geht nichts über ein gesundes Feindbild. Das Verhältnis zwischen Bangesi und Jovali ist offensichtlich noch herzlicher als jenes zwischen Toladar und Soradar.

»Wer ist die Himmelsmutter?«

»Sie ist die Eine, die Erhabene.«

Das hilft ja mächtig weiter.

»Wo ist die Himmelsmutter?«

Chanelou drehte sich in Richtung Nordosten und zeigte auf das Gebirge. »Dort oben thront sie über den Wolken.«

»Und du hast die Himmelsmutter mit eigenen Augen gesehen?«

»Ich bin den Pfad des Blutes gegangen – bis zum Gipfel der Welt. Gesehen habe ich die Himmelsmutter nicht, gehört habe ich sie. Laut und deutlich hat sie verkündet, so wie es die Weisen seit Hunderten von Sonnenwenden verkünden:

Der Mann, der mit dem Schwert spricht,
Die Frau, die nach dem Tod greift,
werden obsiegen,
das eine Volk zu führen.«

»Was ist mit der Frau, die nach dem Tod greift?«
Der alte Krieger wirkte nun etwas verunsichert. »Ich weiß es nicht. Findet sich keine Frau in eurer Begleitung?«
»Nein. Wir sind nur Männer.«
»Jedenfalls der erste Teil der Prophezeiung hat mit dem heutigen Tag begonnen.« Chanelou wirkte zufrieden.

Währenddessen kümmerte sich Bart um Krall. Er nahm den Arm und betrachtete die Verletzung mit wachsender Besorgnis. Der Durchstich des Schwertes hatte einen großen Schlitz hinterlassen, der aufklaffte wie die Lippen eines Mundes.

Bart brummte: »Das müsste genäht werden. Mindestens sechs Stiche, sonst dauert das Monate, bis das Fleisch wieder zusammenwächst. Und wenn sich der ganze Mist entzündet, gibt es richtig Spaß. Scheißdreck! Leider habe ich Nadel und Faden auf der 'Ostwind' gelassen.«

Chanelou sah ihn unverständig an. »Du meinst, die Wunde muss geschlossen werden? Das ist richtig, daher habe ich die Meister der Beißwut dabei.«

Der Heiler öffnete ein kleines Kästchen, griff hinein und holte zwischen Daumen und Zeigefinger ein schwarzes, sich windendes Tier heraus, etwas so groß wie die Hälfte eines kleinen Fingers.

Eine Ameise? Und ganz schön groß für eine Ameise. Was hat Chanelou damit vor?

Mit dem Kiefer voran setzte Chanelou das Insekt auf den Wundrand. Sofort biss die Ameise mit ihren Zangen zu. Krall verzog keine Miene, sondern beobachtete nur verwundert die Prozedur. Chanelou drehte dem festgebissenen Tier den Leib ab, zurück blieb der erstarrte Kopf mit den Beißkiefern, welche den oberen Teil der Wunde klammerten. Der Heiler wiederholte den Vorgang mit sechs weiteren Ameisen. Das Ganze ging recht schnell, zumal auf die Bisswütigkeit der Tiere Verlass war – die Kiefern der Ameisen hatten die Wunde gut im Griff.

Bart staunte nicht schlecht. Er fragte: »Was sind denn das für Viecher?«

»Heeresameisen. Wenige davon im Kästchen sind gut. Viele davon im Dschungel sind schlecht. Sehr schlecht.«

»Haben die Jovali etwas gegen Schmerzen, etwas, das betäubt?«, fragte Bart weiter.

»Aya«, sagte der Heiler.

»Wie, ah ja? Ob ihr ein Mittel gegen Schmerzen habt, frage ich?«

»Aya – so heißt das Getränk, das unserem neuen Oberhaupt helfen wird, jeden Schmerz zu ertragen. Wir gewinnen es aus zwei Pflanzen, die am Ufer des Kang wachsen. Nicht weit von hier – oberhalb des großen Regens.«

»Hm. Ein Getränk? Das klingt gut. Hole es!«

Der alte Mann verschwand und kam kurze Zeit später mit einem Fellbeutel wieder, der mit einem Korken verschlossen war.

Er streckte Krall das Getränk hin und erklärte: »Nicht zu viel auf einmal trinken. Aya wirkt stark. Du wirst ein Teil des Urwaldes werden.«

Krall tat wie ihm geheißen. Nach einem großen Schluck setzte er den Beutel ab und schüttelte sich. Dann sackte er zusammen, als hätte ihn jemand ohnmächtig geschlagen.

»Scheint ja besser zu wirken als Piratenschnaps von den Südlichen«, grummelte Bart.

Bart legte Krall einen Verband an und löste seinen Gürtel vom Oberarm.

»Krall braucht jetzt Ruhe. Wäre zu schade, wenn der uns nach diesem verrückten Heldenkampf noch an Erschöpfung und Blutverlust krepiert, oder?«

Chanelou befahl zwei Jovali: »Holt eine Trage. Der Gesegnete muss ruhen. Bringen wir ihn ins Domizil des Oberhauptes.«

Gemeinsam legten sie Krall auf eine Trage aus Bambusstäben. Vier Krieger trugen ihn in Richtung Felswand. Das Volk der Jovali stand Spalier.

Ein Krieger hob seinen Langdolch senkrecht in die Höhe und brüllte: »JOOOVALIIIIII!«.

Viele Kehlen antworteten. »JOOVALIIII!«

»Führe uns, Gesegneter!«

»Unser neues Oberhaupt.«

»Der Mann, der mit dem Schwert spricht.«

»Platz da!«, knurrte Bart. »Sonst spricht der bald mit niemandem mehr.«

Karek sah Krall hinterher, wie er in eine der Höhlen gebracht wurde.

Der Prinz sah sich um. Die Felswand erstreckte sich über

fünfzig Meter Breite und etwa zwanzig Meter Höhe. Überall gab es Öffnungen, hinter denen sich die Behausungen der Jovali verbargen. Teils sahen die Eingänge natürlich aus, teils waren sie in den Stein geschlagen worden. In der Ferne hörte er ein Rauschen – vermutlich der Wasserfall, den sie mit dem Landungsboot erreicht hatten. Das war das Letzte, woran er sich erinnerte, denn danach war er geknebelt in einer der Höhlen aufgewacht und als Erstes zu diesem ungleichen Kampf in die Arena gebracht worden.

Die Menschen um ihn herum machten einen sehr ernsten Eindruck, jedoch wirkten sie keineswegs mehr feindlich gesinnt. Auf einmal tauchten auch Frauen auf, von denen vorher nichts zu sehen gewesen war. Einige hatten ihre linke Brust entblößt, da ihre Leinentücher schräg über den Oberkörper von der Hüfte zur rechten Schulter gebunden waren. Diese Freizügigkeit irritierte nicht nur ihn, so etwas würde es in Toladar mit Sicherheit nicht geben.

Bart und Wichtel hatten sich jetzt auch eingefunden.

»Krall schläft!«, meinte Wichtel. »Er liegt in einer riesigen Höhle dort oben.« Er zeigte auf die Felswand. »Sieht auch recht gemütlich dort aus.«

Jetzt stießen auch Bolk, Mähne und Kind dazu, sodass die sechs Gefährten sich in einem Kreis auf dem Boden niederließen.

»Versteht ihr, was hier vorgeht?«, fragte Bart.

»Ich habe bisher Folgendes verstanden …«, antwortete Karek. »Es gibt zwei Völker auf der Insel, die sich spinnefeind sind. Die Jovali hier und die Bangesi irgendwo weit im Osten. Unsere Gastgeber sind ziemlich abergläubisch und hängen an der Himmelsmutter. Sie scheint eine Art Göttin zu sein und in den Bergen zu residieren.« Karek führte die Fingerkuppen seiner Hände zusammen. »Es würde mich nicht wundern, wenn diese Himmelsmutter auch etwas mit unserer Suche zu tun hat.«

»Als Erstes warten wir, bis sich Krall erholt hat. Das hat Vorrang vor allem anderen.« Wichtel klang besorgt. »Er hat uns alle gerettet!«

»Das machen wir. Und selbst wenn Krall uns nicht alle gerettet hätte, würden wir genau dies tun.«

Bolk machte sich Luft: »Knapper als eben ging es kaum. Wir müssen jetzt gut auf uns achtgeben. Auch wenn wir im Augenblick aus der größten Gefahr heraus sind, bleiben diese Inselbewohner unberechenbar.«

Karek nickte. »Und diese Himmelsmutter sollten wir uns ansehen.« Plötzlich durchfuhr es ihn. »Wo ist eigentlich Fata?«

Bolk schob mit Daumen und Zeigefinger seine Unterlippe zusammen. »Mist! So ziemlich verschwunden.«

Wichtel schaute erschrocken. »Ich weiß es auch nicht. Das letzte Mal habe ich sie am Wasserfall gesehen, danach bin ich mit brummendem Schädel in einer Höhle aufgewacht.«

Der Prinz sprang auf. »Ich muss sie suchen!«

»Ich komme mit!« Schon stand Wichtel neben ihm.

Bolk schlug vor: »Mähne, suchst du auch mit? Bart, Kind und ich kümmern uns um einen sicheren Schlafplatz und wir haben ein Auge auf Krall. Eine Weile werden wir bei diesen Jovali bleiben müssen.«

»FAAATAAA!« Karek rief so laut er konnte.

Im Dorf hatten sie zu dritt weit und breit nichts entdecken können.

Das Volk der Jovali betrachtete sie neugierig, doch zurückhaltend. Immerhin konnte von feindschaftlicher Gesinnung keine Rede mehr sein.

Karek erkannte in einer Gruppe den Jovali-Krieger, den Krall beim Kampf verschont hatte.

Er winkte ihm zu und fragte: »Du heißt Torquay, nicht wahr?«

Der junge Mann nickte, der Rest des Körpers wirkte wie versteinert.

»Mein Name ist Karek. Das sind Mähne und Wichtel. Wir suchen einen großen Laufvogel, einen Kabo. Er ist unser Freund und heißt Fata. Als ihr uns gefangen genommen habt, war er noch bei uns. Hast du ihn seitdem gesehen?«

Der Krieger schüttelte den Kopf. Mit unterdrückter Wut sagte er: »Dein Kamerad hat meinen Herzensbruder Zadou getötet. Das lastet schwer auf meiner Seele. Und jetzt fragst du mich nach einem dummen Vogel?«

Der Prinz suchte Torquays Blick. »Ich verstehe deinen Schmerz. Doch du weißt, dass ihr unserem Freund Krall nicht viel Wahl gelassen habt. Er wurde von eurem Oberhaupt gezwungen, gegen deinen Herzensbruder zu kämpfen. Und er hat dein Leben verschont. Kannst du ihm nicht verzeihen? Ein Leben gegen ein anderes?«

»Nein! So einfach ist es nicht. Du weißt nicht, was es heißt, seinen Herzensbruder zu verlieren. Zadou muss gerächt werden.«

Einige der Krieger um ihn herum nickten ernst.

»Deine Offenheit ehrt dich. Dennoch erklärst du uns gerade zu deinen Gegnern, denn jeder Feind von Krall ist unser Feind.«

Das braune Gesicht des Kriegers zuckte fast unmerklich, doch dies tat dem Stolz und Trotz, den er ausstrahlte, keinen Abbruch.

Eine unangenehme Pause entstand.

Dann drängte Wichtel: »Wir müssen weiter nach Fata suchen.«

Sie ließen den verbitterten Jovali stehen und suchten am Rand des Dorfes weiter. Abwechselnd riefen sie laut nach der Kabokönigin, doch Fata ließ sich nicht blicken.

Beunruhigt kehrten sie zur Anhöhe vor der Felswand zurück.

Die anderen Gefährten hatten sie schon erwartet. Bolk fragte nicht nach. An ihren langen Gesichtern hatte er bereits ablesen können, dass ihre Suche nicht von Erfolg gekrönt war.

»Wir bewohnen einen gemeinsamen Höhlenraum ganz in der Nähe von Krall«, sagte er. »Und ich habe das Gefühl, dass wir im Moment sicher sind.«

»Kann Fata in diesem Urwald überleben? Bei den ganzen Schlangen, Krokodilen und was hier sonst noch so kreucht und fleucht?«, sorgte Wichtel sich.

»Unterschätze unseren Piepmatz nicht.«

»Wir sollten nur so lange wie unbedingt notwendig bei den Jovali bleiben. Wer weiß, wie lange wir noch die Gesegneten sind. Die Lösung einiger Rätsel scheint in den höchsten Wipfeln des Gebirges zu liegen. Da sollten wir hin

– so hat es Fata auf der Karte gezeigt. Und mein Traum hat mir gesagt, ich soll einen Jäger mit Pfeil finden, der mir hilft.«

Bart knurrte: »Ach sooo. Dein Traum! Da bin ich ja beruhigt. Und ich befürchtete schon, die Idee sei dir im Schlaf erschienen.«

»Bart! War die Insel ein Traum? Gibt es sie oder gibt es sie nicht?« Karek hatte Mühe, ruhig zu bleiben.

»Na ja, Jäger haben wir bereits genug gefunden – daran sollte es nicht mehr scheitern«, meinte Bolk versöhnlich.

Chanelou der Heiler tauchte wie aus dem Nichts auf. »Morgen wird es ein Fest zu Ehren der Gesegneten und des neuen Oberhauptes geben. Das ganze Dorf wird zusammenkommen.« Der alte Krieger schaute mit versteinerter Miene in die Runde, doch seine Augen glänzten erwartungsvoll.

Karek bemühte sich herauszubringen: »Danke Chanelou, wir fühlen uns geehrt.«

Der Mann nickte.

»Kannst du uns gleich bitte durch das Dorf führen?«

»Wenn ihr mich braucht, winkt. Mein Heim ist das Gewölbe der Weisen dort oben.« Er zeigte auf einen großen Höhleneingang mitten in der Felswand.

Mähne nahm Karek kurz beiseite und flüsterte: »Irgendetwas stimmt mit denen nicht.«

»Mir geht es auch so – mich irritiert das Verhalten dieser Inselbewohner. Zuerst habe ich gedacht, es liegt daran, dass die uns alle töten wollten. Doch jetzt, wo diese Gefahr zunächst gebannt ist, benehmen die sich seltsam. Wir müssen mehr über dieses Volk herausfinden.«

Karek wandte sich wieder an Chanelou. »Kannst du uns jetzt bitte das Dorf zeigen? Gerne möchten wir mehr über die Jovali erfahren.«

»Natürlich, Gesegneter. Es ist mir eine Ehre.«

»Wer schließt sich uns noch an?«

»Ich begleite dich«, meldete sich Wichtel.

»Ich komme auch mit«, entschieden Bolk und Mähne.

»Und ich schaue mal nach, wie es Krall geht«, sagte Bart.

Chanelou führte Karek, Bolk, Mähne und Wichtel unterhalb der Felswand entlang. Die Höhlen schienen nicht auszureichen, sodass die Inselbewohner einfache Hütten und Vordächer am Fuß der Steilwand gebaut hatten. Es ging auf den Abend zu und überall herrschte reges Treiben. Sobald die Jovali sie bemerkten, nickten sie ihnen zu, manche senkten auch die Köpfe, doch keiner schien erfreut, sie zu sehen. Freundliche Reaktionen gab es nicht, sodass sie sich unerwünscht und überflüssig vorkamen.

»Chanelou, dein Volk scheint nicht begeistert, dass wir hier sind.«

Der alte Krieger guckte verdutzt: »Wie kommst du denn darauf. Die Jovali sind stolz und froh, die Gesegneten bei sich zu haben.«

Er schien wahrlich vor den Kopf gestoßen zu sein.

Sie kamen an einen größeren Platz, auf dem Speisen zubereitet wurden. Vier Frauen putzten gerade einen Haufen Fische. Sie hoben die Köpfe und betrachteten vor allem Bolk. Der Sorader wirkte neben Wichtel noch größer als er ohnehin schon war und überragte auch alle Jovali um mindestens einen Kopf. Bolk hob die Hand zum Gruß: »Meine Damen. Bereitet ihr schon das Mahl für das Fest morgen vor?« Er schenkte den Frauen ein strahlendes

Lächeln.

Zwei Frauen ließen vor Schreck die Fische fallen. Eine kreischte. Chanelou sah Bolk besorgt an. »Brauchst auch du Aya? Es kann dir gegen deine Schmerzen helfen.«

Bolks Gesichtsausdruck nach zu urteilen, konnte ihm der beste Heiler aller Welten nicht mehr helfen. Er schaute so verblüfft drein, dass Karek fast lachen musste. Was ging in den Köpfen der Jovali vor?

»Mir ... mir fehlt nichts. Schon gut!«, stammelte Bolk.

Die Jovali-Frauen beruhigten sich langsam wieder.

Der Sorader sagte leise zu Karek: »Bloß weg hier.« Er wandte sich ihrem Führer zu: »Chanelou, was kannst du uns noch zeigen?«

Sie gingen schnell weiter und Karek spürte die Blicke der Frauen in seinem Rücken.

Sie erreichten einen Platz mit einem Feuer in der Mitte. Über den Flammen schwebte ein riesiger Topf, in den zwei Männer faustgroße Pflanzenteile warfen, die aussahen wie die Köpfe einer Wasserleiche. So ähnlich roch es auch.

»Wenn das die Suppe für morgen gibt, ja dann Mahlzeit«, entfuhr es Wichtel.

»Was kochst du da?«, fragte der Prinz.

Der angesprochene Mann drehte sich um und erklärte: »Gesegnete. Wir gewinnen Öl aus den Samen des Andirobabaumes. Die Samen werden eingeweicht, gekocht, dann zehn Sonnen in die Lagerkammern gelegt, bis sie verrottet sind und dann pressen wir das Öl heraus.«

»Was für ein Öl?«

»Es vertreibt die Mücken und dient als Medizin.«

»Reibt ihr euch damit ein?«, fragte Bolk.

»Jeden Morgen. Warte, ich hole dir eine Flasche.«

Er brauchte nicht lange, bis er mit einem Lederbeutel voll mit Öl zurückkam. Bolk dankte ihm. Wichtel, Mähne und Bolk rieben sich mit der fettigen Substanz ein.

»Was ist mit dir?«, fragt der Jovali Karek.

»Brauche ich nicht. Mich stechen die Mücken nicht.«

Das Erstaunen des Kriegers war nicht zu übersehen. »Bist du sicher?«

»Ganz sicher«, antwortete Karek. »Wir danken dir.«

Chanelou führte sie weiter herum. Rhythmisches Hämmern auf Eisen erfüllte die Luft. Ein großes Gebäude mit einem breiten Vorbau als Regenschutz lag vor ihnen. Einige Holzkohlemeiler umgaben das Haus. Ein Mann prüfte anscheinend deren Luftzufuhr und korrigierte diese ein wenig. Unter dem Vorbau brannte ein Schmiedefeuer. Mit kräftigen Schlägen bearbeitete ein Jovali ein glühendes Stück Eisen.

Der alte Krieger verkündete stolz: »Die Jovali beherrschen das Geheimnis des Metalls.«

Angrenzend lag die Schmelze. Darin reihten sich Hunderte geflochtener Körbe mit grobem Gestein aneinander. Ein großer Ofen mit weißem Feuer warf flackernde Schatten. Die Luft wurde noch heißer.

»Willkommen Gesegnete«, begrüßte sie der Schmied. Den schweißnassen Mann bekleidete nur ein Tuch im Schritt. Er wog prüfend einen großen Gesteinsbrocken in der rechten Hand. Mit verächtlicher Miene warf er das Steinstück auf einen Haufen offensichtlich aussortierter Brocken. »Zuviel Pisswacke. Zu wenig Eisen. Schmelzen lohnt sich nicht. Unbrauchbar für Waffen«, kommentierte er.

Karek besah sich den Haufen mit Ausschussware genauer. Die schweren Gesteinsbrocken waren durchzogen von gelben und schwarzen Adern.

»Bolk, schau dir das an. Das ist Gold. Richtig viel Gold.«

Wichtel, Mähne und Bolk nahmen sich neugierig jeder einen Klumpen.

»Ja, das ist es. Gold.« Bolk lachte. »Der Name Pisswacke gefällt mir besser.«

Chanelou nickte ernst. »Nicht zu gebrauchen. Viel zu weich für Waffen oder andere Verwendung. Eisen ist wertvoller. Doch wir fördern noch ein weiteres Metall. Ich zeige es euch.«

Chanelou führte sie zu einem Körbchen. Ein dunkelgrünes Glimmern strahlte daraus hervor. Erstaunt schauten die Gefährten hinein. Dort lagen einige faustdicke Brocken eines dunklen Gesteins, das Karek noch nie zuvor gesehen hatte.

»Das ist Muttererz – härter als jedes Eisen«, erklärte der Heiler. »Es dauert hundert Jahre, bis wir genug davon gesammelt haben, um eine Waffe schmieden zu können. Es gibt nur zwei Schwerter aus diesem Metall im Dorf.«

Drei Männer trugen in diesem Moment einen neuen Korbbehälter mit Gestein herbei. Ein fleißiges Volk – diese Jovali.

»Alle Erze gewinnen wir in den Minen nördlich von hier. Wir bewachen sie Tag und Nacht, denn die Bangesischweine haben schon mehrfach versucht, sie zu erobern.«

Wichtel wischte sich den Schweiß von der Stirn. »Lass uns weiterziehen. Hier schmelze ich gerade und werde noch kleiner.«

»Wie ihr wünscht.«

Sie setzten ihre Dorfbesichtigung mit Chanelou fort.

Gegen Abend hatten sie den Rundgang beendet. Karek und seine Gefährten hatten nun einen guten Eindruck vom Leben im Dorf der Jovali gewonnen. Das Inselvolk lebte gut organisiert und friedlicher zusammen, als er es nach den ersten blutigen Erfahrungen gedacht hatte.

Sie bedankten sich bei Chanelou und machten sich auf den Rückweg zu ihrer Behausung. Dabei stießen sie auf eine Gruppe Kinder, die um einen riesigen Baum mit einem dichten Wurzelgeflecht herum Fangen spielten. Rauf und runter kletterten die Kleinen im Kreis, ab und zu kreischten sie, unterbrachen das Spiel kurz und dann ging es weiter um den Baum herum, nur in die andere Richtung.

Karek blieb stehen und beobachtete sie. In seinem Rücken sagte Wichtel zu Bolk: »Der Kerl, der uns das Öl gegeben hat, war doch nett.«

»Aber irgendetwas stimmte auch mit dem nicht. Die sind alle so schrecklich ernst«, antwortete Bolk.

Der Prinz grübelte, dann rief er aus: »Bolk, du hast es!«

»Was habe ich?«

»Was fällt euch an den Kindern auf?«

»Hm. Ganz normale Kinder. Sie spielen, sie scheinen gesund, sie haben Spaß.«

»Sehen sie wirklich aus, als hätten sie Spaß? Was fehlt?«

Bolk kratzte sich am Hinterkopf. »Worauf willst du hinaus?«

Auch Mähne und Wichtel sahen Karek fragend an.

»Die Frauen, die Männer, die Kinder der Jovali – die

erinnern mich alle ein wenig an Bart und Nika.«

»Bart und Nika?« Bolk klang erstaunt.

»Genau. Die beiden sind sich sehr ähnlich.«

Wichtel fühlte sich spätestens jetzt berufen, auch etwas zu sagen. »Ja, Bart und Nika sehen aus wie Zwillinge – das ist mir auch schon aufgefallen.« Sein Ton wurde ernster. »Hör mal Karek. Sollen wir nicht doch Chanelou, den Heiler rufen, damit der deinen Kopf untersucht?«

»Genau das ist es, Wichtel. Deine Ironie und dein Humor sind hier völlig fehl am Platz. Und genau das ist es, was uns hier so seltsam vorkommt.«

Wichtel begann rhythmisch, mit dem Fuß auf den Boden zu wippen. »Hätte der Prinz die Güte, uns mal aufzuklären?«

»Es fehlt das Lachen. Die Kinder lachen nicht. Genau wie die Männer und Frauen. Sie lächeln nicht einmal, und das ist es, was uns so irritiert.«

Karek zwinkerte Bolk an: »Und dein Grinsen hielten die Frauen und auch Chanelou für den Ausdruck starker Schmerzen. Hier musst du noch gehörig an deinem Charme arbeiten, die Damen schleppen dich sonst immer nur zu ihrem Heiler.«

»Ein Volk, das nicht lacht. So etwas gibt es doch gar nicht.«

»Sehr witzig kommen die bislang wahrlich nicht daher.«

Bolk runzelte die Stirn. »So wie es aussieht hat Bart mehr Humor als alle Jovali zusammen. Gehen wir zurück.«

Die vier machten sich auf den Weg zurück. Die Erschöpfung dieses nervenaufreibenden Tages hatte auch sie erfasst. Karek freute sich auf sein Nachtlager.

Pfeilschnell

Der Abstieg aus dem Gebirge nahm den halben Tag in Anspruch, doch dies machte Nika nichts aus. Sie hatte keine Eile, sodass sie einige Male stehen blieb und eine Pflanze oder ein Kriechtier genauer betrachtete. Sie entdeckte viele ihr völlig unbekannte Spezies, zumindest rührte sich nichts in ihrer Erinnerung. Langsam überkamen sie Zweifel, auf Gonus oder auf einer der anderen Südlichen Inseln zu sein. Was war dies für eine Welt?

Nika erreichte den Fuß des Berges und sah zurück. Die Felswand, die sie hinuntergeklettert war, bildete erst den Anfang eines mächtigen Gebirges, das sich dahinter auftat.

Schnell prägte sie sich den Weg über den steilen Pfad hoch zurück zum verdammt gut getarnten Höhleneingang mit der Ortschmiede ein.

Jetzt galt es, die neu entdeckte Welt weiter zu erforschen. Hier begann ein dichter Wald, der unzähligen Tieren eine Heimat zu geben schien. Millionen von Kleintieren liebten die lockere Erde und das feuchtwarme Klima, ein großer Teil dieser Welt gehörte ihnen. Fasziniert schaute Nika sich immer wieder um. Stechmücken umtanzten sie, doch sobald eine sich auf ihre Haut setze, klatschte ihre flache Hand darauf, bevor ein gieriger Rüssel sich in ihr Fleisch bohren konnte.

In ihrem Hinterkopf rumorte es. Hatte sie sich früher etwa mit einer Art Öl eingerieben, um von den Mücken nicht ständig belästigt zu werden?

Sie hörte ein Rascheln, wie es nur von einem größeren

Tier verursacht werden konnte. Sofort duckte sie sich und hockte auf allen vieren mitten im Dschungel. Sie roch die weiche Erde unter sich. Alle Muskeln und Sehnen bereit zum Kampf, spähte sie in die Richtung des Geräusches.

Eine gelbschwarze Riesenkatze duckte sich sprungbereit in einem Dickicht nicht weit von ihr. Grüngelbe Augen starrten sie wütend an. Nika starrte zurück. Das Tier sah aus wie eine Löwin, nur etwas kleiner mit schwarzen Flecken, die kunstvoll Gesicht und Körper verzierten. Was für ein wunderschönes Geschöpf. Ein Wort aus tiefster Ferne erreichte ihr Bewusstsein. Leopard! Die Wildheit in seinen Augen griff regelrecht nach Nika. Schmale Pupillen sprangen sie unwirsch an und warnten: 'Dies ist mein Reich! Du gehörst hier nicht hin!'

Nika flüsterte: »Ich weiß, ich bin hier nur Gast und ich werde nicht bleiben. Daher halte dich fern von mir, sonst muss ich dich töten und das tue ich nur ungern.«

So leicht ließ sich der Leopard nicht einschüchtern. Er wollte um sein Revier kämpfen. Seine Lefzen zitterten - er fauchte aggressiv und präsentierte seine Reißzähne. Sein Gebiss machte einen durchaus imposanten Eindruck, und die ausgefahrenen Krallen an den Vorderpranken sahen aus wie acht Messer, spitz und scharf.

Nika beeindruckte das wenig. Hoch konzentriert fixierte sie das Raubtier. Krallen hatte sie auch, denn sie hielt bereits beide Dolche in der Hand. Einer Eingebung folgend fauchte sie wütend zurück. Ihr wurde heiß. Die Raubkatze stutzte. Beide begafften sich. Nika blinzelte nicht ein einziges Mal - ihre Kohleaugen glühten. Mit einem Zischen drehte der Leopard sich um und verschwand im dichten Urwald.

Immer noch auf allen vieren schaute Nika ihm hinterher. Nun kam ihr die einstige Erinnerung über das Klettern im Wald mit ihrer Mutter wieder in den Sinn: 'Ein kleines Mädchen wollte kein Eichhörnchen sein, sondern eine Katze, eine gefährliche Katze.' Ein Leopard?

Wo befand sie sich nur? Ein Leopard passte nicht zu Gonus. Diese Tiere gab es auf keiner der Südlichen Inseln und auch nicht in einem der vier Königreiche. Wenn diese Raubtiere nirgendwo in der bekannten Welt vorkamen, stellte sich nun die Frage, woher kannte sie Leoparden?

Im Vierfüßlerstand kühlte sie sich langsam herunter, während sie grübelte. Schnell, lautlos, tödlich. Ein Leopard passte zu ihr. Sie konnte auch gut hören und bei Nacht gut sehen. Und sie konnte fauchen wie ein Leopard.

Nika zog die Lefzen hoch. Na gut – ein stiller Beobachter könnte auch Mundwinkel sagen und auch an ihren Eckzähnen musste sie noch arbeiten.

Sie schlängelte sich tiefer in den Dschungel. Riesige Wurzeln führten sie unentwegt hoch und wieder hinab. Ihr gefiel es. Sie hangelte sich an einer Kletterpflanze über einen kleinen Abgrund. Ein fantastischer, unermesslicher Kletterwald.

In der Ferne leuchtete das tiefe Grün an einem Punkt etwas heller. Es könnte sich um eine Lichtung handeln. Nika hielt direkt darauf zu.

Plötzlich Stimmen. Enttäuschung wickelte sich um ihr Herz. Menschliche Unzulänglichkeit, die hier nicht hingehörte. Einen Moment hatte sie gehofft, nur umgeben von Natur zu sein. Sie rutschte auf ihrem Bauch durch Gras mit hohen, fleischigen Halmen, die kreuz und quer wuchsen.

Ein gerodeter Platz tat sich vor ihr auf. Sie sah einige Pferche mit ziegenartigen Tieren darin. Weit dahinter ragten die Spitzen zahlreicher Hütten empor. Drei Männer, bewaffnet mit Pfeil und Bogen, stritten sich um irgendetwas. Sie brüllten und fuchtelten wild mit ihren Armen herum. Nur Menschen konnten sich so aufführen.

Nika verstand nur einige wenige Worte, die der Wind herüberwehte. Noch tiefer drückte sie sich in das Gras und schob sich langsam vor. Sie wusste, dass ihre schwarze Lederkleidung bei helllichtem Tag leicht zu entdecken war, doch sie wollte es wagen. Nicht weil sie neugierig war, nein, gar nicht – es interessierte sie einfach. Also kroch sie noch zwei Meter vor. Jetzt konnte sie verstehen, was gesprochen wurde. Es handelte sich nicht um drei Männer, denn nun sprach eine Frauenstimme: »Ihr könnt mich nicht aufhalten. Ich werde zu den dreckigen Jovali gehen und einen von ihnen töten. Ich bringe euch seine Augen zum Beweis.«

»Sagitta, du handelst unvernünftig. Du bist noch zu jung für die Blutjägerprüfung.«

»Was wisst ihr denn? Soll ich warten, bis die Himmelsmutter die Jovali des Alters wegen zu sich ruft?«

Auch wenn Nika nicht wusste, wer die dreckigen Jovali waren, die Kriegerin fand sie auf Anhieb sympathisch.

Der andere Mann bemühte sich ebenfalls, die junge Frau zu beruhigen. »In weniger als zweihundert Sonnen können wir gemeinsam auf die Jagd gehen und die dreckigen Jovali töten. Sagitta, warte noch so lange.«

»Gabim, ich lasse mich von Oberhaupt Karesim nicht länger behandeln wie ein Kind. Ich bin eine Bangesi und bereit zum Kampf. Sagt es. Wer schießt von uns am besten?«

»Keiner sagt, dass du eine schlechte Kriegerin bist. Nur fehlt dir… «

»DORT!«

Die Frau hatte in einer beeindruckenden Geschwindigkeit einen Pfeil in ihren Bogen gelegt und diesen gespannt.

Nika hatte bisher auch gespannt zugehört, nur richtete sich der Pfeil unglücklicherweise genau auf ihren Kopf.

Auch die beiden Männer ließen sich nicht lange bitten und so starrten Nika gleich drei Pfeilspitzen an, die am Ende eines langen Schafts darauf warteten, mittels Spannkraft durch einen langen Holzstab in ihren Körper einzudringen.

»Nicht schießen!«, sagte sie ruhig. Sie breitete die Hände aus und stand langsam auf. Jetzt konnte sie die drei Inselbewohner genauer betrachten. Der größere der beiden Männer sah ziemlich verwegen aus. Zahlreiche Narben durchfurchten seine braune Gesichtshaut. Nur in der Mitte des Kopfes wuchsen ihm Haare, rundherum war der Schädel glatt rasiert. Nika hätte nicht gedacht, einmal einem Menschen zu begegnen, dem selbst sie in Sachen Frisur Ratschläge erteilen konnte.

Und dieser Mann sagte: »Eine Jovali. Wir müssen sie töten.«

»Seit wann schicken die Jovali Frauen? Und seht euch die Kleidung an. Das ist keine dreckige Jovali«, meinte Sagitta und Nika gab ihr unumwunden recht. Die Frau wurde ihr noch sympathischer.

»Dreckig ist sie schon.« sagte Gabim.

Auch hier konnte Nika nicht widersprechen. Da gehörte nicht viel zu, wenn man auf Händen und Füßen durch den

Urwald kriecht.

Die Frau trug die Haare ähnlich wie sie, kurz und schwarz. Ihre Kleidung bestand aus wenigen Fetzen, die um Hüfte und Brust gewickelt waren.«

In Toladar hätte diese Dame nicht nur bei einem Kostümball die ungeteilte Aufmerksamkeit.

»Fragen wir sie.« Die Kriegerin rief ihr zu, ohne den Bogen sinken zu lassen. »Wer bist du? Wieso schleichst du dich an uns heran?«

»Ich besuche diese Insel nur. Ich habe nicht erwartet, hier auf Menschen zu treffen, daher wollte ich erst sehen, mit wem ich es zu tun habe. Wer seid ihr?«

»Wir sollten sie töten, anstatt zu reden«, sagte der große Krieger neben ihr. »Mit der stimmt etwas nicht.«

Diesen Satz so kurz nach ihrer Ankunft auch in dieser Welt zu hören, sollte ihr zu denken geben. Tat es jedoch nicht.

Nika schlug vor: »Nehmt doch eure Bögen herunter und wir unterhalten uns freundschaftlich weiter.«

Aus den Augenwinkeln bemerkte sie Bewegungen überall um sie herum, konnte jedoch nicht genau erkennen, was es war, da sie mit hoher Konzentration auf die gespannten Bögen starrte.

Aus dem Grün erwuchsen mit einem Mal mindestens dreißig Krieger und Kriegerinnen, die sie feindlich anglotzten. Die konnten hier auf dieser Insel besser durchs Gras schleichen als sie. Wenigstens ließen sie ihre Waffen stecken, fast alle Neuankömmlinge hatten einen Bogen schräg über dem Rücken.

»Ich bin allein und harmlos«, sagte Nika.

Ein älterer Mann mit dunklen Augen und einer merkwürdigen Tätowierung auf der nackten Brust stand plötzlich unbewaffnet vor ihr und musterte sie. Der Kerl strahlte eine gewisse Autorität aus – seine Körperhaltung, sein Blick und seine Miene zeugten von Wichtigkeit.

Er streckte den Arm aus und strich mit einer Hand über das schwarze Leder an ihrem Oberarm. Nika hielt still. Zunächst. Gegen diese Übermacht konnte sie im Moment nichts ausrichten.

»Was ist das für seltsame Kleidung?«, fragte der Kerl. Jetzt begrapschten seine Finger ihre rechte Brust und begannen, daran herumzudrücken.

»Finger weg!«, fauchte sie ihn an.

Diese Abfuhr musste er irgendwie persönlich genommen haben. Er nahm die Hand weg und befahl nachtragend: »Töten!«

»Oberhaupt Karesim. Sollten wir sie nicht erst aushorchen? Vielleicht weiß sie etwas über die dreckigen Jovali«, schlug Sagitta vor.

Ihr Anführer hielt dies nicht für eine gute Idee, sondern lief mit wenigen Schritten zu der Frau und herrschte sie an: »Deine Frechheiten nehmen überhand. Du wagst es, meine Befehle infrage zu stellen. Willst du diesen Eindringling verteidigen?«

Nika überlegte fieberhaft, wie sie hier wieder herauskommen konnte. Wie dämlich hatte sie sich angestellt, sich auf so eine einfache Art gefangen nehmen zu lassen. Ihr ärgster Feind, die Neugierde hatte sie in diese prekäre Lage gebracht. Viel mehr Zeit blieb ihr nicht für weitere Selbstvorwürfe, denn der gute Karesim könnte auch auf dem

Schwarzackerhof groß geworden sein, da er Sagitta mit der flachen Hand ins Gesicht schlug. Dann riss er ihr den Bogen aus der Hand und legte selbst auf Nika an.

»Sie muss sterben!«, erklärte er Sagittas Begleitern, die immer noch etwa fünfundzwanzig Meter entfernt die Pfeile auf sie richteten. Die Krieger um sie herum machten keinerlei Anstalten näher zu kommen, beobachteten jedoch das Geschehen mit stoischer Ruhe.

Nika starrte auf die Sehnen der drei Fernwaffen, die jeden Augenblick ihre tödliche Ladung abschießen würden. Sie zweifelte keinen Moment daran, dass diese Inselbewohner verdammt gut mit dem Bogen umgehen konnten. So wie sie das sah, übten die den ganzen Tag nichts anderes als Bogenschießen und durchs Gras schleichen.

Was würde ein Leopard nun tun?

»Töten!«, befahl er unmissverständlich.

Tsiiiing! Die Sehnen surrten fast gleichzeitig, doch nur fast. Ihr blieb ein Wimpernschlag. Nika drehte ihren Körper nur so viel wie nötig, der erste Pfeil zischte an ihrem Hals vorbei. Gleichzeitig schob sie die Hüfte etwas vor, das nächste Geschoss würde sie ansonsten in der Seite erwischen. Dem dritten Pfeil, der genau auf ihren Kopf zuraste, konnte sie jedoch nicht mehr ausweichen. Der Einschlag in ihrem Gesicht würde arg hässlich werden.

Gleichzeitig riss sie den Arm hoch, öffnete die Hand, griff in einer blitzschnellen Bewegung in die Luft, so als würde ein Leopard mit der Pranke zuschlagen.

Der zweite Pfeil surrte knapp vorbei.

Den dritten Pfeil hielt sie fest umschlossen in der Hand. Die Wucht des Geschosses drückte ihre Faust bis kurz vor die Wange. Es blieb nur noch eine Daumenbreite Platz, bevor die Pfeilspitze eingedrungen wäre.

Nicht schlecht, Nika. Jetzt aber schnell weg hier, denn sie war sich ziemlich sicher, dass ihr dieses Kunststück nicht noch einmal gelingen würde. Wenn sie überhaupt fliehen konnte.

Doch was nun geschah, ließ sie schon ziemlich verwundert stillstehen. Das Staunen schien sich in letzter Zeit als eine ihrer neuen Lieblingsbeschäftigungen aufzudrängen.

Alle starrten sie an, keiner bewegte sich. Keiner sagte einen Ton. Die drei Schützen glotzen ungläubig auf den Pfeil in ihrer Hand.

Sagitta flüsterte: »Die Frau, die nach dem Tod greift.«

»Die Frau, die nach dem Tod greift.« Die Krieger und Kriegerinnen rechts und links von ihr knieten nieder.

»Die Frau, die nach dem Tod greift.« Selbst das großmäulige Oberhaupt Karesim warf den Bogen zur Seite und ließ sich auf die Knie fallen.

Und da soll doch noch irgendeiner behaupten, mit ihr stimme etwas nicht. Diese Hinterurwäldler überboten alles bisher Erlebte, Gekannte und Erwartete.

Was nun? Diese einmalige Gelegenheit beim Schopf packen und schnell zu ihrem Freund, dem Leoparden, in den Urwald flitzen? Oder bei diesen merkwürdigen Inselbewohnern bleiben und Pfeile fangen?

Sagitta sah zu ihr auf: »Verzeih. Wir wussten nicht, dass die Himmelsmutter dich gesandt hat.«

»Kann jedem passieren.« Sie zuckte wissend mit den Schultern.

»Begleite uns ins Dorf, Frau, die nach dem Tod greift.«

Ziemlich umständlicher Name für jemanden, der Namen partout nicht ausstehen konnte. Ein Inselbewohner nach dem anderen erhob sich langsam und zollte ihr mit Blicken, Körperhaltung und Gesten Respekt. Nika traute diesem Frieden nicht – zu plötzlich, zu unerwartet, zu unerklärlich. Wer wusste schon, wie schnell dies wieder in die andere Richtung kippen konnte.

Den Pfeil in ihrer rechten Hand hielt sie nun Karesim unter die Nase. »Hier, so gut wie unbenutzt.«

Mit scheuem Blick nahm der Krieger den Pfeil entgegen. »Verzeihe mein Handeln, Gesegnete. Ich habe dich nicht erkannt.«

Gemeinsam gingen sie in das nahe gelegene Dorf. Für ihren Geschmack liefen hier viel zu viele Menschen herum, auch Kinder jeden Alters tummelten sich zwischen zahlreichen Rundhütten.

Sie erreichten einen Platz in der Dorfmitte. Hier stand eine riesige Holzstatue, etwa dreimal so groß wie ein Mensch. Sie stellte einen Krieger dar, der mit seinem gespannten Bogen nach Westen zielte. Alles andere hätte sie auch verwundert. Der aufgelegte Pfeil glich einem mächtigen Speer. Auf dem Rücken trug der Schütze einen Köcher aus Holz, zwei echte Pfeile, die im Verhältnis recht klein wirkten, ragten daraus hervor.

Nun strömten von überall her weitere Inselbewohner mit schwarzen Haaren und braun gebrannten Gesichtern herbei und versammelten sich neugierig um sie herum im Zentrum.

»Ist das eine Jovali?«, fragte ein kleiner Junge, der sich vordrängelte.

»Wer sind die Jovali?«, fragte Nika Sagitta, die direkt neben ihr stand.

»Unsere erbitterten Feinde auf der anderen Seite der Insel. Feige und verschlagen schleichen sie sich hierher, töten uns und schneiden zum Beweis uns Bangesi die Ohren ab.«

Nika sah keinen Grund sich zurückzunehmen: »Sagtest du nicht eben, du wolltest zu den Jovali gehen und mit ihren Augen zurückkommen? Gut, du lässt immerhin die Ohren dran – aber den ganz großen Unterschied zu den Gepflogenheiten der Jovali sehe ich dennoch nicht.«

Sagitta sah sie stumm an. Nika glaubte, es hinter ihrer Stirn rumoren zu hören. »Gesegnete, auf dieser Insel ist nur Platz für die Bangesi. Wir müssen die Jovali vernichten. Und mit deiner Hilfe geschieht dies.«

»Mit meiner Hilfe? Erkläre mir das.«

»Die Himmelsmutter verkündet seit Generationen:

Der Mann, der mit dem Schwert spricht,
Die Frau, die nach dem Tod greift,
werden obsiegen,
das eine Volk zu führen.«

»Ach so! Ja, wenn die Himmelsmutter das verkündet ...« Nika unterdrückte den Reflex, sich an den Kopf zu fassen.

Die Bangesifrau schaute noch verunsicherter drein als zuvor.

Nika fragte mit geduldiger Ungeduld in ihrer Stimme: »Wer ist die Himmelsmutter?«

Sagittas Zeigefinger deutete in Richtung Nordwesten auf

die Berge. »Dort, hoch über den höchsten Baumkronen, in den Wolkengewölben lebt sie. Karesim selbst hat sie vor Jahren besucht.«

Der Menschenauflauf um sie herum nahm nun Ausmaße an, die eine normale Unterhaltung unmöglich machte.

Karesim kniete vor ihr nieder und brüllte so laut, dass nun auch die stinkenden Jovali Bescheid wussten: »Die Frau, die nach dem Tod greift ist erschienen. Gesegnete, wir folgen deinem Befehl.«

Alle redeten durcheinander. Der Marktplatz von Tanderheim zur Mittagszeit wirkte wie ein Friedhof dagegen.

Sie hob, ohne darüber nachzudenken, den Arm. Sofort kehrte Ruhe ein.

Die wollten jetzt alle tatsächlich nach ihrer Pfeife tanzen? Eigentlich hatte sie keinerlei Bedürfnis auf so einen Anführerscheiß. Sollte sie nicht lieber zurück zur Ortschmiede wandern und darauf hoffen, dass es ihr irgendwie gelänge, wieder nach Toladar zu ... ja was eigentlich? Zu reisen?

Ein Greis mit krummem Rücken humpelte auf einem Stock nach vorne. Seine Augen leuchteten warm. Mit brüchiger Stimme nutzte er die Stille und erklärte: »Ich habe nicht geglaubt, es noch zu erleben. Du bist die Gesegnete, so wie die Himmelsmutter es vorhergesagt hat. Wir müssen dich zu ihr bringen.«

Pah! Klar, dass an dem Anführermist ein Haken war. Keiner würde sie irgendwohin bringen. Irgendwo war nirgendwo.

Sie schaute sich um. Für jemanden, der am liebsten allein im Dunkeln auf Zehenspitzen wandelte, bekam sie eine

Menge Aufmerksamkeit. Respekt, Nika. Du stehst hier mitten im Tageslicht im Mittelpunkt inmitten des Dorfes. Unlogisch!

Sie glaubte zu ersticken. »Sagitta, führe mich ein wenig durch das Dorf.«

Karesim führte mit wuchtiger Stimme aus: »Heute Abend werden wir die Ankunft der Gesegneten gebührend feiern. Doch zunächst, zeigen wir ihr das Leben der Bangesi.«

Die Besichtigung des Dorfes verschaffte Nika wieder ein wenig Luft. Sie erreichten den Dorfrand. Hier standen die Hütten nicht mehr so eng zusammen. Einige Krieger und Kriegerinnen saßen vor den Behausungen an langen Tischen und stellten irgendetwas her. Ein riesiger Haufen entrindeter Schösslinge aus einem ihr unbekannten Holz lag neben den Werktischen. Pfeile! Die machten Pfeile. Davon konnten sie anscheinend nicht genug bekommen.

Sagitta erklärte: »Dort liegen vorbereitete Schäfte. Die sind bereits einige Wochen getrocknet und mit Hitze gerichtet worden.«

Einige der älteren Jungen und Mädchen halfen beim Schleifen der Schäfte. Aus Hufen und Hörnern der Nutztiere fertigte der Stamm Pfeilspitzen und Nocken an.

»Wir haben kein Metall. Es gibt im Westen zwar Eisenerzminen, doch die stinkenden Jovali bewachen diese gut und verwehren uns den Zugang.«

Aha! Zumindest schienen diese Jovali nicht stinkend doof zu sein.

»Das stört uns jedoch wenig. Für den Einklang unserer Bögen und Pfeile mit unserer Schießkunst benötigten wir kein Eisen.« Stolz hob Sagitta ihr Kinn und erklärte: »Ob

Eisenspitze oder Hornspitze – es läuft auf dasselbe heraus, was für ein Pfeil durch das Auge in den Kopf der Jovali dringt.«

Als Federn für die Schäfte benutzte das Volk am liebsten jene von Wildgänsen oder Tukanen. Mit Knochenleim fügten die Pfeilbauer Schaft, Spitze, Nocke und Federn zusammen.

Ein junger Mann schnitt konzentriert mit geübten Fingern an den Federn eines Pfeils herum. Sagitta nahm einen fertiggestellten Pfeil mit dunkelblauen Federn von seinem Tisch. Sie hielt ihn mit der Nocke an ihr Auge senkrecht in die Luft, dann bog sie ihn vorsichtig und prüfte Spitze und Nocke. Sie nickte zufrieden. »Einen perfekten Pfeil herzustellen, gilt als große Kunst. Schau, einen dieser Künstler siehst du hier.«

Der Mann sah Sagitta an, verzog keine Miene, sagte kein Wort, doch seine Augen glitzerten glücklich.

Sagitta befeuchtete ihren Daumen und hielt ihn prüfend in den Wind. In einer eleganten Bewegung wanderte der Bogen von ihrem Rücken in ihre Hände und der Pfeil in den Bogen. Sie hob die Waffe, spannte die Sehne und schoss den Pfeil hoch hinaus in den Himmel.

»Ich treffe aus hundert Metern einem Vogel in den Hintern.« Es klang nach einer Feststellung und nicht nach Angeberei, dennoch fragte Nika sich, was diese Zurschaustellung sollte. Zumal am Himmel kein Vogelhintern weit und breit zu sehen war. Einen Pfeil einfach so in die Luft zu schießen, würde sogar Karek hinbekommen. Na ja, mit ein wenig Anleitung.

Sie gingen langsam wieder in die Dorfmitte zurück.

Nika beschäftigte eine andere Frage: »Sagtest du vorhin nicht auch etwas von einem, der mit dem Schwert parliert?«

Sie nickte: »Der Mann, der mit einem Schwert spricht. Ja.«

»Bringt doch den zur Himmelsmami. Die steht bestimmt mehr auf Männer. Ich habe gerade wenig Zeit.«

»Dieser Mann ist noch nicht aufgetaucht. Du bist die Gesegnete und nur du kannst uns führen.«

Sie erreichten die große Statue im Dorfzentrum. Im Köcher des Holzkriegers steckten nun drei Pfeile – einer davon hatte dunkelblaue Federn.

Sagitta flüsterte ihr zu: »Ich bin froh, dass du eine Frau bist. Eine *Anführerin* habe ich mir immer gewünscht.«

Das war Nika auch, doch sie hasste Verpflichtungen. Und nur weil sie nicht erpicht darauf gewesen war, einen Pfeil quer in den Kopf geschossen zu bekommen, sollte sie diese seltsamen Bangesi führen? Nicht mit ihr! Niemals!

Einmal König

Krall erwachte. Sein linker Arm schmerzte und pochte unter einem blutigen Verband. Sein Körper fühlte sich an, als wäre er in eine turmtiefe Schlucht gestürzt. Er befand sich in einer Behausung mit Felswänden - gut ausgestattet mit Möbeln, wie Tisch, Stühle und Nischen, die in den Stein geschlagen waren. Helles Licht fiel durch den Eingang, dennoch brannten die beiden Öllampen links und rechts an der Wand. Er lag auf einem Steinpodest auf Strohmatten, ein Leinentuch bedeckte seinen Körper.

Puh! Was hatte er nur für einen Traum gehabt? Er konnte sich an keine Details erinnern, nur dass sein Körper nicht mehr fest gewesen und er durch diesen Fluss Kang geschwommen war. So wie ein flüssiges Krokodil. Halsüberkopf stürzte er den Wasserfall hinunter. Alles hatte sich gedreht, bis ihn eine riesige, fleischfressende Pflanze erwischt hatte. Ihre fleischigen Blätter waren über ihm zusammengeschlagen, wodurch er sich vorkam, wie in einen Teppich eingerollt. Gelbe Verdauungssäfte ätzten auf seiner Haut, vor allem sein verletzter Arm brannte lichterloh.

Ein Stechen im Kopf holte ihn vollends zurück. Wo war Banfor? Er schreckte hoch, beruhigte sich jedoch, als er die geliebte Waffe in der Scheide senkrecht neben der Schlafstätte entdeckte. Er streichelte das Heft, zog dann Banfor aus der Scheide. Seine Faust umklammerte den Griff, seine Fingerknöchelchen wurden weiß. Der Schmerz in seinem Kopf verschwand und auch der Arm tat weniger weh. Oder bildete er sich dies nur ein? Nein – Banfor gab ihm Kraft und Zuversicht – er spürte es tief in seinem geschundenen Körper. Der wahnwitzige Kampf fiel ihm wieder ein. Das Schwert hatte ihn gerettet. Krall nickte dem Stück Stahl in seiner Faust zu. »Danke, Banfor. Du bist in meine Hand geflogen. Ich denke, ich bin der einzige Mensch, der sich nicht darüber gewundert hat.«

Mühsam erhob er sich von seiner Schlafstätte. Er stellte sich daneben, streckte und dehnte vorsichtig seine Glieder. Links und rechts knackte es vertraut in Fuß- und Schultergelenken, wenn seine Knochen in Bewegung gerieten. Der hierdurch verursachte Schmerz trieb ihm die Tränen in die Augen. Diese Pein gehörte nicht zu seinem morgendlichen Ritual.

Wie jetzt? Durch einen Schleier hindurch sah er ein verziertes Steinbecken in der Nähe des Eingangs. Das ging in Ordnung – doch der Inhalt nicht. Er glaubte jede Menge menschlicher Ohren zu sehen. Er schloss die Augen und schüttelte den Kopf. Er sah erneut hin. Tatsächlich! Ein Haufen menschlicher Ohrmuscheln, verschrumpelt zwar, doch klar zu erkennen. Warum schnitten die Jovali Ohren ab? Und vor allem, wem? Er kniff sich in die Ohrläppchen, nur um sicherzugehen, dass seine noch da waren, wo sie hingehörten.

Ein Mann trat ein. Krall konnte gegen das Licht nicht erkennen, um wen es sich handelte.

»Guten Morgen, Mann, der mit dem Schwert spricht.« Er zeigte seinen Respekt mit einer tiefen Verbeugung. »Gesegneter. Wie fühlst du dich heute Morgen? Wenn du danach verlangst, bringe ich dir weiteres Aya gegen die Schmerzen und das Fieber.«

Krall kniff die Augen zusammen. Waren das zwei Fragen auf einmal gewesen? Er traute diesem ganzen 'Gesegneter'-Gequatsche nicht. »Wo sind meine Kameraden?«

»Sie schlafen im Höhlengewölbe nebenan. Soll ich sie holen lassen?«

»Sag mir erst, was das hier soll?« Er zeigte auf die Ohren.

»Das ist der Stolz der Jovali. Die Ohren der Feinde, die wir getötet haben.«

»Welche Feinde?«

»Die Bangesi! Du wirst helfen, sie zu vernichten. So sagt es die Himmelsmutter.«

»Hm. Mal sehen! Wieso verrotten die Ohren nicht?«

»Sie werden über dem Holzfeuer in einem Schacht getrocknet und haltbar gemacht. Im Domizil des Oberhauptes werden sie gesammelt. Die Trophäen ehren das Oberhaupt, ehren die Jovali.«

Krall fasste sich an den Hinterkopf. »Ein schöner Anblick ist das nicht gerade. Können die Jovali ihre Trophäen an einem anderen Ort aufbewahren?«

»Du bist das neue Oberhaupt. Du befiehlst und es geschieht.«

»Jetzt befehle ich, erst einmal pinkeln zu gehen.«

Der Heiler runzelte die Stirn. »Ich verstehe nicht.«

»Äh, pissen, Urin ablassen, Pipi machen, ich muss mal.«

Chanelou begriff nun offenbar: »Ich zeige dir den Platz, an dem du dich erleichtern kannst. In der Zeit gebe ich deinen Kameraden Bescheid, dass du wach bist.«

»Augenblick noch.« Krall ließ es sich nicht nehmen, als

erstes sein Schwert umzuschnallen. Immer noch misstrauisch, was hier um ihn herum geschah, folgte er dem Heiler aus der Unterkunft hinaus.

Er stand auf einem länglichen Hochplateau, mit der Felswand im Rücken und konnte einen großen Teil eines Dorfes überblicken. Dahinter erstreckte sich bereits tiefer Urwald. Die Gerüche und Geräusche der Menschen und Tiere drangen in Nase und Ohren – nicht unangenehm, sondern würzig und exotisch. Einer der Krieger entdeckte ihn, wie er dort oben stand. Er verbeugte sich tief und rief: »Gesegneter! Mann, der mit dem Schwert spricht. Führe uns.«

Viele der Männer und Frauen unterbrachen ihre Arbeiten, sahen zu ihm herauf und huldigten ihn als neues Oberhaupt.

Krall dachte nur daran, dass er immer noch pinkeln musste. Er hob die Hand zum Gruß und folgte dann dem Heiler zum Abort. Hierbei handelte es sich um eine Felsspalte, über deren komplette Länge eine Holzbank gezimmert worden war. Krall bemerkte zahlreiche Löcher in den Brettern, wunderbare Sitzgelegenheiten, um seine Geschäfte zu erledigen.

Chanelou präsentierte mit einer Armbewegung die öffentliche Latrine der Jovali. Instinktiv atmete Krall vorsichtig ein, doch der Geruch hielt sich in Grenzen. Von ganz unten aus der Felsspalte kamen Fließgeräusche, somit wurden die Hinterlassenschaften der Jovali vom Wasser weggespült.

Wer kam denn auf solch eine Idee?

Er ließ die Hose runter und setzte sich seufzend über ein Loch auf die Bank, und kurze Zeit später fühlte er sich erheblich besser. Auf ging es, zurück zu seiner Bleibe. Die Schmerzen in seinem Körper klangen ab, je länger er sich bewegte. Langsam fühlte Krall sich wieder wie ein Mensch.

Eine Gruppe von Frauen kam ihm entgegen. Sie waren klein, ihre dunklen Haare trugen sie halblang und ihre Kleidung entsprach nicht gerade den toladarischen Konventionen. Krall musste zweimal hinsehen. Drei Frauen bedeckten durch ihre Tücher nur eine Brust, die andere war nackt. Eine solche Freizügigkeit überraschte ihn schon. Er betrachtete die Damen genauer. Eigentlich fand er alle auf Anhieb hübsch. Er hatte nun mal eine Schwäche für das schwache Geschlecht. Langsam fühlte Krall sich wieder wie ein Mann.

Mit neugierigen Blicken, jedoch ohne eine Miene zu verziehen, blieben sie stehen und verbeugten sich.

Eine sagte: »Mann, der mit dem Schwert spricht, sei willkommen.«

Eine andere murmelte ehrfürchtig: »Gesegneter. Du befiehlst und es geschieht.«

Krall verstand diese Welt hier nicht. Die wollten jetzt tatsächlich von ihm angeführt werden? Warum schauten sie ihn dabei an, als plagten sie Zahnschmerzen?

Er nickte etwas hilflos und machte, dass er weiterkam.

In der Ferne sah er seine Kameraden auf sich zukommen. Allen voran Wichtel und dahinter Karek, Bolk, Bart, Kind und Mähne.

Wichtel umarmte ihn, die anderen grinsten ihn an.

Karek sagte: »Du bist der Held, Krall. Weißt du eigentlich, was du getan hast?«

Krall meinte trocken: »Einigen Schowalis ordentlich die

Fresse poliert.«

»So können wir das stehen lassen.« Bolk kniff sich ins Kinn.

»Was hast du dir dabei gedacht, gegen sechs von denen gleichzeitig anzutreten?« Bart klang vorwurfsvoll.

»Was blieb mir übrig? Es gab keine andere Möglichkeit.«

»Du bist der neue Häuptling hier, Krall«, meinte Wichtel und jeder hörte heraus, wie stolz er auf seinen Freund war. »Du hast uns alle gerettet.«

Bart trat vor: »Gehen wir in deine Behausung. Ich möchte mir deinen Arm ansehen und den Verband wechseln.«

Chanelou blieb die ganze Zeit über einige Schritte hinter Krall. Alle gingen gemeinsam in das Domizil des Oberhauptes. Krall setzte sich und Bart löste den Verband. Mit ernster Miene begutachtete er die Verletzung.

Chanelou streckte seinen Kopf vor – dabei schnüffelte er intensiv an der Wunde und verzog das Gesicht. »Du wirst stark sein müssen.«

Bart schnaufte verächtlich: »Noch ist es zu früh, um zu beurteilen, ob der Wundbrand einsetzt oder nicht. Fieber hat er bisher auch kaum.«

»Mann mit dem Mund im Haar, höre auf Chanelou. Das neue Oberhaupt wird mit dem Tod kämpfen. Die Wunde wird stinken und nässen. Nur die Himmelsmutter entscheidet darüber, ob er leben oder sterben wird.«

Nach den Worten des Jovali müsste sich Krall deutlich schlechter fühlen. Tat er jedoch nicht. Hier drehte sich alles um ihn. Es gab Schlimmeres. Allmählich verstand Krall, was es hieß, wichtig zu sein. Die Jovali schauten zu ihm auf, er konnte ihnen Befehle erteilen. Nicht schlecht für den Sohn eines mittellosen Säufers.

»Wird schon gehen, Bart. Verbinde den Arm einfach neu.«

Bart sah ihm tief in die Augen. Dann meinte der Sorader: »Du brauchst Ruhe, mein Sohn.«

Solche Sprüche mochte Krall gar nicht. Sie rochen nach Bevormundung. »Ich bin nicht dein Sohn. Und wenn, wärst du mein Alter und damit ein Problem.« Es klang nicht nur wie eine Drohung, es handelte sich um eine Drohung. Kralls Blick suchte den Heiler der Jovali. »Chanelou, stelle mir doch die Frauen, die wir gerade draußen getroffen haben, näher vor. Alle anderen raus hier!«

Wichtel sah ihn merkwürdig an.

Krall zuckte innerlich die Schultern. Der Kleine verstand nichts von Macht. Und noch weniger von Frauen.

Der Weg nach oben

Bolk und Karek saßen auf einer steinernen Bank, welche in die Felswand des Plateaus geschlagen worden war. Von hier aus sahen sie nur die grünen Farben und Lichter der mächtigen Bäume mit ihren unendlich vielen Zweigen und Blättern. Dazu kam das allgegenwärtige Konzert des Urwaldes, gurrend, zwitschernd, grollend und pfeifend.

Karek lehnte sich an den kühlen Stein in seinem Rücken. Er mochte die Laute der ungeheuren Lebensvielfalt um sich herum. Eine Brise verstärkte das Rauschen der Bäume und Büsche. Er schloss die Augen. Mit einem Mal entdeckten seine Ohren Regelmäßigkeiten in den Geräuschen. Ein Rhythmus wie gesprochene Silben offenbarte sich. Es entstanden Worte in seinem Kopf – eine Frauenstimme flüsterte ihm zu: »Komm zu mir. Komm zu mir. Wo die Wolken die Sonne berühren. Suche Antworten! Hilf deinen Freunden!«

Der Prinz riss die Augen auf. Das Flüstern versiegte.

»Bolk! Hast du das gehört?«

»Was denn?«

»Die Stimme! Die Frau!«

Der Sorader schüttelte den Kopf. »Nein, es ist niemand in der Nähe, außer uns beiden.«

»Die Frau ruft mich wieder. Und sie kann meinen Freunden helfen. Vielleicht auch Krall?«

Bolk sah ihn entgeistert an.

»Guck nicht so. Ich habe kein Aya getrunken, Bolk.«

Sie verbrachten jetzt den dritten Tag im Dorf. Der Heiler

hatte recht behalten: Krall kämpfte nun tatsächlich gegen das Wundfieber. Völlig entkräftet konnte er unmöglich mit ins Gebirge reisen. War dies eben ein Zeichen gewesen?

Wie geht es nun weiter? Hier herumsitzen und abwarten kann es nicht sein. Nicht zu vergessen, dass weit im Westen Fürst Schohtar mit Sicherheit nichts Gutes ausbrütet. Wir müssen bald zurück nach Toladar.

Karek gab sich einen Ruck: »Wir sollten morgen zum Gebirge aufbrechen.« Er schaute auf Bolk. »Ich erhoffe mir dort viele Antworten auf unsere Fragen.«

Der Sorader nickte. »Vielleicht fällt ja auch eine Antwort für Admiral Bolkan Katerron ab, der mit seinen Freunden einem toladarischen Prinzen zur Seite steht und nebenbei neue Kontinente entdeckt. Diese nette Beschäftigung hindert Bolkan jedoch nicht daran, sich Gedanken über seinen Platz in der Welt zu machen.«

»Du steckst in der ganzen Sache mit drin, Bolk. Ich denke, auch für dich, Bart, Mähne, Kind und Schweif wird es Erkenntnisse geben. Ich kann es nur nicht versprechen.«

»Niemand kann Antworten über das Schicksal anderer versprechen. Ich weiß ja nicht mal ansatzweise, wohin mein Weg mich führt.«

»Es gibt keinen Weg, der dich führt. Und wenn, dann bist du der Weg.«

Bolk sah ihn stirnrunzelnd an.

Karek fuhr fort: »Wer hat sich denn entschieden, dem soradischen Militär Lebewohl zu sagen? Das Schicksal oder du?«

Lange sagte keiner der beiden einen Ton. Die Frage musste auch nicht beantwortet werden.

Auch wenn Bolk mich für einen Klugscheißer hält. Wenn ich eines in den letzten Monaten gelernt habe, dann mein Schicksal in die eigene Hand zu nehmen.

In diesem Moment sagte der Sorader nachdenklich: »Ja, das Schicksal kann auch Feind sein.«

»Da Bart unser kundigster Heiler ist, sollte er hierbleiben.«

Bolk sagte: »Bart wird nicht begeistert sein, doch er muss sich um Krall kümmern und ihn pflegen – ihm vertraue ich mehr als jedem San-Priester.«

Oder jeder San-Priesterin.

Karek biss sich auf die Unterlippe. »Am besten wäre es, wenn wir Krall wieder auf die 'Ostwind' bringen würden. Mit dem Landungsboot flussabwärts wäre das ein Klacks.«

»Wenn er mitmacht. Falls er sich sträubt, hat es keinen Sinn. Wir können ihn nicht gegen seinen Willen zum Schiff bringen.«

»Ich rede mit ihm.« Karek erhob sich seufzend. »Die anderen auf der 'Ostwind' werden sich bald Sorgen um uns machen. Wir können nicht länger warten. Morgen brechen wir auf. Soll neben Bart noch jemand hierbleiben?«

»Bart benötigt einen zweiten Ruderer, falls sie sich doch entscheiden, zum Schiff zurückzukehren. Daher sollte am besten auch Kind im Dorf bleiben.«

Der Prinz nickte. »Sprichst du mit ihnen?«

Bolk schwieg mit unbewegter Miene. Aus Erfahrung verstand Karek dies als stille Zustimmung.

Krall saß majestätisch auf seinem fellüberzogenen Thron, als Karek eintrat. Zwei junge Frauen knieten zu seinen

Füßen und ölten seine Beine ein. Sie waren bis auf ein Leinentuch um die Hüften nackt. So gefiel es Krall. Sein nackter Oberkörper glänzte bereits vor Öl.

Das neue Oberhaupt der Jovali richtete seinen Blick auf ihn. Das Wundfieber hatte sein Gesicht gezeichnet, sodass er zehn Jahre älter aussah.

»Hallo Prinz!«, begrüßte er Karek mit einer Flüsterstimme, die Gänsehaut machte. »Siehst du die beiden Schönheiten hier?«

»Nicht zu übersehen, Krall.« Er musterte die Jovali-Frauen. »Können wir alleine reden?«

»Es gibt nichts, was meine Untertanen nicht hören dürfen. Der Häuptling der Jovali hat keine Geheimnisse vor seinem Volk.«

»Also gut. Wir wollen morgen früh ins Gebirge aufbrechen, nur können wir dich nicht mitnehmen, da die Reise zu anstrengend für dich wird. Es wäre das Beste, wenn du mit Bart und Kind zur 'Ostwind' zurückkehrst.«

Krall schürzte die aufgesprungenen Lippen. »Jetzt schon? Mir gefällt es hier prächtig. Zwei Gründe hier zu bleiben liegen mir gerade zu Füßen. Und es gibt noch viele andere.«

Karek antwortete: »Du bist krank. Deine Wunde wird jeden Tag schwärzer. Wenn du dich nicht schonst, sondern so weiter machst, wirst du sterben.«

»Ach, du bist nur neidisch, weil du hier nicht das Sagen hast wie sonst. Hier bin ich der König und ich mache, was ich für richtig halte.«

Das Weiße in Kralls Augen brannte hellrot auf Karek herunter.

Ist das wirklich der Krall, den ich kenne?

Der Prinz wunderte sich, wie Krall es schaffen konnte, sich immer noch aufrecht zu halten. Seine Anwürfe taten weh, insbesondere da sie an Schärfe und Klarheit kaum zu übertreffen waren. Es war schon immer so gewesen. Karek hatte von Anfang an über keinen seiner Kameraden häufiger gestaunt als über Krall. Und nun lernte er, wie scharfsinnig Krall sich in seiner Sichtweise der Welt verlieren konnte. Kareks Herz wurde schwer – was konnte er nur tun, um den Krall, den er kannte, wiederzufinden?

Zumindest ein Teil vom alten Krall würde schon reichen.

***

Krall schaute auf Karek hinunter. Auf den großen Karek, der hilflos an seinem Thron stand und bettelte. Zu oft hatten er und seine Kameraden ihn, das neue Oberhaupt der Jovali, ob seiner Langsamkeit belächelt. Seiner vermeintlichen Langsamkeit. Nur weil er die Dinge durchdachte und nicht vorschnell falsche Schlüsse zog. Wenn es darauf ankam, konnte er schnell sein. Und nicht nur mit dem Schwert, wie sonst ließ sich seine Entscheidung erklären, gegen alle Jovali-Krieger gleichzeitig anzutreten, während die anderen nur hilflos dastanden. Sogar dem großen Karek war in diesem entscheidenden Moment nichts, aber auch gar nichts, eingefallen.

Ihm wurde schwindelig. Er griff hinter sich und holte den Fellbeutel mit Aya hervor. Ein weiterer tiefer Schluck würde gut tun. Ungeduldig zupfte er den Korken heraus. Bloß nicht durch die Nase atmen, das Zeug stank wie eine Leiche, die zwei Sommer in der Sonne gelegen hatte. Daher schmeckte es auch nach Verwesung, so als hätten die Jovali einige tote Ratten darin aufgeweicht. Egal – auf die Wirkung kam es an – und die war grandios.

Ach so. Karek stand immer noch da und wusste wohl nicht, was tun und was sagen. Klar, dass der Prinz hier weg wollte, wo er hier nichts zu befehlen hatte.

Kralls Augen brannten. Kareks Gesichtszüge verschwammen. Er blinzelte. Die Welt schimmerte und leuchtete nur für ihn.

»Krall. Krall?« Die Stimme klang fern. Er riss sich zusammen. Worum ging es nochmal? Ach ja – die Reise in die Berge. Die Lösung gestaltete sich doch ganz einfach.

»Ihr habt ja vor, ohne mich loszureisen. Dann nehmt bloß diesen Torquay mit. Den hätte ich beim Kampf auf Leben und Tod niemals verschonen dürfen. Ich weiß genau, dass der nur auf den richtigen Moment wartet, mich beiseitezuschaffen. Also, weg mit dem, sonst lasse ich ihn hinrichten.«

Zur Bekräftigung dieses Vorhabens rülpste er kräftig.

»Hinfort, hinfort.« Er unterstrich seinen Wunsch, nein, seinen Befehl, indem er abschätzig mit den Fingern in der Luft herumwedelte.

Endlich verließ der Prinz wortlos das Domizil. Wahrscheinlich würden sie als Nächstes Wichtel mit dem Auftrag schicken, auf ihn einzureden. Krall, sei doch vernünftig und kehre mit Bart zum Schiff zurück. Als würde es ihm dort besser ergehen. Soll er nur kommen. Er würde Wichtel vor die Wahl stellen. Er könnte entweder hier bei ihm bleiben und Macht, Aya und Frauen satt genießen, oder sich von Prinz Karek herumkommandieren lassen. Was für eine

Wahl? Wichtel würde sich für ihn entscheiden. Dann hätte die Hand des Schwertmeisters nur noch drei Finger.

Er rutschte tiefer in seinen Sitz. Wenn dieser Scheißarm nur besser verheilen würde.

Das Fieber setzte ihm zu. Gestern schon hatte er keine Lust mehr auf die Frauen, die ihn ständig umgarnten, gehabt. Nicht einmal auf die Schönheiten, die ihm zu Füßen gelegen hatten. Ein Zeichen, dass er wahrlich krank war. Normalerweise hatte er Lust vor der Lust und nach der Lust und ab und an zwischendurch.

Er merkte selbst, wie heiß seine Stirn brannte. Chanelou hatte richtig vermutet. Seine Armverletzung sah grässlich aus, die Wundränder schwarz und geschwollen, Eiter lief heraus wie gelber Brei aus einem überkochenden Topf.

Wo hatte er den Beutel mit Aya gelassen? Ein weiterer Schluck konnte nicht schaden.

»Krall! Krall, wach auf.« Er war auf seinem Fellthron eingeschlafen und das Erste, was er sah, war Wichtels Gesicht.

Mit vorwurfsvoller Miene meinte Wichtel: »Du musst dich auf deiner Schlafstätte ausruhen. Was sitzt du hier herum?«

Krall merkte, wie seine Augen flatterten. »Mir gefällt es hier auf dem Thron am besten.« Er packte Wichtels Arm. Mit verschwörerischer Stimme fragte er: »Wichtel, du bleibst doch hier, oder? Du gehst doch nicht mit den anderen in die Berge, oder?«

Wichtel sah ihn erschrocken an. »Ich bin dein Freund, Krall. Natürlich kann ich dich nicht verlassen, solange du krank bist. Also bleibe ich an deiner Seite. Nur gefällt es mir nicht, wie du dich aufführst.«

Fing Wichtel jetzt auch an, ihm Vorhaltungen zu machen?

Kralls Augen verengten sich zu Schlitzen. »Wie jetzt? Nur weil ich hier den Ton angebe und ein bisschen Spaß mit Frauen habe?«

»Du bist krank und solltest ausruhen. Stattdessen säufst du dieses Aya-Zeug in dich rein.«

Krall merkte, wie die Wut seiner körperlichen Schwäche trotzte. »Alle wissen hier, was am besten für mich ist. Dabei bin ich das Oberhaupt! Du kannst ruhig mit den anderen losziehen, wenn du nur an mir rummeckerst.«

Wichtel senkte den Kopf. Er sah traurig aus in diesem Moment.

Doch Krall konnte nicht mehr zurück. »Hau ruhig ab!«

Nun war Wichtel an der Reihe, genau wie Karek vorher, das Domizil ohne ein weiteres Wort zu verlassen. In Zukunft hatte er Ruhe vor diesen guten Ratschlägen von allen Seiten.

Das Schwindelgefühl wurde nicht besser, sodass Krall beschloss, sich hinzulegen. Und zwar, weil er es so wollte – und nicht weil Karek und Wichtel auf ihn eingeredet hatten. Er stand auf und wankte. Sein Schwertgurt hing an der Stuhllehne. Nein, an der Thronlehne. Er zog Banfor heraus, er brauchte Kraft. Seine heißen Finger pressten sich um den Schwertgriff. Da war nichts und es kam nichts. Er drehte das Heft in seiner Hand, doch es fühlte sich an wie ein leeres Stück Metall. Nicht anders als ein Hufeisen.

Kralls Augen drückten nach außen. Das Oberhaupt muss sich erst einmal hinlegen und ausruhen. Schaffte er es noch zum Nachtlager?

Er spürte einige starke Hände, die ihm unter die Arme griffen und ihn zu seinem Bett führten. Wer, konnte er gar nicht sagen. Er hielt die ganze Zeit über die Augen geschlossen.

Krabbeltod

Der Prinz lag auf einem Wurzelplateau mitten im Urwald. Unten auf dem Boden konnte niemand schlafen - Käfer, Spinnen, Schlangen und Unmengen anderer Kleintiere hatten etwas dagegen.

Sie waren gezwungen gewesen, ohne Krall aufzubrechen. Auch Bart, Kind und Wichtel hatten sie im Dorf zurückgelassen, was Krall nicht gerade gewürdigt hatte. Ebenso hatte es Chanelou sich nicht nehmen lassen, bei seinem neuen Oberhaupt zu bleiben. Der Heiler hatte als Führer an seiner statt Torquay empfohlen, so taten sie Krall tatsächlich den Gefallen und brachen zusammen mit dem jungen Krieger und zwei weiteren Jovali auf. Die beiden hießen Marou und Nimdou und wirkten wie alle Jovali sehr ernst. Aus irgendeinem unerfindlichen Grund hörten die beiden auf den jüngeren Torquay.

Das Holz des Baumes drückte ihn überall, gemütlich war das Nachtlager nicht gerade. Bolk schlief neben ihm, den Geräuschen nach zu urteilen, wie in einem Himmelbett. Auf einer anderen Wurzel lagen Mähne und die beiden Jovali-Krieger Marou und Nimdou. Letzterer hatte die erste Wache gehalten, Torquay die zweite. Nun stand dieser unbeweglich wie der Baum, auf dessen Wurzeln sie nächtigten, in der Mitte des Nachtlagers.

Das Landungsboot hatten sie im Jovali-Dorf gelassen, falls die zurückgebliebenen Kameraden Krall doch zur 'Ostwind' bringen wollten. Karek glaubte zwar nicht daran, dass Krall dies zulassen würde, doch sie mussten diese

Möglichkeit gewährleisten. Zumal Torquay ihnen erklärt hatte, dass sie 'mit dem Floß, das keines war' ohnehin oberhalb des Wasserfalls nicht mehr allzu weit kommen würden.

Karek schloss die Augen. Morgen würden sie den ganzen Tag marschieren, dafür brauchte er all seine Kräfte. Demnach wäre vorheriger Schlaf nicht das allerschlechteste. Doch die ganze Zeit kreisten seine Gedanken rund um Krall. Was ging seinem Freund nur durch den Kopf? Konnte Macht Menschen derart schnell verändern? Er wollte das nicht glauben. Nicht Krall. Er wälzte sich unruhig auf die andere Seite. Auch so herum wollte der Schlaf nicht kommen. Leise stand der Prinz auf und kletterte zu Torquay auf das andere Plateau hinüber. Die Augen des Jovali leuchteten dunkelrot.

»Ich kann nicht schlafen. Ich mache mir zu viele Sorgen um meinen Freund.«

Der Jovali bewegte sich nicht. Mit stoischer Miene meinte er: »Ich teile deine Sorge nicht. Ich hoffe, dass 'der Mann, der mit dem Schwert spricht' an der Fäulnis stirbt.«

Karek seufzte. »Warum führst du uns in die Berge, Torquay?«

»Chanelou hat mich darum gebeten. Und ich glaube, dass ihr keine schlechten Menschen seid. Auch verstehe ich, dass eurem Krall keine andere Möglichkeit blieb, als das zu tun, was er getan hat. Auch ich wollte diesen Kampf nicht. Es ist geschehen: Dein Krall hat meinen Herzensbruder und damit einen Teil von mir getötet. Das vergesse und verzeihe ich nicht, solange ich lebe.«

Karek dachte über die Worte des Jovali nach. Dann

fragte er: »Torquay, was ist ein Herzensbruder?«

Torquay sah ihn unverwandt an, doch ein heller Funke huschte durch seine Augen. »Zadou und ich sind zusammen groß geworden, wir haben zusammen gewohnt, zusammen gejagt, zusammen gedacht. Wir waren ein Geist, ein Atem, eine Waffe.«

»Ihr wart also enge Freunde. Aber nicht blutsverwandt, oder?«

Der Jovali-Krieger nickte. »Nur enge Freunde. Nicht alle Jovali haben einen Herzensbruder. Die Himmelsmutter fügt Menschen zusammen oder auch nicht.«

»So eine Verbindung ist ein Geschenk. Niemand kann es erzwingen.«

»Du verstehst mich. Hast du einen Herzensbruder?«

Das ist eine weise Frage.

»Das ist eine weise Frage.« Karek überlegte. »Wir kennen nicht direkt diese innige Verbindung, wie du sie mit Zadou hattest, doch habe ich Freunde, an die ich glaube, denen ich mein Leben anvertrauen würde.«

»So wie Krall?« Die Wangenknochen des jungen Kriegers verhärteten sich.

Volltreffer! Au weia! Krall gab zurzeit wahrlich den idealen Herzensbruder ab.

»Krall ist krank. Wir tun alles, um ihm zu helfen, daher ist unser Heiler Bart bei ihm geblieben. Zudem Kind und Wichtel.« Karek überlegte. »Wichtel könnten wir durchaus als eine Art Herzensbruder von Krall bezeichnen. Auch die beiden verbindet eine tiefe Freundschaft.«

»Das konnte ich direkt nach dem Kampf beobachten. Wenig später nicht mehr.«

Dieser Jovali-Krieger ist geradeheraus – das muss ich ihm lassen.

Karek sah Torquay an. »Hast du dich in all den Sonnenwenden mal mit Zadou gestritten?«

Wieder dieser Funke der Überraschung in den roten Augen. »Nicht nur einmal. Wir hatten beide ein Auge auf die gleiche Frau geworfen. Eine gewaltige Probe unserer Bande.«

Karek entgegnete ernst: »Ein Geist, ein Atem, eine Waffe, ein Herz. Und Letzteres vergeben an die gleiche Frau.«

»Du verstehst mich.«

»Du bist meinem Freund Krall nicht gut gesonnen. Ich weiß, es ist schwierig – für mich und für dich. Ich möchte dir vertrauen. Vielleicht können wir Freunde werden?«

»So eine Verbindung ist ein Geschenk. Niemand kann es erzwingen.«

»Du bist ein interessanter Mensch, Torquay.«

Die Morgendämmerung warf silbriges Licht auf das alles beherrschende Grün, welches die kleine Gruppe von Menschen fast verschlang.

Karek sah, wie die Wangenknochen des Kriegers sich lockerten. Dann sagte er: »Ich vertraue dir.«

Der Prinz blickte zurück: »Ich vertraue dir.«

Karek blickte sich um. »Lohnt es sich für mich, noch einmal zu versuchen einzuschlafen?«

»Nein, wir wecken gleich die anderen und brechen auf.«

Karek streckte die Glieder. »Dann wird das heute ein harter Tag. Ich gestehe, ich bin nicht gewöhnt …«

»Leise!« Torquay unterbrach ihn und streckte den Kopf vor. Seine Augen leuchteten dunkelrot. Der Krieger flüsterte: »Der Urwald schweigt. Böses ist im Anmarsch.«

Tatsächlich. Die plötzliche Stille fuhr Karek in die Glieder wie Donnerknallen. Die beiden anderen Jovali-Krieger erhoben sich.

»Aufwachen!«, zischte Torquay Bolk und Mähne zu, sodass sie nun alle wach waren.

»Was ist los?«, fragte Bolk verschlafen.

Marous Gesicht verlor an Bräune. »Krabbeltod!«

»Was für ein Tod? Was bedeutet das?«

»Das bedeutet, dass wir umzingelt sind. Das bedeutet, dass Rennen nichts mehr nützt. Das bedeutet, dass wir schnell ein riesiges Feuer machen müssen.«

Die drei Jovali stürzten los.

»HELFT! Sucht trockenes Holz. Nur ein Feuer kann uns retten!«

Bolk und Mähne zuckten sich gegenseitig mit den Schultern an. »Na, dann. Die Jovali kennen sich hier aus.«

Auch sie begannen, Brennbares aus dem näheren Umkreis zusammenzusuchen.

Karek rief: »TORQUAY! Jetzt kläre uns auf. Was bedeutet Krabbeltod?«

»Es ist zu spät!« Der Jovali-Krieger ließ sein Bündel Reisig fallen. Er deutete auf einen schwarzen Schatten auf dem Boden, der sich von Süden näherte. Marou, der in dieser Richtung Holz sammelte, schrie auf und wollte wegrennen. Seine Bewegungen wurden immer langsamer, sein Körper immer mehr von einer schwarzen Masse überzogen. Er taumelte, blieb stehen, dann überzog dieser Schatten auch seinen Kopf. Mit einem grauenhaften Schrei fiel Marou auf den Boden, seine Stimme erstickte und Karek sah nur noch einen schwarzen Haufen, wie ein frisches Grab. Jetzt bewegte sich das Grab auch noch, ebenso der

Boden davor. Eine zwanzig Meter breite Schattenfront kroch unaufhaltsam auf sie zu.

Entsetzte Augenpaare blickten auf das wandernde Grab ihres Kameraden. Auch Bolk erkannte nun, worin die Todesgefahr bestand.

»Krabbeltod«, sagte er tonlos. »Kleine, harmlose Dinger. Doch in dieser Menge ...«

Die Gefährten standen eng aneinandergedrängt auf dem Wurzelplateau.

Torquay sagte mit unbewegter Stimme: »Heeresameisen auf Raubzug. Sie töten und verwerten alles, was ihren Weg kreuzt. ALLES! Es ist zu spät. Und ihre Kundschafter haben schon fette Beute ausgemacht.«

Der Prinz staunte. Ameisen! Nicht viele, sondern Millionen.

Mähne, der nicht oft etwas sagte, wenn er nicht gerade eine seiner Geschichten erzählte, fragte: »Meinst du mit fetter Beute uns, Torquay?«

Der Angesprochene nickte.

»Wir müssen doch etwas tun können. Auf den Baum klettern, in die andere Richtung rennen?«, schlug Bolk vor. Doch im nächsten Moment sahen sie, dass es keine andere Richtung mehr gab, von allen Seiten schoben sich die Schatten auf sie zu. Marous Kadaver würde das Anrücken nur für kurze Zeit aufhalten. Die Ameisen zerlegten ihn mit atemberaubendem Tempo. Karek glaubte, unzählige Kieferzangen schmatzen zu hören, wie sie dabei waren, den Körper Millimeter für Millimeter zu zerlegen. Heeresameisen. Die gleichen Tiere, die Chanelou an die Wundränder von Krall angelegt hatte, nur waren es jetzt nicht sieben, sondern siebenhunderttausend und mehr.

Torquay zeigte auf eine besonders große Ameise an vorderster Front, etwa so lang wie Kareks kleiner Finger. »Ihre Königin.«

»Bringt es etwas, wenn wir die töten?«

»Nein. Die Soldatinnen werden uns töten, mit oder ohne Königin. Zudem bleibt mindestens eine zweite Königin im Nest. Dorthin bringen sie ihre Beute.«

Die ersten Ameisen machten sich daran, die Wurzel, auf der sie standen, zu erobern. Wütend stampften Mähne und Bolk auf dem Boden herum und traten die Insekten platt.

Die beiden Jovali bewegten sich nicht. Torquay sagte ruhig: »Es ist so, als würdet ihr versuchen, den Fluss Kang totzutreten. Sinnlos. Wenn die Himmelsmutter uns dieses Ende zugedacht hat, dann ist es bestimmt.«

»Nichts ist bestimmt!«, zischte Karek. Er hatte die ganze Zeit über still danebengestanden. »Lasst uns etwas versuchen. Presst euch hinter mich an den Baumstamm. Zu verlieren haben wir ja nichts mehr, wenn ich dir Glauben schenken darf. Also tut es!«

Die beiden Jovali reagierten nicht, während Bolk und Mähne sich hinter Karek drängten.

Karek fuhr Nimdou und Torquay an. »HINTER MICH AN DEN BAUM!«

Er packte sie an den Armen, zog und schob sie in seinen Rücken. Gleichgültig ließen sie es geschehen. Allerhöchste Zeit, denn die Ameisen krabbelten bereits zu Tausenden zwischen ihren Füßen umher. Jede Einzelne etwa drei Zentimeter lang, sodass die Beißwerkzeuge mit ihren sichelförmigen Mandibeln deutlich zu erkennen waren.

Voller Entsetzen starrte Karek zu dem toten Jovali-Krieger hinüber, der weiterhin von unzähligen dieser kleinen Mundwerkzeuge zerlegt wurde. An einigen Stellen waren schon weiße Knochenstückchen zu erkennen.

Einzeln betrachtet nicht direkt zum Fürchten, doch in dieser unvorstellbaren Menge das gefährlichste Raubtier aller Welten – ein kollektiver Organismus, zielorientiert, gut organisiert und hungrig.

Die Ameisenkönigin krabbelte auf sie zu. Bolk hob mit Wut im Gesicht den Stiefel, im Begriff sie zu zermalmen.

»Nein, Bolk!«, bat Karek. »Fasst mich an. Haltet euch an den Händen. Schnell!«

Karek sah aus den Augenwinkeln, wie Nimdou seine Faust vor der Nase drehte, während er Torquay anschaute.

»Fasst euch an den Händen, sodass wir eine Kette bilden! Torquay, du sagtest eben noch, du vertraust mir!«

Torquay nickte Nimdou zu und endlich spürte er die Hand des Jovali-Kriegers in seiner.

Der Prinz machte vorsichtig einen winzigen Schritt vor, ohne Ameisen zu zertreten. Die Königin krabbelte auf sein Bein. Unzählige Soldatinnen wuselten überall. Mähne begann, wie wild um sich zu schlagen, weil die Ameisen seinen Oberkörper erreicht hatten.

»Mähne, halt still. Sie beißen nicht. Bleib ruhig – sie beißen nicht. Reize sie nicht!«

Die Menschen standen wie Wachsstöcke und schielten entgeistert auf das schwarze Gewusel auf ihren Körpern.

Die Königin hielt auf Kareks Brust inne. Wäre es nicht lächerlich, sah es so aus, als ob sie auf seinen Herzschlag lauschte.

Mähne flüsterte: »Karek, die kriechen in meine Ohren.«

Die Ameisenkönigin bewegte sich wieder. Sie krabbelte über Kareks Hose wieder hinunter. Sie erreichte seine Füße und rannte kurze Zeit später über den Waldboden in Richtung Westen. Die unzählige Schar Ameisen folgte ihr wie ein fliegender Teppich.

Die Gefährten standen noch voller Entsetzen und angespannten Muskeln auf der Baumwurzel, als die letzten Ameisen das Gebiet um sie herum verließen.

Torquay verbeugte sich vor Karek. »Bisher kannte der Krabbeltod keinen Rückzug. So etwas hätte ich niemals für möglich gehalten. Wie hast du das gemacht, Herr der Ameisen?«

Auch der andere Jovali verbeugte sich vor ihm. Er rang um Fassung. »Es ist unmöglich, den Heeresameisen zu entkommen, sobald sie eine Beute umzingelt haben.«

Karek versuchte, nicht allzu viel Verachtung in seinen Ton zu legen: »Weil es so bestimmt ist?« Er atmete tief durch. »Nichts ist bestimmt. Es tut mir jedoch furchtbar leid, dass wir Marou nicht retten konnten.«

Bolk und Mähne wischten sich den Schweiß von der Stirn und klopften ihre Fäuste gegeneinander.

Bolk meinte mit viel Erleichterung in der Stimme: »Herr der Ameisen. Lass uns hier verschwinden, bevor es sich deine Vasallen anders überlegen.«

Traurig schaute Torquay zu Marous Leiche hinüber. »Auf dem Rückweg werden wir nur noch seine Gebeine finden und ihm Ehre erweisen. Packt alles ein. Wir brechen auf.«

Mähne schüttelte den Kopf: »Lieber von einem Löwen

gefressen werden als von hunderttausend Ameisen.«

Stillschweigend marschierten die Gefährten weiter nach Norden. Die Hitze nahm zu. Der Durst plagte Karek, denn er hatte seine Wasserration bereits verbraucht. Es ging stetig bergauf. Karek glaubte, den Fluss Kang in der Nähe rauschen zu hören. »Warum gehen wir nicht am Fluss entlang? Ich würde mich trotz der Krokodile dort hineinstürzen.«

»An beiden Ufern des Kang sind nur riesige Felsen. Wir würden viel langsamer vorankommen als hier«, erklärte Torquay.

»Schade!«, grummelte Karek.

Am Nachmittag hatte Karek kaum noch Kraft, sich fortzubewegen. Alles an ihm schwitzte und klebte, er musste sich dringend ausruhen. Der Prinz biss sich auf die Lippen. Erste Schwindelgefühle erfassten ihn.

Noch zehn Meter und ich falle tot um.

Kaum hatte er diesen Gedanken zu Ende gedacht, rief Torquay: »Halt! Hier rasten wir. Trinkt und wascht euch. Danach fülle ich im Kang die Wasserbeutel wieder auf.

Dankbar ließ sich Karek genau da, wo er stand vollends erschöpft auf den Boden fallen. Den Rucksack neben sich, den Wasserbeutel an den Mund, die Augen geschlossen, drei Dinge, die sein Leben beherrschten, alles andere verlor an Bedeutung. Er trank den letzten Tropfen und ließ den Wasserbeutel fallen. Torquay stand plötzlich neben ihm und drückte ihm sein Wasser in die Hand. Der Beutel war noch fast voll. Dankbar trank Karek noch ein paar Schlucke.

Der Jovali-Krieger sagte: »Schütte dir den Rest über den

Kopf. Dann ruhe dich aus und versuche zu schlafen. Ich klettere hinunter zum Kang und hole neues Wasser.«

Auch als das Wasser über Kareks Haare, über sein Gesicht, Hals, Bauch und Rücken lief, konnten seine Lebensgeister nicht mehr geweckt werden. Sogleich fiel er in einen unruhigen Schlaf.

Erzfeinde

Bolk saß auf einem Stein und stocherte mit einem Stock in dem weichen Urwaldboden herum. Wiederholt fragte er sich, was er eigentlich hier machte, außer mit einem Stock im weichen Urwaldboden herumzustochern.

Nimdou saß ihm im kerzengeraden Schneidersitz gegenüber und starrte seit Ewigkeiten ohne zu blinzeln geradeaus. Bolk wusste, dass der Jovali-Krieger mit Marou eng befreundet gewesen war. Zwangsläufig fiel Bolk wieder das Erlebnis mit den Ameisen ein. Diesen Marou hatten die kleinen Biester erwischt und in mundgerechte Portionen zerlegt, und wenn Karek sie nicht gerettet hätte, wären sie alle als Ameisenfutter geendet. Wichtel hatte ihm mal die Geschichte vom Prinzen und den Schauerwespen im Rabenwald erzählt. Bolk hatte sich Kareks damaliges Überleben mehr mit einem glücklichen Zufall erklärt. Doch da war auch noch die Sache mit dem Wal, die er selbst miterlebt hatte. Wie er es drehte und wendete, der Junge blieb ein Mysterium.

Karek, der die ganze Zeit über da gelegen hatte wie ein Toter, hob den Kopf. »Wie lange habe ich geschlafen?«

Bolk grinste. Der Prinz musste gemerkt haben, dass er über ihn nachgedacht hatte. »Nur einen einzigen Lidschlag. Obgleich der den ganzen Abend und die halbe Nacht gedauert hat.«

Nimdou stierte weiter geradeaus und bewegte sich nicht, nur seine Stirn warf Falten.

Karek stand ächzend auf. »Diese Urwaldspaziergänge

sind nichts für mich.« Er setzte sich neben Bolk.

Es raschelte. Torquay kam ins Lager gerannt. Sechs prall gefüllte Wasserbeutel glucksten hinter seinem Rücken. Doch das Wasser schien ihm egal, als er mit aufgerissenen Augen berichtete: »Ich habe ihn gesehen. Den Nachtgott der Fleckenkatzen, den schwarzen Tod, den schleichenden Schatten.«

Bolk betrachtete ihn stirnrunzelnd. Er mochte Torquays Geradlinigkeit und Unaufgeregtheit. Von Letzterer war nichts zu spüren.

Bolk fragte nach: »Was hast du gesehen? Bisher habe ich kein Wort verstanden.«

»Einen schwarzen Panther, einen schwarzen Leoparden.«

»Sind das einer oder zwei?«, fragte Bolk.

Ohne eine Miene zu verziehen erklärte der Krieger: »Ein schwarzer Panther ist ein Leopard mit schwarzem Fell. Seit Hunderten von Sommern ist keiner mehr gesehen worden. Und heute, zwischen den Büschen, habe ich ihn erblickt. Ich bin nicht ganz sicher ... aber welches schwarze Tier ist fast so groß wie ein Mensch und bewegt sich mit der Anmut eines Panthers?«

»Ich tue das!«

Bolks Gefühle explodierten wie Feuerkraut. Seine Sinne spielten verrückt. Diese verdammte Frau verfolgte ihn immer noch und jetzt hörte er auch noch ihre Stimme mitten im Urwald.

Eine schwarze Lederweste über der Brust, nur durch ein paar Schnüre gehalten, eine schwarze Lederhose, schwarze Haare und schwarze Augen tauchten vor ihm auf. Das konnte aber unmöglich sein. Hatte ihm jemand heimlich dieses Aya-Zeugs in sein Wasser gekippt? Doch die nächsten Worte drangen deutlich über seine Ohren mitten in sein Gehirn ein, ob er wollte oder nicht. Jede Silbe rauschte durch seine Sinne.

»Ach! Und der fesche Admiral *Balkon* ist auch mit von der Partie.«

Nika! Lässiger und kaltblütiger denn je. Hier mitten im Niemandsland. Er bemühte sich mit allen Kräften seiner fast zwei Meter Körpergröße mit den dazugehörigen Muskeln, die Gesichtszüge wieder zu sortieren. Schließlich galt er immer noch als einer der fähigsten Offiziere aller vier Reiche und hatte gelernt, in den gefährlichsten, ausweglosesten Situationen einen kühlen Kopf zu bewahren. Doch es handelte sich hierbei nicht um eine gefährliche oder ausweglose Situation. Ganz im Gegenteil – sein Herz machte einen Hüpfer, so freute er sich, sie wiederzusehen. Wie gut kannte er diese Frau eigentlich? Sie hatten einige Tage zusammen an der Küste Soradars und auf der 'Ostwind' verbracht. Mehr nicht. In dieser Zeit hatte sie ihn in vielen Augenblicken durch irgendeinen Zauber tief berührt und sein Innerstes nach außen gekehrt. Jetzt würde er ihr genau dies sagen. Er wollte Nika in seine Arme schließen und nicht mehr loslassen. Das war ihm alles klar geworden, seit sie klammheimlich aus der Burg verschwunden war. Er öffnete den Mund, im Begriff ihr dies alles zu gestehen. Jetzt oder nie!

Er merkte, wie Bolks Lungen Luft holten und wie Bolks Stimmbänder tonlos meinten: »Ach, du bist es, Goldlöckchen! Lass mal sehen. Jemand hat mit großer Kunstfertigkeit Hand an dein Haar gelegt. Gut siehst du aus.«

Eigentlich war die Situation zum Schreien komisch. Auch Karek erholte sich noch von der Überraschung mit maximaler Verdutzung. Mähne schlug beide Hände vor das Gesicht, wie auch immer dies zu interpretieren war. Torquay und Nimdou schauten ernst von einem zum anderen, merkten sie doch deutlich, dass sich etwas äußerst Ungewöhnliches abspielte.

Endlich sprang Karek auf, lief zu Nika und umarmte sie.

Das sah recht einfach aus. Bolk fragte sich, wieso er dazu nicht in der Lage war.

Nika legte ihre Hand auf Kareks Schulter. »Karek!«. Dann machte sie einen Schritt zurück und betrachtete ihn. Für Nikas Verhältnisse fragte sie voller Wärme in der Stimme: »Wo hast du denn deinen dicken Bauch gelassen?«

Jetzt sah sie die beiden Jovali Krieger an. »Ihr müsst zwei von diesen dreckigen Jovali sein.« Zum Glück klang ihr Tonfall etwas freundlicher als ihre Ausdrucksweise. Etwas. Nika hatte es schon immer drauf, mit den ersten wenigen Worten Freunde fürs Leben zu gewinnen.

Zum zehntausendsten Mal fragte sich Bolk, was er an dieser verkorksten Dame nur fand. Die Antwort war schlicht und sie blieb schlicht. Alles!

Karek strahlte Nika an. »Erzähle! Wie kommst du hierher, was hast du erlebt?«

Sie hob den Zeigefinger. »Ich bin nicht allein. Ich habe Begleitung mitgebracht.«

Bolks Herz krampfte sich zusammen. Wie war das denn zu verstehen?

Nika fuhr fort: »Ich bin auf der anderen Seite der Insel aufgetaucht und habe dort das andere Volk getroffen.«

»Wie aufgetaucht? Und was hast du mit den Bangesi zu tun?«

Torquay griff nach seinem Langdolch. Das Wort 'Bangesi' rief bei ihm offensichtlich umgehend die Begriffe Feind, Waffe, Kampf und Tod hervor.

Nika erklärte ihm ohne hinzusehen. »Lass deine Waffe ruhen, junger Krieger. Sonst wird der schwarze Panther dich zerfetzen.«

Tatsächlich ließ Torquay langsam den Dolch sinken.

Nikas Wangenknochen lockerten sich: »Zwei Bangesi begleiten mich. Junger Krieger, du hast gemerkt, dass alle anderen Fremden hier meine Freunde sind. Was können wir tun, um einen Waffenstillstand zwischen den Jovali und den Bangesi zu vereinbaren?«

Dieser ungeheuerliche Vorschlag schien Atemnot bei Torquay hervorzurufen. »Was? Waffenstillstand kann es nicht geben zwischen uns. Das geht nicht.«

Karek mischte sich ein: »Wie kommst du darauf?«

»Die Bangesi sind feige und hinterhältig. Ihnen ist nicht zu trauen.«

Nika schnaubte unwirsch. »Das Gleiche sagen die Bangesi über die Jovali. Ihr würdet euch hinter euren Dolchen und Schwertern aus Metall verstecken und ihnen den Zugang zu den Eisenerzminen verwehren.«

»Dies ist unser gutes Recht, da die feigen Bangesi aus dem Hinterhalt mit ihren Bögen schießen, anstatt Auge in Auge zu kämpfen.« Torquays Trotz und Empörung stiegen.

Karek trat zu ihm und legte eine Hand auf seine Schulter. »Können wir alle zusammenkommen und zunächst Friede einkehren lassen? Diese Frau ist wie eine Herzensschwester für mich. Ich vertraue ihr vollends.«

Kareks eindringliche Stimme beruhigte Torquay ein wenig.

Nika verdrehte die Augen: »Ah, ja – mein herziger Herzensbruder. Gut, dass du es erwähnst, das hätte ich bei meiner augenblicklichen Anspannung glatt verdrängt.«

Torquay sah irritiert zu Karek hinüber. »Das klingt aber nicht nach einer Herzensschwester.«

»Doch, doch. Das ist nur ihre Art, Zuneigung zu zeigen.«

Sie standen hier alle mitten im Dschungel und redeten komisches Zeug. Bolk war es egal. Er konnte sich an Nika nicht sattsehen.

»Es reicht jetzt!« Nika wurde sauer und noch hübscher.

Bolk schüttelte den verdrehten Kopf, um wieder Boden unter die Füße zu bekommen. Dann sagte er laut: »Holt alle zusammen. Wer sich daneben benimmt und nur daran denkt, eine Waffe zu ziehen, um den kümmere ich mich.«

Nika verschwand schnell und leise in den Büschen. Wenig später tauchte sie mit zwei Bangesi im Schlepptau wieder auf.

Bolk blickte genauer hin. Eine Frau und ein Mann. Beide trugen einen Langbogen über dem Rücken und sahen alles andere als glücklich aus. Als sie Torquay und Nimdou erblickten, hielten sie an und ihre Hände zuckten mit grimmigen Gesichtern nach den Bögen. Auch die Jovali umschlossen die Griffe ihrer Langdolche.

»Finger weg«, fauchte Nika wie eine Raubkatze.

Einen Moment dachte Bolk, die verfeindeten Völker würden sich trotz aller Warnungen aufeinanderstürzen.

Widerwillig setzten sich sowohl die Bangesi als auch die

Jovali in einen Kreis mit Karek, Mähne, Nika und Bolk. Die Mienen der verfeindeten Völker sprachen Bände. Jahrhunderte voller Hass und Krieg huschten über die Gesichter, ihre Blicke schossen scharf, vernichtend und unversöhnlich kreuz und quer.

Bolk ergriff als Erster das Wort: »Wir sind nicht in irgendeiner feindlichen Absicht den Bangesi gegenüber unterwegs. Wie ist es mit euch?«

»Wir sind nicht in irgendeiner feindlichen Absicht den Jovali gegenüber unterwegs. Wir wollen zur Himmelsmutter auf den Berg«, erklärte Nika.

»Demnach haben wir das gleiche Ziel.«

Torquays Gesicht glich einer Sonnenfinsternis. »Komme nicht auf den Gedanken, zusammen mit den Bangesischweinen weiterzureisen.«

»Der Vorschlag ist gut. Wir sollten gemeinsam in Richtung Himmelsmutter losziehen«, meinte Bolk ungerührt.

Die Kriegerin neben Nika fuhr hoch. »Auf keinen Fall. Mit den dreckigen Jovali gehe ich nicht weiter.«

Bolk sagte ruhig: »Eines vorweg. Das hier ist Torquay, ein junger Krieger. Und dort sitzt sein Freund Nimdou. Wenn ich sie mir genau ansehe, sehen sie kein bisschen dreckiger aus als ihr.« Bevor Sagitta etwas sagen konnte, stand Bolk auf und ging auf sie zu. »Wie heißt du?« Die Frau glotzte ihn an, unwillig, auch nur ein Wort zu sagen.

Bolk steckte ihr fast den Zeigefinger ins Auge. »Du, sage mir deinen Namen!«

»Sagitta.«

»Und du?« Bolk baute sich vor dem Krieger auf.

»Gabim.«

Jetzt drehte der Sorader sich um. »Hört mal, Torquay und Nimdou. Ich für meinen Teil finde, Sagitta und Gabim sehen aus wie Menschen. Nicht viel anders als wir alle. Mit Sicherheit ganz und gar nicht wie Schweine.«

Niemand sagte etwas, was Bolk dafür nutzte, auch die anderen Teilnehmer der obskuren Völkerverständigungsrunde vorzustellen. Dann sagte er: »Wir wollen auch zur Himmelsmutter. Ich bin sicher, sie wird nichts dagegen haben, wenn wir zusammen bei ihr auftauchen.«

Torquay schüttelte den Kopf. »Die Bangesischw … äh … Bangesi töten uns im Schlaf. Ihnen ist nicht zu trauen.«

Sagitta wütete zurück: »Die Jovali schneiden uns die Kehlen durch, sobald wir uns umdrehen. Und dann die Ohren ab.«

»Die Bangesi reißen uns die Augen raus.«

»Schluss jetzt!« Nika verschränkte die Arme vor der Brust. Sie stellte sich zu Bolk. »Hört auf den Mann mit der großen Klappe. Wir reisen zusammen weiter.«

Bolk bekräftigte: »Genau. Hört auf die Frau mit dem lustigen Haar.«

Jetzt schien es Karek zu bunt zu werden. Er brachte die Diskussion auf ein anderes Niveau. »Was wollt ihr bei der Himmelsmutter?«

Nikas Mund wurde schmal: »Ich bin das neue Oberhaupt der Bangesi. Und mein Volk hat mich neugierig auf die Himmelsmutter gemacht. Dazu werde ich das Gefühl nicht los, dass sie mich irgendwie ruft.«

»So geht es mir auch«, sagte Karek erstaunt.

»Die Himmelsmutter wird der Frau, die nach dem Tod greift, helfen, die Jovali zu vernichten.« Sagitta konnte es nicht lassen.

»Die Frau, die nach dem Tod greift? Das kommt mir doch bekannt vor«, kratzte sich Bolk am Kinn.

Torquay legte los:

»Der Mann, der mit dem Schwert spricht,
Die Frau, die nach dem Tod greift,
werden obsiegen,
das eine Volk zu führen.«

Karek fragte: »Wer ist denn das eine Volk?«
»Die Jovali natürlich«, rief Torquay.
»Die Bangesi natürlich«, widersprach Sagitta.
Bolk rang die Hände.

In dem Moment fragte Karek: »Wer ist denn die Frau, die nach dem Tod greift?«

Nika schnalzte mit der Zunge: »Na, wer wohl?«

Wenn es nach Bolk ginge, hätte Sagitta es sich sparen können, auf Nika zu zeigen und zu rufen: »Da steht sie!«

»Wie kommt sie denn zu diesem glanzvollen Namen?«

Sagitta antwortete mit viel Stolz: »Sie hat einen Pfeil gefangen.«

»Ah! So einen, wie du bei dir hast?« Bolk deutete auf ihren Köcher. »Zeig mal.«

Sagitta griff nach einem ihrer Pfeile und warf ihn Bolk zu. Lässig fing dieser ihn auf und meinte: »Kunststück. Bin ich jetzt der Mann, der nach dem Tod greift?«

Die Bangesikriegerin glotzte ihn mit einem wütenden Funkeln an. Mähne sorgte dafür, dass sein breites Grinsen hinter einem Vorhang aus Haaren verschwand.

Schneller als Bolk es der Frau jemals zugetraut hatte, sprang sie auf, riss sich mit einem Arm den Bogen vom Rücken, mit dem anderen zog sie einen Pfeil aus dem Köcher und legte auf Bolk an. »Fang diesen Pfeil, der dir sonst den Schädel spaltet. Erst dann bist du der Mann, der nach dem Tod greift.«

Hinsichtlich Schnelligkeit und Temperament passte Sagitta gut zu Nika. Bolk sagte: »Jetzt habe ich verstanden, wie es gemeint ist. Lege den Bogen wieder weg.«

Karek hob die Augenbraue: »Nika, du hast einen Pfeil gefangen, der auf dich abgeschossen wurde?«

Nika zuckte die Achseln. Sagitta ließ den Bogen sinken.

»Wie dem auch sei – du bist die Frau, die nach dem Tod greift, und wir haben den Mann, der mit dem Schwert spricht.«

»Wer soll das denn sein?«, fragte Nika.

»Krall«, antwortete Karek.

»DER Krall?«

»Genau der.«

»Wieso quatscht der denn mit einem Schwert?«

»Das ist eine lange Geschichte.«

Sagitta fragte: »Wie soll das gehen? Wir dachten, der Mann, der mit dem Schwert spricht, würde uns helfen, die Jovali zu vernichten.«

»Daraus wird nichts.« Bolk erklärte: »Krall ist das Oberhaupt der Jovali.«

Nika schnaubte. »Die Geschichte wird immer länger. Wie konnte denn so etwas passieren?«

Der Prinz antwortete: »Er hat im Kampf alle besiegt. Und nun scheint er Teil der Lösung zu sein.«

»Pah! Wenn Krall Teil der Lösung ist, dann gibt es kein Problem«, Nika machte aus ihrer Wertschätzung gegenüber dem neuen Oberhaupt der Jovali kein Geheimnis.

Karek ging nicht darauf ein: »Jetzt lasst uns überlegen, wie wir gemeinsam weiterreisen können. Sagitta, Gabim, Torquay und Nimdou, meint ihr, die Blutfehde kann für diese Zeit ruhen? Hören wir uns doch alle an, was die Himmelsmutter zu sagen hat. Wenn wir sie überhaupt finden.«

Auch Torquay schien verwirrt. »Wenn die Nachtkatze die Anführerin der Bangesi ist, wird sie uns nicht den Sieg bringen. Nimdou und ich werden uns beraten, ob wir einer Gemeinschaft zustimmen können.«

Sagitta und Gabim zischten gleichzeitig zurück: »Tod den dreckigen Jovali.«

»ES REICHT!« Karek wurde laut: »Was soll denn der Blödsinn? Merkt ihr nicht, dass es Zeit ist, etwas zu verändern? Dieser Krieg zwischen Jovali und Bangesi ist gänzlich unnötig. Die Insel ist groß genug. Es gibt Wasser und genügend zu essen. Nennt mir einen Grund, warum ihr euch gegenseitig abschlachtet.«

Torquays Gesicht blieb unverändert: »Es war schon immer so – seit Hunderten von Sommern. Die Bangesi müssen getötet werden.«

Sagitta öffnete den Mund, blieb dann jedoch ruhig. Sie wirkte nachdenklich.

»Wir haben vergleichbare Situationen auf unserem Kontinent. Dieser Mann…« Karek zeigte auf Bolk. »Dieser Mann gehört zu den traditionellen Feinden meines Volkes. Wir haben uns kennen- und schätzengelernt und jetzt sind wir

Freunde.« Karek wurde energischer. »Ich habe überhaupt keine Ahnung, warum wir uns seit Ewigkeiten bekriegt haben. Und bisher habe ich auch keinen Grund gehört, warum Bangesi und Jovali dies tun.«

»Ihr Fremden versteht nichts von unseren Ritualen und Bräuchen.« Nimdous heruntergezogene Mundwinkel unterstrichen seinen Widerwillen gegen diese Diskussion.

»Dann frage ich noch einmal. Erkläre mir bitte, woher diese Feindschaft zwischen euren Völkern rührt. Ich höre gut zu.«

Eine Weile sagte niemand etwas. Trotzig blickten die Jovali und die Bangesi in gegensätzliche Richtungen.

Bolk machte einen Vorschlag: »Wir bleiben jetzt zusammen, bis wir die Himmelsmutter gefunden haben. Bis dahin herrscht unbedingter Waffenstillstand. Kein Schwert, kein Bogen gegeneinander. Kein Augenausstechen, kein Ohrenabschneiden. Einverstanden?«

Langsam, ganz langsam nickten die Inselbewohner Bolk zu. Mitten in der Wildnis war somit das erste Friedensabkommen zwischen dreckigen Jovali und Bangesischweinen vereinbart worden.

Lachen

Eine Gemeinschaft, wie sie unterschiedlicher nicht sein konnte, brach auf in die Berge, mit dem Ziel, einer Legende nachzuspüren.

Er glaubte fest an seine Sache, das ließ ihn voranschreiten. Er merkte ab und an, wie sich seine Gefährten an ihm aufrichteten, und selbst Bolk hatte sich überzeugen lassen.

Karek erinnerte sich immer wieder an seinen Traum und die Frauenstimme in seinem Kopf.

'Meine Kräfte schwinden, mein Sohn', hatte sie gesagt. Arelia, Mutter des Lebens, hatte sie sich gerufen. Oder Himmelsmutter? Und was hatte sie ihm noch geraten? 'Finde den Jäger und den Pfeil. Sie werden dir helfen.' Und sie wollte seinem Freund helfen. Da von seinen Freunden Krall am dringendsten Hilfe benötigte, konnte nur er gemeint sein.

Er würde Krall helfen. Dennoch blieb das Ganze bisher nur ein Traum. Karek schluckte bitter.

Träumen konnte jeder alles. In Träume passte jede Menge hinein. Träume sind wie Behälter ohne Böden.

Torquay drehte sich um und erklärte: »Morgen Abend werden wir schon nahe bei den Wolken nächtigen. Dort oben im Fels gibt es eine kleine Höhle, die Unterschlupf bietet.«

Karek spürte, wie der Boden unter seinen Füßen an Härte gewann. Immer häufiger ersetzten Steine und Felsen den weichen Waldboden. Am späten Nachmittag lichtete sich der Urwald.

Karek ließ sich bis zur letzten Position zurückfallen, dort bildete Nika die Nachhut. Die immer spärlicher werdende Vegetation erlaubte es, nebeneinander zu gehen.

Karek lächelte sie an. Nikas Miene veränderte sich nicht und damit passte sie vorzüglich auf diese Insel mit ihren ernsten Einwohnern.

»Ich freue mich, dass du hier bist«, sagte er schlicht. »Mit was für einem Schiff bist du hergekommen? Wie hat das Schiff den Sturm überstanden?«

»Kein Schiff, kein Sturm. Du erinnerst dich an den Friedhof, auf dem wir die Sanduhr gefunden haben?«

»Hm!« Mehr musste er nicht sagen – sein Leben lang würde er diesen Ort niemals vergessen, und das wusste Nika.

»Dort in der Kapelle gibt es eine kleine Kammer, die hat mich hierher gebracht.«

»Oh!« Karek sah sie fragend an. »Wie das denn?«

Nika erzählte Karek, was sie erlebt hatte. Sie erklärte, was sie glaubte, über die Ortschmiede in Erfahrung gebracht zu haben. Karek hörte aufmerksam zu. Als sie fertig war, folgerte er: »Das kann doch kein Zufall sein, dass wir uns hier wiedertreffen. Auch wenn es uns vielleicht nicht gefällt, scheint eine Instanz oder Intelligenz jenseits unserer Vorstellungskraft mit unseren Fäden in der Hand zu spielen.«

»Ich hasse Spielen.«

»Es läuft alles auf diese Dame dort oben hinaus, wo die Wolken die Sonne berühren.«

Er erzählte Nika von der beschwerlichen Reise zur Insel und von seinen Träumen. »Arelia, Mutter des Lebens, nannte sie sich. Und sie riet mir, ich solle den Jäger und den Pfeil finden.«

Sie schaute ihn mit ihren unheimlichen schwarzen Augen an. »Ich mag es überhaupt nicht, wenn jemand Spielchen mit mir treibt. Doch ich gestehe, auch ich habe mich leiten lassen. Zum Beispiel durch einen Krähenschwarm. Oder durch meine eigene Neugierde, die mir immer öfter vorkommt, als gehöre sie nicht zu mir. Genau wie du erhoffe ich mir Antworten in den Bergen. Denn ich glaube nicht an Zufälle. Der Zufall ist der ärgste Feind der Logik. Das sind keine Fäden, die uns lenken und führen, es sind schon handfeste Zügel, die an den Kandaren in unseren Mäulern zupfen.«

Wortlos stapften die beiden eine Weile nebeneinander her.

Nika schien nachzudenken, dann sagte sie: »Finde den Jäger und den Pfeil. Sie werden dir helfen ... dies waren die Worte aus deinem Traum? Ich denke, du hast sie bereits gefunden, doch wie sie dir helfen können, weiß ich nicht.«

Hellwach riss Karek die Augen auf. »Erkläre mir, was du meinst.«

»Die Alte Sprache. Torquay bedeutet Jäger, und Pfeil übersetzen wir mal direkt und ohne jeden Umweg mit Sagitta.«

»Die beiden sind Jäger und Pfeil. Das klingt plausibel.«

»Eng befreundet sind sie ja bereits – zwischen die beiden passt kein Blatt Papier.«

Sie unterbrachen ihre Unterhaltung, da sie an einen Bachlauf kamen, der überquert werden musste. Karek kniete nieder und trank einige Schlucke des klaren Wassers. Danach füllte er seinen Wasserbeutel auf. Der Pfad, dem sie folgten, wurde immer steiler. Sie hatten den Urwald nun vollends hinter sich gelassen.

Nach wie vor bildeten Nika und Karek die Nachhut.

Sie fragte: »Wie kommt es, dass Bolk noch bei dir ist?«

Karek horchte auf. Ihr Tonfall klang bei dieser Frage eine Spur zu beiläufig. Der Prinz holte tief Luft.

Jetzt aber vorsichtig. Ich weiß genau, was ich sagen will, doch ich weiß nicht, wie ich es sagen soll.

»Ich habe ihn gebeten mitzukommen. Es gibt in Krosann keinen besseren Kapitän. Außerdem mag ich ihn und, was noch wichtiger ist, ich vertraue ihm. Da er glaubt, für sich selbst noch keinen festen Platz in dieser Welt gefunden zu haben, entschied er, mir zu helfen. Und so ähnlich geht es seinen Freunden Bart, Mähne, Schweif und Kind.«

»Ach was. Die laufen doch brav an den Ort, wo Bolk das Stöckchen hinwirft und singen das nach, was Bolk ihnen vorträllert.«

»Vielleicht. Doch was Bolk angeht, wollte ich dir damals, als wir allein auf dem Kastell der 'Ostwind' saßen, schon etwas erzählen.«

Nikas Gesichtszüge veränderten sich nicht, doch Karek kam es so vor, als würden ihre Ohren etwas länger werden.

Er fuhr fort: »Du erinnerst dich an den Strand, auf dem Schohtars Soldaten uns mit den Armbrustschützen überfallen hatten, bevor ich die Sanduhr zerstört habe?«

»Hm!«

»Bolk hat sich damals für dich geopfert. Die Bolzen, die auf dich abgefeuert wurden, hat er abgefangen, indem er seinen Körper dazwischen geworfen hat. Was ihn natürlich das Leben gekostet und dich gerettet hat. Zumindest, wenn ich nicht mithilfe der Sanduhr die Zeit und damit Bolks Tod zurückgedreht hätte.«

Endlich mal eine Reaktion von Nika, die in ihrem Gesicht ankam. Beide Augenbrauen zuckten etwas nach oben. »Wieso sollte er mich retten wollen?«

Das ist mal wieder typisch Nika. Sensibler Nachdruck muss her.

Der Prinz sagte: »Es gibt nicht viele Beweggründe, warum Menschen handeln, wie sie handeln – vor allem, wenn sie extreme Dinge tun. Wir hatten mal auf dem Deck der 'Ostwind' darüber gesprochen.«

Karek spannte in Erwartung einer deftigen Antwort unbewusst die Rückenmuskeln an. Als Nika schwieg, lockerte er diese wieder. Mehr wollte er auch nicht mehr von sich geben. Schließlich hatte er bereits seine ersten Lektionen hinter sich gebracht, um zu begreifen, dass es durchaus Unterschiede bezüglich Gefühlswelt, Gemütswelt und Gedankenwelt zwischen Männern und Frauen gab. Er musste nur an seine jüngsten Unterhaltungen mit Milafine zurückdenken.

Für Nika schien das Gespräch beendet. Der Pfad verengte sich, sodass der Prinz nun vor ihr über immer größer werdende Felsbrocken klettern musste. Karek verzog den Mund. Wenn er beobachtete, wie elegant und mühelos seine Gefährten vor ihm durch dieses sperrige Gelände marschierten, erfasste ihn der Neid. Während er schnaufend mit der Leichtigkeit eines Flusspferdes kletterte, sprangen die Jovali und die Bangesi über Stock und Stein wie junge Bergziegen. Und Nika hinter ihm flog mit der Geschmeidigkeit einer Raubkatze über alle Unwegsamkeiten.

Torquay führte die Gemeinschaft einen Pfad in Serpentinen bergauf, sodass sie wenigstens nicht an einer der steilen Felswände hochklettern mussten. Es dauerte dennoch nicht lange, bis der schmale Weg steiler wurde. Die Gruppe kam nur noch langsam voran, denn Geröll, Spalten und scharfe Kanten erforderten Konzentration bei jedem Schritt. Zunächst empfand Karek den aufkommenden Wind als angenehm, doch gegen Abend merkte er, dass es deutlich kühler geworden war.

Kurze Zeit später hielt Torquay an und zeigte auf eine schmale Felsspalte, hinter welcher sich ein Höhleneingang verbarg. »Hier verbringen wir die Nacht.«

Erschöpft drehte Karek sich um und schaute zurück auf den Weg, den sie am heutigen Tag zurückgelegt hatten. Der weite Ausblick über den Großteil der Insel raubte ihm den letzten Atem. Wie eine weite Wiese lag der Urwald tief zu seinen Füßen. Die Wipfel der höchsten Bäume schauten daraus hervor wie Blumen, und der Kang zog ein blaues Band von Norden nach Süden mitten durch das Grün.

Der Anblick dieser fruchtbaren, lebendigen Welt gab Karek neue Kraft. Er dachte an seinen Vater, an Milafine und Sara, an seine Freunde und an das Vertrauen und die Wertschätzung, die ihm selbst von einer Auftragsmörderin entgegengebracht wurden.

Alles Leben ist endlich. Ein Grund mehr, endlich zu leben.

Bolk schlug vor, dass alle in der Höhle schlafen sollten. Erfolglos, denn auf solch engem Raum weigerten sich Sagitta und Gabim, zusammen mit den Jovali zu nächtigen. Oder waren es Torquay und Nimdou, die nicht so nahe bei den Bangesi schlafen wollten? Schön, dass sie sich irgendwie einig waren – jedenfalls blieben Sagitta und Gabim vor der Höhle. Die Inselbewohner trieben ihr Misstrauen sogar so weit, dass beide Völker jeweils eine Wache aufstellten.

Karek suchte sich einen Platz zum Schlafen unweit vom Höhleneingang.

Stöhnend legte er sich auf seine Decke. »Wie weit ist es noch, Torquay?«

»Eine Sonne werden wir noch brauchen.« Skeptisch betrachtete ihn der Jovalikrieger. »Karek, dir fehlen Ausdauer und Kraft.«

»Mir fehlen Ruhe und gutes Essen.« Der Prinz betrachtete das Stück Trockenfleisch, von dem er abgebissen hatte. Lustlos kaute er darauf herum. »Hast du die Himmelsmutter schon mit eigenen Augen gesehen?«

»Nein, ich habe Chanelou nur begleitet. Unser Heiler hat den heiligen Boden allein betreten und den Worten der Himmelsmutter gelauscht. Gesehen hat er sie nicht.«

»Weiß denn jemand, wie sie aussieht?«

Torquay antwortete: »Es heißt, sie sei heller als Licht, zarter als ein Schmetterlingsflügel und lieblicher als die Bergrose.«

Just in diesem Moment betrat Nika die Höhle. »Sprecht ihr von mir?« Sie setzte sich auf den steinigen Boden, lehnte sich an eine Felswand und zog die Knie an.

Überrascht sah Karek sie an. »Hast du einen Scherz machen wollen?«

»Klar. Eigentlich sind Auftragsmorde meine Spezialität.

Aber direkt danach kommen schon Scherze. Und auch lustige Scherze.«

»Der Scherz kam bisher noch nicht in deinem Gesicht an«, stellte Karek fest.

Bolk kniff die Augen zusammen, verkniff sich jeden Kommentar und sah folglich noch verkniffener aus.

Torquay stand auf, stellte sich vor Nika hin, stemmte die Arme in die Hüften und musterte sie eine Weile aufmerksam. Dann stellte er sachlich fest: »Mit dir hat die Himmelsmutter keinerlei Ähnlichkeit.«

Nika betrachtete Torquay wie einen Hautausschlag. Sie wandte sich Bolk zu: »Lachen die Jovali auch so viel wie die Bangesi?«

»Aber ja doch, ganz regelmäßig, immer am Ende des Jahres«, erklärte Bolk.

Mähne gluckste.

Mit Furchen auf der Stirn sah Torquay von einem zum anderen. »Lachen? Nennt ihr das so, wenn ihr euer Gesicht schmerzhaft verzieht wie Sterbende und dabei Geräusche von euch gebt, so als ob der Erstickungstod in euren Lungen wütet?«

»Wenn du es so ausdrücken willst, genau.«

Torquay dachte nach. »Und der ... Scherz ... füttert das Lachen?«

»Genau.«

»Satt wird keiner davon. Ein Tier lacht auch nicht – ich habe jedenfalls noch nie ein Tier lachen gesehen. Wofür soll das Lachen also gut sein?«

»Lachen befreit, Lachen verbindet, Lachen beseelt.« Karek versuchte eine Erklärung.

Torquay schüttelte den Kopf. »Ich bin frei. Ich bin meinem Volk verbunden. Meine Seele erfüllt mich.«

Der kann noch enervierender als Nika sein …

Der Jovali schob die Lippen vor. »Und dann gibt es bei euch noch dieses … lautlose Lachen.«

»Du meinst lächeln.« Karek lächelte.

Torquay und Nimdou betrachteten äußerst misstrauisch sein Gesicht.

»Tsss! Lächeln! Das sieht genauso lächerlich aus«, legte Torquay sich fest.

»Recht hat er«, versicherte Nika.

Karek protestierte: »Nein, Freude und Nettigkeit zu zeigen, ist nicht verkehrt. Und bedenkt: Lachen ist das Gegenteil von weinen.«

Nika schnaubte: »Weinen kommt von alleine. Lachen geht von alleine, selbst wenn es vorher mühsam gelernt wurde.«

Die Mienen der Jovali sprachen ernste Bände – sie konnten der Diskussion entweder ausgesprochen gut oder gar nicht mehr folgen.

Bolk mischte sich ein: »Wie dem auch sei. Wir können ja die Himmelsmutter über die Bedeutung des Lachens befragen. Was möchten wir denn noch gerne wissen, wenn die Dame Zeit für Antworten mitbringt?«

Karek sagte: »Sie hat uns hierher gerufen und zusammengeführt. Ihre Beweggründe interessieren mich natürlich. Ich bin gespannt auf sie.«

Torquay schlug vor: »Wir sollten nun ruhen. Der morgige Tag wird anstrengend. Das letzte Stück des Weges zur Himmelsmutter ist felsig und gefährlich.«

Die Gefährten legten sich auf ihre Nachtlager. Nimdou hatte die erste Wache übernommen. Karek brauchte erneut lange Zeit, bis ihn ein traumloser Schlaf befiel.

Der Prinz dachte, er habe gerade erst die Augen geschlossen, als er von Torquay geweckt wurde. Alle Gefährten hatten sich bereits vor der Höhle versammelt und machten sich bereit, weiter den Berg hinaufzusteigen. Viel Zeit blieb Karek nicht mehr – er verschwand noch schnell in die Büsche und rollte seine Decke mit seinen Habseligkeiten ein.

Wie Torquay es angekündigt hatte, mussten sie mehr klettern als gehen. Auf allen vieren kraxelte er eine Steigung hoch, die mit Geröll übersät war. Sein Brustkorb hob und senkte sich heftig, als er oben angekommen war.

Torquay winkte: »Hier entlang!«

Er führte die Gemeinschaft um die Anhöhe herum und deutete auf einen riesigen Berg, der sich dahinter auftat. »Dort hinauf müssen wir.«

Wenig später balancierten sie auf einem Sims, nicht breiter als die Länge eines Dolches, die Felswand entlang. Karek zwang sich, nicht nach unten zu schauen. Behutsam setzte er einen Fuß vor den anderen, folgte Bolk, der direkt vor ihm ging. Rechts von ihm gähnte nur noch tiefer Abgrund. Hinter ihm wandelte Nika, so als würde sie auf einer Sommerwiese spazieren gehen.

»HALT!« Torquays Stimme von vorne erzeugte ein Echo von hinten. »Hier müssen wir springen.«

Karek wurde schwindelig. Noch konnte er nicht sehen, was der Jovali mit Springen meinte, doch allein dieses Wort auf der schmalen Spur in dieser Höhe klang schon wie ein

Absturz und raubte dem Prinzen den Atem. Er presste sich an das Gestein links von ihm. Wenigstens eine Seite, die Halt gab. Er spürte den kalten Schweiß auf seiner Stirn und schloss die Augen.

»Karek! Du bist dran.« Nika tippte ihn auf die Schulter.

Der Prinz hob müde die Lider. Bolk vor ihm hatte es bereits geschafft, so konnte der Prinz nun sehen, worum es ging. Der Weg wurde durch eine gigantische Felsspalte unterbrochen. Eine Kluft von etwa eineinhalb Metern tat sich vor ihm auf. Nun ging es nicht nur rechts von ihm, sondern auch direkt vor ihm mehrere Hundert Meter hinunter. Bis auf Nika und ihn hatten bereits alle die andere Seite des schmalen Weges erreicht.

Karek merkte, wie das Blut sich aus seinem Gesicht verabschiedete und anfing, in seinen Zehen zu kribbeln. Die Spalte, die es zu überwinden galt, wurde immer breiter, der Abgrund immer tiefer, die Luft immer dünner, sein Mut immer kleiner.

Immerhin wird meine Panik immer größer.

Offenbar sah Nika die pure Angst in seinen Augen, denn mit der ihr eigenen Einfühlsamkeit baute sie ihn auf: »Bepinkel dich bloß nicht wieder. Los, spring einfach.«

Warum mache ich das hier nur? Anstatt zuhause gemütlich im Schloss zu sitzen.

Wie gelähmt stand er mit dem Rücken an die Felswand gepresst.

Nika betrachtete ihn. In ihren Kohleaugen konnte Karek nichts erkennen.

»Los jetzt!«

»Karek sah nach unten. »Es ist so tief.«

»Ach was! Stell dir vor, es wären nur zehn Meter.«

»Das soll helfen?« Seine Stimme piepste.

»Eigentlich nicht. Wenn du zehn Meter herunterstürzt, bist du tot. Sind es sogar tausend Meter, bist du toter. Bei genauer Betrachtung sehe ich jedoch keinen allzu großen Unterschied. Also kontrolliere deine Angst.«

Wie sagte es Forand einst: 'Angst existiert einzig und allein im Kopf.'

Wieder durchbohrte ihn Nikas Blick. Dann sagte sie: »Gib mir deinen Rucksack. Zwei Schritte Anlauf, schau nur auf den Absprungpunkt und stoß dich kräftig ab! Erschrick nicht, ich schubse dich im richtigen Moment an. Es wird gelingen.«

In diesem Moment empfand Karek tiefe Dankbarkeit. Er vertraute ihr. So konnte er es schaffen, so musste er es schaffen. Er gab Nika sein Reisegepäck, sah auf seine Füße. Dann lehnte er sich zurück, eins, zwei, und er sprang. In dem Moment, als sein Fuß den Boden verließ, spürte er Nikas Hände im Rücken, die ihm einen kräftigen Stoß gaben, sodass er ohne Probleme auf der anderen Seite der Spalte landete.

Karek atmete tief ein. Dann drehte er sich um, sah wie Nika ihm folgte. Der Sprung sah bei ihr aus wie ein lässiger großer Schritt.

Sie hielt ihm sein Gepäck vor die Nase. »Dein Lastesel bin ich nicht!«

»Danke, Nika!«

Weiter ging es bergauf. Karek dachte daran, zu Lithor zu beten. Er wollte den Gott bitten, dass der Weg auf den Berg nicht noch schlimmer wurde, doch er merkte schnell, dass er seine ganze Konzentration auf seine Schritte verwenden sollte und nicht auf eine vage Fürbitte. Und hatte nicht eben Nika ihm einen Schubs gegeben? Jedenfalls nicht Lithor.

Eine Weile ging alles gut. Der Pfad schlängelte sich an der Felswand entlang, steil, jedoch passierbar.

Plötzlich hörte Karek ein Krachen und einen grässlichen, langgezogenen Todesschrei. Er glaubte, einen Schatten fallen zu sehen. Das breite Kreuz von Bolk vor ihm versperrte ihm erneut die Sicht. Vorsichtig schaute er den Abgrund rechts von ihm hinunter. Etwa vier Meter unterhalb auf einem Felsvorsprung lag Nimdou. Ohne diese Nase im Fels wäre er viele Meter tiefer gefallen und im Abgrund zerschmettert worden. Zunächst dachte Karek, Nimdou hätte Glück gehabt, dort gelandet zu sein, doch der Bangesi bewegte sich nicht. Unter seinem Schädel sammelte sich eine Pfütze aus Blut.

Karek lehnte sich vor und brüllte hinunter: »NIMDOU, NIMDOU!«

Keine Bewegung des Jovali - eine Weile passierte nichts.

Dann hörte Karek ausgerechnet Torquay sagen: »Wir können nichts mehr tun. Nimdou ist tot. Die Himmelsmutter hat dieses Ende für ihn bestimmt.«

Die Wut kam schneller als er denken konnte und gab Karek Kraft. »Nichts ist bestimmt!«, zischte er. »Ich sehe nach ihm. Bolk, gib mir dein Seil.«

Bolk kratzte sich am Kinn. »Kommt nicht infrage. Du bist ja bei dem kleinen Hüpfer eben schon fast gestorben. Ich klettere hinunter.«

Jetzt erscholl Gabims Stimme: »Er ist doch schon tot. Lasst ihn liegen. Der Berg wollte es so.«

Torquay blieb still.

»Du musst das nicht tun. Ich meinte es ernst.«, sagte Karek.

»Ich weiß«, antwortete der Sorader nur.

Nika lehnte sich an den Felsen und kreuzte die Arme vor der Brust.

Bolk befestigte das Seil sorgfältig an einem Felsen. Dann ließ er sich auf das Plateau hinab. Es sah ganz einfach aus. Vorsichtig lugte Karek über den Abgrund. Bolk kniete neben Nimdou und untersuchte ihn. Der Jovali bewegte sich immer noch nicht.

»Er ist ohnmächtig, vermutlich durch die Platzwunde am Kopf. Sonst kann ich nichts feststellen.«

Bolk klatschte Nimdou einige Male ins Gesicht. Langsam rauschte das Leben in den Körper des Jovali zurück. Er setzte sich auf und hielt sich die Stirn.

Nach einer Weile rief Bolk hoch: »Alles in Ordnung! Ich befestige das Seil an ihm, und ihr zieht ihn hoch.«

Nimdou hatte sich soweit von seiner Ohnmacht erholt, dass er bereits mithelfen konnte, die Felswand vom Vorsprung aus zum Pfad hochzuklettern. Sagitta und Gabim zogen am Seil. Aus einem Riss an Nimdous Schläfe lief Blut die Wange entlang, ansonsten schien er nicht weiter verletzt zu sein. Nika löste das Seil vom Körper des Jovali und warf es hinunter. Jetzt machte Bolk sich auf den Weg nach oben. Kurze Zeit später stand er wieder vor Karek.

Keiner sagte einen Ton.

Torquay legte Nimdou die Hand auf die Schulter. Dann sah der Jovalikrieger Karek verwundert an, blieb jedoch stumm.

In diese Stille sprach Karek: »Danke Bolk. Das Schicksal und der Berg haben nichts zu wollen. Nichts ist bestimmt!«

Das Echo wiederholte seine Worte flüsternd, als wolle es ihm recht geben.

Die Myrnengöttin

Es dauerte noch den ganzen Tag, bis der Weg wieder breiter und weniger steil wurde. Karek sehnte sich nach der feuchten Hitze des Urwaldes zurück. Hier oben auf dem Berg kroch der Nebel ungemütlich in die Kleider, in die Glieder und in die Gemüter. Karek fröstelte trotz der Anstrengung. Torquay führte nach wie vor die Gruppe an und marschierte auf zwei Felswände zu, durch die eine breite Schlucht führte. Ein tiefer Spalt im Berg, als wäre eine Axt durch das Gestein gefahren und hätte es zweigeteilt.

Der Jovali blieb abrupt stehen und zeigte nach vorn. Karek folgte seinem Blick und sah genauer hin. Links und rechts zierten die Felswände zwei riesige Säulen aus einer Epoche, die selbst die Göttergeschwister längst vergessen haben müssten. Die Säulen trugen einen beeindruckenden Steinbalken in der Form eines Rundbogens. Atemlos stand Karek dort und staunte die verwitterte Ruine dieser gigantischen Pforte an.

»Wer hat hier oben ein solch mächtiges Bauwerk errichtet«?, fragte sich Bolk. »Und zu welchem Zweck?«

Ein Himmelstor zur Himmelsmutter? Jedenfalls schien es nur dort hindurch weiterzugehen.

Der Wind wurde noch kälter. Karek fröstelte erneut und verdrängte die Frage, wie weit es noch sei. Er würde es schon merken, wenn sie an ihrem Ziel angekommen waren. Spitze Schreie ließen ihn nach oben blicken. Zunächst sah er nur Nebelschwaden, doch dann riss das Grau für einen

Moment auf und offenbarte fünf Adler, die ihre Kreise am Himmel zogen. Er dachte an den glücklosen Wanda, der als Adler verwandelt über die Insel geflogen war, so hatte es Mähne erzählt. Neidisch verfolgte sein Blick die stolzen Geschöpfe, majestätisch schwebend zwischen Berg und Wolken, ohne Angst, ohne Frieren.

Meldet uns bei der Himmelsmutter an, rief er ihnen in Gedanken zu.

Die Gefährten schritten auf die mächtige Pforte zu. Es sah aus der Ferne so aus, als könnte eine ganze Armee nebeneinander über die Schwelle treten, wobei links und rechts noch viele Meter Platz bleiben würden. Doch Karek rieb sich die Augen, spielten seine Sinne ihm einen Streich? Je näher sie den Säulen kamen, desto schmaler wurde der Durchgang. Karek blinzelte – das musste er sich einbilden.

Bolk gab ihm Gewissheit, dass er nicht verrückt geworden war. »Katerron! Wieso wird die Pforte immer kleiner?«, schimpfte er.

Mit jedem Schritt schrumpfte das steinerne Tor zusammen, so als bewegten sich die Steinsäulen aufeinander zu wie zwei Wachsoldaten im Seitwärtsschritt. Immer tiefer marschierten die Gefährten in die Sackgasse hinein. Es blieben nur noch wenige Meter bis zum Durchgang, der mittlerweile die Ausmaße einer gewöhnlichen Tür angenommen hatte.

Erstaunt schaute die Gruppe die Felswände, die Säulen und sich gegenseitig an. Karek stellte sich vor die Schwelle und versuchte, dahinter etwas zu erkennen, doch nur eine jedes Licht verschluckende Dunkelheit schwieg ihn an.

»Wir sind am Ziel.« Torquay präsentierte die dunkle Pforte mit einer ausladenden Handbewegung. »Es heißt, nur die Auserwählten dürfen diesen Weg beschreiten.«

»Wir gehen alle hinein.« Für Karek gab es keinen Grund, daran zu zweifeln, dass entweder keiner oder alle willkommen waren.

Merkwürdigerweise gab sich Sagitta beunruhigt: »Oberhaupt Karesim sagte mir: 'Schreite durch die Säulen des Berges. Doch verzweifle nicht, wenn der Weg sich nicht auftut'.« Sie zögerte: »Ich weiß nicht, ob ich schon so weit bin.«

»So weit für was?«, fragte Karek.

»Der Himmelsmutter entgegenzutreten. Es heißt, nur ein langes Leben bereitet dich auf diesen Moment vor.«

»Wir können sie ja fragen, wenn wir sie sehen. Ich denke, du bist längst weit genug«, antwortete der Prinz fest.

Die Bangesikriegerin starrte ihn an. Karek merkte, wie Verwunderung in ihr arbeitete.

Torquay stellte fest: »Weiter geht es nur durch dieses Tor.«

Bolk meinte: »Richtig. Da es keinen alternativen Weg gibt, sollten wir nicht lange überlegen.«

Karek betrachtete stirnrunzelnd das Gebilde. »Ja, offensichtlich müssen wir durch diese Pforte. Sie ist ja nicht verschlossen, sie hat nicht einmal eine Tür. Welchen Zweck erfüllt sie dann?«

»Lasst uns weitergehen. Dann finden wir es heraus«, forderte Nika mit entspannter Stimme. Sie schien sich als Einzige nicht zu wundern.

»Ich gehe zuerst.« Ohne eine Reaktion abzuwarten, trat

Torquay entschlossen vor, trat mit drei, vier Schritten über die Schwelle und verschwand in der Finsternis.

»Torquay?«

Keine Antwort.

»TORQUAY? Kannst du mich hören?«, rief Karek jetzt in das Dunkel.

Keine Antwort.

Abwarten.

»Wer will als Nächster?«. Mähnes Stimme fehlte die ganz große Begeisterung.

Sagitta wollte dem Jovali offensichtlich nicht ganz allein die Erkenntnisse jenseits des Tores überlassen. Sie sagte ruhig: »Ich.«

Einige wenige Schritte und schwups, die Schwärze hatte auch sie verschluckt.

»Jetzt ich!« Karek wollte ein Zeichen setzen. Sie waren so weit gekommen und konnten doch nicht vor einer offenen Tür Halt machen. Auch wenn diese zu einer tiefen Dunkelheit wie in einem Verlies in Burg Felsbach führte.

Der Prinz atmete tief ein, hielt ohne es zu merken die Luft an und schritt über die Schwelle in die Nacht.

Kaum hatte er die andere Seite erreicht, musste er sich den Arm quer vor die Augen halten, da ihm grelles Licht ins Gesicht schlug.

Ich sollte aufhören, mich zu wundern.

Langsam gewöhnten seine Augen sich an die Helligkeit.

Torquay und Sagitta standen blinzelnd nebeneinander. Vor lauter Überraschung hatten sie völlig vergessen, sich gegenseitig umzubringen oder zumindest Ohren gegen Augen zu tauschen.

»Was geschieht hier«, fragte Torquay stirnrunzelnd.

Karek drehte sich in Erwartung der anderen Gefährten zur Pforte um, doch von dieser Seite konnte er vom Durchgang nichts mehr entdecken.

Oh je! Wie kommen wir nun zurück?

Eine Weile passierte nichts.

Sagitta fragte: »Wo bleibt die Frau, die nach dem Tod greift?«

»Sag einfach Nika«, schlug Karek vor. »Doch die Frage ist berechtigt.«

Auf einmal tauchte Bolk wie aus dem Nichts auf. Er blinzelte gegen das grelle Licht an. »Nimdou und Gabim schaffen es nicht. Sie haben mehrfach versucht, durch das Tor zu gehen, doch es ist, als ob sie gegen eine Wand aus schwarzem Granit laufen würden.«

Jetzt merkte auch Bolk, dass es von dieser Seite überhaupt kein Tor mehr gab. »Hm. Ich fühle mich immer wohler, wenn ich den Weg, den ich gehe, jederzeit auch wieder zurückgehen kann. Was nun?«

Torquay zuckte die Achseln. »Ich weiß es nicht. Ich kenne die Erzählung nur bis zu der Pforte.«

Karek sah, wie Sagitta nur langsam ratlos den Kopf schüttelte.

Sie warteten.

Plötzlich erschien Nika und beschattete ihre Augen mit beiden Handflächen. Sie knurrte zu Bolk: »Mähne hat es auch nicht geschafft – genau wie Gabim und Nimdou lässt die Pforte ihn nicht passieren - aus welchem Grund auch immer«.

Sie warteten eine ganze Weile vergeblich. »Suchen wir die

Himmelsmutter und fragen sie um Rat«, meinte Sagitta.

»Pft!«, entfuhr es Torquay verächtlich, doch einen besseren Vorschlag hatte auch er nicht zu machen.

Karek schaute sich um. Bis auf eine Erhöhung in der Ferne, auf der ein Turm stand, umgab sie eine lichtdurchflutete Ebene. »Wo sind wir hier nur? Noch auf dem Berg? Zum Untersuchen bleibt ja nur der Turm dahinten«, zeigte er.

Die fünf wanderten einen sanften Hügel hinauf und standen kurze Zeit später am Fuße eines Turms aus weißem Gestein.

»Erinnert ein wenig an den Alten Leuchtturm, jedoch kleiner.« Bolk kniff sich in sein Kinn.

»Nur besitzt dein Leuchtturm mit Sicherheit eine Eingangstür.« Nika hatte den Turm bereits umkreist. »Dieser hier hat jedenfalls keine.«

»Wie geht es nun weiter?« Sagittas Stimme klang dünn.

»In diesem verbauten Gebäude soll die Himmelsmutter residieren? Wer glaubt denn so etwas.« Nikas Stimme klang ungehalten.

»Wir sind gekommen, die Himmelsmutter zu ehren!« Torquay versuchte es auf diese Weise.

»Wir müssen einen Weg hier wieder heraus finden. Und was ist mit Mähne?« Bolk machte sich Sorgen.

Nika berührte die Turmmauern mit der Hand. »Fühlt sich glatt und warm an. Wer hat denn hier oben am Ende der Welt einen Turm ohne Eingang gebaut?«

Ein sanftes Rauschen umschwirrte Kareks Kopf. Nebel stieg vom Boden auf wie Staubwolken. Spiralförmig drehte sich der Nebel um den Turm. Dann formte sich die Luft zu einer Säule, die sich langsam drehte, und das Bauwerk in sich verschluckte. Die Gefährten starrten mit offenem Mund auf dieses Schauspiel. Eine menschliche Gestalt manifestierte sich im Nebel, strahlend weiß, sodass Karek versucht war, erneut geblendet die Augen zuzukneifen. Die Figur nahm die Konturen einer Frau in einem fließenden Kleid an, welches ihr über die Füße fiel. Auf dem Kopf trug sie eine kleine Haube aus weißen Federn. Ihre langen schwarzen Haare bildeten einen perfekten Kontrast dazu.

»Willkommen!«

Karek blickte irritiert hinter sich. Die Worte kamen aus allen Richtungen. Die Stimme, versetzt mit einem weichen Hall, klang angenehm.

»Es ist schön, dass ihr den Weg zu meinem Seelenturm gefunden habt, vor allem, da es viel Kraft gekostet hat, euch zu rufen.«

»Wer seid Ihr?«, fragte Karek.

»Die Antwort kennst du, Prinz. Viele Namen gaben mir die Menschen.« Nika schnaubte.

Die weiße Frau fuhr fort: »Doch nennt mich Arelia.«

Sagitta und Torquay ließen sich ehrfürchtig auf die Knie nieder.

Torquay stammelte vollends überwältigt: »Himmelsmutter, sei ... sei uns gnädig.«

»Geliebt werden sei Gnade, damit erfahrt ihr, was ihr erbittet. Das gilt für euer aller Völker.« Die Stimme wurde lauter. »Fünf Völker sind hier versammelt in Eintracht. Menschen, die sich sonst allein ihrer Herkunft wegen bekriegen.«

Der Jovali und die Bangesi tauschten unwillkürlich wütende Blicke aus. Worte konnten den jahrhundertealten Hass aufeinander nicht fortreden.

Arelia sagte: »Verschwendet euch nicht. Ihr seid alle gleich, keiner ist besser oder schlechter als der andere. Viel zu lange habt ihr euch gegenseitig bekriegt. Gehofft habe ich, Bangesi und Jovali würden gemeinsam auftauchen, doch bis zum heutigen Tag habe ich warten müssen.«

Torquay und Sagitta schauten enttäuscht. Beide merkten, dass sich die Himmelsgöttin nicht auf die eine oder die andere Seite schlagen würde. Dann hellte etwas Versöhnlichkeit ihre Mienen auf. Es tat gut, zu beobachten, wie die Jovali und die Bangesi ihren Zwist und Hass aufeinander wenigstens so lange aussetzten, wie sie gemeinsam reisten.

Karek überlegte: »Wie kommt Ihr auf fünf?«

»Jovali, Bangesi. Sowie Menschen aus Soradar, Toladar und Gonus.«

»Gonus? Eine der Südlichen Inseln?« Nika verschränkte ihre Arme vor dem Oberkörper.

Arelia sprach weiter: »Jeweils ein Vertreter der Völker. Drei Männer und zwei Frauen, die Mühen haben sich gelohnt.«

Nikas Ton machte aus ihrer Skepsis gegenüber der Erscheinung keinen Hehl: »Ihr hättet noch mehr Menschen verschiedener Völker gegenüberstehen können. Warum konnten unsere Gefährten Nimdou, Gabim und Mähne nicht durch die Pforte gehen?«

»Wie ich sagte, es kann jeweils immer nur *ein* Vertreter eines Volkes vor mich treten.«

»*Was* seid Ihr?« Karek merkte, wie sein Herz vor Aufregung klopfte.

»Die Eine aus dem Zeitalter der Myrnen. Die Eine aus den Zeiten der Götter. Mein Körper, bestattet vor Ewigkeiten, doch die Magie des Turms bewahrte meinen Geist, bewahrte meinen Verstand, bewahrte meine Seele.«

»Was wisst Ihr über uns?«, fragte Karek.

»In dir, mein Sohn, fließt mein Blut, schließlich gehörte deine Mutter zu den Töchtern der Arelia. Warum glaubst du, lieben dich die Geschöpfe des Lebens so sehr?«

Karek hielt die Luft an, sein Mund wurde trocken. »Meine Mutter? In ihr floss Myrnenblut?«

»Ein Rest davon. Von Generation zu Generation wird das Blut der Myrnen schwächer. Das ist unser Schicksal.«

»Was bedeutet dies?«

»Das bedeutet, dass die Magie der Myrnen stirbt. Zwar erst Tausende von Jahren, nachdem die Myrnen selbst den Weg des Irdischen gegangen sind, doch unaufhaltsam erlischt der Zauber der alten Götter.«

Karek fragte weiter: »Können wir helfen? Habt Ihr uns aus diesem Grund gerufen?«

Die Gestalt nickte: »Ihr könnt nur euch helfen. Ihr alle habt das Wesen, die Mittel und nicht zu vergessen das Herz, eure Völker zu einem fortwährenden Frieden zu führen. Dies betrachte ich als das größte Geschenk, welches Götter den Sterblichen vor ihrem Ableben in die Ewigkeit machen können.«

Sie verfiel in einen Singsang.

»Der Mann, der mit dem Schwert spricht,
Die Frau, die nach dem Tod greift,

werden obsiegen,
das eine Volk zu führen.«

Nikas Kohleaugen drehten sich nach oben. Selbst eine Göttin schien ihr keinen Respekt abzugewinnen.

»Mit dem *einen* Volk sind weder die Bangesi noch die Jovali gemeint«, sagte Karek. Er ließ es wie eine Feststellung klingen.

Sagitta und Torquay lockerten ihre ehrerbietige Haltung und sahen verwundert zu ihm auf.

»Die Eine, die Eine allen Lebens werde ich genannt. Dies umfasst alle Völker, alle Menschen.«

Die helle Gestalt wandte sich Nika zu. »Auch durch deine Adern fließt das Blut der Myrnen, Tochter der Tarantea. In dir schlummert das Erbe meiner Schwester. Tarantea, die Gotteswächterin ward sie gerufen. Du siehst ihr ähnlich. Du bist ihr ähnlich. Rebellisch, unerhellbar, zerstörerisch. Doch voller Wunder.«

»Ja, ja, ich wunder' mich gerade.« Nika presste ihre Arme stärker vor die Brust und beobachtete die Myrnengöttin mit versteinertem Gesicht. Dann ergänzte sie: »Und ich stamme von der Insel Gonus?«

Der helle Nebel lächelte: »Das ist richtig. Alles Weitere über deine Herkunft und deine Bestimmung wirst du dort selbst herausfinden.« Die Myrnengöttin wandte sich wieder Karek zu: »Und du, Prinz, wirst den Gürtel des Binaradabas benötigen.«

»Was ist das für ein Gürtel?«

»Versehen mit einem mächtigen Zauber, bewirkt der Gürtel vor allem auf dieser Insel Wunder. Das magische

Metall Acerium in den Bergen verstärkt den Zauber der myrnischen Artefakte. Ihr solltet euch Schmuck daraus anfertigen.«

»Wo muss ich diesen Gürtel suchen?« Der Prinz dachte aufgeregt an die Sanduhr und Kralls Schwert, Gegenstände mit ungeheurer Macht.

»Es ist dir nicht möglich, den Gürtel zu suchen.«

Karek spürte die Enttäuschung. »Warum nicht?«

»Weil der Gürtel sich in meinem Besitz befindet.«

»Könnt Ihr ihn mir geben?«

»Die Myrnen haben sich seit Anbeginn der irdischen Welten auferlegt, nicht unmittelbar in das Schicksal der Menschen einzugreifen. Somit bekommst du nur, wenn du gibst. Hat jemand von euch etwas, was mir gehört. Etwas, das er mir geben kann?«

Karek wurde heiß.

Auch das noch! Was soll denn ich von Interesse für eine Myrnengöttin besitzen?

Nika zuckte die Achseln, Bolk kniff sich in sein Kinn, Torquay und Sagitta knieten bewegungslos vor ihrer Himmelsmutter.

Karek fasste sich unwillkürlich an den Kopf. Hatte er Informationen, die er Arelia geben konnte? Doch was wusste er, was die Myrnengöttin nicht wusste? Er betrachtete ihr weißes, mit Federn geschmücktes Kleid. Ein Gedanke fiel von weit oben herab. Langsam näherte er sich in einer sanften Schaukelbewegung. Er schwebte durch die Luft wie, wie eine … Daune. Abrupt griff Karek zu seiner Gürteltasche und ein kleines Holzkästchen fand sich in seiner Hand wieder. Er öffnete es und entnahm die zarte Feder.

Arelia breitete beide Arme aus. »Einen weiten Weg hat diese Daune hinter sich gebracht, seit ich sie auf den Südlichen Inseln ... verloren habe. Damals half ich Forand oder besser Garemalan, dem Jadekrieger, nach seinem Kampf gegen einen Kabo mit dem Gürtel des Binaradabas.«

Karek hielt ihr die kleine Feder zwischen Daumen und Zeigefinger hin, als sie sich mit einem Mal in Luft auflöste.

»Verzeiht, mehr habe ich leider nicht.« Karek senkte den Kopf.

»Das ist genug. Im Gegenzug besitzt du den Gürtel.« Durch ihr Lächeln schien die Helligkeit der Gestalt noch weiter zuzunehmen.

Karek versuchte nicht, seine Verblüffung zu verbergen. Er schaute an sich herunter und tatsächlich trug er nun einen Gürtel um seine Hüften. Dieser sah aus wie ein ganz normaler Ledergurt, etwa eine Daumenlänge breit mit einer schlichten Schnalle aus einem dunklen Metall.

»Verwende ihn weise, hab Acht, er wird nicht alle Wünsche erfüllen. Kein Gott und kein Artefakt können dies. Und höre Karek Marein, Thronfolger Toladars, dem einen der vier Königreiche Krosanns. Zum Erreichen deiner Ziele kann noch ein weiteres Artefakt dir große Dienste erweisen. Ich spreche vom Speer des Binaradabas. Diesen Gegenstand besitze ich nicht. Er ist seit Generationen verschollen. Du solltest ihn finden.«

»Wo soll ich diesen Speer suchen?«

»Der Quell des Winter wird dir den Weg weisen.«

In diesem Moment stürzte von irgendwo oben ein wuseliges Federknäuel herab und riss Karek von den Beinen. Er plumpste auf seinen Hintern und sah einen goldenen

Schnabel über sich.

Sofort schlang er begeistert die Arme um die Kugel. »FATA! Ich habe mich so um dich gesorgt! Wie hast du es nur hierher geschafft?«

Arelia antwortete sanft: »Gerufen habe ich die Königin. Genau wie die Adler, denen du deine Grüße mitgegeben hast. Genau wie euch alle, die ihr schließlich den Weg zu mir gefunden habt.«

Der Prinz entließ Fata mit einem Strahlen im Gesicht aus seinen Armen. Die Kabokönigin pickte ihm freundschaftlich auf die Brust.

Karek fielen immer neue Fragen ein: »Wie ist Eure Verbindung zu Fata?«

»Intelligente Tiere wie Kabos dienen mir als Medium. So sprach ich durch Fata zu dir. Und konnte helfen, als dein Leben im Hafen von Felsbach bedroht war.«

»Als Weibel Karson mir den Dolch an die Kehle gehalten hat?«

»So ist es. Im Grunde lassen sich die Zauber der Myrnen auf zwei Magiekreise zurückführen. Zum einen verwenden wir den Mentalzauber, mit dem wir den Geist der Menschen betören. So ergab es sich im Hafen. Zum anderen bedienen wir uns eines Zeitzaubers. Die Magie der Sanduhr verwendete eine solchen. Ich hörte, du hättest die Sanduhr zerstört. Damit einher verschwand ein weiteres Stück myrnischer Magiekraft aus dieser Welt.«

»Öhm, ja.« Karek fühlte sich ziemlich unwohl.

Arelia schien nicht nachtragend zu sein. »Bei besonders mächtigen Zaubern vermischen wir beide Arten, so geschehen, um die Insel vor unliebsamen Besuchern zu verstecken. Acerium, gewonnen aus dem, was die Jovali Muttererz nennen, verstärkt den Zauber. Von der See aus habt ihr gesehen, wie das Meer hier vor Hunderttausenden von Jahren ausgesehen hat, *vor* Ausbruch des Vulkans, der diese Insel geschaffen hat. Der menschliche Geist ist schwach und träge, die Wellen haben sich in euer Gemüt geschlichen.«

Bolk fragte: »Warum täuscht Ihr seit Ewigkeiten viele Generationen von Seefahrern?«

Der Geist der Myrnengöttin wandte sich dem Fragenden zu: »Antwortet mir, Bolkan Katerron. Wie verfahren die Menschen Krosanns mit den Bangesi und den Jovali, nachdem sie die Insel entdeckt haben?«

»Hm. Es kommt auf die Menschen an.«

»Wie verfahren diese Menschen mit den Bangesi und den Jovali, nachdem sie auf der Insel Berge von Gold und andere wertvolle Güter entdeckt haben?«

»Es ist weise, seit Ewigkeiten viele Generationen von Seefahrern zu täuschen.« Bolk kniff sich in sein Kinn.

Arelias Erschöpfung nahm zu. Dadurch schien ihre Erscheinung blasser zu werden. Sollte die Letzte ihrer Art diese Welt wahrhaftig in Kürze für immer verlassen? Karek spürte sein Herz drücken. Doch die Zeit drängte, viele weitere Fragen schoben sein Mitleid zur Seite. »Wisst Ihr, was Fürst Schohtar augenblicklich plant? Wie kann ich mich gegen ihn erwehren?«

Arelias geisterhafte Erscheinung leuchtete wieder kräftiger, dafür schlich ein dunkler Schatten hindurch. »Zu sehr habe ich mich darauf konzentriert, euch hier zu vereinen.

Früher reichte meine Kraft noch aus, täglich die Geschehnisse im Umfeld von Fürst Schohtar zu verfolgen. Du bist der Schlüssel, daher sollten dir Erkenntnisse aus der Sternfeste nicht vorenthalten bleiben.«

»Welche Erkenntnisse?«, fragte Karek verwundert.

Bevor die Myrnengöttin antworten konnte, hatte Karek das Gefühl, als ob jemand von hinten auf seine Schultern sprang und ihn mit zunehmender Kraft herunterdrückte. Seine Knie sackten zusammen, als besäßen seine Beine keine Knochen und Muskeln. Er stieß einen hellen Schrei aus. Auf einen Schlag verschwand alles Licht, so als hätte jemand in einer tiefen Höhle die einzige Fackel gelöscht. Wer attackierte ihn und seine Gefährten hier im Reich der Himmelsmutter?

Neugierde

»Arelia? Nika? Bolk?«
Keine Antwort.
»Seid ihr da? Torquay? Sagitta?«
Keine Antwort. Nur Dunkelheit.
Karek versuchte, irgendeine Lichtquelle im schwarzen Nichts zu entdecken. Ohne Erfolg, immerhin gewöhnten sich seine Augen langsam an dieses Nichts.
Habe ich etwas Falsches zu Arelia gesagt? Etwas Falsches gefragt? Was ist schief gelaufen?
Karek bemerkte, dass er auf der Erde hockte. Er konnte nichts sehen, wodurch er sich seine Nase an einer Bodenerhebung stieß, als er sich vorwärts bewegte.
Das ist wieder so ein Traum. Darauf falle ich nicht herein.
Prinz! AUFWACHEN!
Doch diesmal war es anders. Zu stark hämmerten die Empfindungen in seinen Kopf, zu heftig klopfte sein Herz. Und es klopfte viel zu schnell. Er spürte seinen rasenden Puls. Angst erfasste ihn. Die Realität ist jetzt. Er musste sich bewegen. Ein Gräuel waren ihm schon immer Menschen gewesen, die vor Angst erstarrten und sich ihrem Schicksal ergaben. Er kroch weiter voran, ständig hatte er das Gefühl, Spinnweben würden ihm rechts und links an den Wangen vorbeistreifen. Er wich ihnen aus, so gut es ging. Auch oben am Kopf kitzelte ihn etwas. Er glaubte, die Schultern zusammenziehen zu müssen. Ein Impuls kam von rechts, als hätten seine Fingerkuppen etwas ertastet, doch diese krabbelten gerade vor ihm auf dem Boden durch den

Schmutz. Es fühlte sich jedenfalls nach Schmutz an. Mal steinig, mal feucht, mal sandig. Er wandte sich etwas nach links, eine Empfindung drehte seinen Kopf wieder geradeaus. Er hatte ertastet, dass er sich in einer engen Rinne befand. Wie ein Baby krabbelte er durch diese Furche weiter. Ungeheure Gerüche erreichten auf einmal sein Bewusstsein. Er kräuselte die Nase, schnüffelte über den Boden. Vor kurzem musste ein Artgenosse hier entlanggelaufen sein. Karek schloss die Augen. In dieser Rinne stank es von allen Seiten. Es roch muffig und sauer von rechts. Weiter in dieser Richtung verstärkte sich der Gestank noch – er hatte etwas von Essig, Abfall und Abort. Obwohl die Penetranz dieser Gerüche ihm fast die Nase bluten ließen, störten sie ihn nicht weiter. Sie kamen ihm nicht alarmierend vor, sondern begleiteten ihn schließlich schon sein ganzes Leben. Kaum war dieser Gedanke gedacht, hatte er sich schon an den Gestank gewöhnt. Er krabbelte weiter. Die tiefe Schwärze, die ihn bislang umgeben hatte, wurde langsam grauer. Seine Empfindungen am Kopf meldeten eine Besonderheit auf seinem Weg links von ihm. Er bewegte den Kopf ein wenig hin und her. Die dunklen Umrisse und seine Tastsinne meldeten ihm, was es war. Eine fette Spinne lag tot auf dem Rücken und streckte ihre vielen Beine angewinkelt nach oben. Er mochte ihren Geruch, eine Mischung aus Rost und Staub. Karek widerstand dem Drang, in den saftigen Spinnenkörper hineinzubeißen.

Nee, das wäre ja ekelhaft. Jetzt wach endlich auf oder reiß dich zusammen.

Er lief daran vorbei – eigentlich schade, ein wenig Hunger verspürte er schon. Wo er war er nur? Hier wurde es etwas geräumiger. Karek stellte sich auf die Beine und schnüffelte in alle Richtungen. Zu seiner Rechten roch es nach wie vor langweilig nach Abfall und Fäkalien. Es wäre eher etwas Besonderes, wenn dieser Geruch *nicht* vorhanden wäre. Was war denn das? Ein merkwürdiger, seltener Gestank kam von rechts. Dort tat sich ein schräges Loch auf, durch welches Lichtstrahlen fielen. Er ließ sich wieder herunter und bewegte sich bereits schneller durch die enge Dunkelheit. Obwohl er wenig erkennen konnte, spürte er, wo er entlang krabbeln konnte. Ihm kam es so vor, als würden seine Haare rund um sein Gesicht den Weg weisen. Gleich hatte er das Licht erreicht. Es ging eine Schräge hoch. Jetzt gelangten auch Töne zu ihm. Er spitzte die Ohren. Eine Laute wurde gespielt und dies mit höchster Kunstfertigkeit. Eine nie dagewesene Musik erreichte sein so schnell klopfendes Herz, umschmeichelte es, berührte seine Seele. Die wunderschöne Melodie machte traurig und glücklich zugleich. Nie zuvor hatte er solch vollendeten Weisen lauschen dürfen. Er steckte den Kopf durch die Ritze. Seine Augen waren geblendet. Hatte er nicht kurz zuvor schon einmal in viel zu helles Licht blicken müssen?

Er blinzelte weiter durch den Lichtspalt und steckte die Nase hinein. Was geschah mit ihm? Obwohl es nun heller war, sah er nur Grautöne. Er strampelte sich durch den engen Spalt und fand sich in einer kleinen Kammer wieder. Ein Loch, auf halber Höhe in einer stufigen Wand gegenüber sowie der Schlitz unter der Tür sorgten für den Einfall gedämpften Lichts. Endlich konnte Karek wieder etwas erkennen. Er blickte nach unten und erschrak. Warum hatten seine Hände nur vier Finger? Dort, wo sein Daumen sein müsste, stand nur eine hässliche Warze hervor. Ausgerechnet der Daumen – sein Part in der Hand des Schwertmeisters. Und wie sahen seine Finger überhaupt aus? Finger? Nein, keine Finger. Vorderfüße! Ein rosa Schwanz ringelte sich neben seinen Beinen. Jetzt fielen ihm seine weißen Tasthaare auf, die seine Schnauze umkleideten. Schnauze? Auch wenn es nicht das hübscheste war, er wollte sein Gesicht wieder. Die Erleuchtung ließ Karek unwillkürlich noch einmal blinzeln. Er befand sich im Körper einer Ratte. Oder noch mehr … Er befand sich im Geist einer Ratte. Oder war er die Ratte?

An einer Wand standen Besen und Eimer, einige Holzkisten und ein prall gefüllter Sack, der langweilig nach nassem Sand roch. Ein schmackhafter Verwesungsgeruch lenkte seine Nase in die Ecke rechts von ihm. Dort lag ein Artgenosse. Er streckte die Zunge heraus und berührte damit beinahe ein Stück Speck, das fettglänzend auf einer kleinen Holzplatte lockte. Karek lief das Wasser im Munde zusammen. Sein Heißhunger erinnere ihn an frühere Zeiten, die er längst verloren glaube.

Er ließ seinen Willen siegen, den Speck liegen und betrachtete das Szenario genauer. Ein dicker Eisenbügel hatte die Ratte im Genick erwischt. Dies mit einer solchen Wucht, dass die Augäpfel herausgedrückt worden waren. Der Einschlag hatte zudem den Bauch aufplatzen lassen, so dass sich die Gedärme und andere Innereien in einer Blutlache auf einem Holzbrett verteilten.

Karek wurde übel. Der Hunger auf den Speck verschwand so plötzlich wie die Himmelsmutter vorhin.

Nicht der frühe Vogel fängt den Wurm, sondern die zweite Ratte kriegt den Speck.

Aber nur, wenn die Ratte noch Hunger verspüren würde. Scheinbar war er noch nicht rattenhaft genug, denn er wandte sich ab.

Musik erscholl erneut. Die Töne der Laute betörten ihn. Ein helles Summen begleitete die Melodie wie ein zweites Instrument. In Perfektion. Der exotische Geruch aus der gleichen Richtung stieß ihn hingegen ab. Dessen deftige Süße klebte ihm die Nasenlöcher zu. Es handelte sich um einen unnatürlichen, doch typisch menschlichen Geruch. Er verstand. Parfüm! Bah, schlimmer als ein Pesthauch!

Es hieß, Ratten seien neugierig. Das erschien ihm maßlos untertrieben. Völlig konträr zum Überlebensinstinkt trieb es ihn voran, seine Umgebung zu beschnuppern, zu befühlen, zu beäugen. Wirklich alles um ihn herum wollte seine Sinne von links nach rechts drehen. Ein Antrieb, stärker als ein Bein treten oder eine Hand schlagen konnte. Er musste einfach über eine Schräge zu dem Loch hochlaufen. Er saß nun im Gebälk unter einer Holztreppe und sein Lebenszweck bestand darin, durch dieses Loch zu glotzen. Wozu sollte das Loch auch sonst gut sein? Eine Ratte musste tun, was eine Ratte tun muss. Karek zwängte seinen Kopf hindurch und konnte einen prachtvoll eingerichteten Saal erkennen. Eine Harfe und ein Spinett standen an einer stoffbehangenen Wand.

Den Verursacher der wunderbaren Töne konnte er nicht sehen. Sein Sichtfeld wurde von einer Treppenstufe begrenzt, die wie ein Vordach dicht über ihm hervorragte. Er stemmte den Kopf zwischen seine Vorderfüße und erweiterte somit seinen Blick nach oben. Die liebliche Musik verstummte. Karek streckte sich noch weiter vor, er wollte den Künstler sehen. Nun erblickte er einen Hinterkopf mit zwei grauen Zöpfen. Er hätte es sich gleich denken können, dass nur eine Frau einer Laute solche Töne der Verzückung entlocken konnte. Es klopfte. Die Dame reagierte nicht. Eine Tür öffnete und schloss sich wieder. Schritte. Die Dame drehte den Kopf. Karek fiel fast in das Loch in die Kammer zurück. Entsetzen ergriff ihn. Bekamen Ratten eine Gänsehaut? Das Gesicht. Es bestand aus einem roten, vernarbten Fleischklumpen, oben mit zwei lidlosen Schweineaugen, unten mit wulstigen, schrägen Lippen. Die Mitte fehlte. Die Frau war keine Frau, sondern ein Mann ohne Nase.

»Ah, mein getreuer Herr Auskundschafter. Ihr wisst, dass ich ungerne beim Musizieren gestört werde.«

Die schnarrende Stimme ging Karek durch Rattenmark und Rattenbein.

»König Schohtar! Majestät! Ihr wisst, dass ich Euch niemals behelligen würde, wenn es nicht wichtig wäre. Ich bringe Euch zwei wichtige Informationen vom Hof in Burg Felsbach.«

Schohtars Hand streichelte über die Laute und ein berückender Akkord liebkoste die Akustik des Raums.

»Eine gute und eine schlechte Nachricht? Dann beginnt mit der schlechten.«

»Eher eine schlechte und eine schlechte Nachricht. Verzeiht!«

Pliiing! Ein Misston, schräg, enervierend wie ein Warnsignal, schmerzte in den Ohren.

»Lasst erst die Schlechte hören, mein Guter.« Schohtars

Stimme gewann an Liebenswürdigkeit.

Können Ratten eigentlich schwitzen? Scheinbar!

»Die San-Priesterin Tatarie ist tot! Sie ist enttarnt worden. Wie, wissen wir nicht.«

Plooong! Schmerzhafter als ein Peitschenschlag zuckte der nächste Laut des Instruments durch den Saal, als wolle er den Putz von den Wänden reißen. Ein brutaler Stich in Kareks Trommelfelle. Können Ratten sich die Ohren zuhalten?

»Und, und Tedore ist auf dem Weg der Besserung. Er wird überleben. Sein Sohn Karek ist zu einer Seereise ohne Ziel aufgebrochen.«

»Eine Seereiser ohne Ziel ist wie eine Frau ohne Brüste. So etwas macht Prinz Karek nicht.«

»Manche munkeln auch, er sei verrückt geworden. Andere meinen, er versuche im Ostmeer eine verschollene Insel zu finden.«

»Der Knabe ist alles andere als verrückt. Er ist intelligenter, weitsichtiger und ernstzunehmender als sein Vater. Ein würdiger Gegner.«

»Tedore hat die Regierungsgeschäfte wieder aufgenommen. Er rüstet die Armee hoch, lässt die Festungsanlagen verstärken und erwartet unseren Angriff Ende des Frühlings.«

Schohtar zischte: »Soll er. Soll er. Er richtet sich gen Süden aus, der Trottel. Soll er.«

Schohtar gluckste. Obgleich es sich eher nach einem schluckenden Würgen anhörte.

»Habt Ihr sonst noch etwas von Belang?«

»Exzellenz, nur dass diese fahnenflüchtigen Sorader rund

um Bolkan Katerron immer noch beim Prinzen weilen. Sie begleiten den Prinzen auf dem Segelschiff.«

»Das ist schon verwunderlich.« Schohtars Stimme wurde weinerlich. »Es reicht doch, wenn ich mit unseren Erzfeinden kollaboriere. Prinz Karek ist ein Spielverderber und macht mir alles nach.«

»Es wird ihm nichts nutzen, Majestät. Tedore ahnt nicht, was ihn erwartet. Ihr werdet siegen.«

Schohtars Ton klang wieder fest und giftig. »Das Netz zieht sich zu. Bald haben wir die Sippe der Mareins dort, wo sie hingehört. Auf dem Schafott. Dann holen wir die Köpfe von Tedore und Karek aus dem Korb und klatschen sie so fest gegeneinander, dass sie eine Schnittmenge bilden. Ist das nicht symbolisch?«

»Eher Diabolisch!«

Ein feuchtes Schnalzen war zu hören. »Herr Auskundschafter. Mit gefällt Eure Art. Ihr rutscht nicht wie schleimendes Gewürm auf dem Boden vor mir herum. Ihr habt nicht das Rückgrat einer Qualle wie der gute Mondek. Ihr sagt mir schlechte Nachrichten ohne Umschweife und Stottern ins Gesicht.«

»Danke, mein König.«

»Doch tut mir einen Gefallen.«

»Alles, was in meiner Macht steht, Majestät.«

»Überbringt mir bei Eurem nächsten Besuch wenigstens eine einzige gute Nachricht. Auch wenn sie nur klitzeklein sein mag.«

»Ich werde daran denken.«

»Geht nun!«

Abrupt wurde Karek hochgerissen. Als würde ihm jemand unter die Achseln greifen und ihn mit viel Kraft nach oben ziehen. Wer hatte ihn entdeckt? Ein Kammerjäger?

Er stand wieder aufrecht vor Arelia inmitten seiner Gefährten Nika, Bolk, Torquay und Sagitta. Seine Nase kam ihm wie abgestorben vor, dafür konnte er wieder besser sehen. Kein Wort brachte er heraus. Zu einschneidend lag das eben Erlebte und Gehörte auf seinem Gemüt. Jetzt hatte er keine Gelegenheit mehr gehabt, den Gesprächspartner von Schohtar zu betrachten.

Er blickte zu Bolk und Nika. Beide standen vollends ungerührt da, als sei nichts geschehen.

»Wie lange war ich weg?«, flüsterte er Bolk zu.

»Du warst nicht weg, Karek. Was meinst du?« Bolk zog die Augenbrauen nach unten und schaute ihn scharf an.

»Äh, schon gut. Später!«

Wieso verwunderten ihn bestimmte Erlebnisse auf dieser Welt nach wie vor?

Weil ich jeden Tag dazu lerne. Heute zum Beispiel, dass ich nie wieder im Leben Speck essen werde.

Sagitta zeigte sich von ihrem anfänglichen Ehrfurchtsanfall erholt und getraute sich auch eine Frage: »Was könnt Ihr mir mitgeben, Himmelsmutter?«

»Tochter des Pfeils. Es ist zwar traurig, dass Menschen glauben, immer erst Krieg führen zu müssen, um Frieden zu schaffen, doch du kannst ein wichtiger Schlüssel im Kampf um den Frieden sein. Finde zunächst Ruhe in dir selbst.«

»Und was ist mit mir?« Torquay wollte nicht hintenanstehen.

»Sohn des Jägers, für dich gelten die gleichen Worte. Finde deine Ruhe.«

Arelia sah beide an. »Die gleichen Wurzeln. Ihr seid gemeinsam vor vielen Generationen auf dieser Insel gestrandet. Ein Ursprung, ein Leben, eine Zukunft. Vermeidet weitere Feindseligkeiten – sprecht mit euren Völkern.«

Skeptisch sahen Sagitta und Torquay sich an.

Torquay wandte sich wieder der Myrnengöttin zu: »Was passiert mit Euch?« Seine Stimme klang besorgt.

»Das, was von mir noch übrig ist, wird sterben.«

Trotz aller Helligkeit überschattete mit einem Mal die Betroffenheit der Anwesenden diesen strahlenden Ort.

»Zum ersten Mal drängt mich die Zeit. Lange genug haben Zauber der Myrnen die Jahre geknetet und geformt. Jetzt ist es soweit. Ich verlasse die irdische Ewigkeit für immer. Mein Vermächtnis übergebe ich in eure Hände. Der menschliche Geist ist stark und unbegrenzt. Nutzt die Fähigkeiten, eine friedlichere Welt zu schaffen. Die Insel wird nur noch wenige Jahre durch die Zauber geschützt unentdeckt bleiben. Jovali und Bangesi sollten vorbereitet sein.«

Beide Inselbewohner starrten überwältigt auf die Himmelsmutter.

Bolk trat erneut entschlossen vor: »Arelia, so etwas wie Euch hätte ich bis vor wenigen Momenten nicht für möglich gehalten. Was leitet mich an? Wie können meine Gefährten und ich helfen?«

»Durch die Zeitzauber sah ich in die Zukunft, wie sie sein könnte. Doch die Geschehnisse kommender Zeiten verzweigen oftmals, und durch vermeintliche Belanglosigkeiten nehmen die Ereignisse plötzlich einen anderen Verlauf. Daher kann ich nur vermuten. Bolkan Katerron – dein Volk sehnt sich schon bald nach neuer Führung, denn der jetzige König hat es bereits verraten. Du solltest zu gegebener Zeit am richtigen Ort sein.«

Bolk wurde ein wenig blasser um die Nase, sagte jedoch nichts dazu.

Arelia schwankte, der Nebel flackerte wie eine Fackel im Wind.

»Es ist soweit. Die letzten Kräfte versiegen, der Seelenturm zerbricht. Die letzten Worte sind gesagt, die letzten Wünsche gewünscht. Lebt wohl und möge das Erbe der Myrnen euch helfen, Sinnvolles zu tun.«

Die Gestalt wurde immer durchsichtiger. Dann konnte Karek nur noch den Turm sehen. Arelia, die Letzte der Myrnengötter, war verschwunden, und so wie es aussah, für immer.

Fünf Menschen blieben übrig und schauten sich gegenseitig an. Karek kniff die Lippen zusammen, er versuchte, die vielen neuen Informationen in seinem Kopf zu ordnen. Er hatte nicht alles verstanden und hätte gerne noch viele Fragen gestellt. Eine fremde Traurigkeit überfiel ihn. Mit Arelia hatte er etwas verloren, von dem er bisher nicht wusste, dass er es besaß.

»Autsch!« Fata klopfte ihm mit dem Schnabel aufmunternd auf den Fuß, bevor die Trübsal noch deutlicher Gestalt annehmen konnte.

Ein Knacken ließ den Prinzen wieder aufblicken. Ein Spalt zog sich durch die polierten Marmorwände des Turms.

Der Riss wanderte knirschend von unten nach oben.

»Fort von hier!«, zischte Nika und die Gefährten suchten Abstand zu dem Bauwerk, indem sie einige Schritte den Hügel hinunterliefen.

Immer mehr Risse knarzten durch die Turmwände. Das weiße Gebilde sackte zunächst ein Stück in sich zusammen. Dann zerplatzte der Turm wie ein Becher aus Porzellan, der auf einen Stein fällt.

Karek wurde schwindelig. Er sank auf die Knie und musste die Augen schließen.

Wieder bei den Jovali

Bolk schlug die Augen auf, er probierte es zumindest. Ein Vorgang, der sonst nur den Bruchteil eines Augenblicks benötigte, zog sich nun zäh dahin. Endlich konnte er etwas erkennen, verschwommen zwar, doch es kam näher. Eine Frau mit wundervollem Haar, wie ein leuchtender Wasserfall. Ihr liebliches Antlitz lächelte, während sie sich fürsorglich über ihn beugte. Doch was war das? Die Frau hatte jede Menge Stoppeln im Gesicht.

»Wird auch Zeit!«, meckerte Mähne ihn an. Irgendwie nahm der Langhaarige Barts Platz ein, wenn der nicht dabei war.

Bolk rappelte sich hoch. »Wie, wird auch Zeit? Was ist passiert?« Er schüttelte vorsichtig den Kopf, die Ernüchterung hatte ihn eingeholt.

»Ihr wart auf einmal zurück vor der Pforte. Und alle lagen im Tiefschlaf. Gratulation! Du bist der Zweite, der aufwacht.«

»Aha. Und wer war der Erste?«

»*Die* Erste. Nika.«

Bolk gähnte. »Hätte ich mir denken können.«

Er sah sich um. Karek, Sagitta und Torquay lagen zusammengerollt auf dem steinigen Boden und schliefen noch. Und auch Fata hockte dort mit dem Schnabel unter dem Flügel.

»Habt ihr versucht, die anderen zu wecken?«

»Nee, ich habe mal bei dir angefangen, das erwies sich schon als schwierig genug.«

»Wie lange waren wir fort?«

»Nicht lange. Gabim, Nimdou und ich kamen einfach nicht durch die verflixte Pforte. Nur blutige Nasen haben wir uns geholt. Gerade als wir begannen zu überlegen, was wir nun tun, schwups - seid ihr schon wieder aufgetaucht. Zusammengerollt und tief schlafend wie der Bär im Winter.«

»Himmels ... mutter?« Sagitta öffnete langsam die Augen.

»Was ... ist passiert?« Torquay versuchte wach zu werden.

»Ohh! Alles nur keine Ratte mehr!« Das Geräusch kam von Karek, der mehrfach die Augen zusammenkniff.

Irritiert schaute Bolk in das Gesicht des Prinzen. »Also ich habe von einer Göttin geträumt«, sagte Bolk. »Arelia hieß sie.«

Karek stöhnte: »Ich auch. Nur, nur dass es kein Traum war.«

»Klang aber so. Die Myrnen, die Magie, die Zeitzauber und das ganze Zeugs. Vielleicht haben wir uns das alles nur eingebildet.«

Der Prinz richtete sich auf und steckte seine Daumen in den Hosenbund. »Glaube ich nicht, wenn ich mir meinen neuen Gürtel ansehe.«

Tatsächlich trug Karek einen unscheinbaren Gürtel, den Bolk zuvor noch nie an ihm gesehen hatte.

Nika baute sich aus dem Nichts vor ihnen auf, fast wie die Myrnengöttin. »Los, ihr Schlafmützen. Wir haben einen langen Rückweg. Lasst uns aufbrechen. Den Gürtel des Bananenbarabas kannst du zu einem anderen Zeitpunkt untersuchen.«

»Hieß der nicht anders?«, fragte Bolk.

»Klar, aber du weißt doch, dass Nika Probleme mit

Namen hat«, erklärte Karek.

Nika verzog gelangweilt ihren Mund.

Alle Gefährten hatten sich inzwischen im Kreis versammelt.

Karek erzählte von den Erlebnissen jenseits der dunklen Pforte. Diejenigen, die auch bei der Unterhaltung mit der Myrnengöttin zugegen gewesen waren, nickten zustimmend oder ergänzten einige Details.

Mähne, Gabim und Nimdou machten aus ihrem Erstaunen keinen Hehl.

»Wenn ihr alle denselben Traum hattet, war es kein Traum. Und seit ich die Geschichte mit der Sanduhr miterlebt habe, bleibt mir nichts anderes übrig, als an die Magie der Myrnen zu glauben«, stellte Mähne fest.

Bolk besah sich die Pforte und klopfte gegen das Gestein. Der ehemalige Durchgang bestand nur noch aus einer massiven Felswand. »Jetzt kommt hier definitiv niemand mehr hindurch. War das nun wirklich das Ende der letzten Myrnenexistenz?«

»Wir müssen so schnell wie möglich zurück. Lasst uns alles Weitere unterwegs besprechen«, drängte Karek.

Kurze Zeit später machten sich sieben Menschen auf den Rückweg zum Dorf der Jovali. Schnell erreichten sie die Stelle mit dem Spalt, den Karek auf dem Hinweg nur mit Mühe übersprungen hatte. Vor dem Abgrund blieb Bolk stehen und drehte sich zum Prinzen um. Die Kluft, die es erneut mit einem beherzten Sprung zu überwinden galt, war nicht kleiner geworden - doch anscheinend der Mut des Prinzen größer.

Karek sagte nur: »Weiter, wir müssen Krall helfen!«

Bolk machte einen großen Satz und drehte sich zu Karek um. Er merkte wie es seine Augenbrauen hochzog, als der Junge mit seinem Rucksack auf dem Rücken, ohne zu zögern Anlauf nahm und den Sprung meisterte. Kaum auf der anderen Seite der Kluft gelandet, hakte Karek die Sache als Selbstverständlichkeit ab.

Jetzt kam Fata an die Reihe. Die Kabokönigin tippelte zum Abgrund und machte einen ungeschickten Hüpfer, eher hoch als weit, wodurch sie die andere Seite nicht erreichte, sondern wie ein Stein durch die Lücke plumpste. Fata stürzte hinab in den Abgrund.

»FATA!, NEIN!« Karek beugte sich hinter ihr her. »Sie ist hinuntergefallen! Nein!«, schrie der Prinz. Das Echo aus allen Richtungen klang ebenso verzweifelt.

Bolk sah Karek erstaunt an, denn er konnte seine Aufregung nicht nachvollziehen: »Ja und?«

»Was heißt 'ja und'? Fata ist in die Schlucht gefallen.« Mit Tränen in den Augen ergänzte er: »Zerschmettert.«

»Kann ein Fisch ertrinken?«

»Bolk, was redest du?«

»Fata ist ein Vogel. Ihr wird nichts passieren.«

Kareks Bestürzung schlug in erleichterte Verdutztheit um, als plötzlich Fata flatternd neben ihm in der Luft auftauchte wie eine riesige Hummel. Kleine, doch kräftige Flügel ließen sie vor ihm auf dem Boden landen.

»Hast du nicht gewusst, dass Kaboköniginnen ab einem gewissen Alter fliegen können? So wie junge Ameisenköniginnen.«

Der Prinz rang die Hände. »Nein, das habe ich offenbar nicht gewusst.« Er schimpfte in Richtung Fata. »Angeberin!

Du hast mir absichtlich einen solchen Schrecken eingejagt. Und ich habe mich schon gefragt, wie du es nur bis zur Myrnengöttin geschafft hast.«

Konnten Knopfaugen treu und unschuldig gucken? Wenn ja, dann sahen sie genau aus wie die von Fata just in diesem Augenblick.

Der weitere Rückweg kam Bolk kürzer und schneller vor als der Hinweg. Schon hatten sie den Dschungel erreicht.

Kurze Zeit später sagte Nika: »Hier sollten wir uns wieder aufteilen. Gabim und Sagitta wollen keineswegs ins Dorf der Jovali einziehen, selbst wenn die es zuließen, was ich nicht glaube. Ich werde also mit ihnen zum Dorf der Bangesi zurückkehren.«

Bolk schaute Nika in die Augen und merkte sofort, dass er ihr dies nicht würde ausreden können. Er setzte alles auf eine Karte. »Das verstehe ich. In drei bis vier Tagen segeln wir mit der 'Ostwind' an die Nordwestspitze der Insel in die Nähe des Bangesidorfes. Dort können wir uns wiedertreffen. Kommst du dann an Bord und wir reisen zusammen zurück in die alte Welt?«

Nikas Lippen wurden schmal. Bolk bereitete sich auf die gehässigste aller Antworten vor. Er würde wahrscheinlich Wochen benötigen, um sich eine solche Gemeinheit einfallen zu lassen, die Nika ihm gleich spontan um die Ohren knallen würde.

Schon machte sie den Mund auf: »Das ist eine gute Idee. Kommt mit der 'Ostwind' dorthin. Wir werden euch sehen. So viele Koggen segeln zurzeit nicht um die Insel.«

Bolk nickte lässig, als habe er niemals eine andere Antwort erwartet.

Sagitta und Gabim würdigten die alten Reisegefährten keines Blickes, als sie mit Nika zusammen in Richtung Osten aufbrachen. Auch kein Ton des Abschieds kam über ihre Lippen. Sie befanden sich in guter Gesellschaft, denn natürlich drehte auch Nika sich nicht noch einmal um, als sie mit den beiden im Dschungel verschwand.

Vom Bergausläufer konnten sie die ersten Hüttendächer des Dorfes erkennen, als Bart ihnen entgegengelaufen kam. »Späher haben euch angekündigt. Ihr habt euch ja satt Zeit gelassen.«

Bolk begrüßte seinen alten Freund herzlich. Beide legten sich gegenseitig die Hände auf die Schultern. »Dabei haben wir uns beeilt. Schau uns an: Alle sind von der Reise restlos erschöpft. Wie steht es im Dorf?«

Bevor Bart antworten konnte, taumelte Karek vor, er hatte sich vollends verausgabt und konnte kaum noch stehen. »Was ist mit Krall?«, keuchte er.

Bart schüttelte langsam den Kopf. »Krall ist so gut wie tot. Ich hätte ihm viel früher den Arm amputieren müssen, nun ist es zu spät - selbst das kann ihn jetzt nicht mehr retten. Wichtel ist bei ihm.«

»Weiter«, murmelte Karek und stolperte den Pfad entlang Richtung Dorf der Jovali. Mit letzter Kraft schleppte der Prinz sich das Felsplateau hoch in das Domizil des Oberhauptes.

Bolk und Bart folgten ihm in das Höhlengewölbe. Entsetzlicher Gestank schlug ihnen ins Gesicht. Eine Mischung aus Blut, Kot, Urin und verfaultem Obst. Bolk hatte in den

Feldlazaretten schon Vergleichbares erlebt, doch er sah, wie Karek würgen musste. Im Halbdunkeln konnten sie eine zusammengekauerte kleine Gestalt vor dem Steinpodest, auf dem Krall lag, erkennen. Wichtel schreckte hoch. Er sah noch müder aus als Karek – der Kummer hatte ihn arg mitgenommen, sodass er noch winziger aussah als sonst.

»Karek?«, flüsterte Wichtel.

Der Prinz legte dem Kleinen die Hand auf die Schulter.

Wichtel weinte leise: »Es ist zu spät. Bart und Chanelou konnten ihm nicht helfen. Der Wundbrand und das Fieber haben Krall dahingerafft. Seit gestern liegt er in Ohnmacht.« Wichtel schüttelte sich. Ein schwacher Trost malte sich in sein Gesicht, als er Fata entdeckte, die jetzt auch in die Höhle gelaufen kam. Er umarmte den Vogel. »Fata. Da bist du ja. Wenigstens geht es dir gut.«

Der Vogel gurrte leise wie eine Taube.

Karek zog das Leinentuch von Kralls Körper. Bolk bemerkte, wie der Prinz sein Entsetzen niederrang und seine Miene mit Konzentration füllte. Die Verletzung sah fürchterlich aus. Der Unterarm bestand nur noch aus einer geschwollenen Verfaulung - schwarzes Blut und gelber Eiter wechselten sich ab und bildeten eine dicke Schmiere.

Das Gesicht war eingefallen, die Wangenknochen standen hervor wie bei einem Skelett, schwarze Augenringe untermalten den Eindruck eines Totenschädels. Kralls Brustkorb bewegte sich nicht.

»Ist er tot? Lass mich sehen.« Bart fühlte den Puls. »Ich spüre etwas! Sein Herz schlägt noch. Nur leicht und mehr aus Gewohnheit.« Traurig drehte er sich zu Karek und

Wichtel um. »Nehmt Abschied. Den morgigen Tag wird er nicht erleben.«

Kareks Gesichtsausdruck schmerzte Bolk ebenso wie der Anblick Kralls. Der Prinz ballte die Fäuste. »Arelia sagte, sie habe Forand nach seinem Kampf gegen einen Kabo mit dem Gürtel des Binaradabas geholfen. Die Frage ist wie? Viele Möglichkeiten verbleiben nicht.«

Karek hatte den Gürtel bereits abgelegt und versuchte, diesen Krall anzulegen. Er schob ihn mit einer Hand unter der Hüfte seines Freundes durch und zog die Schnalle fest. Durch diese Berührung wachte Krall doch noch einmal auf. Kralls Hand krampfte sich um den Arm des Prinzen.

Ein leises Flüstern: »Karek? Bist du es?«

»Ja! Ich bin hier, Krall. Ruhig. Schone dich. Ich versuche, dir zu helfen.«

Stille. Bolk glaubte, die anwesenden Menschen blinzeln zu hören.

Krall fieberte: »Karek. Es … tut mir leid. Benommen … wie ein Idiot … und ungerecht war ich … zu dir und Wichtel. Nicht gerecht!« Er schloss seine blutunterlaufenen Augen. Dann ergänzte er mit einem schwachen Wispern: »Ihr solltet mir … die Fresse polieren.«

Wichtel schluchzte und heulte.

Auch Karek wischte sich die Tränen von der Wange, sagte dann jedoch fest: »Das tun wir, versprochen. Aber erst, wenn du wieder gesund bist. Keine Zeit zum Sterben! Krall, hörst du?«

Bart schüttelte den Kopf und verließ die Höhle. Bolk wusste genau, dass der alte Griesgram, der immer so hart wie des Henkers Axt tat, tief berührt war.

Karek griff nach einem Becher mit Flüssigkeit, der neben der Strohmatte stand. »Ist das frisches Wasser?«

Wichtel nickte. »Ja. Dieses verfluchte Ayazeug habe ich weggekippt.«

Vorsichtig flößte der Prinz Krall Wasser zwischen die fleischlosen Lippen. Bolk hob hierzu den Kopf etwas an. »Mehr können wir nicht tun, Karek.«

Der Prinz nickte. Dann stolperte er zurück und setzte sich mit dem Rücken an die Felswand gegenüber. »Ich muss mich ausruhen.«

Bolk wunderte sich, dass der Prinz nicht schon vorher vor Erschöpfung umgefallen war. Er wollte gerade noch ein paar aufmunternde Worte sagen, als er bemerkte, dass Karek bereits in sich zusammengesackt schlief.

Bolk ging hinaus zu Bart, der vor dem Felsgewölbe mit angezogenen Beinen auf dem Boden saß und sich mit beiden Händen die Schläfen massierte.

»Bolk, ich verstehe das nicht. Da rettet uns dieser komische Bengel, indem er gegen sechs Jovali gleichzeitig kämpft. Und besiegt diese wider Erwarten auch noch, nur um kurze Zeit später direkt vor meinen Augen gemächlich Stück für Stück zu verfaulen. Wo bleibt da der Sinn?«

Bolk ging in die Hocke und rieb sich die Oberschenkel. Auch er spürte die Strapazen der schnellen Rückreise in jedem Muskel.

»Selbst die Sinnlosigkeit birgt Sinn in sich.«

Bart sah ihn an: »Ah ja! Deine Weisheiten haben mir richtig gefehlt. Sinnlos ist, einem Sterbenskranken einen Gürtel um den Bauch zu wickeln. Hast du sonst noch was für mich? So ein paar nette Prophezeiungen?«

Bolk zuckte mit den Schultern. »Ja, klar! Ich lauschte schließlich in den Bergen den Worten einer wahren Myrnengöttin. Lass uns etwas essen und trinken gehen, dann erzähle ich dir alles. Und du glaubst nicht, wen wir auf dem Weg in die Berge noch so alles getroffen haben.«

Bolk saß mit Mähne, Bart und Kind in ihrer Unterkunft im Kreis zusammen. Bolk erzählte von den Bangesi und Nika, der beschwerlichen Reise auf die Berge und vom Treffen mit der Myrnengöttin. Er beendete seinen Bericht mit den Worten: »Wir werden Nika an der Ostküste der Insel aufgabeln. Dort in der Nähe ist das Dorf der Bangesi.«

Bart schüttelte den Kopf: »Kaum zu glauben, dass dieses Weib hier auftaucht. Die Frau, die nach dem Tod greift – unglaublich!« Er überlegte: »Viel hast du persönlich ja nicht von Frau Myrnengöttin erfahren. Du sollst also zu gegebener Zeit am richtigen Ort sein, denn der neue König hat unser Volk bereits verraten. Das habe ich schon im Wirtshaus in Felsbach zu dir gesagt, da hätten wir nicht erst an diesen Ort segeln müssen.«

»Ja, ja. Du bist der Myrnenbart.«

Mähne brach sich fast das Genick mit seinem Zopf, so sehr rupfte er daran. »Streitet euch nicht. Wir müssen zum Schiff zurück und dann in Soradar nach dem Rechten sehen. Dort ist nun mal unsere Heimat, dort ist zuhause.«

»Erst sollten wir Abschied von Krall nehmen und ihn beerdigen«, bemerkte Bart mit trauriger Stimme.

Alle schwiegen.

Bolk stöhnte: »Ich muss jetzt ruhen. Ich bin nicht mehr

der Jüngste und todmüde nach der Bergsteigerei.«

»Tu das. Ich sehe nach Krall und bleibe die erste Hälfte der Nacht bei ihm«, erklärte Bart. »So haben wir es die letzten Nächte immer gehalten - Chanelou und ich.«

Bolk stand auf und legte sich, so wie er war, auf sein Nachtlager. Bevor er einschlief dachte er noch einmal an Nika. Dass sie sich hier am Ende der Welt wiedergetroffen hatten, war fabelhaft und sagenhaft. Er wollte plötzlich an Fabeln und Sagen glauben. Doch genau wie Nika glaubte Bolk *nicht* an Zufälle.

Ein Erdbeben! Alles wackelte. Ach nein, Bart weckte ihn zärtlich, indem er ihn mit seinen Pranken an der Schulter wachrüttelte.

»Komm Bolk! Krall wird es hinter sich haben. Wir müssen Karek und Wichtel trösten und unsere Rückreise vorbereiten.«

»Immer wieder erbauend, von dir mit guten Nachrichten geweckt zu werden.« Bolk richtete seinen Oberkörper auf. »Was ist das für ein Summen?«

Von draußen erscholl ein Chor wie ein langgezogenes Singen in der Kirche. Hunderte von Stimmen intonierten ein melodisches Brummen.

»Ich denke, das ist der Totengesang für das Oberhaupt. Als mich Chanelou um Mitternacht mit der Krankenwache abgelöst hat, atmete Krall zwar noch, doch Gevatter Tod spielte mit ihm wie die Katze mit der Maus.«

Jetzt war Bolk wach. »Komm, wir sehen nach!«

Die beiden Sorader traten aus dem Höhlengewölbe hinaus. Ein unglaubliches Bild empfing sie. Der gesamte

Stamm der Jovali kniete vor dem Plateau. Die Menschen hoben ergriffen beide Arme und gedachten ihrem Oberhaupt.

Bolk verzog den Mund. Mit schnellem Schritt lief er in das Domizil des Häuptlings. Mit den schlimmsten Befürchtungen trat er ein. Anstatt Kralls Leiche vorzufinden, empfing ihn ein leerer Raum. Hatten die Krall etwa schon beerdigt oder verbrannt? Er schaute fragend Bart an, doch der breitete voller Unschuld und Unwissenheit die Arme aus.

»Gehen wir zu Karek.« Bart drehte sich um und verließ die Höhle. Bolk lief fast auf ihn auf, als Bart abrupt in der Felsöffnung stehen blieb.

»Aber, aber, aber ... «

»Was ist los? Seit wann stotterst du?«

Bart reagierte nicht. Langsam schob Bolk seinen Freund nach vorne, bis auch er sehen konnte, was ihn so sehr in Starre und Erstaunen versetzte. Da stand jemand, der Krall ziemlich ähnlich sah. Bolk glotzte genauer hin. Es handelte sich um Krall. Mit zerzaustem Haar, abgemagert, doch ziemlich lebendig. Bolk kniff sich in sein Kinn und betrachtete den Ledergürtel, den Krall trug. Katerron! Diese unglaublichen Myrnenartefakte. Arelia hatte nicht zu viel versprochen.

Krall sah jetzt, dass Bart und Bolk ihn anstarrten wie Kinder den ersten Schnee. Er bewegte sich vorsichtig, als er auf sie zukam und Bolk merkte ihm sofort an, dass er noch deutlich geschwächt war, doch er schien weit davon entfernt zu sein, sterben zu müssen.

»Bolk und Bart. Schön, euch zu sehen.« Krall senkte den Blick. »Auch bei euch muss ich mich entschuldigen. Ich habe mich unmöglich aufgeführt.«

Bart schluckte sprachlos.

»Sogar Banfor wollte nichts mehr mit mir zu tun haben. Jetzt ist er wieder da.« Seine Hand umschmeichelte das Heft seines Schwertes, welches an seiner Hüfte baumelte.

Bart bekam jetzt immerhin wieder den Mund auf: »Was ist mit deiner Verletzung?«

Krall hielt ihm seinen Arm vor die Nase. »Besser!«, antwortete er schlicht.

Bart besah sich die Wunde genauer. »Unglaublich! Die Wunde schwärt nicht mehr. Die Schwellung ist zurückgegangen, ein Teil des Fleisches ist bereits verheilt. Dir geht es viel besser, würde ich sagen, das heißt, du bist von den Toten auferstanden.«

»Karek hat mir erklärt, der Gürtel hat mir geholfen.« Krall pochte auf die Metallschnalle. »Doch es war nicht der Gürtel. Schon wieder hat der Prinz mein Leben gerettet.«

»Du hast uns auch schon mehrfach geholfen. Niemals werde ich deinen Kampf gegen sechs Jovali gleichzeitig vergessen. Freunde helfen einander.«

»Ja, das tun sie, Bolk!« Krall ging an den Rand des Plateaus und schaute hinunter. Vereinzelte Jubelschreie übertönten den allgemeinen Singsang.

»Es lebe das Oberhaupt!« Die Jovali feierten das Wunder des Lebens, denn nichts anderes bedeutete es, wenn Krall gestern noch sterbenskrank, heute auf eigenen Beinen vor ihnen stand.

Bolk knuffte das Oberhaupt der Jovali. »Du bist zum zweiten Mal von den Toten auferstanden. Respekt!«

Krall nickte. »Jetzt habe ich Hunger. Später sollten wir

überlegen, wie es weitergeht.« Er winkte in die Menge.

Chanelou tauchte mit ehrerbietiger Miene auf. »Der Mann, der mit dem Schwert spricht, wird genesen. Ich konnte es nicht glauben, als plötzlich in der Nacht sein Stöhnen lauter wurde. Das Fieber wütete wie wild, jedoch nicht gegen, sondern für ihn. Die Wunde begann, vor meinen Augen zu heilen. Es geschah, was noch nie geschah.« Der Heiler schüttelte den Kopf. Er hatte offensichtlich Krall schon genauso aufgegeben wie Bart. »Doch nun lasst uns feiern. Die Tafel ist bereits gedeckt.«

Die Kapitel

Nika, Sagitta und Gabim erreichten nach dem Besuch der Myrnengöttin die Heimat der Bangesi. Sofort wurden sie von einem Haufen Kinder umringt, die sie aufgeregt bis zum Dorfzentrum begleiteten.

Karesim verließ seine Hütte und begrüßte sie. »Ihr seid zurück. Habt ihr es zur Himmelsmutter geschafft?«

Nika überließ das Reden Sagitta. »Haben wir. Es ist viel geschehen seit unserem Aufbruch. Wir haben Jovali getroffen, und es gibt viele Dinge, über die ich erst nachdenken muss.«

Karesim wirkte regelrecht erschrocken. »Ihr seid auf dreckige Jovali gestoßen? Konntet ihr sie töten?«

Nika griff nun doch ein. »Es war nicht nötig, sie zu töten – in vielerlei Hinsicht haben sie uns sogar geholfen.«

»Waas?« Karesims Gesicht drückte die Empörung eines ganzen Stammes aus.

Sagitta meinte: »Wir erklären es dir in Ruhe. Wir sollten heute Abend den Rat der Alten einberufen.«

Nika ließ ihn stehen und ging einfach weiter. Sie bewohnte die größte Hütte nahe dem Dorfzentrum – dies stand ihr als Oberhaupt der Bangesi zu. Im Grunde unterschied sich die Einrichtung gar nicht so sehr von ihrer abgebrannten Holzhütte im Blutwald. Nur dass hier bedeutend mehr Menschen um sie herum wuselten und ständig etwas von ihr wollten. Oberhaupt hier, Oberhaupt da – die Inselbewohner zerrten wegen jeder Kleinigkeit an ihr. Die Frau, die nach dem Tod greift, mit dem Volk, das stets am Nerv sägt.

Stichwort Nervensäge. Direkt dachte Nika an Bolk. Logisch. Doch sie hatte sich dabei erwischt, wie sie sich gefreut hatte, als sie ihn mitten im Urwald so überraschend entdeckte. Sie war im Vorteil gewesen, da sie ihn und die Gruppe rund um Karek einige Zeit heimlich beobachten konnte, bevor sie sich zu erkennen gegeben hatte. Bolk schien sich nicht so recht gefreut zu haben, als sie plötzlich vor ihm stand. Ziemlich unbeteiligt hatte er gewirkt. Aus dem Lehmklotz war ein Eisklotz geworden. Doch warum hatte er ihr das Leben retten wollen? Und es schien ihm wichtig gewesen zu sein, sie mit der 'Ostwind' abzuholen, um gemeinsam wieder zurückzusegeln.

Hier wollte und konnte sie nicht ewig bleiben. Darum hatte sie zugestimmt. Der Weg durch die Ortschmiede wäre zwar auch eine Option gewesen, doch dann würde sie mitten in Soradar auf dem verdammten Friedhof stehen und müsste erst einmal von da wegkommen.

In zwei Tagen könnte es soweit sein. Länger würden Karek und seine Gefährten voraussichtlich nicht benötigen, um den Fluss abwärts zurück zum Schiff zu rudern.

Es hatte drei Tage gedauert, bis die 'Ostwind' von den Spähern gemeldet worden war. Und seltsamerweise hatten sie Torquay und zehn Jovali-Krieger, darunter auch Nimdou, an Bord. Auch Krall hatte sie ziemlich lebendig an der Reling erkennen können, scheinbar waren sie rechtzeitig zurückgekommen.

Sie hatte ihr Volk auf das Erscheinen ihrer Freunde vorbereitet. Daher durften Karek, Blinn, Bart und Bolk das Dorf der Bangesi betreten. Alle Jovali hatten selbstverständlich an Bord des Schiffes bleiben müssen.

Nun saßen sie an einer langen Bank in der Festhütte des Dorfes. Neben ihr saßen und aßen Sagitta und Karesim, genau gegenüber hatten Bolk, Blinn und Karek Platz genommen. Nachdem alle gesättigt waren, erzählte Karek von den weiteren Geschehnissen, seit sie sich im Dschungel wieder getrennt hatten. Dann berichtete er, wie sie am darauffolgenden Tag im Landungsboot und einem Floß mit den Jovali zur 'Ostwind' aufgebrochen waren.

»Warum sind die Krieger an Bord?«, wollte Nika wissen.

»Torquay hat mich gebeten, mitkommen zu dürfen. Und Chanelou hat darauf bestanden, dem neuen Oberhaupt zehn Krieger Geleitschutz mitzugeben.«

»Wie geht es denn dem Schwertschwätzer?«

Bolk grinste. Bart guckte normal, also grimmig.

Kareks Mundwinkel zuckten. »Wir nennen ihn Krall. Und Arelia hat nicht untertrieben. Der myrnische Gürtel hat ihn tatsächlich geheilt.« Karek trug den Gürtel nun wieder um seine Hüfte.

Blinn schaltete sich ein: »Während Karek mit seinen Busenfreunden jede Menge Spaß hatte und Abenteuer erleben durfte, mussten Eduk und ich auf das Schiff aufpassen. Langeweile von morgens bis abends.«

Der Prinz stöhnte: »Blinn. Verzeihe mir doch endlich. Es konnten nicht alle mit. Und um ein Vergnügen hat es sich bei der Expedition nun wahrlich nicht gehandelt.«

Nika merkte plötzlich, wie Bolk sie anstarrte. Mit bedachter Emotionslosigkeit schaute sie zurück. Sollte sie? Ja, warum nicht. Dann machten ihre Augen eine Seitwärtsbewegung, um ihm zu signalisieren, dass sie sich außerhalb der Hütte treffen sollten. Ohne jede Gemütsregung nickte der Sorader leicht.

Sie stand auf und verließ die Gesellschaft einfach. Im Grunde genau wie das dämliche Festbankett auf der Burg Felsbach damals. Nur mit dem Unterschied, dass Bolk diesmal hinter ihr herkam.

Schon tauchte er auf.

»Lass uns zum Meer gehen.«

Sie marschierten los.

Die Sonne war inzwischen untergegangen, doch immer noch erhellten Reste des Tageslichts den Strand. Sie setzten sich auf die Uferböschung.

Bolk wischte sich mit beiden Händen über sein Gesicht. »Da habe ich mir doch tatsächlich heute an Bord einen leichten Sonnenbrand geholt.«

»Brauchst du Kareks Gürtel oder kommst du so durch?«

Bolk seufzte ergeben: »Wie stets bist du eine Meisterin der belanglosen Rede.«

Nika sah den Sorader mit schrägem Blick an. »Oder schmiere dir doch gegen die Sonne wieder Lehm in dein Gesicht. Das hat dich ungeheuer interessant gemacht.« Sie schürzte die Lippen. »Und attraktiv.«

»Das mache ich nur in Soradar, weil mich die Leute in der Heimat sonst überall erkennen würden. Interessant und attraktiv bin ich auch ohne Lehm.«

Die Meisterin der belanglosen Rede kam jetzt direkt zur

Sache: »Damals am Strand, als Schohtars Armbrustschützen ihre Bolzen auf mich abfeuerten, hast du dich geopfert und mir das Leben gerettet. Warum?«

»Hat Karek dir das erzählt? Och, ich bin nur über eine Welle gestolpert und zufällig zwischen die Fronten geraten.« Bolk grinste. Sie blickte ihn unverwandt schweigend an, woraufhin er fachmännisch nachschob: »Ich gestehe dir den wahren Grund. Es gibt keine zweite Frau wie dich, da musste ich etwas tun.«

Was für ein Blödmann. Natürlich gab es keine zweite Frau wie sie. Dies galt allerdings für jeden Menschen – sogar für Bolk.

Nika, sei nicht so streng. Schließlich hatte er es nett gemeint. Sie müsste ihm jetzt tief in die Augen blicken und ihm dann mit ihren langen Wimpern dankbar Luft zufächeln. Genau so würde Calinka Cornika reagieren. Genau das würde Golem gefallen. Doch genau so lief das nicht mit ihr. Wenn sie auch nur im Entferntesten die Unwahrscheinlichkeit in Betracht zog – rein theoretisch - sich auf so etwas wie einen … Mann einzulassen, dann erwartete sie, gewandt umschmeichelt und galant erobert zu werden. Das konnte doch nicht so schwer sein. Bei solchen Angelegenheiten zählte ein langer Atem, wie sie ihn mehrfach als Calinka Cornika bei diversen Mordaufträgen bewiesen hatte. Wenn es sein musste, konnte sie viele Stunden beharrlich und ausdauernd in einem Versteck auf ihre Chance lauern. Manches Mal waren Wochen vergangen, bis sie zuschlagen konnte. Geduld gehörte zu ihren Stärken. Also abwarten.

Sie verzog den Mund. So lange auch nun wieder nicht.

Sie lehnte sich vor, griff mit der rechten Hand in die

Locken an seinen Hinterkopf und stürzte mit ihrem Mund auf seine Lippen.

»Emmmemmm«, brachte der Blödmann heraus, als sie ihre Zunge in seinen Mund schob. Auch Männer wussten oftmals nicht, wann sie einfach mal die Klappe halten sollten. Im nächsten Moment erwiderte er ihren Kuss, breitete die Arme aus wie eine Windmühle, bevor er sie umschloss und an sich drückte. Seine breite Brust fühlte sich sogar durch das Hemd hindurch gut an. Sie atmete tief ein, er roch nach einer Mischung aus Gras und Leder – sie mochte seinen Geruch.

Jetzt erst lösten sich ihre Lippen voneinander. Seine Augen leuchteten, so blau und nahe wie nie zuvor. Was tat sie hier nur – das war doch alles total unlogisch.

»Wenn es sein muss, mach' das noch einmal«, schlug er vor und sie küssten sich erneut, nur inniger. Bolk fuhr dabei mit seinen Händen ihren Rücken hinab. Gänsehaut krabbelte seinen Händen hinterher, das passte hervorragend zu der dummen Gans, die sie abgab. Schmiss sich einfach dem erstbesten hergelaufenen Sorader in die Arme. Ihr Herz pochte – der Kerl machte sie wahnsinnig. Sie wollte ihn hier und jetzt, und zwar überall.

Bolk hob sie hoch und hielt sie in den Armen, als wolle er die Braut über die Schwelle tragen. He, Admiral Balkon, wir verhandeln gerade über eine einzige Nacht, von Hochzeit kann nicht die Rede sein. Er trug sie ein paar Schritte auf eine Grasfläche und sie legten sich dort nieder. Wieder fanden ihre Lippen die seinigen. Er rollte sich auf sie. Sie schauten sich in die Augen. Bolks Pupillen bestanden aus großen Löchern, schwarz wie die Nacht bei Neumond. Sein

Kopf wirkte leer und verlassen, und wie zum Beweis hierfür stammelte er prompt: »Oh, Nika, Nika, oh.«

Na toll. Sein Verstand schien ihm vollends in die Hose gerutscht zu sein. Jetzt lag er auf ihr und stützte sich auf seine Unterarme, damit sie nicht sein ganzes Gewicht spürte. Vielleicht auch besser so - schließlich wog der Golem im Vergleich zur zarten Nika locker das Doppelte.

Jetzt war auch noch der Dolch an ihrem Gürtel verrutscht – etwas Hartes drückte ihr in den Schritt. Ach nee, die Dolche hatte sie alle abgelegt. Ach so. Auch ihr Denkvermögen schien bereits etwas in Mitleidenschaft gezogen worden zu sein.

Sie spürte Bolks Erregung und drängte ihm entgegen, was ihre Lust noch weiter steigerte. Sie riss sein Hemd aus der Hose, streichelte mit beiden Händen seine Haut, warm, weich und doch fest. Ihre Hände schoben sich unter seinen Gürtel, umfassten seine Hüftknochen.

»Zieh endlich die Klamotten aus«, zischte sie etwas atemlos, während sie seine Gürtelschnalle öffnete.

Das musste sie nicht noch einmal sagen. Bolk schälte sich aus der Hose und schleuderte sie mit elegantem Schwung aus dem Fußgelenk zu Seite. Dann machte er sich daran, die Schnüre ihrer Hose zu öffnen. Dabei stellte er sich so dusselig an, dass sie sich das Lachen hätte verkneifen müssen, wenn sie jemals lachen würde. Sie betrachtete seine großen Hände. Ihr gefielen seine langen Finger, wie sie vergeblich versuchten, die kleinen Knoten zu lösen. Gnädig setzte sie sich auf, zog an der richtigen Stelle, die Schnüre lösten sich wie von allein und schon glitt ihre Lederhose nach unten über ihre Knie. Sie stülpte sich in einer schnellen

Bewegung auch ihr Hemd über den Kopf. Jetzt hatte sie nur noch ihre Beine angezogen. Bolk drängte sich dazwischen. Er machte sich da unten weiterhin mächtig Gedanken, das spürte sie. Sie wollte ihn verschlingen mit Haut und Haar und Stoppeln, so viel war auch klar. Noch nie hatte ein solches Verlangen ihren Geist und ihren Körper erfasst. Ihre Magengrube bebte. Bolks Leib lag auf ihrem, ihre Brustwarzen spürten seinen nackten Oberkörper.

Worauf wartete er nur? Hm, Geduld Nika, eine deiner Stärken.

»Fick mich, du Trottel«, befahl sie so zärtlich wie möglich. Na ja, es konnte auch sein, dass ihr Tonfall in dieser erregten Stimmung für sensible Gemüter einen winzigen Hauch zu schroff ausgefallen war.

Logisch, dass Bolks Gemüt genau in die Kategorie dieser sensiblen Gemüter fiel, denn er hob den Kopf und meinte mit belegter Stimme: »Sehr blumig heute, was?«

Was für ein Weichei. Wie wollte er es denn gerne gesagt bekommen, wenn er nicht selbst darauf kam? 'Geleite deine erblühte Männlichkeit zu meiner taubenetzten Rose.' Scheiße.

Oder echauffierte er sich mehr über den 'Trottel'. Nee, das ging nicht blumiger. Schließlich gehörte dieser Ausdruck schon zu den wertschätzendsten, die sie für einen Mann übrig hatte.

Sie wollte nicht länger warten - ihre Hand glitt nach unten. Bolk schien jetzt noch schärfer auf sie zu sein. Es tat ihr gut, so begehrt zu werden. Die Wucht ihrer Gefühle überraschte sie, entweder sie hatte zu lange nicht bei einem Mann gelegen oder sie mochte den Kerl wirklich sehr. Oder beides?

Sie dirigierte ihn dahin, wo sie ihn haben wollte. Bolk erzitterte stöhnend. Er stieß zu und sie spürte ihn endlich in sich. Ihre Körper bewegten sich im Einklang, sie schloss die Augen. Wieder stieß Bolk zu, wobei er verdächtig laut stöhnte. Und noch ein Mal. Und dann ... Es war vorbei, bevor es angefangen hatte.

»Wie jetzt?« Einen Moment kam sie sich vor wie Krall.

Ein echter Schnelldenker, dieser Bolk.

»Du bist noch unglaublicher, als ich mir vorgestellt habe«, flüsterte er ihr ins Ohr, sodass es kitzelte.

»Und du bist noch schneller als ich.« Sie schob ihn langsam von sich herunter.

»Ein Kapitel macht noch kein Buch. Und das war erst das Vorwort«, sagte Bolk, packte sie an den Hüften und zog sie auf sich. Seine Hände griffen fest nach ihren Pobacken und pressten sie an sich. Jetzt suchte er ihren Mund und küsste sie leidenschaftlich.

Sie spürte ihn am ganzen Körper. Von oben bis unten und zurück. Und dann merkte sie, wie er sich tatsächlich bereits wieder ziemliche Gedanken zu machen schien. Offensichtlich über das nächste Kapitel.

Er schob sie ein Stück höher und küsste ihre Brustwarzen. Dann legte er sich wieder auf sie, seine großen Hände spürte sie überall – mal zärtlich, mal grob.

Sie liebten sich erneut, diesmal achtete Bolk darauf, dass sie auf ihre Kosten kam. Sie vergaß alles um sich herum. Ihre Fingernägel gruben sich in seinen Rücken und fuhren ihn hinunter – sie war eine Wildkatze. Eine stöhnende Wildkatze. Kein Stöhnen vor Schmerzen, wie so oft in ihrer aus

Kampf und Tod bestehenden Vergangenheit. Sie stöhnte vor Lust. Sie stöhnte, wie sie vorher noch nie in ihrem Leben gestöhnt hatte.

Mitten in der Nacht wachte sie in seinem Arm auf. Ihre Augen öffneten sich langsam. Stockdunkel. Was war passiert? Eigentlich nichts Besonderes. Arterhaltung nannten es Menschen mit besonders romantischer Ader. Sie löste sich von Bolk und setzte sich auf. Der Sorader merkte es. Sie spürte, wie er sie ansah.

»Der Abend war schön mit dir. Aber bilde dir nichts darauf ein.«

»Nika. Wie könnte ich mir etwas einbilden.« Auch Bolk richtete seinen Oberkörper auf. »Ich habe mich in eine Frau verliebt, die sich mächtig anstrengt, in jedem Moment etwas Nettes zu sagen.«

Da fängt der mitten in der Nacht an, von so etwas wie Liebe zu reden. Das würde sogar die gut ausgebildete Calinka Cornika überfordern.

»Nun mal langsam, Bolk.« Hatte sie ihn je zuvor Bolk genannt? »Du bist gut für mich – ich weiß nicht, ob ich gut für dich bin«, rutschte ihr heraus. Der Sorader war ein anständiger Kerl und hatte Offenheit verdient.

»Lass das mal meine Sorge sein«, antwortete Bolk.

Sie machte ihre Lippen schmal. »Es kann nicht nur deine Sorge sein. Eine Krähe kann noch so oft baden, weiß wird sie nie. Auch eine Leopardin behält ihre Flecken, auch wenn sie noch so sehr an ihrem Fell kratzt.«

»Ich stehe nicht auf Krähen und auch nicht auf Leopardinnen, sondern habe heute Nacht mit einer wundervollen

Frau geschlafen. Einer Frau, die ich beim allerersten Mal, als sie aus den Wolken fiel und direkt vor mir landete, in mein Herz geschlossen habe. Ich sehe das Problem nicht.«

»Ich will nicht in ein Herz geschlossen werden.«

Jetzt spürte sie seinen ernsten Blick. »Nika, lege nicht jedes Wort auf die Goldwaage. Du bist frei, keiner will dich binden oder einsperren. Genau diese Wildheit mag ich an dir.« Bolk legte die Arme in seinen Nacken. »Karek sagt immer 'nichts ist bestimmt'. Vielleicht hat er nicht ganz recht und wir sind es füreinander.«

Der Kerl hämmerte und sägte an ihren Nerven – mehr als alle Bangesi zusammen. Er konnte recht gut im richtigen Moment das Richtige sagen, genau das machte ihn so gefährlich.

»Was hast du eigentlich für eine Tätowierung auf deinem Schulterblatt? Sieht aus wie ein dorniger Zweig?«

Hm. Er konnte auch im falschen Moment die falsche Frage stellen. Das beruhigte sie.

»Weiß nicht. Kann mich nicht erinnern«, hielt Nika die Antwort knapp.

Sie zog sich jetzt besser wieder an, bevor er sie wegen jedes Muttermals verhörte. In der ersten Morgendämmerung schaute sie sich um. Sie erhob sich und griff nach ihren Kleidungsstücken, die rundherum verteilt lagen. Langsam zog sie sich an.

Bolk beobachtete sie. Dann sagte er: »Lauf nicht wieder weg, nur um der vermeintlichen Freiheit willen. Ich bin optimistisch, dass es mit uns funktioniert.«

»Ich hasse Optimisten. Als Neugeborenes war ich optimistisch. Als Kind wurde ich Realist, als Frau Pessimist.«

»Und was nutzt dir das?«

»Schau dir die Scheiße Jovali gegen Bangesi oder Toladar gegen Soradar an, schon siehst du, dass ich recht habe.«

»Hilft es weiter, wenn du von zwei Übeln immer beide auswählst?« Über Bolks Nasenwurzel entstand eine Falte, die Nika zuvor noch nie aufgefallen war. »Konzentriere dich auf etwas Schönes – zum Beispiel auf uns, auf mich.«

Schön selbstbewusst war er ja.

»Ich muss nachdenken!«, sagte sie, ließ ihn sitzen und ging den Strand hinunter zum Meer.

Geheimnisse

Die alte Kogge schaukelte gemütlich in den Wellen. Die Planken und Maste knarzten schläfrig. Die 'Ostwind' hätte es sich vor wenigen Wochen bestimmt nicht träumen lassen, eine solche Vielfalt an Menschen aus verschiedenen Teilen Krosanns auf ihren Decks zu versammeln. Deutlich mehr Menschen, als den Weg hierher gefunden hatten, würde sie hoffentlich wohlbehalten wieder nach Toladar zurückbefördern.

Im Heck hatten die Jovali bereits ihr Lager gefunden, im Bug sollten es sich die Bangesi bequem machen. Karek beobachtete, wie Bart es ihnen erklärte. Beide Inselvölker hatten jeweils zehn Krieger für die Reise abgestellt - Leibwachen für die jeweiligen Oberhäupter. Doch sowohl bei Nika als auch bei Krall hatte Karek das Gefühl, dass die beiden wenig Wert auf dieses Privileg legten. Sie wollten keine Sonderbehandlung und auch keine Menschen anführen. Besonders Krall hatte seine Lektion gelernt. Obgleich die Feindschaft zwischen Torquay und ihm ungebrochen war. Immer wenn Torquay und Krall sich ansahen, klirrten ihre Blicke aufeinander wie Schwerter.

Karek freute sich, dass neben Torquay und Nimdou nun auch Sagitta und Gabim mitsegeln wollten. Die verfeindeten Lager hatten doch auf dem Weg zur Myrnengöttin und zurück hervorragend zusammengearbeitet. Alle Inselbewohner hatten versprechen müssen, auf dem Schiff den reinsten Frieden zu bewahren. Auf die Himmelsmutter hatten sie schwören müssen. Krieg auf dem kleinen Schiff während der Rückreise wollte nun wirklich keiner.

Karek dachte mit Wehmut an Arelia. Jetzt schien sie nach unendlich vielen Jahren ihren Frieden gefunden zu haben. Und als letzte Tat wollte sie den Menschen Frieden mitgeben.

Die beiden Landungsboote mit den Bangesi an Bord erreichten die 'Ostwind'.

Blinn stand plötzlich neben ihm. Er schaute neugierig zu den Neuankömmlingen hinunter. »Schau mal. Die Bangesi haben drei Frauen mitgeschickt.«

»Kriegerinnen mit ihren Langbögen. Nika sagt, dass die es auch verstehen, damit umzugehen.«

Gewandt kletterten die Inselbewohner die Strickleiter hoch und betraten die Kogge. Neugierig schauten sie sich um, wobei sie den Jovali grimmige Blicke zuwarfen.

Gabim und Sagitta kletterten als Letzte an Bord. Torquays Gesicht blieb kühl und unbewegt, während er das Erscheinen der beiden zur Kenntnis nahm. Wiedersehensfreude sah anders aus. Was hatte Karek auch anderes von einem Jovali erwartet?

Jetzt stand Sagitta neben Karek. Blinn glotzte sie unverhohlen an, was der Prinz durchaus nachvollziehen konnte. Diese Frau schaffte es mühelos, in vielerlei Hinsicht Eindruck zu machen. Groß gewachsen, mit dem Langbogen über dem Rücken, gekleidet in Leinenfetzen, die mehr Haut zeigten als verbargen, stand sie breitbeinig an Deck. Mit ihren schwarzen Haaren und braunen Augen hatte sie entfernt Ähnlichkeit mit Nika.

Karek lächelte sie an: »Schön, dich wiederzusehen, Sagitta.«

Die Kriegerin antwortete: »Ich freue mich auch.«

Es würde helfen, die Freude auch ab und zu deinem Gesicht mitzuteilen.

Prompt stupste Blinn ihn an und flüsterte: »Die dreht ja fast durch vor lauter Vergnügen. Die könnte eine Schwester von Nika sein.«

»Ich habe dir doch erzählt, dass auf dieser Insel das Lachen erst noch erfunden werden muss.«

Sagitta entdeckte inmitten der Jovali ihren Weggefährten Torquay. Sie trat auf ihn zu und sprach: »Wiederum werden wir zusammen in eine Gemeinschaft gezwungen, Jäger der Jovali. Wir haben versprochen, Frieden zu bewahren, so können sich die Jovali beruhigen und müssen sich nicht ängstigen.«

»Wir haben keine Angst vor halb nackten Bangesiweibern«, brüllte einer der Jovali herüber.

Das fängt ja mal gut an. War das wirklich so eine gute Idee, beide Völker in dieser Menge auf das Schiff zu holen?

Torquay trat ebenfalls einen Schritt vor: »Sagitta. Willkommen auf diesem Riesenfloß. Ich weiß, du hast immer ein Ohr für mich.«

Die Jovali buhten zustimmend.

»Sicher! Ich weiß, du hast ein Auge auf mich geworfen. Wirf mir das andere auch herüber.«

Die Bangesi buhten zustimmend.

Das geht ja sogar noch besser weiter. Wie sollen die sich auf so engem Raum die ganze Reise lang vertragen?

Blinn schien ähnliche Gedanken zu verfolgen, seine Stirn furchte und seine Nase kräuselte sich. »Eine Handelskogge, den Laderaum gefüllt mit Feuerkraut und darum herum unzählige Fackelträger, die nervös hin und her laufen. Ich hatte schon Bedenken, die Rückfahrt könnte langweilig werden.«

Alle Reisenden waren nun an Bord, die Landungsboote wurden hochgezogen und vertäut.

Bolk stand am Ruderstand und gab Befehle. Bart lief hin und her, ständig damit beschäftigt die korrekte Ausführung zu kontrollieren. Ächzend zog die Winde den Anker an Bord.

Karek schaute zur Küste. Keine Bangesi standen dort zum Abschied – die hatten sich geweigert, einem Schiff mit Jovali hinterherzuwinken. Weißer Sand, soweit das Auge blickte. Dahinter begann der Wald der tausend Grüntöne und Laute.

Die verschissene Insel ist verdammt schön. Ich werde nicht das letzte Mal hier gewesen sein.

Wichtel und Krall schienen auch ein wenig wehmütig dreinzuschauen.

Krall bemerkte Kareks Blick: »Jetzt ist Chanelou das neue Oberhaupt der Jovali. Er wird dies besser machen als ich.«

Karek antwortete: »Nur auf der Insel und nur solange du nicht da bist, Krall. Hier auf dem Boot bist du für die zehn Jovali nach wie vor der Anführer. Achte bitte darauf, dass es friedfertig bleibt.«

Mit großen Augen bekräftigte Wichtel: »'Friedfertig' heißt Krall mit Familiennamen.«

In diesem Moment drehte Torquay sich um und fragte mit ruhiger Stimme: »Macht der Mann, der nicht viel wuchs, einen … Scherz?«

Karek überlegte, ob er die Formulierung dieser Frage als einen humoristischen Anflug durchgehen lassen konnte. Er entschied sich dagegen. Nicht von einem Jovali. Jovali machten keine Scherze. Eher rasiert sich Bart. Torquay musste dies einfach ernst meinen.

Auch Wichtel hatte sichtlich Schwierigkeiten, die Frage zu interpretieren. Ihm fehlten die Worte. Torquays Gesicht zuckte mit keinem Muskel, gab keinerlei Hinweis auf seine Gemütslage.

Ebenso sollte Nika versuchen, ihre Bangesi in Schach zu halten. Genau, Nika hatte er noch gar nicht entdeckt. Sie hatte sich doch im zweiten Landungsboot auf das Schiff bringen lassen. Suchend huschte Kareks Blick hin und her. Wo steckte die Tochter der Tarantea – so hatte die Myrnengöttin sie genannt. Der Prinz dachte an sein Bilderbuch mit den myrnischen Gottheiten, das er Nika unbedingt zeigen wollte. Dann konnte sie sich selbst ein Bild von ihrer Ähnlichkeit mit Tarantea machen. Wo blieb sie?

Nimdou drängte sich an Torquay vorbei und stellte sich vor Karek.

»Prinz der Tolader – ist es recht, dich so zu rufen?«

»Nenne mich einfach Karek, Nimdou.«

Der Jovali wirkte verlegen. »Ich habe mich noch nicht bei dir für meine Rettung im Gebirge bedankt. Torquay hat mir geschildert, wie er gedacht hatte, ich sei tot und mich liegen gelassen hätte. Ohne dich wäre ich sicherlich gestorben. Ich stehe in deiner Schuld.«

»Das war selbstverständlich, Nimdou. Das Gleiche hätte

ich allerdings auch für Gabim oder Sagitta getan.«

»Das weiß ich, obwohl ich es nicht verstehe.«

Karek überlegte. »Wenn du wirklich meinst, mir etwas zu schulden, dann habe ich diese Bitte: Versuche, es zu verstehen. Denke daran, was wir zusammen erlebt haben. Denke daran, wie ähnlich ihr Inselvölker euch doch im Grunde seid. Arelia sagte, ihr hättet sogar den selben Ursprung.«

Nimdous Gesichtsausdruck erlaubte keine Interpretation, ob Kareks Worte ihn in irgendeiner Art und Weise erreicht oder berührt hatten.

Karek ging zurück an die Reling und stellte sich neben Bolk.

Bolk sah ihn an. »Freust du dich auf die Heimat, Karek?«

»Ich freue mich auf die Heimat, wie sie sein könnte.«

Kareks Augen suchten erneut das Deck ab.

Gerade als er Bolk fragen wollte, ob er wisse, wo Nika sei, tauchte sie hinter ihm auf, drängte sich dazwischen und sagte mit ihrer weichen Stimme, die so wenig zu ihrem übrigen Wesen passte: »Da sind ja meine beiden speziellen Freunde. Prinz Karek und … der Mann, der zu früh schoss.«

Hä, was meinte sie?

Auch Bolk schien es nicht zu verstehen, denn er reagierte überhaupt nicht. Dies dachte Karek zunächst. Großer Irrtum. In einer Geschwindigkeit, die der Prinz sonst gerade mal Nika zugetraut hätte, packte Bolk sie, hob ihren Körper über seinen Kopf und warf sie über die Reling ins Meer.

Es platschte, als Nika ins Wasser eintauchte.

Im gleichen Moment brüllte Bolk: »Frau über Bord! Beidrehen.«

Ein Teil der Männer ließen umgehend das Landungsboot zu Wasser. Ein anderer Teil der Seeleute, welche die Szene beobachtet hatten, schlugen sich vor Lachen auf die Schenkel.

»Das Gerücht stimmt. Der Kapitän kann gut mit Frauen umgehen«, brüllte einer von ihnen.

Das Lachen wurde noch lauter.

Die meisten Bangesi und Jovali hoben emotionslos den Arm, hielten die Faust vor das Gesicht und drehten sie.

So viel Einigkeit passte nicht zu den Bangesischweinen und den stinkenden Jovali. Karek spürte Nimdous Blick, doch dafür hatte er jetzt keine Ruhe. Er konnte sich Bolks Handeln nicht erklären.

Kurze Zeit später kletterte Nika triefend die Strickleiter hoch, zurück an Bord. Karek ahnte Schlimmes. Für diese Aktion würde sie sämtliche ihrer Dolche in Bolks Augen unterbringen. Wie konnte er die Katastrophe nur verhindern?

Die Frau, die noch schnell ein Bad nahm, wird Bolk sechzehnteilen.

Keiner der Seeleute an Bord lachte mehr, denn sie wussten, welche Geschichten sich um die Dame mit der schwarzen Lederkleidung rankten.

Karek wollte sich gerade schützend vor Bolk stellen, als er ihr pitschnasses Gesicht näher betrachtete. Die Sonne spiegelte sich in den Wassertropfen, was eine optische Täuschung hervorrief, denn es sah kurz so aus, als ob sie grinste.

Der Prinz hatte in den vergangenen Monaten einige Geheimnisse gelüftet: Das Geheimnis der Sanduhr, das

Geheimnis der Insel, das Geheimnis der Myrnengöttin. Doch warum Nika sich nun seelenruhig neben Bolk stellte, kein Wort sagte, keinen Dolch zog, keine Vergeltung übte, sondern ihn nur mit dunklen Augen ansah, ohne die Miene zu verziehen, blieb ihm verborgen. Auch Bolk sah recht entspannt aus, als hätte er nichts anderes erwartet.

Das verstehe wer will. Ich jedenfalls nicht. Aber ich bin froh, mich nicht einmischen zu müssen.

Langsam setzte sich die 'Ostwind' in Bewegung. Karek fühlte, wie ihn warme Zufriedenheit erfüllte. Es ging heim. Zurück zu seinem Vater, zu Milafine. Zwangsläufig auch zurück zu Schohtar, zum Bürgerkrieg, zu den Intrigen am Hof, dem politischen und kriegerischen Alltag Toladars. Als Ratte hatte er einigen durchaus beunruhigenden Worten Schohtars gelauscht. Dieser Feind war kaum ausrechenbar. Doch der Prinz fühlte keine Angst. Er nahm sich vor, auf seine Stärken zu vertrauen. Seine Kameraden halfen ihm hierbei mit ihren Stärken. Durch die Reise hatte er weitere Freunde gefunden und sein Wissen gemehrt. Auch wenn, wie konnte es auch anders sein, ihm wieder neue Rätsel aufgegeben worden sind. Eines davon hieß: »Der Quell des Winter wird dir den Weg weisen.« Karek hatte nicht die leiseste Ahnung, was das bedeuten könnte. Aber er würde alles daran setzen, aus 'keine Ahnung' eine Ahnung zu machen. Denn schließlich ging es um nichts Geringeres, als um das Vermächtnis der Myrnengöttin und um einen magischen Speer.

ENDE

Liebe Leserin, lieber Leser,

es wird noch zwei weitere Bände rund um die Abenteuer von Karek, Nika und die Gefährten geben. Einzelheiten werden bei Facebook sowie der Sam Feuerbach Homepage regelmäßig veröffentlicht.
Der nächste Teil erscheint im November 2015 und heißt 'Der Seelenspeer'.
Auf der Homepage **www.samfeuerbach.de** gibt es bereits das erste Kapitel als Leseprobe.

Sam Feuerbach

Personenregister

Der Kontinent Krosann besteht aus vier Reichen. Im Norden befindet sich das schneebedeckte Alandar.
Winslorien im Westen besticht durch seine Gebirge und grünen Auen.
Toladar im Osten freut sich über gemäßigtes Klima, riesige Wälder und Kohleminen im Turmgebirge.
Im Süden des Kontinents befindet sich Soradar. Viel Sonne führt zu viel Wüste, im Westen des Landes sorgen die großen Erzminen für den berühmten soradischen Stahl.

Im Süden von Soradar liegen die Südlichen Inseln. Die drei größten Inseln heißen Gonus, Hakot und Azar.

Die Menschen in Krosann glauben an die Göttergeschwister Lithor - Gott des Tages und Dothora - Göttin der Nacht.

Königreich Toladar

Schloss Felsbach (Burg des Königs)

König Tedore Marein:	Regent des Ostreiches
Königin Ulreike Marein:	Gemahlin von Tedore, (verstorben)
Prinz Karek Marein:	Einziges Kind Tedores, Thronfolger
Fürst Schohtar	Machthaber im Süden Toladars, rief sich zum König aus

Fürst Ransorg Gobarin	Machthaber im Norden Toladars
Sara	Küchenmagd, uneheliches Kind von Garemalan
Hofmarschall Bathek Moll:	Wichtigster Berater des Königs
Magister Korn:	Lehrmeister, wurde als Verräter entlarvt, (verstorben)
Madrich	Lehrmeister, Tedores Waffenmeister
Tatarie:	San-Priesterin aus Tanderheim
Roban:	Spielkamerad von Karek aus Kindeszeiten, Pferdejunge

Feste Strandsitz

Großmeister Rogat	Verwandt mit Tedore, Herr der Feste Strandsitz (verstorben)
Weibel Karson	Rechte Hand Rogats bis zu seinem Verrat
Hauptmann Bostun	Ausbilder der weißen Anwärter
To Shyr Ban	Ausbilder der schwarzen Anwärter, (verstorben)
Forand/Garemalan	Der Große Schwertmeister, Ausbilder der schwarzen Anwärter, (verstorben)
Milafine	Tochter von Weibel Karson

Die Anwärter und Freunde Kareks:

Krall	hervorragender Schwertkämpfer
Blinn	kann Lippenlesen

Eduk	sehr unscheinbar
Stobomarik	genannt Wichtel – merkt, wenn jemand lügt

Sternfeste (Burg des Fürsten Schohtar)

Fürst Schohtar Tomur	Machthaber im Süden Toladars, Widersacher der Mareins
Herzog Mondek	Engster Vertrauter Schohtars
Karnifex	Schohtars Scharfrichter
Veneferan	Magikus in Schohtars Diensten

Königreich Soradar

Palast in Akkadesh (Sitz des Königs)

König Pares Drullom	Regent des Südreichs
Bolkan Katerron	Ehemaliger Offizier, fahnenflüchtig
Bolks Gefolgschaft:	
Bart	ehemaliger Soldat
Mähne	ehemaliger Soldat
Schweif	ehemaliger Soldat
Kind	Waise
Kapitän Stramig	Kapitän der Handelskogge Ostwind

Weitere Personen

Sie, die Krähe   Eine Auftragsmörderin, logisch
Woguran, Wogi   Gegenspieler der Auftragsmörderin in der Stätte

Printed in Poland
by Amazon Fulfillment
Poland Sp. z o.o., Wrocław